主编　李天纲

中国国家图书馆藏

民国西学要籍汉译文献·文学艺术（第一辑）

Literature: Its principles and problems

文学概论

[美] 韩德（Theodore W.Hunt）著　傅东华　译

上海社会科学院出版社
Shanghai Academy of Social Sciences Press

图书在版编目(CIP)数据

文学概论/李天纲主编. —上海:上海社会科学院出版社,2017
(民国西学要籍汉译文献. 文学艺术)
ISBN 978-7-5520-1870-7

Ⅰ.①文… Ⅱ.①李… Ⅲ.①文学理论-研究 Ⅳ.①I0

中国版本图书馆CIP数据核字(2017)第032205号

文学概论

主　　编:李天纲
编　　纂:赵　炬
责任编辑:唐云松
特约编辑:陈宁宁
封面设计:清　风
策　　划:赵　炬
执　　行:取映文化
加工整理:嘎　拉　江　岩　牵　牛　莉　娜
责任校对:笑　然
出版发行:上海社会科学院出版社
上海顺昌路 622 号　邮编 200025
电话总机 021-63315900　销售热线 021-53063735
http://www.sassp.org.cn　E-mail:sassp@sass.org.cn
排　　版:上海三联读者服务合作公司
印　　刷:常熟市人民印刷有限公司
开　　本:650×900毫米　1/16开
印　　张:31.5
字　　数:410千字
版　　次:2017年4月第1版　　2017年4月第1次印刷

ISBN 978-7-5520-1870-7/I.232　　定价:146.00元(精装)

民国西学：中国的百年翻译运动

——『民国西学要籍汉译文献』序

李天纲

继唐代翻译印度佛经之后，二十世纪是中文翻译历史上的第二个高潮时期。来自欧美的『西学』，以巨大的规模涌入中国，参与改变了一个民族的思维方式，这在人类文明史上也是罕见的。域外知识大规模地输入本土，与当地文化交换信息，激发思想，乃至产生新的理论，全球范围也仅仅发生过有数的那么几次。除了唐代中原人用汉语翻译印度思想之外，公元九、十世纪阿拉伯人翻译希腊文化，有一场著名的『百年翻译运动』之外，还有欧洲十四、十五世纪从阿拉伯、希腊、希伯来等『东方』民族的典籍中翻译古代文献，汇入欧洲文化，史称『文艺复兴』。中国知识分子在二十世纪大量翻译欧美『西学』，可以和以上的几次翻译运动相比拟，称之为『中国的百年翻译运动』、『中国的文艺复兴』并不过分。

运动似乎是突如其来，其实早有前奏。梁启超（1873–1929）在《清代学术概论》中说：『自明末徐光启、李之藻等广译算学、天文、水利诸书，为欧籍入中国之始。』利玛窦（Mateo Ricci, 1552–1610）、徐光启、李之藻等人发动的明末清初天主教翻译运动，比清末的『西学』早了二百多年。梁启超有所不知的是：利、徐、李等人不但翻译了天文、历算等『科学』著作，还翻译了诸如亚里士多德《论灵魂》（《灵言蠡勺》）、《形而上学》（《名理探》）等神学、哲学著作。梁启超称明末翻译为『西学东渐』之始是对的，但他说其『范围亦限于天（文）、（历）算』，则误导了他的学生们一百年，直到今天。

从明末到清末的『西学』翻译只是开始，而且断断续续，并不连贯成为一场『运动』。各种原因导致了『西学』的挫折：被明清易代的战火打断；受清初『中国礼仪之争』的影响；欧洲在1773年禁止了耶稣会士的传教活动，以及儒家保守主义思潮在清代的兴起。鸦片战争以后很久，再次翻译『西学』，仍然只在上海和江南地区。从翻译规模来看，以上海为中心的翻译人才、出版机构和发行组织都比明末强大了，影响力却仍然有限。梁启超说：『惟（上海江南）制造局中尚译有科学书二三十种，李善兰、华蘅芳、赵仲涵等任笔受。其人皆学有根底，对于所译之书责任心与兴味皆极浓重，故其成绩略可比明之徐、李。』梁启超对清末翻译的规模估计还是不足，但说『戊戌变法』之前的『西学』翻译只在上海、香港、澳门等地零散从事，影响范围并不及于内地，则是事实。

对明末和清末的『西学』做了简短的回顾之后，我们可以有把握地说：二十世纪的中文翻译，或曰中华民国时期的『西学』，才是称得上有规模的『翻译运动』。也正是在二十世纪的一百年中，数以千计的『汉译名著』成为中国知识分子的必读教材。1905年，清朝废除了科举制，新式高等教育以新建『大学堂』的方式举行，而不是原来尝试的利用『书院』系统改造而成。新建的大学、中学，数理化、文史哲、政经法等等学科，都采用了翻译作品，甚至还有西文原版教材，于是，中国读书人的思想中又多了一种新的标杆，即在『四书五经』之外，还必须要参考一下来自欧美的『西方经典』，甚至到了『言必称希腊、罗马』的程度。

我们在这里说『民国西学』，它的规模超过明末、清末；它的影响遍及沿海、内地；它借助二十世纪的新式教育制度，渗透到中国人的知识体系、价值观念和行为方式中，这些结论虽然都还需要论证，但从一般直觉来看，是可以成立的。中国二十世纪的启蒙运动，以及『现代化』、『世俗化』、『理性化』，都与『民国西学』的翻译介绍直接有关。然而，『民国西学』到底是一个多大的规模？它是一个怎样的体系？它们是以什么方式影响了二十世纪的中国思想？这些问题都还没有得到认真研究，我们并没有一个清晰的认识。还有，哪些著作得到了翻译，哪些译者的影响最大？『西学东渐』的代表，明末有徐光启，清末有严复，那『民国西学』的代表作在哪里？这一系列问题我们并不能明确地回答，原因就在我们对民国翻译出版的西学著作并无一个全程的了解，民国翻译的那些哲学、社会科学、人文学科的『西学』著作，束之高阁，已经好多年。

举例来说，1935年，上海生活书店编辑《全国总书目》，『网罗全国新书店、学术机关、文化团体、图书馆、政府机关、研究学会以及个人私家之出版物约二万种』。就是用这二万种新版图书，生活书店编制了一套全新分类，分为：『总类、哲学、社会科学、宗教、自然科学、文艺、语文学、史地、技术知识』。一瞥之下，这个图书分类法比今天的『人大图书分类法』更仔细，因为翻译介绍的思潮、学说、学科、流派更庞大。尽管并没有统一的『社科规划』和『文化战略』，『民国西学』却在『中国的文艺复兴』运动推动下得到了长足发展。查看《全国总书目》（上海，生活书店，1935），在『社会科学·社会科学一般·社会主义』的子目录下，列有『社会主义概论、社会主义史、科学的社会主义、无政府主义、基尔特社会主义、乌托邦社会主义、基督教社会主义、议会派社会主义』等；在『社会科学·政治·政体政制』的子目录下，列有『政治制度概论、政治制度史、宪政、民主制、独裁制、联邦制、各种政制评述、各国政制、中国政制、现代政制、中国政制史』等，翻译、研究和出版，真的是与欧美接榫，与世界同步。1911年以后的38年的『民国西学』为二十世纪中国学术打下了扎实的基础，而我们却长期忽视，不作接续。

编辑出版一套『民国西学要籍汉译文献』，把中华民国在大陆38年期间翻译的社会科学和人文学科著作重新刊印，对于我们估计、认识和研究『中国的百年翻译运动』、『中国的文艺复兴』，接续当时学统，无疑是有着重要的意义。1980年代初，上海、北京的学术界以朱维铮、庞朴先生为代表，编辑『中国文化史丛书』，一个宗旨便是要接续1930年代商务印书馆王云五主编『中国文化史丛书』，重振旗鼓，『整理国故』，先是恢复，然后才谈得上去超越。遗憾的是，最近三十年的『西学』研究却似乎没有采取『接续』民国传统的方法来做，我们急急乎又引进了许多新理论，诸如控制论、信息论、系统论……还有『老三论』、『新三论』、『后现代』、『后殖民』等等新理论，对『民国西学』弃之如敝屣，避之唯恐不及。

民国时期确实没有突出的翻译人物，我们是指像严复那样的学者，单靠『严译八种』的稿酬就能成为商务印书馆大股东，还受邀请担任多间大学的校长，几份报刊的主笔。但是，像王造时（1903-1971）先生那样在『西学』翻译领域做出重要贡献，然后借此『西学』，主编报刊、杂志，在『反独裁』、『争民主』和『抗战救国』等舆论中取得重大影响的人物也不在少数。王造时的翻译作品有黑格尔的《历史哲学》、摩瓦特的《近代欧洲外交史》、《现代欧洲外交史》、拉铁耐的《美国外交政策史》、拉斯基的《国家的理论与实际》、《民主政治在危机中》。1931年，王先生曾担任光华大学教授，文学院长，政治系主任，后来创办了《主张与批评》（1932）、《自由言论》（1933），组织『中国民权保障同盟』（1932）。他在上海舆论界发表宪政、法治、理性的自由主义；他在大学课堂上讲授的则是英国费边社社会主义、工联主义和公有化理论（见王造时著《荒谬集·我们的根本主张》，1935，上海，自由言论社）。非常可惜的是，王造时先生这样复杂、混合而理想主义的政治学理论和实践，在最近三十年的社会科学、人文学科中并无讨论，原因显然是与大家不读，读不到，没有再版其作品有关。

我们说，『民国西学』本来是一个相当完备的知识体系，在经历了一个巨大的『断裂』之后，学者并没有好好地反省一下，哪些可以继承和发展，哪些应该批判和扬弃。民国时期好多重要的翻译著作，我们都没有再去翻看，认真比较，仔细理解。『改革、开放』以后，又一次『西学东渐』，大家只是急着去寻找更加新颖的『西学』，用新的取代旧的，从尼采、弗洛伊德……到福柯、德里达……就如同东北谚语讽刺的那样：『熊瞎子掰包谷，掰一个丢一个。』中国学者在『西学』武库中寻找更新式的装备，在层出不穷的『西学』面前特别害怕落伍。这种心态里有一个幻觉：更新的理论，意味着更确定的真理，因而也能更有效地在中国使用，或者借用，来解决中国的问题。这种实用主义的『西学观』，其实是一种懒惰、被动和浮躁的短视见解，不能积累起一个稍微深厚一点的现代文化。

讨论二十世纪的『西学』，一般是以五四『新青年』来代表，这其实相当偏颇。胡适、陈独秀等人固然在介绍和推广『西学』，倡导『启蒙』时居功至伟，但是『新文化运动』造成不断求新的风气，也使得这一派的『西学』浅尝辄止，比较肤浅，有些做法甚至不能代表『民国西学』。胡适先生回忆他们举办的《新青年》杂志，有一个宗旨是要『输入学理』，即翻译介绍欧洲的社会科学、人文学科知识，他还大致理了一个系统，说『我们的《新青年》杂志，便曾经发行过一期「易卜生专号」，专门介绍这位挪威大戏剧家易卜生，在这期上我写了首篇专论叫《易卜生主义》。《新青年》也曾出过一期「马克思专号」。另一个《新教育月刊》也曾出过一期「杜威专号」。至于对无政府主义、社会主义、共产主义、日耳曼意识形态、盎格鲁·萨克逊思想体系和法兰西哲学等等的输入，也就习以为常了。』（唐德刚编译：《胡适口述自传》，北京，华文出版社，1992年，第191页）。胡适晚年清理的这个翻译目录，就是那一代青年不断寻找『真理』的轨迹。三四十年间，他们从一般的人性论学说，到无政府主义、社会主义、马克思主义；从不列颠宪政学说，到法兰西暴力革命理论、德意志国家主义思想，再到英格兰自由主义主张，大致就是『输入学理』运动中的全部『西学』。

胡适一语道破地说：『这些新观念、新理论之输入，基本上为的是帮助解决我们今日所面临的实际问题。』胡适并不认为这种『活学活用』、『急用先学』的做法有什么不妥。相反，二十世纪中国知识分子接受『西学』的方法论，大多认为翻译为了『救国』，如同进口最新版本的克虏伯大炮能打胜仗，这就是『天经地义』。今天看来，这其实是一种庸俗意义的『实用主义』，是生吞活剥，不加消化，头痛医头，脚痛医脚的简单思维，或曰：是『夺他人之酒杯，浇自己之块垒』。从我们收集整理『民国西学要籍汉译文献』的情况来看，『民国西学』是一个比北大『启蒙西学』更加完整的知识体系。换句话说，我们认为『五四运动』及其启蒙大众的『西学』并不能够代表二十世纪中国西学翻译运动的全部面貌，在北大的『启蒙西学』之外，还有上海出版界翻译介绍的『民国西学』。或许我们应该把『启蒙西学』纳入『民国西学』体系，『中国的百年翻译运动』才能得到更好的理解。

我们认为：中国二十世纪的西学翻译运动，为汉语世界增加了巨量的知识内容，引进了不同的思维方式，激发了更大的想象空间，这种跨文化交流引起的触动作用才是最为重要的。二十世纪的中国文化变得不古不今，不中不西，并非简单的外来『冲击』所致，而是由形形色色的不同因素综合而成。外来思想中包含的进步观点、立场、方案、主张、主义……具有普世主义的参考价值，但都要在理解、消化、吸收后才能成为汉语语境的一部分，才会有更好的发挥。在这一方面，明末徐光启有一个口号可以参考，那便是『欲求超胜，必须会通；会通之前，必先翻译』。反过来说，『翻译』的目的，是为了中西文化之间的融会贯通，而非搬用；『会通』的目的，不是为了把新旧思想调和成良莠不分，而是一种创新——『超胜』出一种属于全人类的新文明。二十世纪的『民国西学』，是人类新文明的一个环节，值得我们捡起来，重头到底地细细阅读，好好思考。上海社会科学院出版社邀我主编『民国西学要籍汉译文献』，献弁言于此，是为序。

2016年3月20日，于阳光新景寓所

［美］韓德（Theodore W.Hunt）著　傅東華

文學概論

中華民國二十四年十二月初版

原序

最有趣味也最有實益的文學研究，就是文學本身——就是它的基礎和根源；它的問題和原理它的範圍和精神；它的類型和傾向，宗旨和類緣。這是一種困難的而卻又有報酬的研究，所以在開端的時候，它就成了高等的而且健康一類的思想訓練，且經謹愼的研求，就會產生一種更進一步去研求的欲願的。倘照這樣解釋，那末文學便可在訓練思想諸學問當中佔一地位，而本書的討論也就首要地從這個觀點出發。在這一個主題所暗示的廣泛種類的諸論題當中，我們將要討論我們認爲最基本的少數幾個，深信可以由此引起別人擴充檢討到同樣引人入勝的範疇裏去。我們特別希望在我們高等學術機關裏的文學學生會覺得這本書有興味而且健康。

目録

文學概論

第一編

第一章 解釋文學的幾個嚮導原則

在我們這些討論的頂頂開頭，我們須要注重一點事實，就是，我們有一種「解釋的科學，」可以應用到人類知識的各大部門，如哲學、歷史、語言、經濟學。我們有若干的法則或原則，排列成體系的順序，且可作爲一種體系，供學者作嚮導，以從事於各部門中的探討，爲要獲得最好結果所必需，而且老實說，如沒有這些原則，就不能作滿意的進步的。所以當我們從事於文學的研究，而所謂研究，要又不外是文學的解釋時，我們就立刻要感覺到科學方法的必要，而事實上也確有一種「文學的科學」的，並感覺到有一種「文學的解釋」的必要，這就是一種基於已確立的文學原則上的討論順序。批評家當中，如乃特（Knight）（一）、社爾普（Shairp）（二）、斯賓塞（Spencer）（三）及巴斯康（Easco'n）（四）都尊稱它爲「文學的哲學」。留埃斯（Lewes）（五）稱它爲「文學的原理」，赫胥黎（Huxley）（六）和道登（Fowd'n）（七）採用「文學的科學」這名稱。克洛勺（Crawshaw）（八）和馬比（Ainbie）（九）則尊取「文學的解釋」以爲最能達出所欲達的意義，至如叔本華（Sel·openhauor）（一〇）之流的批評家，雖名其書爲「文學的藝術，」實際上卻斷出它是一種科學的性質。總之，各人所用的名稱雖然各各特殊，大家卻都承認文學研究是有科學的特質和宗旨這一主要事實，而學者們也不得不從這唯一合理的觀點去探求和研究的。又因對抗的理論，在一般人當中，且甚至文學界本身當中，流行得更廣，所以這個觀點就尤其重要了。我們常常聽見人毫不猶豫地說，文學就是它自己存在的最好理由；說它有它自己的地位，對有關係的一切領域都獨立；說它有它自己的法則，且在它的最好表現時，超然生存於凡屬科學的一切領土之上的。尤其在詩歌，一般人將它作爲想像和情緒的產物，故主張它的作者的「文學的」的程度，正和它的「非科學的」或「不科學的」的程度爲比例，以爲「詩人特權」(poetic license)的原則已經使它脫出尋常心理程序的束縛之外，而給與它所願有的活動餘地和自由了。這種流行的見解，我們將會看出，是基於對「科學的」這名詞的完全錯誤的概念上的，因爲一般人都採取了這名詞的最狹的狹義，以爲止可應用於物質現象的研究，殊不知若作廣義用時，那末所謂「科學的，」就無非是那在任何純時中基於正確的原則上的，由整齊的程序發展而成的，且唯其如此，所以它一方旣遠不是僅僅的漫臆，一方也遠不是純然的專門技術。若照這樣去探求，那末文學就是一種科學的研究，而我們現在是準備着要去發見和討論支配它的諸原則了。

（一）須要確定一個或幾個正當的觀察點，期可最明白地看出文學究竟是什麽，及和毗連它並且約制它的一切境界有怎樣關係。凡是佔空間的事物，要由觀察者明白看見，明白寫出，總必須由一正當的觀點去考察，即由我們所謂居高眺廣的地位去考察，如看察城市或風景一般，故文學，當作思想及生活世界中一件實質的東西看時，也必須加以類似這樣的考察。我們的假定是，我們確有這麽一個觀察點，可稱爲要害地點，最能測出文學的全境界，並由此引出最好的結論來。而且，我們又不可忘記，當觀察人結束他的全部探測之前，爲求絕對詳盡起見，又必須多取幾個別的觀點，雖所見的境界比那總觀點較爲狹窄，卻實是不可缺少的。故如羅馬，作爲一個全城市探測時，可以從牠的七座山上逐一去看察。這樣，就可從一套變化的眼界看到一片風景，也許每一個眼界都會显露一種新的自然美來。實際上，我們可以說，現象愈是複雜，愈是多變化，這種變換的觀點便愈見其必要，故如文學這麽一個包舉世界的部門，是需要學者利用各種媒介去求得它的最充分的意義的。如果問得再明細些，這些爲解釋文學所必要的「觀點」究竟是什麽，那我們的回答是，它們必須是又「外在的」又「內在的，」這纔使學者可以也站在文學的外邊，也站在文學的裏邊。他從每個地位做了他自己的觀察，就可由兩者的比較和組合，以達到他所欲得的結果。在目前，文學研究的傾向是強力地在主觀方面的，這已成了一種主要的方法，且有時竟是絕對的方法了，而唯其如此，所以引到嚴重的而且有增無減的錯誤上去。因爲我們原可以站在一個城市或一片風景的中心，而獲得某種程度的我們所尋求的觀察的結果，但是這樣的結果，最多也不過是近似的，有限的，並且是局部的罷了。

沒有那一種文學能夠從它自己本身裏邊去概見全體，因如泰納（Taine）（一一）所提示，一種文學的環境，就是達到它的諸品性和影響的總和的一個重要的決定因素。「相對性」的學說，其可應用於文字，是同應用於哲學一樣的。在文學中，如勃勞寧（Browning）的詩裏，確乎也存在着一種所謂「書齋劇」（closet dramas），並不打算拿去公演，也不適於公演的。就是，我們確乎有一種「私的文學解釋」（private literary interpretation），當這時候，批評家是進入了文學的最深的內部，而無視了一切外在的文學現象，以從事於理論或隨意空論的。在這種地方，「文學的識見」（literary insight）自屬必要，但「文學的展望」（literary outlook）也同樣的必要。因爲我們如果僅僅是內觀的時，所得的斷案必是畸形的，錯誤的，此理萬無可易。故批評家如哥爾利治（Coleridge），比喀萊爾（Carlyle）爲可祭，（一二）我們美國的羅威爾（Lowell），比愛倫坡（Allan Poe）爲可祭。（一三）

（二）「首要的」和「次要的」之間的眞正關係必須維持，庶幾不至使其一霸佔其他的地位，以致損壞了所有的結論。於此，就需要一種高度的識別力，於可混淆優劣輕重的事物之間劃出確實可靠的區別。在文學裏，也同在生活本身一樣，我們需要一種經濟學家所謂的「價值的知識」就是文學的估價的知識，也就是依事物的眞正價值去估定它的能力。這種選擇去捨的機能，在不像明白可見的商業貨品及商業利益那樣而卻要牽涉到原因和品質的處所，就特別難於運用。破壞這條原則的例子，可以引出幾個來。向來人告訴我們，說英國文字中的克勒特（Celtic）語的元素是支配的元素；說依利薩白（Elizabeth）時代的英國戲劇主要是依存於古典的及大陸的模型上的；說涉士比亞得力於非英語的根源的形跡極為顯著，以至損壞了他的戲劇家的創作性；說作家如卡魯（Carew）、拉甫雷斯（Lavelace）、窩勒（W..ll r）、登安（Denham）之流，（一四）是在我們文學中的領袖詩人之列；說約翰孫博士（Dr. Johnson）是標準英國散文的最好例；說美國詩人惠特曼（Wh.tman）屬於第一流的作家；說美國的文學太幼稚而局部，不能稱為國民文學，等等。在這一切的例子中，解釋都是缺憾的，誤人的，理由就在研究者心中混淆了首要和次要的元素了。像這樣顛倒了事物的自然順序和合理順序的研究方式，是會一無所得的。破壞了這種順序的最顯著的例子之一，就在時行的所謂「顯微鏡的方法」（m cro:copic method）裏面給與了我們，這方法特別適用於詩歌，就是將結構上極細微的節目升之於原理的地位，而首要的和枝節的之間的一切區別都被無視了。由這樣一種程序的看法看起來，一首詩的製作日期或最初出現日期，是被看成了極重要的研究點；字法、格律、詞句的次序，全文的標點，以及類此的資料，都被看成了主要的研究題目，致將作品的意義和精神，以及隱於作品底下御使它獲得生機的那一些屬類的元素，倒看作無足重輕了。近代歐洲的批評，主要是在德國大學裏在這一點上都應嚴重地任其過谷，所以一個研究文學的學生要這樣去抗辯一個預先排定的次序而過分着重在題外的研究，到底是否損失多於獲得，就成了一個具有嚴重性的問題了。

（三）關於文學的開始，應該承認它的重要，這就是厄爾登（Elton）（一五）將要稱為「文學的起源」（origins of literature）的。這裏所研討的，就是文學何時及如何最先取得它的具體獨立的形式，何時及如何纔和它在成為各別的民族類型和生活以前所取的各種未成熟和無組織的表現形式開始判別。

在胚胎形式中的文學，仍舊還是文學，不過是萌芽的，元始的，本質地存在的，然而已很顯著而且有生機，足以決定將來的品性，因而為要解釋文學發達條件的人所不可無視。在這裏邊，就可以看見一個民族的所謂「口頭文學」（這是一個大家許可的矛盾名詞）的重要，其中包括一個民族或一個種族的歌謠、諺語、故事、傳說，未經記錄的 saga、（一六）俗乘、俗語；這一部未經蒐集的材料，其豐富和價值，以一民族的原始生活的長短，它的古史的豐富，它的人種的本質，以及它和其他文明教化上較前進的民族的關係的疏密，成為比例。不列顛島上遠在未被歐洲諸部落侵入以前的古克勒特文學，是富於這種史前資料的。斯干的那維亞諸國作為一國看時，都以富有這種基於民族生活上的文學材料著名於世，史詩如貝奧武爾夫（Beowulf），（一七）就是由那些富於暗示力的北方 saga 建造起來的。拜尼德·泰羅（Bayard Taylor）（一八）所譯的那些中古史詩，則得其起因和題材於原始哥德（Goths）諸民族的故事和傳說，關於古條頓族神物的所謂「失去的歌」(lost lays)，這些傳說對於英國的學者頗富於興味，因為它們曾經供給它們的浪漫詞的倉庫給如丁尼生(Tennyson)的王之歌(Idylls of the King)，亞諾爾特(Arnold)的特立斯特藍和易蘇爾特(Tristram and Iseult)，莫理斯(Morris)的谷德綸的愛人們(The Lovers of Gudrum），及郎匪羅(Longfellow)的黃金傳說(Golden Legend)等等作品。這種半歷史的材料，法國、瑞士和東方，也有它們的份兒，至於羅馬人征服以前的古英文學，及至於綽塞（Chaucer, 1340?-1400）時代，是一半神話的性質，一半歷史的性質，讀起來還像是一部羅曼司。曼茲柏立的威廉（William of Malmesbury）及蒙穆斯的赫弗理（Geoffrey of Monmouth）。（一九）的所謂歷史，不過是名義上的歷史而已。綽塞的玫瑰羅曼司(Roman de La Rose)，和好婦人傳說(Legend of Good Women)，以及謨耳（More）的烏托邦(Utopia)，都將我們直接帶回了羅曼司的境域，至於約翰·孟第維爾爵士(Sir John Mandivill)的遊記(The Travels)則是東方傳說學的一個適切的例解。甚至斯賓塞（Spencer）的仙后(Faerie Queene)和錫德尼(Sidney)的亞加狄亞（Arcadia），也繼續這種羅曼諦克的記事體，一直到了十六世紀的中期及近代英文學開頭的時候，其後通過發展中的文學，它仍一再出現，直到了穆爾(Moore)的時代，猶復見於拉拉魯克(Lalla Rookh)的神祕的記載中，使東方仍復出頭，而東西兩方又合而為一。所以如要見出歷史順序的法則，則必須追溯文學到它的最初根源，必須研究出寫實主義對浪漫主義的真正關係，以及維多利亞(Victoria)時代的十九世紀對亞勒弗烈(Alfred)時代的十九世紀的眞正關係。

(四)須利用文學中的眞正的對照。這些對照之一,就是由「寫實主義」及「浪漫主義」這兩個名稱表現出來的,而我們受着文學的法則的束縛,不得不承認它並且應用它。我們知道,文學所表現的,往往優勢地是這些傾向及理想之一或其他。特別是各國的文學,無論何國,如英國的或法國的,都可這樣去探求,去研究,因爲現在已多少有點明顯,英國文學是寫實主義的,法國文學是浪漫主義的,如各國各自的來歷和國民性所決定。這樣,浪漫主義是東方的或亞洲的,寫實主義是西方的;希臘文學是浪漫主義的,羅馬文學是寫實主義的;至於近代的俄國文學,則現在必須大體上目爲浪漫型的一個表現。於是,我們必須把文學當作一種「思想」的體現或一種「組織」的表現去考察,而其間的對照,就是「題材」和「風格」的對照了。他如時代可依這原則研究,作家可依這原則分類。又依同此原則,德國風文學是實質的,在理智方面發展的,法國風文學是組織的,裝飾的,在審美方面發展的;文學全部都可看作這兩種態相之一或其他,已是大家承認的了。

還有一個同樣顯明的對照,是德昆西(De Quincey)所愛護那種區別——「智的文學」

(Literature of knowledge)和「力的文學」(Literature of power)。在這概念上學者須得把文學當作一個事實的庫藏，在它的歷史的方面去考察，或當作一種原理的集合，在它的哲學方面去考察，這其間的界線是確然劃開的。於是，在「代表的」和「普通的」作家之間，就又有一個顯著的對照，而在我們的研究裏，我們應該可以認識哥德、拉辛(Racine)及莎士比亞諸人的文學和赫特爾(Herder)、封特涅爾(Fontenelle)及哥德斯密(Goldsmith)諸人的文學之間的差別。一言以蔽之，我們須把文學的發展看作一個天才的表現或只是才能的表現。

這樣的對照是確乎有的，我們必須要承認它，考察它，如今對於文學解釋者只有一句警告，就是這樣的對照畢竟不過以一個變相的形式和度量而存在，往往是爲了便利及作爲一種教育的方法而設，並不能看作文學本身的不可缺少的因素或特色的。我們並非斤斤然要去辨明寫實主義或浪漫主義，內容或組織，智或力，卻要逐一的去研究，協調的去研究，這纔可以達到一種可以經得起真理試驗的結果。研究文學的人並非要研究若干對立體，並非要以加強流派，類型，運動和作者之間的差別爲主要目標，卻要去研究其間的關係，似點，以及所以構成同列的種種元素，要能如此，纔可使全世界的文學顯出是一個統一的世界產物，在一切巨大民族，都由同一大路線發展，也都注視在同一大究竟上的。所以，在批評上就需要一種心理的均衡和不褊狹，必期一切的輻合線可以察出，一切集中力可以給與它的相當的地位，確定它的相當的影響，而培根（Bacon）所謂的「統一的直覺」也就可不但是哲學的究竟，並且成爲人類文學的究竟了。

（五）還有一個嚮導的原則，就是要坦白承認文學中的「未知點」在文學，如在數學，解釋問題所需的因子，大部分是在手邊的，或可達及的。然而在這兩個部門，這些因子之中，也都有一些尚屬未知，或不可知。這在文學尤爲眞確。文學，在大體上，是一片供人自由研究的公開的田野，或者換一個譬喻說，是一塊供人自由開發的公開的礦山，而田野或礦山中的寶藏，是可用尋常的觀察和勤勉去發見，去拾取的。當作一個研究的部門看時，文學並不能說是錯雜的，糾纏的，它並不拒絕人去分析和綜合，也並不有時要阻礙學者的前進，彷彿它是天文物理學或四元法（quaternions）或諸元素的化學分解一般。但這並不是說，在它的封疆之內就沒有一個複雜的地域，誅求着研討者的極度聰明，且有時拒絕他企圖略爲可滿意地去領略它理會它的極強毅的努力。如果問得再確實一點，這些不決定的元素或因子到底是什麼，那可以回答第一、「複雜性」本身就是難以解釋的了。當我們跟着波斯奈脫（Possnett）（二〇）那樣一位學者去接近世界文學的考察時，我們就會發見怎麼一片廣漠和深淵——它的現象和元素是何等的紛歧，那些作用於其間的首要次要的力，直接間接的原因，又是何等的特異！這裏是怎麼一個交互動作力結成的網呵！暫時之間，我們的理性和想像都要怎樣因這展望而被嚇退！其次，我們在文學裏又發見了一種「秘密」或「神秘」的元素，往往不容人去解釋。有些境界不容人進入裏面，有些問題絕對不給我們解決的端緒，因而我們探測復探測，也終是徒然。究竟什麼是文學，什麼是它的特殊境界和品性；究竟它的起源是在何時何地；究竟它的某一部分發展是如何演成的；究竟它之作爲一民族的民族性和民族生活的指標是能到怎樣一個程度，而且它的基礎的法則是什麼——這一些，以及諸如此類的問題，立刻就要把我們帶到暗昧的境界裏去，就是最好的結果也還是有問題的。

還有，我們無論怎樣去解釋它，在文學猶在語言，總有一種「無定見」之存在，就是說，有些地方顯然是暫時找不到類乎法則，方法，或原理一類東西存在的。「不規則性」是唯一可以見到的現象。我們所常依靠的一切前例都取消了；一切文學的歷史都無視了；而我們就坐在一幅迴轉盤的面前，只見它在我們前面移動，分明它背後並沒有任何的原動力，——是自治的，獨異的。於是我們又看見一黑暗而無希望的時代，卻有了最高形式的天才，猶之當普偏卓越的期間卻見文學的凡庸性之統治。例如七世紀何以有卡德夢（Caedmon）（二二）及貝奧武爾夫，十七世紀那樣的肉感時代何以會有失樂園（Paradise Lost），十六世紀何以會出莎士比亞，十八十九兩世紀何以會斷然缺乏史詩和戲劇的能力，克勒特人何以會有高等的文才，乃至勃勞寧和丁尼生死後何以英國詩壇就一蹶不可復振，這許多的問題，都是我們還不曾充分加以解釋的。總之，例外的原則，其可適用於文學，也猶可適用於別處一樣，而且是同樣難以說明的。雖在類乎確定的結果已經達到的處所，學者也仍不如當它最多是近似的結果，當它不過準備着一條路，等文學更加發展，未知的事實更臻明瞭，這纔引出更圓滿的結果來。所以，文學上的武斷主義，批評家的傲慢，大膽，乃至對着神祕現象而前除謬虛之外的其他一切精神，卻是危險的。文學誠然是一種科學，但它的結果不必一定是終極的；這種科學也如其他一切科學一樣，一部分是試驗性質的，有時不得不拋棄一切已被承認的論據，而承認一向都被無視的論據。文學的解釋，正因爲它是科學的，所以自由承認未知量之存在，雖然竭力要求減少這個未知部分的面積。

（六）在文學的研討裏以一個無偏頗的心爲必要條件——就是說，應該不存「預斷。」凡問題起來的時候，應該在它們的價值上去考察它。這樣的辦法，絲毫沒有違反文學考察中的獨立判斷的原則。如沒有這樣的獨立，文學批評就被剝奪了它的最緊要的元素，而被打在沒有那個思想正確的學者所應站的平面上了。現在的爭論不過是這樣——獨立應該不至流於偏執；人中之最聰明的也要受着人類知識的必要的限制；而在文學的世界是有「輿論」這一種力量的。

這些「偏見」之中，有幾種最有害的可以注意一下。其一是，過分估重一民族自己的文學的價値，以爲其他民族皆得天不如己之厚。我們在開端的時候，業已叫人注意，須擇定一個或數個正當的觀察點，而這種觀察點是也在文學之外，也在文學之內的。如今我們所見的這種預斷，立刻破壞了這個開端的程序原則，限制觀察人於自己本國語的境界，因而防止他去作廣泛而可信的概觀了。他把自己的文學當作中心的，領導的，這一種主張，是根本錯誤的，並且自始就堅定了他的一種心境，以致在那影響之下，無論自己的文學及一般文學都不能加以無偏的考察。且我們這樣拒絕用這偏頗的狀態去開始討論，也不能構成任何不忠的證據。我們所要求的乃是一種公平而正直的態度，就是文學應由它的全部和各別的因素去看它，作爲是一種站在本身價值上的東西，因而撇開了一切先入之見去考察。在一個有心的學者看起來，他自己的文學也許是沒有匹敵的，或沒有近似的勁敵的。在愛國的和合理的根據上，他也可以相信本國文學的確定的優越性。然而這並不是說，當他從事文學解釋這工作的時候，他就有無可置疑的權利可以從那裏面將這種偏好，信念，和理由提出來當作一個辯論的出發點。反之，他必須把那題目當作一個新題目去探求，而心中須存着一種意念，即當有疑惑時，他就得將這疑惑的益處歸之於別國的文學，不歸之於自己的文學。這是禮貌、謙虛、和公道所同樣需要的。

還有一種的預斷，是也許作爲「承傳的或獲得的意見」的形式而起的。我們有一種可以謂爲「文學的傳統見解」（Traditional v.ews of literature），或是關於一般文學，或是關於某一國的文學，一向都無問題地被接受，或又爲教育和環境的產物。無論由何而獲得，這一套見解都得着我們無條件的批准，而我們也不容許有對抗的意見去和它作嚴重的衝突的。猶之一個人的政治的和經濟的見解或是跟世襲財產一樣是他的贈與財產的一部分，或係由特殊訓練和環境的結果而被他當作究竟的見解承受來的，所以一個人的文學見解，也許純爲世襲財產的性質，或僅是模做的產物，而且十分固定在他的信念裏，以致每一開始文學的討論，他總先假定了這一套見解的有效。他並沒有意思去學習新的事實，所以不願意忘記了舊的事實，其對於所得的結論，就只依它適應從前別人教他信以爲眞的那些見解的程度而接受。這種，就是所謂「承傳的意見」了。這種意見，當然無論在什麽意義上都不能算是創新的，或甚至不是由親身的觀察和研究而獲得的。這樣，吉本（Gibbon）曾經做過他的羅馬帝國的衰落和覆亡（Decline and Fall of the Roman Empire），就是根據在基督教的無效一個先行假定上的。這樣，巴克爾（Buckle）（二二）曾經做過他的文明史（History of Civilization），是先承認了基督教不必爲人類進步的一個切要因素的。這樣泰納曾經着手去解釋英國文學，以致產出了一部雖然漂亮而卻往往誤人的歷史來。也就爲此，所以休謨（Hume）（二三）乃至夫魯德（Froude）（二四）也有幾分，竟不能做一個英國的歷史家，而前世紀初頭的愛丁堡評論派（Edingburgh Reviewers），（二五）也以對當代英國文學施惡意的批評而至於弄巧成拙。又爲此而亞諾爾特作爲一個批評家時就見得特別無力，（二六）愛倫坡亦然。（二七）又爲此而福耳特耳（Voltaire）在他的莎士比亞的研究裏犯了錯誤；（二八）馬可梨（Macaulay）在他的清教徒的估價裏犯了錯誤；（二九）咯萊爾在他對於美國制度的責難裏犯了錯誤。凡是一個解釋者，就這名詞詞意所指，就應該是一種仲裁人。他必須看到所有的方面，聽到所有的申請，而達到事實和情境所要求的結論。

（七）文學的解釋必須是「建設的」「積極的，」始終尋求着確實的結果，藉使對於後來的學者可以助成最大的文學興味，而且始終維持更高的觀點。因爲我們確有可謂破壞的和消極的說明那樣一種東西，這種說明，除開要推翻已存的信念並以勉強的辯論證明這個那個之不應該如此外，分明沒有其他的目的。這是一種以發現錯誤爲樂事的研究；它要把文學的生活和工作的最惡劣方面顯著地暴露出來；要放大不利於文學的各種勢力，而永遠預言着文學的沒落不久就要到。這樣的人就是文學上的悲觀主義者，而作爲悲觀主義者，在文學界是沒有可辯護的地位的。

文學的解釋是文學中的最好事物的尋求，是一種特別有組織力的而且建造性的任務，目標在於討論和申說在事物的一般體系中文學所以爲文學之故；因而是一種積極的，健康的，有報酬的學問，在他的最高的資格和理想時，便是「一種人生的批評。」

（八）作爲文學解釋的最後一個法則，我們就要注意去達到並且表現「文學的內在精神」這個目標，因爲這種內在的精神是和任何外在的和因襲的東西都劃然有別的。我們說，文學是一種用書面表現出來的東西；或說就只圖書館裏一堆書便是文學；或說這就是供給讀者作教訓和娛樂的這個那個——像這樣的說法，都並沒有表出全部的眞相。文學並，不止是印刷品，更不止是包含它的書本。這是，像喀萊爾說的，「會思想的靈魂的思想；」這是思想、感情、意志、良心和趣味的表現；一個人之所以爲人的總和的表現；世界的生活之體現於語言；是志望也是感興；是若干世紀的最後產物；是最高的人類理想的幾近的實現。最要者，它是一件活的東西，充滿着知識和力的存在；是一種具有生機並且給與生機的產物；是人類經驗的全部顯現；是人們的愛和惜，快樂和愁苦，志向和行動等等的恰如原形的描像。我們稱這爲「文學的精神，」就是指它的旨趣，它的個性，它的感人的質素，它的精髓——凡是給與它的外形以效力和價值的一切。這樣，希臘、羅馬、德國、英國的文學都各有它的個性，而文學的全部則可說是具有支配的本能和理想的。如今所謂的「世界最好的文學」，（三〇）最能表出這種最內在的文學精神，而這是自從文學的黎明以來，經過若干世紀的進步，逐漸集合起它的力量和魔力的。把這精神發見並且披露給人們，使他們可以充分看見，充分接受，這就是文學解釋者的首要的和終極的任務。不知道這種任務，其餘一切都要見得是徒然，而知道了這種任務，其餘一切便實際都存在了。只有在這種地方，解釋文學的一切派別和學說纔可以受真正的試驗，因爲只要看它們對於那作爲文學藝術的基礎而使它值得人們享受的那種生活精神的尋求是成功或是失敗，就可試驗出來了。近來有一個批評家寫道，「這個世紀的一切影響，都已傳入詩人的髓內去了。」我們可以補充說，這一切的影響都已用着這種或那種的形式傳入了文字的境界，而這些紛歧的影響是應該加以研究的。

所以這一種學問，一方有許多的困難，一方卻也有許多的報酬；它永遠要挫折勤勉的研求者，卻又永遠激勵他去重新努力。這是「聖杯探求」(Quest of the Holy Grail)（三一）之施用於文字，其中充滿着高度的引誘和希望，使得探求人永無停止他的探求的可能，因爲眞理的新發見是永無窮盡的。

這些，就是文學解釋的一部分的嚮導法則和原則；是一種澈頭澈尾基於鞏固的科學方法上的程序，而供給公正和忍耐的學者以自由入類精神所得願有的全領域的。

羅威爾先生說：「我欲將一種影響歸給它，那是比人類天才所得表現的任何其他形式的影響都更如人願而且作用也更廣。」——就是指文學說的。

（一）乃特，英國批評家，作哲學和文學的研究(Studies in Philosophy and Literature, 1879)。
（二）社爾普，英國批評家，作哲學和詩歌的研究(Studies in Philosophy and Poetry, 1878)。
（三）斯賓塞，英國哲學家，作風格的哲學(Philosophy of Style, 1852)。
（四）巴斯康，美國批評家，作英文學的哲學(Philosophy of English Literature, 1893)。
（五）留埃斯，美國批評家，作文學成功的原理(Principles of Success in Literature, 1892)。
（六）赫胥黎，英國哲學家，作文學和科學(Literature and Science, 見 Nature)。
（七）道登，英國批評家，作文學的研究(Studies in Literature, 1889)及文學中的科學的運動（The Scientific Movement in Literature 論文集中的一篇。）

（八）克洛勺，美國批評家，作文學的解釋(Interpretation of Literature, 1896)。

（九）鮑比，美國批評家，作文學解釋論文集(Essays in Literary Interpretation, 1892)。

（一〇）叔本華，德國哲學家，作文學的藝術(The Art of Literature，英譯本 1891)。

（一一）泰納，法國批評家，主張人種，時代，境遇爲文學及藝術的三大因素。

（一二）科爾利治，英國浪漫派詩人及批評家，著有 Biographia Literaria 對文學的構成元素，頗爲詳說。喀萊爾，英國散文家及批評家，著有 Sartor Resartus 及批評的 Essays 主觀的傾向較重。

（一三）羅威爾，美國詩人及批評家，著有 Among My Books 及 Latest Literary Essays，學術極博。史溫坡，英國浪漫派詩人，小說家，及批評家，其批評的文散見於全集中，主觀的傾向極重。

（一四）四人都是十七世紀的英國抒情詩人，並皆雕琢，不爲後世所重。

（一五）厄斯欽，英國人種學者，著有英國史的起源(Origins of English History)。

（一六）冰島的一種古史詩。

（一七）貝奧武爾夫是 Anglo-Saxon 的史詩之一，敘其英雄貝奧武爾夫初爲王子，後爲國王，皆殺一食人之怪物。

（一八）英國詩人及散文家，曾遊歷亞洲及非洲，作有遊記及考古書多種。

（一九）均英國歷史家，約爲十二世紀中人。

（二〇）法國文學理論家，著有比較文學(Comparative Literature)。

（二一）七世紀中英國的詩人所作的史詩，作者卡德孟，稱爲「英國歌曲之祖」，相傳他在教寺中爲僕役，夢得興其賦詠天地開闢之事理而作的。

（二二）巴克爾，十八世紀的英國思想家，主張國民性成於物質的環境。所著文明史，批評家譏爲「象棋戲者，」即謂其治

（二三）休謨，十八世紀的英國哲學家及歷史家。他的哲學是極端的懷疑主義，因而以人類歷史爲毫無目的。著有英國史，批評家認爲對於他的題目冷酷無同情。

（二四）米佛德，十八世紀末的英國史家及文人，著有英國史十二巨册，但不如他的文學作品著名。

（二五）愛丁堡評論創刊於一八〇二年，擁護「民黨」（Whigs）的利益，以鋒利的文學批評著名。

（二六）森次巴立（Saintsbury）在他的批評史中分批評家爲二種：其一先發自己的宣言或供狀而其後的批評著作就無非爲這宣言的應用或發揮。以爲亞諾爾特就是屬於這一種的。（見 History of Criticism, vol. III, P. 516）

（二七）森次巴立以爲坡的批評所以混亂，是因爲他未受系統的教育之故。（見同書 P. 634）

（二八）福耳特耳爲古典派，以古典的法律去批評莎士比亞，故犯錯誤。

（二九）馬可黎的批評重風格，所作彌爾頓論對於風格及清教徒的思想多數批評。

（三〇）這是一部選刊世界第一流文學作品的叢書的名字。

（三一）聖杯，就是耶穌在最後晚餐所用的杯。後來此杯失蹤，基督教國到處探求，成爲中古騎士羅曼司的重要題材。

第二章　文學的一個定義

明白簡約的概念是難得有的，而在那些最重要的且唯其最重要而最易流於曖昧的思想部門，則尤其如此。

所謂定義，就它的語源解時，意思就是給所詮釋的真理或論題劃出界限——就是從那論題的複雜性上對任何類似於它而容易和它混同的東西分劃開來。因在任何精神工作的高等領域都有發生概念上大紛歧的可能，又因我們不能常從這些概念之中選擇任何一個來，以爲斷然優越過其他一切，這就一方面顯露出這樣的論題的多面性，又顯露出要正確地區定或訓定它的企圖中所包含的嚴重困難了。這一種努力，是沒有在那一個知識工作的區域比在文學更易挫折人的，因爲文學這個區域，本身所包含的已經很多，而又在一切方面，在每一點上，都可說是接觸着近似的研究區域。也同「哲學」「科學」和「藝術」這一些總稱的和概括的名詞一樣，我們所能辦的最多不過儘可能地去求得這題目的一個最近似的理想概念，必須同時能識所包括的內容，而又劃清所不包的義界，將古時作家所謂的質實和附帶物都包舉在內。

要獲得這種結果的最好方法之一，首先是去勘察一遍關於這題目的意見的歷史，從許多概念以定義之中去選擇和發揮那些最有斤量的，而且使我們最能接近所尋求的鵠的。

如果在開頭時先就問到文學這名稱何以能容這麼分歧的解釋，又何以會這麼曖昧，那末波斯奈脫先生曾經提示四個各別的原因，如下：

（a）它所由達到我們的「根源。」

（b）學者及非學者關於它的「非歷史的觀念」。

（c）文學製作的「工具」的深微變化。

（d）文學製作的「目的」的深微變化。

這四個原因之中，我們可以注意，第三第四兩個特別有力，且要在每一個繼起的時代中引起批評家和學者們的分歧甚遠的見解。這些歷史的意見有若干可以引證。

據瓦色斯德(Worcester)，(一)文學就是「學問，知識，想像的結果保存於書面」這定義裏面，「想像」和「書面」是着重的字眼。

文學史家哈蘭先生(Mr. Hallam)(二)簡明地說文學是「由書本分給的知識，」這是一個異常缺憾的定義，就因不能區別所謂文學的知識和任何其他形式的知識。同時也是個異常寬泛的定義，因為把書本所分給的一切種類的知識都包括在文學裏了。

據勃魯克(Brooke)，(三)「我們所謂文學，意即有知識男女的落於書面的思想和感情而依能給讀者愉快的樣式排列的，」這話裏面，他的意思是要着重「愉快」這個名詞，這就是審美的快樂，也就標出了作者的首要目的。所以他補充說，「散文不是文學，除非它具有風格和特性，而且是特別用心寫作的，」就正表明了這個意思。所謂「特性，」他的意思是藝術的特性，所謂「特別用心，」就是散文家如亞諾爾特及詩人如濟慈(Keats)在技巧上的辛苦經營。

溶布(Jebb)(四)告訴我們說，「文學包含固定的形式，」他的意思是主張文學不僅須是書面的，以別於口頭的，並且須有成熟的風格或美的品性，就是必須有我們所說的好形式。

法國批評家微內（Vinet）（五）說，「文學包括人對人綜合地表露自己的一切著作，」這其中的關鍵全在「綜合的」這一個詞。微內用這個詞的意思，大約以爲在論理學上，綜合就是用簡潔可行的形式包括一個命題的總和，故文學也就是用整練而妥貼的形式表現人類知識的總和的。這就猶之於說，文學是用適切於人性的狀態表出的具體化的思想或眞理。

還有一個法國作家——戈克拉爾（Gauckler）（六）——寫道：文學是「文字的藝術（L'art de la Parole）而作爲詩學，散文學，及演說術表現出來的。」

極有教養的批評家如亞諾爾特也寫道：「文學是一個廣泛的詞。它可以解作用文字書寫或印成一本書的一切，如歐幾里得（Eucli d）的幾何原本或牛頓的物界原理（Principia）」，以爲它的範圍是如西塞祿（Cicero）所主張，包括一切學問的。赫胥黎教授則認文學爲「美文」（Belle Lette s）的同義語。散得茲（Saunders）在所作叔本華的文學的藝術的序文裏寫道：「文學可以解作精神活動的一個過程，也可以解作精神活動的一種結果。這是一種藝術。……這種藝術的問題就是去發見風格上和手法上那些足使任何作品稱爲好文學的品性。」

此外可徵引的諸定義之中，有兩個特別有趣味，波斯奈脫寫道：「文學所由組成的作品，無論是散文是詩，與其說是思索的技藝，毋寧說是想像的技藝；它們的宗旨，與其說在教訓和實效，毋寧說在民族中的最大多數的娛樂，而它們所申訴的，也不是特殊的知識，而是一般的知識。」於是我們美國的巴斯康寫道：「一個民族的文學，就是它的知識的和文學的生活中最藝術的和最完備的東西的體現。除非一件作品已經具有手法上足以給它永久價值的優點，它就不能算是民族文學的一部分。單有思想不能保證一件作品爲文學。作品之具有本性和主權，是完備，對稱，卽形式的優越所給與的。文學作品的持久性，以形式的優越超出實質的價值的程度爲比例。文學是本質地屬於藝術性的。」

關於上述的這些定義，我們有一兩個提示可以貢獻。

（一）其中大多數，與其說是詮釋這個題目——文學，——毋寧說是述說這個題目。與其說它們是定義，毋寧說它們是描寫，因爲它們都在論列關於文學的事實或眞理，不是從文學的本質上或精神上去論它的本身。

（二）又有可注意的，即在大體上，這些定義都只能概括一個充分定義所應包括的地面的一部分，不過能表出部分的眞理，因而不能滿足一個要想對這題目達到完全觀念和概測的學者。例如澤布教授告訴我們，說文學包含「固定的形式」，在這話的本身原是眞確的。這樣的所謂定義，卻缺乏一種爲定義所必具的特色，就是完備性或賅括性。

（三）這些定義裏面還可發見一個顯著的特色和錯失，就是，它們照例是在陳說並且衛護極端的態度。據它們的措辭看來，它們似乎諄諄然在那裏教人，文學若不是和一切學問全無分別，便可以化作僅僅是娛人的藝術，而在求詞面完善的方向上，就只要求着藝術的或技巧的機能的運用了。

作爲一個幾近於穩妥和滿意的定義，我們現在是出下面這一個：——文學是思想經由想像，感情及趣味的背面的表現，它的形式是非專門的，可爲一般人所理解並感趣味。因而，英國文學就是英國人的思想對於一般英國人的這樣一種表現。

在這個定義裏面，包含着若干基本的事實。

（一）文學，在這詞的本身觀念裏，就包含着書面的著作——就是作爲我們研究對象的字面（Litterae）。所謂「文學者」（Litteritour），若使愛默生（Emerson）叫起來，就正是「寫作者」（writer）的意思。演說或口頭的講述，無論如何優越，或如何適合它的目的，都不是文學，也非到變做手寫的形式時不能成爲文學。西塞祿和柏克（Burke）的演說辭，是直到用「固定形式」表出時纔列入了拉丁和英國文學的。凡不曾經過這樣具體化的演說辭，到了講完之後任務就算完畢，而和一切暫時的東西同其命運了。因此，我們剛纔徵引的那個法國批評家（戈克拉附）把演說和散文一樣的包括進「文字的藝術」之內，是錯誤的。演說家和作家之間，猶普和紙頭之間，無論有怎樣相互關係，他們的區別仍舊非常顯著，所以要爲文學下明確的定義，就不能不彼此各分畛域。

（二）又，文學在它的本質上和終極的理想上，是非專門的。它和各種專業或波斯奈脫所謂的「專門知識」（specialized knowledge）絕少關係。它所體現和表現的眞理必須屬於較普通較賅括的一晴；或者可以說，這種眞理是更人性的，更寬大的，這種它可以行得廣，可以喚起共同的反應，可以助成它的特殊目的。在這意義上，歷史當它用着紀年，編年，要略，或教本的形式時，便不是文學，猶之傳記，若僅是一種回憶錄的形式，或只搜集其人一生的若干資料，也便不是文學。教科書，如我們心目中所見那樣的，就不應該歸入文學書之類。解剖圖，統計表，時曆，公式，都不是文學。因爲它們在形式上和宗旨上都太專門，故不得爲文學。

所以在「科學的」的全範圍裏，是有文學的一個地位的，但科學在它的專門的和抽象的性質上，無論它是物質的精神的或道德的，都不是文學，卻在一個各別劃清的地域內有它的地位的。當哥德作他的浮士德時，他是在文學的圍線內以一個作家的身分作的；但當他作光學（Optics）的時候，他就以一個科學家的身分而作，且爲着文學以外的其他目的的。約翰孫博士的漫遊者（Rambler）是文學的；他的英文字典（Dictionary of the English Language）或略來爾的勒戎德耳氏幾何學譯本（Translation of Legendre's Geometry）就不是文學的了。就像這樣，文學是訴於一般的心理的，訴於具有這一般心理的人們的，訴於社會中除外兩極端之外的中等階級的。在這一點上，文學可說是目的和形式同樣都是通俗的，而其一的通俗就由於其他的通俗。它力求解釋眞理，以期共同的理解；力求處理普通賅括的觀念；力求避免狹窄的，說教的和專門的。

當培根爵士作他的論文(Essays)和亨利第七的歷史(History of Henry VII)時，他是站在文學的立場上而為普通的英國人作的；但當他作他的新工具(Novum Organum)時，他就為英國的學者和學校而作。在這裏就起了一個未決的問題，究竟如呼克爾(Hooker)的教會政治(Ecclesiastical Polity)那樣的書，或密爾頓論離婚論教育那樣的小冊子，是否在這原則上也被排出於那個包括失樂園和科馬斯(Comus)(七)的範疇之外。

柏克的關於我們的崇高及美的觀念的起源的哲學的探討(Philosophical Inquiry into the Origin of our Ideas of the Sublime and Beautiful)，為一部分的英國公衆說法，而在這限度內就不是文學的，猶之他的關於哈斯丁的彈劾的演說(Speech on Hastings' Impeachment)。所謂不文學的，不必一定就是文盲。

(三)復次，文學是思想的表現。這並不是說，文人就是在嚴格的和正式的意義上的所謂學問的人。佩忒(Pater)(八)所謂「文學的藝術家必須是一個學者，」這一句話，可以把它改作，文學的藝術家必須是一個思想家。所以，巴斯康說「文學作品的持久性，以形式的優越超出實質的價值的程度爲比例」那句話，是錯誤的。要是照這樣說，那就等於獎勵文學可以沒有思想，同時也就等於提出一種非哲學的見解，以爲文學作爲一種藝術時，能夠離開了它的知識的品性而仍可有什麽眞正的基礎或穩固的表現。所以當我們說文學是思想的表現時，那末這兩個極端——卽一方面將文學作成過分學術的和艱深的，一方面將文學作成過分藝術的和裝飾的——就都可以免除了。

這話中所包含的主張是這樣的——文學應該——從最好的意義上說——是有意識的；文學應該是心思對於心思的表現；因而文學應該不使成爲僅僅爲文字而文字的文字紀錄，或不使助成高尙的和有價值的之外的其他任何目的。文學也確實可以把供給愉快當作它的目的之一，但那愉快必須屬於高尙的性質，無須是輕薄的和柔弱的。散文和詩應該在它們的表述方法上和程序上使它們能夠動人，但這並不是說，它們應該是缺乏智性的。我們應該尋求一個眞正的文學的概念，而這概念又不是也不應該淺薄而皮相，這個主張，決不能算是過分。新近有一個批評家論到「近代著作」時說，「文學裏面旣可以有無風格的實質，那末也就可有無實質的風格——就是作風求其完美，而素材少到極小限度。」一這種情形，作爲一個文學的可能性說時，誠然是眞確的，然而像這樣子的一種文字的集合，是無論在怎樣意義上都不值得用上文學這個名字的。一切眞正的著作，總都具有某種程度的教育的價值或教育人的價值。雖是所謂軟性文學中的最軟性的形式，也無須因此而完全缺乏思想的色調和品性。最好的詩歌，小說，以及描寫的雜著，雖然大體上抱着給人趣味和使人愉快的意思而作，卻也具有一個良好意識的基層，若要列入時下那種瑣屑無價值的廢話之中，那是格格不相入的。雖是機智和幽默，據每個有見識的批評家所知，也必須具有一種知識的本型和氣分在裏面，這纔能應付它們的最高目的。法國批評家微內抱着這種精神寫道：「著作（文學）的藝術包含着一切理解機能之如此普遍，如此變化，如此精細的一種應用，乃至要想像出一套有益於那些機能的操練教程，差不多是不可能的。這幾乎就是思維的藝術了。這是應用在我們自己的思想表現的思維藝術。從來的大思想家未必都是大著作家，但是從別種地方看起來不過是個尋常人的大著作家是沒有的。」

當愛默生告訴我們說：「文學是最好的思想的紀錄」時，或當張諾爾特說到文學是「世界上所知所想之最好者」的體現時，一切好著作中的這種思想的和訓練的元素是被着重了，這是和時下把這特質認爲不過是一種技能或次要產物那種流行見解相反對的。

所以，約翰·摩黎(John Morley)(九)在一節富有暗示力的話裏寫道：「文學是由一切的書本組成的……其中道德的眞理和人類的熱情都以一種博大，淸明，以及形式的優美去觸及。」所謂「博大和淸明，」這位英國批評家是指生活和活動在一切眞正著作中心的那個強有力的心，這就是使得著作成其爲著作而且得和其他一切高等的人類活動並列的。

（四）「理想的，」「感情的，」和「藝術的，」三者在文學中的重要地位應該注意。思想之在文學原是必要，但巴斯康說：「單有思想不能保證一件作品爲文學，」也是對的。思想必須經由或藉着一種媒介或狀態表現出來，纔使它的表現成爲文學的，而不是別的不論什麼。這種媒介就是「想像，」「感情」和「趣味，」我們憑這幾件東西的有無，纔能類別一切著作之爲文學或非文學。這些元素値得我們加以一種特別的考察，而且大體上是一種元素。

我們說，文學是用理想的，感情的，藝術的形式的思想表現。思想本身無論怎樣重要，必須經由這三條通道的媒介，纔能構成文學，以別於任何其他形式的思想表現——哲學的或科學的，因爲它和這些是可以混同的。因而，我們已經看見過，文學曾被稱爲「想像的技藝」。所以佩忒也說：「文學是事實連絡着靈魂的再現」——就是說，在文學裏必須有那可以喚起讀它或聽它的人的親身反應的。如亞諾爾特先生所常說，它必須是「有趣味的。」

再講到藝術的方面，那就必須有「手法上的優點」——就是說，那產品上必須有一種鑄型和風格，爲文學這個特殊境界之外所不能具有的。凡當思想體現在訴於我們的理想和感覺性和趣味的諸形式，而不體現在僅僅訴於或大體上訴於思辨的理性或推理的機能或純功利的意向的諸形式，當這時候，文學就可說是存在了。

凡書，最能表現這些元素的，就是最文學的。凡作家，個性裏面以這些元素爲最有力因子的，就是最文學的。至於書本或作家而顯著地或大體地缺乏這些元素，那就儘可以是這樣那樣的東西，儘可以供應這樣那樣的目的，卻不能算正算是文學的。

人們儘可以有很多的且有價值的思想。但是離開了理想的存在，他們就不算爲作過文學，也不能寫作文學。人們儘可以寫作配得上稱為有意識的東西。但除非那裏面具有感覺性的元素，它就不是文學。所以才能，也儘可以用種種極聰慧的形式而存在。但除非它和趣味有着切要的連絡，那就雖是它的最好的體現也不能稱為文學。

既有這樣一種文學的解釋放在我們面前，就有幾個有關係的提示可以連帶舉出。

（a）我們在這裏面找到了關於人類思想的不同體現的一個真正的分類標準或原則，就是，要看那思想是否經由那三種作為媒介的作用表現出來。如果是的，那末它在或多或少的程度上，是文學的。如果不是，它就必須被放逐到其他的國境，去供應其他的目的。因而我們說，（而且是說得很正確地）像牛頓的物種原理一類的作品，屬於非文學的或不文學的精神活動或著而表現的境界。它是屬於數學和物理科學的非文學的部門的。何威爾(Whowell)（一○）的歸納科學的哲學(Philosophy of Inductive Sciences)，或彌爾(Mill)的論理學(Logic)，或康德(Kant)的批判(Critique)，都不是文學書，卻要歸入形而上學或精神科學的領域，愛德華(Edward)的意志論(Treatise on The Will)要歸入倫理的科學，亞丹・斯密(Adam Smith)

的國富論 (Weath of Nations) 是論及經濟的或政治的科學。再看到布拉克斯吞 (Blackstone) 的律註 (Commentaries)，昆體良 (Quintilian)(11) 的修辭原理 (Institute)，亞理斯多德 (Aristotle) 的詩學，奧古斯的基督教義 (De Doctrina Christiana)，以及坎姆斯 (Kames) 的批評原理 (Elements of Criticism)。無論這些書是什麼或不是什麼，它們總都不是文學或如上文所解說那樣地文學的，而其所以如此，則主要由於它們太不想像的，太不感情的，太不藝術的之故。它們雖然以思想的豐富為特質，那思想卻發現於專門的和實用的形式，而為着專門的和實用的目的；如果定要說是文學的，那就只有用着一種附從的和間接的意義，即思想的任何書面表現都可說是文學的。它們之中即使也有想像，情操，和藝術的存在，卻並不充分地存在，不能給那些作品以文學的品性和重要。它們因為太實非求是，故不能具有這些品性。

（b）在這裏面，我們又找到了一個標準，可用以區分文學自己的各種不同體裁，由比較上認定它們的「文學的」的程度。所以，我們說：「史詩」「劇詩」「抒情詩」在詩歌的諸體裁中，是無問題地文學的，至於所謂「教訓詩」，則因缺乏想像和同情，是否也得算是文學的，就成為問頗普（Pope）的批評論（Essay on Criticism）和人論（Essay on Man）（一二）因太缺乏想像和感情性，故不得如失樂園，漢姆列德（Hamlet）或格雷（Gray）的輓歌（Elegy）那樣地文學的，儘管它們具有很高程度的美的技巧。再看塔柏（Tupper）（一三）的諺語哲學(Proverbial Philosophy)以及惠特曼的許多的所謂詩。倘使這一些作品以及諸如此類的作品也可稱爲詩，那就必須有某種分量的意中保留，並且要明白了解，它們的稱爲詩，是和莎士比亞的戲劇的稱爲詩意義不同的。

講到散文的各種體裁，也正是這樣。事件和人物的歷史畫像，人生和自然偉大景象的如畫描寫，大演說家情緒傾吐的書面筆錄，乃至小說家的變化無窮的刻劃，都是文學，也是文學的，且都可意會其爲文學的，至關於一個作家的考證，究竟其爲文學的可到何等程度（倘使眞可到什麽高程度的話），或所謂哲學的散文，其爲文學的可到何等程度，就都成爲問題了。普勒斯珂特（Prescott）（一四）的墨西哥之征服（Conquest of Mexico），窩雷斯（Wallace）（一五）的維蘇威（Vesuvius），柏克和韋白斯特（Webster）的演詞的紀錄，以及霍桑（Hawthorne）和夏羅德·勃琅的(Charlotte Brontë)（一八）的小說，都是文學書，而其為文學書的意義，或者比之如培根的學問之進步(Advancement of Learning)，呼克爾的教會政治，希勒格(Schlegel)（一七）的歷史哲學(Philosophy of History)一類受信任的文學書，乃至許多以「批評雜著」為名的文學，都要真確些，所以就是「文學批評」這個名詞的本身，似乎就已差不多包含着一個矛盾了。

（c）在這種文學見解的基礎上，我們一面看見文學體裁的分歧，一面卻也看見它們的統一，特別是詩歌和散文之間。詩歌猶之乎散文，是思想的表現，而散文也猶之乎詩歌，是經由想像，感情，和趣味以表現思想的，至於兩者的終極目的裏面，則各都包含着愉快或趣味的元素。兩者的差別只在一點事實上，就是除開其一用格律的形式其一無格律的形式之外，詩歌比散文更求充分地着重想像和趣味的元素，且更求直接地獲得前者的愉快。然而在一切必要的元素上，它們是二而一的，各用它自己的方法去求獲得一切文學所求獲得的東西，就是對人類的心解釋真理，對人自己顯露人，並且因而提高種族的思想和目的。

（d）我們又見到，「文學的天才」在於這一切的元素在勻稱而有效的活動中的聯合。道登教授說文學是一種「外在的自然和人類的天性的解釋，」這話要是對的，那末在想像，趣味，和感覺性的範圍之內的這個複雜的人性，就須由它的統一處去看它，並由它的統一處去解釋給文學的學者。

這個人性的任何一側面倘被作者發展起來，以致擯斥了或局部忽視了其他各面，那末它本身就要成畸形，並要引出有害的結果。理想將要發展成夢想，藝術將要發展成為藝術而藝術，感情將要發展成皮相的和頹唐的傷感。羅柏特生(Robertson)（一八）在他的寶貴的論集裏所稱的「偉大作家，」其所以能作文學的偉大代表者，大部分就因他們是這種統一性的說明者，並且能在廣博的人的研究裏給與各個以它應得的地位。

這樣，由於一個好原則的濫用，就特別容易將文學化作「美文」或「詞章之學」，將詩歌過分提高過散文；將小說，速寫，故事的價值過分放大；信從亞諾爾特而不信從愛默生；使文學在美術的境界之外沒有地位，且因把它作為主要是一種趣味的運用，以致它的地位降而為美術的同列。這樣的傾向非常之強，所以在每個時代都要重視，以致那些主張趣味，想像，和感情合一的人倒不易得人信任。

至於近代所謂文學發展的最危險現象之一，則是將「理想的」和「同情的」的成分化爲極小限度，而過分提高了所謂「實用的」和「現實的。」所謂「實驗小說」（Experimental novel）曾將本質上已經很快流於腐化的情操，信仰，希望前途，更催促它的腐化，以至產生了不可名言的禍害。小說上及一般文學的寫實主義，業已推進到極端，致使文學本身在許多抱着冷酷無情，及往往是反叛的人生態度者的眼中，都缺乏了趣味，歡情，和希望，缺乏了感興和志向；而除盲目的自然力或服從人類意志的機械作用之外，再沒有更重要的生機了。

於此，我們所尋求的文學定義和概念就已達到了它的總和和實質，就是說，文學非竟不僅是若干文字用如此如此的法子排列起來，也不僅供應如此如此一個目的。據道登的精妙的表述，文學是「人類生活的永久可能性，感情的較好狀態，發露的希望，思想的新境界，乃至逐漸推廣的信念，想像不到的理想，等等的流露。」

我們有時說文學是一種事業，而在現在這種唯物哲學和吃飯科學流行的時代，商業主義塞虐的時代，要把這種方式的努力使之流於金錢主義和實用主義的地步，那是很容易的，而若果流於這個地步，那末我們的業務就算完了，而我們也就不如跑到別的境界裏去，在那裏也許還有「豐富的餘地和充分的範圍」可以表現我們的思想和表現我們自己，免得永遠存着一種觀念，彷彿有一種特別的目標要去達到。

文學是爲完成最好的目的起見而成爲我們中的最好東西的說明者和顯露者的，道話決不能算是過分。它充滿着思想和靈魂，充滿着想像和趣味和精神生活，而當它不能激發，擴大和洗練全部人類天性的時候，它就算不能盡它的高等使命。

我們可以說，文學的最高任務之一，就是「精神的和道德的解放」（Mental and Moral Enfranchisement）。它要解放人類的一切機能和力量，從偏見，狂熱，自私，貪鄙等等將它們解放出來，而將整個的人性高高提舉到威至威士（Wordsworth）所極歡喜說那種「高等思想」（high thinking）的平面。

在目前，這種文學概念原並不是一種盛行的概念，而正唯如此，所以我們更要推行它，認可它，必到人人都肯敬服它的時候而後止。如今英美的文學是迫切需要這樣一個密爾頓式的著作概念，藉可終止將文學看成不過一種美術的技能，或一種物質生活的手段，卻看成一個人精神上和道德上最好精力的體現，藉使他的時代的思想和生活可以純化，可以擴充的。

除開了專門科學的境界，沒有那一個圈界那一種任務，作者不可以發揮他的才能，也沒有那一種極有價值的目的作者不可希望去達到。莎士比亞，哥德，丹第，密爾頓，咪吉爾，丁尼生，羅偉爾，愛默生——這些都是懂得了並且宏大了他們的任務的，而近代的文學世界正在忍耐地等着他們的更大數目的繼起者。

（一）瓦色斯德，現代英國批評家，著有批評史。
（二）現代英國文學史家，著有文學史。
（三）現代英國文學史家，著古代英國文學(Early English Literaturo)。
（四）英國批評家，作聖經文學(Sacred Literature)。
（五）著有哲學和文學的大綱(Outlines of Philosophy and Literature)。
（六）著有美和它的歷史(Le Beau et son Histoire, 1873)。

(七)密爾頓所作劇本科馬斯是羅馬的宴樂之神。

(八)十九世紀末英國散文家及批評家。

(九)英國政論家及文人，英國文人傳記叢書(English Men of Letters)的主編者。

(一〇)十九世紀後半英國著名的科學概論教授。

(一一)羅馬大修辭學家。

(一二)名篇「論」，賀都用詩體。

(一三)十九世紀初期英國人，他的哲學用諺語式，頗曾風行一時。

(一四)十九世紀中葉的英國歷史家。

(一五)十九世紀的英國自然學者。

(一六)十九世紀中葉的英國女小說家。

(一七)十九世紀初期的德國哲學家及批評家。

(一八)英國批評家，著有批評方法論集(Essays towards a Critical Method, 1889)。

第三章　文學研究的方法

凡關於語言和文學的範圍裏，研究者的新興味都不住的被喚起，這是每個留心近代教育進步的人都曉得的，至於這同一研究部門的兩個區分裏面，研究的興味究竟在那一個區分較為顯著，那就沒有說明的可能，也沒有說明的必要。在言語學方面因研究書籍和應用器械的迅速增加，已經引起學者的注意，但經留心考察之後，就可見出在斷然是文學的工作方面也有類似這樣的熱心。這種健康的熱心，在這種工作的一切支派裏都可見到；在歷史，小說，傳記，乃至描寫的，哲學的，和雜體的散文，以及詩歌。這種近代發展的特殊現象之一，則見於這種研究所應取的最好方法的千變萬化的提示，以為中學學生或一般公民應如何去獲得有益的結果，而此等結果之所由來，則以為不外乎勤習。近來如摩黎所編的英國文人叢書或窩涅(Warner)所編的美國文人叢書，都關於這種特殊性質。這幾套叢書的計畫是可欽佩的，一方面是供給一種充分淵博的關於英美文學的見解，以滿足批判的學者，他方面則將所討論的題目簡單化，多樣化，使之可讀而且通俗。由這種方式的知識追求而起的利益和愉快，大部分是依靠着那種特別的研究法。以方法上的缺憾而論，沒有那個部門更甚於文學，因在文學，或者是沒有任何確實的方法，或者只應用着荒沒的方法。因而，沒有那個部門比文學更需要也更易實行一種配置得當的研究程序。現在這一章書的目的，就是要簡略陳述一些爲文學學者進行工作時所必記在心裏的主要原則。這些原則是實質上可以應用於一切文學的，但應用於用英語的諸民族則特別有益。

（一）文學的　文學的研究，應該首先是一種「文學的」研究，以別於其他任何可能的方式。從前人已經有過很好的提示，「我們須由語言的研究去學習語言，文學的研究去學習文學。」文學是一件東西，語言學是另外一件東西。因而，我們之中那些要把文學的研究純然地或大體地作爲語言學的研究的人，是犯了混同兩個應該明白分清的研究系統的罪。在我們現代，這種錯誤的觀念似乎不但沒有失勢，並且還在得勢，且除非對於它的進步，加以阻止，它對於它所擁護的理由是要造成無可挽救的禍害的。但在這裏，須勿誤解我們的意思。文學作爲研究的一支時，對於語言的研究是有一種眞正關係的。例如我們研究密爾頓或哥爾利治一流的作家，誰都不會否認稍密的注意必須用在某種語言學的現象上——如字彙要看它的豐富或貧乏，如用字，要看它是語源的或通俗的意義；如熟語，或其他大體是文字學的事項，要看它是否正確。凡文學作品爲具備字法和組織上的妥善，必須具足這種元素，但這只限於字法和組織上的妥善而止。至關於一個作家的這種研究，如果像常見的那樣，大體上成爲一種文字和形式的字典的研究，那末它就要用力過度，且要依那過度的程度而損壞了文學藝術的眞正任務。

在詩歌的範圍裏，本應該沒有那一國作家更少被糟蹋在那些文學的「解剖學家」手裏，而事實上卻沒有那一個作家比他被糟蹋得更多。現在這一流的批評家，是已經快要把沙士比亞的研究完全作成字法和組織的研究了。雖如克拉林敦印書館（Clarendon Press）所出的那一套優越的英國散文和詩歌的叢書，也不免犯了這一種錯失。在這一套叢書裏，也猶在別處，大部分的毛病就出在那些所謂文學作品是原來預備給教師和專門學校用的作者或編輯者心目中先放着一個作教本的觀念，因而就去採用教室中的文字解剖的方法，而不採用特異的文學方法了，其實這種方法在學校以外的文學世界用起來倒更容易，就是在學校裏邊也可以較普遍些。有時候，文學原是不免要用語言學的方法去研究的，但當這樣研究時，就應該名副其實的給它一個名稱。克累克（Cruik）依據朱理亞・愷撒（Julius Caesar）一劇而作的沙士比亞的英文（English of Shakespeare），是關於沙士比亞的一種嚴格地文字學的研究，並不要求在正式的文學研究項下佔據一個地位。在另一方面，則際黎的英國作家是關於英國文學之嚴格地文學的研究。哈得孫（Hudson）的沙士比亞的藝術和人物（Art and Characters of Shakespeare）屬於這一類，猶之歐文傳（Life of Irving）或郎斯柏雷（Lounsbury）的庫柏傳（Life of Cooper），也屬於這一類。說得再明確些，文學的方法就是着重在作者的風格的研究的方法。在這樣的研究裏，字法，組織，熟語等等都要有份，卻總居於附從的地位。所研究的大題目是作家體現他的思想的方法，他作爲一個作家的知識的模型，他的想像的品性和範圍，他的詩的概念的明晰性，他的敍述的技巧，他的足爲好文章的諸大原則作例解的能力。總之，這種研究就是趣味，藝術和感覺性的研究。它是向着崇高和美說法的，向着適當性和有效性說法的，因而助成了最高形式的精神的愉快。

還是藝術的和審美的（從這兩個詞的最好意義說，）是一種連繫着背後的思想和人格的風格的研究。一切眞正的文學的藝術，作爲一種美術時，都有一種有效的智的元素在裏面，而這元素，決不能使它降落到法國詞章派認爲應該派給它的那個地位。但是這種嚴格地文學的方法，不過是若干方法中之一，而向來人有將文學研究作爲恰是風格的研究和審美的批評的，就不免要顯露出昭然的錯誤。作爲一種方法看時，它是決不能單獨存在的。若在它的眞正的地位，它固然是必要，但那地位本身是附從的，不是首要的。它必須滲入一種精神，必須具有一種特殊的訓練的價值，而這種精神和價值是從我們所要逐次注意的那些較高方法來的。

（三）昭示的和賅括的　這種方法，立刻就可見出是比剛纔討論過的一種爲較高的方法。這是一種兼及思想和風格兩者的研究，但以思想爲首要。它的所有事是主要地在所考察的著作的理智的品性，只不過次要地注意到它的美的和情緒的元素。這可以適切地稱爲哲學的方法，因爲所有事寧在於文學生命的原因和效果，法則和作用，不在於任何方式的詳細考察。在這方法上，文學分期的界限多決定於國民思想的發展，不僅僅決定於年代。現在是已經有了巴斯康所謂的

「文學哲學」了。現在已經有了一種探求，要把文學作爲一種藝術而去求得它的科學的基礎；去求得它對於政治，社會和宗教的生活的隱伏關係；去求得在它的深底裏而且決定它的那些大原動力——一句話，就是去求得組成它的那些基本因素。在像這樣的一個計劃上，文學的研究立刻就從技術的和形式的地位被提舉到一種眞正的知識的操練的地位。這實在不止是一種哲學的研究。這是一種精神科學本部以外的心理學的研究，而是使文學臻於遠大和徹底的地位的。當我們稱這方法爲一種暗示的和概括的方法時，文學的學者應該戒備着，不要對於著作去作過分細密的考察，以致將章句方面的重要擴大，使超過作品的精神，並將這樣的結果判斷了，便認爲眞正的文學的刺激。喜普爾先生(Mr. Whipple)（一）說：「沙士比亞的字法的奇妙就是它的無限的暗示力——就是通過簡單的詞句而放射出一種生命和意義的力，及經搬上了字典它們就不能保存這種生命和意義的。」若果如此，那末這個原則除開這位大戲劇家的作品之外也未嘗不可以應用，而且一般代表的作家確都這麼應用了。凡屬我們的重要作家，他們的文字總都算是意在言外的，不是毫無餘蘊的。在實際表現的背後，總必有一種潛蓄的保留，即所謂「詞盡而意未盡。」

在這種文章裏面，往往有許多的暗示和諷諭，藉以引起興味，報答探求，故學者須要體會作者體現眞理時那樣言簡意賅的風度，去求解釋其中的眞理。在這樣一種方法的基礎上，荒歉和多産的文學時期同樣供給我們一個合理的解釋。我們了解得「王政復興時代」(Restoration Age)（二）也了解得奧古斯都時代(Augustan Age)（三）文學是除了它的外形之外尙有一個靈魂的。除了趣味之外尙有良心，智力和意志的。現在雖然那種斯微魏的方法傾向很強，這種較廣大的方法都也很快的獲得近代批評家的實際擁護，而在我們當中則可望其完全得勢。除非到了這種方法得勢的時代開頭，文學批評的最好結果是得不到的。

（三）邏輯的　這種可謂爲文學中的邏輯的連續的法式，似乎在「方法」這個詞裏面就已隱括着了。這兩個名稱原是同義的，但是往往被分隔的很遠，所以不得不特別加以注意。所謂文學中的邏輯的方法，意思就是對於它在發展的不同期間的統一性和規律的順序加以注重。在英國文學的無限的分歧性當中，是有這種統一性存在的。其中雖有種種的差變和旁歧，卻仍可見出一個連續律，使得一切都有它應得的地位，且使學者可以尋出一切先行的和一切繼起的之間的關係來。哥爾利治所說的那種「無條理性，」是沒有的。一切都趨向等化的，集中化的。文學的學者最要任務之一，就是要去了解並且顯出這個原則，而他的發見愈是確定，他的辛苦便愈有報酬。在英國文學裏，這個合理的運動的原則非常顯著，就彷彿有一種監督的精神在那裏監視它的進化，矯正着它要越出明白劃定的進路的傾向，而約束着它在原來派給它的規定限界內。雖在各個的勢力和各個的作家用着極顯著的自由在那裏工作的時候，這樣的約束也還是有的。這種發展的路線，也許暫時要隱伏不見，並且被政治上的大變動，或者知識上顯著的昏睡狀態，或者一般文學上的無法紀等等現象所塗抹，但經仔細考察，就可察出它們的不變的存在，且到了相當時候就仍要顯著出來的。沒有那一個文學的學者可以冒險去暫時不顧這個法則的運用。不論這是出於天意與否，總之這個法則是存在的，且在運用的。無論那一個民族的文學，只要它是進步的，那就不是一種意外結合的偶然產物，卻是某種確定原因的正常結果，且必能供給我們以最好的理由，可以解釋任何特定時代所呈現的特定型態的文學生活。也就正因爲組織上和發達上有這種邏輯的密接，所以一切的文學時代總都多少有點互相重疊。這種各時代互相蠶食的現象是不可避免的且要依各時代的個性爲比例而顯出。至於各時代之間的界線，那是沒有那個批評家得能武斷的。我們說綽叟時代和依利薩伯時代；說共和時代和王政復與時代的文學；說與古斯都時代和佐治王朝（四）的文學。凡這一切的區別，都不過是相對的而且因襲的。沒有那一個人能夠準確地告訴我們，初期英文到底是什麼時候成爲中期英文的，或方言的英文文學是什麼時候成爲完全國民文學的。誰能夠精密查出與古斯都時代的界限，或戈斯先生（Mr. Gosse）（五）所劃定的頹廢的古典期什麼時候渡入朋斯（Burns）和顧伯（Cowper）的浪漫派？這樣的分界線雖很便利，但事物的本身上是不存在的，若有人將它解做事物本身上的存在，就常要被它貽誤。邏輯上的連絡是存於文字和形式之下的。「在任何民族的文學裏，」摩黎說，「我們在變動的社會影響所產生的一切形式的對照之下，可以發見一種始終如一的國民性。」就在這種國民性裏我們發見了連續律。就因這種國民性的無限分歧的不相似之中乃有一種實質上的相似和統一，所以其間的承續是顯然的。在英國人的思想和靈魂的書面表現中，這種情形是顯著地真確的。無論形式上具有多少的屈折性，那「英國人性」是永遠顯著的。每一個著名的作家背後，都兼具一種國民的和個人的個性。所以，我們說必須由邏輯的方法前進時，就不過是說，我們必須依順着任何文學的國民性的發展，無論它把我們引到什麽地方法。

（四）比較的　像國際文學這樣一種東西是有的。不列顚羣島對於其他歐洲諸國是處於一隅的地位，所以這種方法對於我們的文學研究成爲特別必要。從地理上和語源學上說時，我們可以說，英國文學是不應該使它孤立的，不應該限於它首先取得國民文學資格的那塊島上的。在英國海峽兩邊的近代歐洲主要諸民族，對於文化的諸大運動都協力合作，對於國民工業的活動也互相依賴，所以其一的文學生活要影響一切，也要受一切的影響。就在爲商業和貿易而開闢的那些大道上，這些較高影響尋到了它們的進路，而且除此之外，還有若干無形的動力都在那裏發生作用，使得鄰近諸民族在一般文化的利益上結成更友善的關係。這樣，文學的學者與可把歐洲大陸看作世界文化的一個龐大的中心組織，不要看作若干獨立的中心。像多維海峽（Strait of Dovor）（六）那樣的東西，實在過於狹窄，並不足以造成利害上和進步上怎樣有效的界隔的。如果文學的學者能把這種比較的方法應用得更爲精到，他就慢慢會得注意到意大利，法國和德國的三重影響。這三國之中，意大利在丹第和佩脫拉克（Petrarch）底下造成它的黃金時代，其時正當英國詩歌在綽塞手裏取得它的國民文學的形式。其後，到了亨利第八和依利薩伯的時代，它就在阿利渥斯妥（Ariosto）和塔索（Tasso）身上呈現了差不多同樣強力的生命。所以，意大利文學當綽塞時代而尤其是當嚴阿特（Wyatt）和塞來（Surrey），史本賽（Spenser，和錫德尼的時代，其對於英國文學的影響，是必須在我們的作家研究裏作爲一個重要因素的。到了十七世紀的英國，則三國中第二國的勢力崛起了。即使除開諾爾曼法語在中期英文時代的影響而言，王政復興時代就伴出現了一派特著是法國風的作家，直可溯原於查理士第一王朝的法國學院的創立。這種影響在德來登（Dryden）手下的劇詩的領域特別顯明，曾經滲入了國民思想和生活，後來又經過鮑羅（Boileau）的影響，以更近教訓主義的形式重新出現於頗普時代。正當國內文學入於拙劣和絕望狀態的期間，法國作家如拉辛，摩利哀（Molière），芬乃龍（Fénelon），拉沙洋（La Sage），和福耳特耳，則方大著其光榮，所以英國當然是要受大陸支配的。這樣的優勢，一部分目是好處，而大體上卻是害處。再講到德國，當印刷術發明和路德的時代，它對於英國是完全沒有影響的，但到佐治第二王朝，經由克洛卜斯托克（Klopstock）和勒新（Lessing）的影響，就已來了一種潛勢，及至佐治第三時代，通過席勒爾（Schiller）和哥德的著作，那影響就顯然可見了。事實上，如果要去追究出一種原因的話，那末這種加力的德國勢力就是促成顯晋一派純正的英國詩歌讓步給一種較興蕃的詩歌的。我們竟可以說，這種勢力曾經導入近代英國文學的時代。我們曾見騷狄（Southey）和威至威士向克洛卜斯托克致敬禮，哥爾利治忙於繙譯席勒爾的戲劇，那末作家之間之有國際交誼的存在就已斷然了。從來人對於這種比較研究法的必要也已說過了許多。西思蒙第先生（Mr. Sismondi）（七）曾用這方法給與我們一個南歐諸文學彼此連絡情形的概觀。希勒格（八）曾用這方法給與我們一篇從幼里披底（Euripides）到莎士比亞的劇作的統合彼派，而我們美國的歷史家哈闌（九）也曾採用類似的方法緬述他的歐洲文學史。在他們每一個人的著作裏，方法是一樣的，且和現在一切人類思想的重要部門中正佔着勢力的研究設計相符合的。近代學術的一般傾向確是都向着專精主義，但是雖在一般專家自己，在他們各所專精的領土之內也不能不應用比較的方法，這幸而也是事實。科學的專家無論研究任何一種科學，總必須熟悉一切種類的物理科學，所以文人而作爲一個專家時也必求能够領略文章的全領域及於他所專精的那個部分的影響。在這樣一個基礎上，那末一個文學的學者何以應該見地狹窄，何以不能從一切的關係上去見出並陳述其中的眞理，那就無法可以索解了。文學批評是最不宜容有固執態度的一個境界。至於現存的事實對於這種理論能够符合到如何程度，那就讓有識見的觀察者自己去決定罷。

（五）歷史的　文學對於歷史的關係非常切要，乃至可說其一就是其他的說明，或竟說兩者可以看作不過表現同一基本觀念的不同形式。「在希臘的歷史裏，」嘌爾(Haro)說，「除荷馬(Homer)之外再沒有東西比希羅多德(Herodotus)更眞實。」我們可以倒過頭來補充一句說，在希臘的文學裏，除希羅多德之外再沒有東西比荷馬更眞實。這一條文史密切關係的法則，在一切民族裏都可以得到充分的例解。爲什麽阿拉伯，西班牙，希臘，羅馬，和英國文學的黃金時代剛剛出現在它們所出現的時期，這一個問題，可以從各民族的政治和宗教的歷史裏得到不少的解釋，而其政治和宗教的歷史所以形成，則似乎各有天意存乎其間。從十八世紀以來，阿拉伯文學在回王統治之下的盛旺發展，實和那些回王所建立的政府的性質有密切的連繫，這是沒有那個有見識的讀者不能察見的。在他們那種仁愛的統治之下，每一個主要都市都成了不但是政治上的並且是文學上的首都。當阿拔斯王朝(the Abassides)(一〇)時，歷代的君主都競相培育文學，倘不是後來實際發生了阻礙——就是回教帝政的迅速的恢復——那是分明可以發展到無限境的。希帝國的伯里克理斯(Pericles)(一一)和奧古斯都時代，都是剛剛適逢其時，從史的生活上就可看出。英國文學的黃金時代所以剛剛遇着依利薩伯的王朝，那是大部分由於當時的政治的性質，以及那時代對於宗教改革運動的特殊的歷史關係。同是這樣的元素，在文學上的衰落時期，如英國的十五世紀和十七世紀也是同樣顯著的。我們只消翻開這些時期的當代紀載，就可以找到這種結果的充分解釋。這種歷史的關係是非常眞確的，所以假使當時的一般紀載已經喪失，那末從文學裏面也就可以搜討到不少實質上的意義。在綽塞的著作裏，就有一大部分中期英語時代的紀載可以恢復起來。假如基佐(Guizot)和克拉林敦不曾著過英國革命史，我們也可以向那個世紀裏的淸教徒作家去搜尋事實。到後來，如果我們在休謨和吉本身上見到文學上的懷疑主義的興起而覺詫異，那末那文學就是歷史的。那文學的本身就是歷史。我們若是意在了解十八世紀末葉我們的文學的特殊類型，那我們就必須仔細研究德國的歷史，以及法國和美國的革命史。舊派的學者主張把文學的時期劃分做若干連續的世紀，至少在動機上是不錯的，只要一個民族的一般生活的進步可以和民族文化的進步恰相符合。據我們所見，他們的錯誤在於把這樣的區分法做到極端的機械。近代人應用着一種較高的方法，這其間的進步是顯然的。作家中如摩黎亞諾爾特，阿萊利亞斯(Azarias)(一二)科佩(Coppée)(一三)和台勒耳(Tyler)(一四)都已服從着這種方法而工作。歷史的文學，或文學的歷史，已漸漸引起人的注意。這種方法的最好結果之一，就是在這部門中增加了一種新的趣味。這種研究法已具有了吸引力了。除了原有的敍述和描寫的元素之外，這種研究法又併進了歷史的敍述和描寫那種特色。除原有的作家生活中的顯然個人的元素之外，這種研究法又加上了偉大的歷史人物和整個民族的個性。歷史事件的本身也具有了人格了。我們主張讀密爾頓本人之先必須讀一讀馬森（Masson）的密爾頓的生平和時代（Life and Times of Milton），就是我們承認歷史的和文學的之間的自然連繫了。在這樣一種方法之中，我們取得了兩重的益處，一面是更明白地懂得了那個作家的意義，一面更充分地見出了歷史及於文學的分明的效果。

（六）獨立的和公平的　文學上有個尙未解決的問題，就是傳統地稱爲名家以及第二流作家之間的正確關係：究竟所謂第二流作家是處處都是第二流的，抑或兩者之間有相互的依存關係的。嘿玆力特(Hazlitt)（一五）論莎士比亞和同時其他戲劇家的比較地位時，曾給我們一個適切的暗示，他說：「這一些作家就是一種階級，我們由此可以爬上莎士比亞所佔的那塊特出的文學高原。」因爲那些作家自己雖然不在高原上，他們卻使接近高原的事成爲可能，就是那些可稱在他們之上的作家，也要靠他們的幫助。在較高者和較低者之間，必須常有一種相互明光之處。在高位者決不能以藐視的態度看待別人。就是莎士比亞本人，也曾承認這種明光別人之處，說是「願得這人的技巧，那人的宏博。」(desiring this man's art and that man's scope)倘使當初不曾有過威克里夫(Wiclif)（一六）和廷達爾(Tyndale)，（一七）後來的英國改革家是也許不能成功的。在培根綜合起那些原理，使人們知道怎樣應用哲學於實用的目的之前，武勒西阿

(Telesio)，(一八)伯爾納(Bernard)，(一九)康帕內拉(Campanella)，(二〇)和其他的人就早已在類似這樣的研究上開了路了。新工具這部書畢竟是不那麼新的宗教上政治上的無論那一次大醒覺，沒有不像這樣有這麼一個浸禮者約翰(John the Baptist)(二一)在那裏作先鋒，在那裏促進。在文學和在英國文學，則這種情形更加顯著，而我們現在所要着重的一點，就在對這些作家和動作力作估價的時候，批評必須要能獨立，要能謹嚴地公平。傳統意見所分別的第一流，第二流，第三流的作家，必須在新發見的事實的光裏重新加以考察，而學者必須堅持着一種有見地的見解自由。在這種地方，也猶在別處，人們必須知道他們所信的是什麼，並且爲什麼這麼信，而這樣的態度也並不能算是不尊重意見的歷史和前人的主張。我們相信現在人有一種過強的傾向，要專門研究所謂代表的作家，致使他們和較小的名字絕對不發生連絡。如今我們還正等着有人抱着這種觀念，用一枝精細而能容的筆來重寫英國文學的歷史：使眞正的英雄還他一個眞正英雄的面目；使第二流作家對於第一流作家的功勞可以顯出；或者，也許竟把歷來所公認的作家分類在一較爲獨立的原則上重加整理。乖僻而卻深刻的托馬斯·布牢溫爾士 (Sir Thomas

Browne）（三二）在他的骨瓶埋葬（The Urn Burial）裏曾經寫道：「誰知道最好的人都已被認識或在時間的紀載上被忘卻的奇人不多於被記憶的呢！」這一個感歎是正合時宜的。我們可以補充說誰知道在英國散文裏爲什麼傳統上要限制最好的名家給從培根到喀萊爾二十幾個名字呢！爲什麼阿迭生（Addison）和拉穆（Lamb）應該列在斯提爾（Steele）和哥德斯密之上呢！查理士・金斯黎（Charles Kinsley）之在散文小說，哥爾利治之在哲學的散文，德來登之在批評的散文，威至威士之在詩歌，那裏是他們的眞正地位呢？在我們的詩歌裏，和其他部分都不同，尤其有與以無偏精神的必要。因爲在詩歌裏，傳統的分類比其他任何部門更是毫無標準。沙士比亞不應該絕對的獨立嗎？誰該配着密爾頓來組成第二組呢？戈斯先生將格雷的位置排得那麼高，是適合的嗎？近代詩人如斯文本（Swinburne），有什麼有效理由可以要求批評家派給他的那個地位呢？爲什麼濟慈應該在英國古典詩人當中佔着那麼高的位置，而我們究竟該把桂冠詩人的位置放在那裏呢？若要算是公正無偏的批評，那就得把這些作家重新來看，完全不管向來人對於他們的合意不合意，而用我們所得調度的最好標準去測定他們。嘿茲力特曾給英國文學做的評多好工作，都是關於這種獨力意見的範疇的。他雖自然要惹起人的反對，但有許多獨立的見解是至今未曾受人攻擊。偉大的哥德說：「要是我說得出什麽是我虧負於前人和同代人的，那末我所册的就該很少很少了。」近代批評的一部分責任就在發見和表出這種虧負人的地方，並對許多現在提出來等人解決的問題加以考察。至於一向以來的這種文學上的奴隸性，當然應該隨一般文化的發達而減少；而在這一方面的希望，確已有了一些徵候了。新英格蘭對於亞諾爾德的愛默生的估價起的抗議，是一種健全的抗議，因爲這是類乎在特爾斐(Delphi)（二三）神廟中爭取個人獨立的舉動。夫谷德先生嘗不顧一般英國人的意見，而表示自己對於哮萊爾的態度，非勇敢也類乎此。我們可以說，在文學裏也猶在別處，這個原則已經逐漸在流行，即凡人們要提出他們的信仰的理由，就必須首先考察他們的信仰的根據。在文學上沒有其他的方法更比這需要，也沒有其他方法更能産出有益的結果。在這裏，也猶在較高的思想領域，唯有眞理能使我們自由。

以上所述，是我們意想所到的一些可以適用於文學研究的主要方法。這，首先是一種「文學的」方法，而同時又必須是暗示的，邏輯的，比較的，歷史的，和公平的。在這樣一個基礎上，文學的研究就成爲知識上，訓練上，和文化上的最高等的一種研究，其給與學者的報酬儘可以如他的心願。這同時是一種精神的，品性的和美術的研究，且除研究本身的效果之外，它又成了一種極有益的媒介，使得國民生活可以由此表現出來，流傳到後代。而且，我們又應當特別加以注意，這裏面還有一種比無論怎麼好的方法都更重要的東西存在，那就是在它背後給與它方向和效果的那點活的推動力。文學的學者也猶之作家或批評家，必須首先是一個人，使他的文學的人格滲透着並且鼓舞着他的一切工作。在作爲一種產品的英國文學的背後，就有一些作爲創造的原因和鼓舞的原動力的英國文人在。

（一）英國批評家，作論文和書評(Essays and Reviews,1890)。
（二）英國自一六六〇年恢復帝制以後的一段時期，文學上出產極少。
（三）羅馬文學的黃金時代。此處指十七世紀英國散文的黃金時代。
（四）英國王朝，從佐治第一(George I)到第四，凡歷四朝，包括 1714 到 1830 一段期間。
（五）英國批評家，作十八世紀文學史(History of Eighteenth Century Literature)。
（六）英國和法國之間的海峽。

（七）瑞士歷史家，以革命出亡居意大利，作 Litterature du Midi de l'Eurrope, 1813。
（八）希勒格著有 Lectures on Dramatic Literature。
（九）哈蘭著有 Introduction to the Literature of Europe。
（一〇）從 750 到 1258 的三十七代回王。
（一一）希臘賢王，在位時爲文化上黃金時代。
（一二）英國批評家，作文學哲學（Philosophy of Lit rature）。
（一三）法國詩人，亦作戲劇批評。
（一四）美國批評家，作美國殖民時代文學史（History of American Colonial Literature）。
（一五）十九世紀英國著名散文家和批評家，著有莎氏戲劇的人物等書。
（一六）十四世紀英國宗教改革家，曾譯聖經爲英國國語。
（一七）十六世紀英國宗教改革家和殉教者。
（一八）未詳。
（一九）十二世紀的法國教士。
（二〇）意大利哲學家，與培根同時。
（二一）培根的先驅。
（二二）十七世紀的英國醫生和宗教思想家，以散文著名於世。

（二三）古希臘城名，中有阿波羅（Apollo）神廟，托祭師以宣神判，人民莫敢不從。

第四章　文學的範圍——文學與科學

從我們到現在爲止的關於文學的意義和內容的研究，我們已不難看出它的領域的廣泛應該怎樣了。

像徵內說的，「凡是人類曾經同意給與文學這個特別名稱的，……和別的一切都發生接觸。其他學科都有一個比較確定的區域。文學則不是一種獨立的科學，只是一切科學的共同聯繫，一切科學的相互解釋者。它將永遠是關於人類的一切思想的會合點，而超脫了太專門的應用和太直接的功利的。」

舊日的作家曾把哲學看作一切學問的內容和究極，就是所謂「科學的科學」（scientia scientiarum），「藝術的藝術」(ars artium)。由這意義，文學也可以看作眞理之書面的最好表現，就是培根所謂眞理探求者的「港埠。」

金破崙說：「我愛科學，因爲每一種科學都是人類精神的一種美麗的部分應用，但文學是人類精神的本身——是靈魂的教育。」

文學的範圍這般廣闊的情形，若把文學表現的各種類型嘗試加以一個分類，可以看得最明白。我們可稱這些類型爲「古代的」「中古的」和「近代的」；「亞洲的」和「歐洲的」；「希伯來的」和「希臘的」；「東方的」和「西方的」；「北歐的」和「南歐的」；「異教的」和「基督教的」；「外國的」和「本地的」；「英國的」和「大陸的」。

坡斯奈脫在他的比較文學裏給與一種分類，是値得暫時加以注意的。第一，先有「地方的」或「區域的」文學，其中包括部族和城市的文學，前者之例有如布羅溫斯(Provence)，蘇格蘭高地或蘇格蘭低地的文學，後者之例有如雅典，佛羅稜薩(Fiorence)，愛丁堡及倫敦的文學。其次就是「國民文學，」這是一個較廣闊較高等的類型，任何代表的文學民族都可引爲例，如法國，英國，西班牙，唯有這三國，據坡斯奈脫的意思，是「我們可以眞正發見民族集團」的民族。據我們所知，凡文學之取得國民的形式和任務，是要在一個天才的作家，即一種有組織力而能啓發人的心思的領導之下的，如德國之有哥德，意大利之有佩脫拉克，西班牙之有加爾德倫(Calderon)，葡萄牙之有洛伯·特·味加(Lope de Vega)，英國之有綽塞。我們知道，在十六世紀初頭路德譯聖經爲德文之後，（這是差不多和廷達爾的英譯同時的，）德國語文就成了古典的了，這事的解釋，一部分就在路德能夠運用他那廣博融會的心思以致如此。高厄(Gower)和郞蘭(Langlande)是和綽塞同時的，但都沒有能力做綽塞所做的事——就是化地方的或區域的英語爲十四世紀的偉大中地語，亦即依利薩伯時代的英國國民語。

復次，就是「世界文學」了，這就是種族的和國際的文學，世界的和普遍的文學，也就是文學的本部，不受地方或國界的限制，而凡具現爲一般的目的以想像和趣味的形式記錄下來的地方，它都可以爲家的。我們所謂「比較文學」，就不過是世界文學的一個別名，這名的意義，在於注重思想，精神和目的的統一，因而將一切的差別減少到極小限度，而把共同的主要元素放大了的。

在世界氣象學的研究裏，我們說到「同溫線」(Isothermal Lines)，就是空間上和時間上相去甚遠的國度而有類似溫度的線。文學的世界裏也有同溫線，就是見於不同民族的文學作品裏的心思上的類似點，以致相去極遠的作家也能接近而生同情的緣。

有一部名爲厄刻曼(Eckerman)的與哥德談話(Gespräche unit Goethe)的無價作品裏，我們看到說，「世界文學的時代將近了，每一個人都必須盡其所能以催促它的到來。」哥德自己就是一個世界作家的顯例，和一個地方的或甚至國民的作家有分別的。他不止是德國的而已。他是一個種族的人，寫的是民族的思想且爲民族而寫的。同樣，丹第，莎士比亞，密爾頓，西萬提斯，亞里斯多德，柏拉圖，愛默生，也都如此。這些作家是出於社會和國家的限制之上的，他們的顧客就是他們所爲之勞作的民族。說得顯明些，他們就是一般的作家，所處理的是足以代表世界最好的思想和概括最普遍目的的那些一般的和原形的觀念。

希臘文學是眞正的國民文學，且由某一義說，也可以它的特殊品性和類型而自豪，但在它的極盛時期卻是一種世界文學，且到現在也仍要算是世界文學，就由於它是體現着一切文學的精神和主要原理的。我們現在是生在文學互惠的時代。各民族間在文學上相互影響之密切，爲從來所未有，在一切可能的點上都互有接觸，猶之在商業上，政治上，及各種工業的活動上之互有接觸一般。德摩若 (Demogeot) 在他的法國文學史裏曾把意大利，西班牙和英國對於法國的關係詳盡發揮，藉以指出這種相互影響的存在，而英國文學也猶英國文化一般，以顯著的程度證明了這種作家和著作間的相互作用。

就在這種地方，存在着任何各別的國民文學的等級和潛能的試驗之一——就是說，要看它裏面有否這種普遍的和普遍化的品性存在。有些國家的文學也猶有些民族的語言一般，似乎就是世界的公產，而成爲交換一般眞理的媒介物的。在像文學中就是希臘文學，在歐洲大陸上就是法國文學，而德國和英國的文學在近年中也逐漸取得這種普遍的形式了。

心的行爲，精神的運動，和文學的表現，在一切民族都基於同樣的基本原則上，而作家或各別文學之最能討論，解釋，和流露這些衝動和思想的，就是最能接近普遍的型。將英國文學中的作家如沙士比亞和錫德尼，或丁尼生和堵柏來比較一下，就可顯出文學的普遍性和藝術的地方性之間的差別來。「我們在文學裏，」有人曾說，「須得去探尋那些首要的概念並去研究給與這些概念的表現而曾取得最後的和適當形式的。這就是向諸民族中去尋溯那些需要表現的表現的發達，並嘗試去尋出文學中所以構成共同信仰的東西。」

我們可以說，文學之有相對性，也猶之一般的知識，而文學研究者倘能討論到這種相對性的不同現象和形式，並能把它們顯示給別人，就算獲得最大的效果和利益。關於新近有個美國批評家所謂的「文學的邊境」的研究，是和文學本身的研究一樣重要的。事實上，關於其一的研究是包含其他的研究在內的。

我們現在是預備着將文學中的這種種關係和親密點作一種較廣大較專門的討論。這種討論的進行，最好是去注意文學對於人類思想和努力的其他各大部門是有怎樣一種接觸並受怎樣一種影響。

文學與科學

當然的說時，這兩個研究的門類之間似乎是絕少或竟沒有連絡的，而到現在爲止的意見的歷史，也證實了這樣的先行假定。我們若把方纔給與文學的定義覆看一下，就可見裏面所包括的有些名稱和元素是分明和我們對於科學的性質和目的的傳統觀念歧異的。名稱之中如趣味，想像，和感覺性，都關於這種性質。文學之爲非專門的性質，也似乎包含着一種歧異的現象，同時它的終極目的與其說是教人，毋寧說是娛人和動人，與其說是訴於專家的或學者的心理，毋寧說是訴於普通的或一般的心理，這也是和科學歧異的。於此，在內容上，方法上，界限上，目的上，都有一種顯然的對立性；這，對於至今尙在流行的那種認科學和文學爲兩不相容的觀念，至少足以構成一種有效的解釋。所以佩忒寫道：「在科學裏我們有一個文學的領土，其中的想像元素可以算得永遠是一種闖入者。」在這句話裏，那個批評家雖說想像是一個闖入者，卻也稱它所闖入的那個領土是「文學的。」同樣，哥爾利治也說：「一首詩就是和以知識的快樂爲它的目的的科學相對立的一種作品。」這話的意思就是說這兩個部門的終極目的是根本不同的——科學的目的與其說是快樂，毋寧說是知識的訓練和利益。又同樣，馬太亞諾爾特在他的文學和科學一篇值得注意的論文裏也曾特別努力地指出文學（尤其是古典文化中的例）是本質上和所謂科學不同，而且優越於科學的。

又紐曼主教（Cardinal Newman）也曾用一串的對照語說到這件事情——「科學的所

有非是非物，文學的所有事是思想；科學用文字作符號，文學則藉語言的功能而用之。」舊時關於「唯名論」(nominalism) 和「唯實論」(realism) 的討論，其實只不過這種關於文字和事物，人情和功利，文學和科學的比較價值的熱烈爭論而已。社耳普(Sharp)曾經暗示地問過：「科學將要排斥詩歌嗎？」雖然他慎重着作否定的回答，而單只這個問題就已證明了關於兩者相互衝突的流行見解了。

蓋然的見解既以科學和文學之間有歧異，而歷來人的觀念又是以證實它，在這種情形之下，我們看到後來的批評意見有了擴大其間的關係元素的傾向，那是很有趣的。拉尼爾(Lanier)在他的英國小說之發達裏，曾經着重一樁事實，即科學至少在它的各種形式之一（音樂）和小說是「同一時候起來的，」同時他又古怪地稱「科學爲詩歌的軍需官和軍糧監，」意思就是說，科學供給豐富的材料給想像去利用，去化爲文學的形式。批評家裏面慎重如得徵(Dervey)，也甚至於說，「莎士比亞和他的同時人，即不能說是替以牛頓爲最高峯的那些科學發見開其先路，也總是做了他們的前導的。」

所以，因了文學和科學之間種種地方都有這樣公認的差別，我們來把這些親密點的一部分來作一種考察，是有趣味的，而且會覺得更加顯著。

（二）我們見到文學裏面有一種科學方法的可能和需要——事實上，這一種方法是爲文學的領域以內獲得正當結果之所必要的。這話的意思就是說，在文學裏是有觀察和實驗的原理這樣一件東西的，——那就是現象的研究和分類，所不同者只在這些現象是文學的，不是科學的，是非物質的，不是物質的和實體的。但方法卻是一樣，而且同樣應用於一切的命意和目的。培根早就曾應用於英國哲學且爲科學的主要方法的偉大歸納法，就是現在在文學裏得了勢的方法了，它的應用，就是蒐集和組合文學的事實和資料，而以經由概推法以達到一些主要的文學法則爲終極目的。倘叫牛頓叫起來，大概就要稱爲「文學原理」（Literary Principia）的那件東西，就是這樣由文學的歸納法而達到的。事實上，文學進步的主要形式之一，就正從這裏這種文學的「新方法」上見出來——就正在這樣以原理代替訓條，以基本法則代替事實和資料，以歸納代替僅僅的獲得，積集，和陳說。

所以，我們有一種文學的科學，正無異於有一種天文學或物理學的科學。我們現在不止有一種所謂「科學運動和文學」並且有一種「文學中的科學運動」，由此，文學的學者可以獲得組列和利用他的事實，以達到一種比那些事實本身更高的目的。在這一點上，及在這個限度內，文學的研究是必須要科學的，必須是一種誠實忍耐和徹底的現象研究，同時我們必須承認近代科學對於文學爲有不可估量的利益，因爲近代科學務求文學的概念程序和陳說日趨於確定，在有想像和裁斷並用的一個範圍之內儘可能地確定。文學要成爲眞正是科學的，就必須要簡練而精密，明白而顯著，要確定知道它的脚地，它的自由和它的限制，決不能因其包含着詩的元素且比物理的科學有一個較廣的範圍，遂至流於含混架空，而成爲非科學的。

（二）我們又可見到，文學的形式之中，有一些大體上是科學的形式。如果我們把事物分析到最後一步，那末就可以說散文和詩歌不同的地方，就在於它是文學之科學的形式。在散文的有些體裁，如哲學的和批評的散文，這話是顯然眞確的。就是「文學批評」這一個名稱，已經暗示着這話的眞確。馬太亞諾爾特的批評論，就是科學形式的文學，德昆西的哲學論文也是一樣。哥爾利治是一個用科學的形式的文學作家。甚至他的關於莎士比亞的研究，也屬於這種性質。

散文中的這種特色，不必都有這般顯著，且在記敍，描寫，和論辯體的散文，如歐文，霍桑，柏克諸家的，也不應該這般顯著，但一切散文之爲散文，總都是教訓的，而在其爲教訓的程度之內，它就是科學的形式。就是說部，在性質上是最非科學的，而在偉大的歷史小說，政治小說，哲學小說，倫理小說的領域，對於這個原則也不是例外。至於所謂目的的小說，它的形式是本質地科學的。我們說科學是實驗的。而佐拉一派的實驗小說是說部中最新的形式，這是大可注目的。現在留給說部，這文學中特徵地普遍的體裁，來作文學的唯實主義的例解，而所謂文學中的唯實主義，只不過是文學之科學性的一個別名而已。

甚至於詩歌，在它的教訓的意義上，如顏普，賀拉西 (Horace) 的作品，以及琉克理細阿 (Lucretius) 的自然界，味吉爾的牧歌，都屬科學的形式，而戲劇中之偉大的歷史劇，也可作這個原則的例解。在想像的講談，如歷史上曾有記錄之文學的辨論，我們可以見到文學和科學相融合的最適當的例，且見兩者融合得非常密切，簡直沒有分解它們的可能。

（三）科學供給文學以文學的材料。醫學之中有「藥物材料，」文學之中也有「文學材料」。對於科學供給文學的這些材料的分量和品性加以一種研究，是很有益於學者的，且如我們不弄錯，則可以不但有益，而且要覺得驚奇。

這種相互利用材料的關係非常眞確，以至造成了一個分明是矛盾的名詞——「科學的想像，」以別於「詩的想像，」及我們以後將要見到的「哲學的想像」和「歷史的想像。」這種結合給我們一個很大的暗示，其中包含着我們所正要着重說明的一種眞理，即在科學裏是有想像的糧食的，就是說，在科學裏有個地方可以發揮顯然是文學的功能。

這個原則的最顯著的證據，見於物理現象的境界——就是自然的世界——供給文學的材料。祉爾普博士在他的自然之詩的解釋裏面，曾經詳細論列文學利用外在世界的這種情形，以爲自然界就是詩歌的來源之一，並論到科學的眞理和發見如何影響到詩歌，又用具體的例子顯示了不同的詩人如琉克理細阿，味吉爾，綽塞，密爾頓，朋斯，怎樣把由這種來源蒐集來的文學材料臨現在他們的詩裏。他說「高尙的地和天就是一個藏庫，從這裏面，想像供給牠自己以牠的最初形式。」道登教授也曾有過同樣的見解，他曾確定地指出自然世界所以培養想像的三四個特點——其一就是宇宙的宏大以及作用於其間的種種動力的觀念；又其一是法則的觀念；又其一是整個性，普遍性中的統一性，以及以力爲最終原則的種種觀念。

我們稍稍加以一點思索，就可見到在這些和同類的外在現象裏，特別是詩歌要尋到它的糧食，因爲在這一點上，我們可以見出科學的或物質的眞理和詩歌相同之處似乎更多於散文，所以哥爾利治以爲兩者互不相容的那種見解，是必須加以修正的。

事實上，構成詩的崇高的一切元素，都是這樣由這些概括一切的觀念所供給的——就是廣大的觀念，力的觀念，法則之靜穆而沈默的運用的觀念，以及宇宙間的種種動力和運動協調進行的觀念。在這裏，除物質的崇高之外，還有道德的崇高，而這種道德的崇高，也由這些觀念所引出，如哲學家康德說到星夜的天和道德律的無上壯觀，就是指此而言的。崇高的詩歌如哥爾利治的白山（Mont Blanc）或沙穆泥谷中日出前的讚歌（Hymn Before Sunrise in the Vale of Chamouni），拜倫的對海洋的頓呼（Apostrophe to the Ocean），雪萊的普洛米修也解縛

(Prometheus Unbound)，丹第的地獄 (Inferno)，拜倫的該隱(Cain)，密爾頓的諸史詩，總之，在一切散文和詩的偉大傑作裏，詩歌的本質就正在這種地方見出。如果說「不虔誠的天文家是瘋狂的，」那末無想像的和無詩意的天文家就要算加倍的瘋狂。地球不過是他所由觀察天體現象的觀察點。所謂「天體的機構，」實在遠不止一個機構。它是瀰漫着力和靈魂和精神生活的。刻卜勒(Kepler)當從事於發見他的偉大的行星法則時，實在遠不止是一個天文家。他同時也是一個先見者和詩人，而他的工作在成功之前和成功之後所引起的那種感情，是幾乎可以驚人的。就是那些天體在空間裏面的偉大運行，本身也已崇高的了。

牛頓，哥白尼，伽利略等人心中所存的偉大的宇宙觀念，是和表現於詩歌中的那些主要的文學觀念緊相爲鄰的。洪保德(Humbolte)的宇宙(Cosmos)那樣的書，是需要一種詩的想像去寫它，也需要這樣的想像去讀它的，所以物理學家和天文家所經歷的那些科學研究的奧妙過程，無論要怎樣限制和妨礙心思的自由運用，卻總不足以完全阻止它的運用。祖爾普說，「想像的冥思和科學的研究沒有同時在同一心的行爲裏聯合的可能，」這話是理論上和歷史上都不眞確的。

在天文家的研究裏，這話當然不眞確，甚至在數學家也不能算眞確，因爲數學家不得不顧到無限數，不得不在他探討的過程中一徑把他的想像力運用着。天文家的牛頓和米哈爾（Mitchell）是這樣工作的；化學家的邁克爾·法拉第（Michael Faraday）是這樣工作的；地質學家的休·密勒（Hugh Miller）是這樣工作的；植物學家的林尼阿（Linnaeus），林那刻（Linacro）和屈費兒（Cuvier）都是這樣工作的。關於法拉第，柏克寫道，「自然和他的冥想在他心裏產生了一種精神的狂歡，且像詩人一樣，他要不住地達到了以產生詩歌的那樣的情緒。」在心力較差範圍較狹的科學家，像分析綜合等等科學的能力和文學的理想及工作之間，無疑地要有這種不可融合的衝突，但在大科學家便不如此，因爲大科學家的各種精神的能力是諧和地工作着的，眞理和世界是被他們統一地整個地看見的。

我們有一種枯燥如砂的科學，猶之有一種枯燥如砂的哲學一般，凡是代表這種枯燥如砂的科學的人們，想像都沒有地位，也沒有功用，那是不待說的。徽內說，「我不知道一面要科學的一面卻又不文的事是怎麽可能的。我們將不能找到任何人——而特別是在科學上估着第一流地位的——會有這樣的情況，至於科學的聲名之獲得文學的卓越的裝飾，卻是我們常常見到的。」

除開以上引來爲這話作證的那些名字之外，還可以提起來伊爾（Lyell），威廉·赫瑟爾爵士(Sir William Horschel)，奧雕逢(Audubon)以及比較近代的廷達爾，赫肯黎，羅伯·波爾爵士(Sir Robert Ball)乃至我們美國的同時做數學家，詩人和小說家的哈代。關於這一點，佩式曾經舉出一個很重要的原則，他說：「文學的任務在科學裏就化爲記錄事實了。但在這裏，作家的對於事實的『意識』要取得事實本身的地位而代之：科學家以作家的資格，倘其目的不在記錄事實而在記錄事實的『意識，』他就成了一個藝術家了。」所以我們可以說，凡是實事求是的專門科學家是止於事實的，至於文學的科學家則給與我們以他們對於事實的意識和解釋。基與教授(Professor Guyot) 在地球和人類那樣的作品裏，是不僅以一個地質學家的資格卻又以一個作家的資格寫作的，他給與我們以地質學的事實對於人類的關係，因而使這些事實有了生機。德蘭夢德教授 (Professor Drummond) 之作精神世界的自然法則，也是以科學家和作家兩種資格寫作的。文學的世界也有自然法則，而文學研究者的首要任務之一，就是解釋和應用這種法則。

波斯耐脫說，「世界文學的特徵之一，就是對於物質的自然和它對於人類的關係的新的審美態度的興起。民衆的生活和自然的生活是文學感興所由來的兩個僅有的源泉。」於此，我們看見了科學家或自然學家和作家之間的密切關係，並看見了兩者之間不但不是不相容，且有互相解釋互相鼓舞之可能的。

文學，特別是英國文學，是顯著地富於這種自然主義的方面的，這不僅見之於如達爾文的植物園和夫勒拆（Fletcher）的紫色島一類科學的詩歌，並且特別見之於那些以文學的作態而取題於自然現象的撐界的偉大的描寫作家，如綷綮，密爾頓，湯姆孫（Thomson），冊斯，柏林斯（Collins）格雷，哥德斯密，康柏，威至威士，喜梓厄（Whittie）等，且甚至如莎士比亞，史本塞，勃勞寧（Browning）丁尼生之流的作家，也都不乏這樣的元素。所以布賴安特（Bryant）曾切當地唱道：

「對於因愛好自然

而和牠的有形的形式有了感通的，

牠說着一種有變化的言語。」

那一種言語，是從綽塞的時代以來就被解釋着的，它的開始是在科學尚未開始以前，及到科學出現的時候，它就利用着科學的事實以喚起新的興味和生命。在文學裏有可以稱爲「自然方法」的方法，就是決定和分類的方法，如歷史，小說和詩歌中所表現的。這種文學和科學間的關係，我們有竭力發見它的必要，一部分是因可以由此獲得兩方面的正確研究，同時也可顯示真理的統一。

人類活動的這兩大分野，是不能使它們離婚的，以前也曾有人使它們離婚，結果是兩方都受了不可補救的損害。赫胥黎告訴我們，說十五十六兩世紀的學問復興，不能由文人或所謂古典學者去要求專利；不說古典的復興之外並有一種科學的復興，神學和人文的復興之外還有功利的復興。他這話是對的。但他還可以補充一下，說從依利薩伯時代一直到現在，德雷柏（Draper）所謂的「歐洲之知識的發達」是兼爲科學的和文學的，而且兩者之間多少有點協調。不過這些話雖都真確，科學和文學卻並不佔着完全相同的領土。在精神的世界裏，它們各有各的範圍，各有各的目的。其一所處理的主要是有形的現象，其他所處理的是無形的現象；其一的目標主要是種族經由發見和發明而得的物質的和工業的進步，以及對於外在的世界求得一個更明白的理解；其他的目標則主要是關於國民思想和國民趣味的解釋；其一的方法比其他較爲分析的，正式的，而在其一中的確然的能力，未必一定在其他中有等量的才能。這些，就是兩者在範圍，任務，和目的上的差別，而且是應有的差別。關於這一點，赫胥黎教授說，「爲着要獲得眞正的文化的目的，絕對地科學的教育至少是和絕對地文學的教育同樣重要，」這話是錯誤的，而且在理論上和事實上同樣是錯誤，只除非我們給與「文化」這名詞以一個和文學批評家普通所用的完全不同的意義，而赫胥黎先生所用的卻正是後一種意義，這就構成了一種「要求先決」的僞謬，因爲他在開頭時所下的「文化」的定義，是從科學上說的。但是，這兩個部門和範圍之間既然有着關係，那末爲着兩方面都有裨益起見，這種關係是不能不承認和注重的，就猶之以後我們將要看見，文學對於哲學和人生的關係之不能不注重一般。

密爾頓說詩是「肉感的，」這話的意思就是說詩所處理的一部分是肉感，即一部分是可感，可觸，可見的物質世界，且若因專注於無形的和精神的方面而忽視了這一方面，那就算它沒有盡過它的使命。

作家所需要的特別警戒是，科學的文字不得容其受到文學風格的超過正常的影響，也不得容其侵入不許侵入的地方。

這一個警戒可以將它包括進「專門性」(Technicality) 這個名詞裏面。文學，作爲一種體裁和方法看時，已如我們的定義所主張，是非專門的，是求達到一般人的心的。自然科學的正式程序如果容其在文學中也同在科學本身中佔有那樣的地位，就要取消了文學的精神性，而打擊了它的終極目的。文學之中是可以有一種科學方法的，這在上文已經說過，但所謂科學方法，意思是指蒐集文學的現象，從裏面歸納出文學的法則，乃至獲得文學的概念和陳說的確定性，並不是指一種光光的分析的過程，或一套數學的地應用着的不可變易的公式。如果是這樣的話，那就要使一切的詩歌都化爲散文，一切的散文都化爲炫學的和考證的文字。濟慈之所以對牛頓憤慨，是因他曾把虹的彩色化爲一種三稜鏡——就是說，把詩化作了事實。

詩和事實，文學和科學，本可以同時並存，相互作用，不至於惹起這種敵對的論評，只要各方在各自的範圍內可容它自己作主，而只在那廣大的中間地發生相互的影響，因那中間地是兩方都可以進入而在那裏遇會而相互影響的。

英國有一個批評家曾經告訴我們，說如拜倫的詩的天才能够和法拉第的科學天才相融合，那末結果將是爲「全世界所等待的」一首詩。這話的意思就等於說，文學和科學之間的現在的關係只不過是幾近的，將來等到這樣的關係充分實現，文學就將取得一種新的形式和更高的功英國文學，也而能將導入又一黃金的時代。

第五章　文學和哲學

我們現在要進入一個研究的分野，這其中充滿着富饒的暗示，卻是爲哲學的或文學的學者都只經歷過一部分的。這兩個部門在各個的區域裏和職務上，雖人們對於它的注意逐漸增多，但關於兩者的關係以及相互依存的情形，卻還不曾有人提起過。

英國近代作家當中首先喚起對這方面的注意的，就是著作風格哲學(Philosophy of Style)的赫伯特·斯賓塞先生。他的意見和結論之所以特別有價值，就因他在這兩個努力的範圍裏都是一個公認的代表。此外做過類似這樣的工作的，英國有社爾普昔蒙(Symonds)，斯提芬茲(Storens)，乃特(Knight)及道登，德國有希勒格，法國有微內，而我們本國的巴斯康，亦曾在他的文學哲學裏嘗試過相當於這種形式的文學討論，在我們對於這兩個關係部門的見解裏，我們將不用「哲學」這名詞的最學術的和正式的意義，不當作它一種「形而上的專門技術」卻用它的大家明白的且較普遍而同樣正確的意義，當作人類心靈的一種研究，即人類心靈所包含的機能的研究，支配精神運動的法則的研究，以及顯現於一切常態精神行爲中的方法和程序的研究。哲學當作這種意義解時，就無非是凡特徵地屬於知識的一切研究，即凡一切精神活動的研究，無論其表現於哲學本部，或表現於科學，藝術，和文學。在這裏，我們就達到了兩個部門中最初也最重要的接觸點了。

（一）倘叫瑪克斯·米勒（Max Müller）來命名，哲學，將被稱爲「思想的科學，」那末文學在這點上就可稱爲「思想的表現的科學，」或說得再明確些，就是思想本身之顯著可見的形式。

所以，我們可見，將哲學和文學各個分析到最後時，我們就達到作爲基本因素的「思想，」這就是各個的本質所在了。如果我們說，哲學是心和心的行爲的一種研究，那末文學也是一樣，無論這兩種研究的特別程序或方式中所着重之點是怎樣的不同。

從來人以爲文學裏面沒有怎樣重要的知識要素的存在；不但詩歌裏面爲必要的法則所限

而不能存在，就是散文的文學裏面也不能存在。這樣的見解，已經對於文學造成了不可補救的損害。甚至柏拉圖，也曾主張詩和哲學沒有相容的可能，因而將它排斥於他的「理想共和國」之外。但這樣的排斥或輕視，並不限於柏拉圖一人，在有些被公認爲眞正的文學擁護者的作家，國民和民族當中，這種主張也曾獲得了有力的批准。

愛默生先生就存着這樣的見解，這纔他批評英國文學爲屬於地方文學的類型，而不是廣闊的；卽不是哲學的。他說，「英國人是怕用概推法的。」又引培根所謂「英國人不肯放開眼光去看普遍性」那句著名的宣言以自作證。培根這話的意思，就是說英國人不以作家的身分而作哲學的論調，卻以博學者的身分而作列舉的論調。他指斥休謨，約翰孫，哈爾馬可梨等人爲不哲學的或非哲學的；以爲迭更斯（Dickens），部爾衞（Bulwer），塔刻立（Thackeray）等人寫的是「倫敦區域，」且甚至於哥爾利治也曾說「英國人過於強壯，所以做不得哲學家。」這是直白的說法，且有時是極端的說法，但其中包含着很多的眞實，凡要記述英國文學進步的眞相而矯正它的錯誤傾向的，都不得不加以注意。

爲着消遣和精神休養之用，輭性的文學是永遠會得有的，且在某種程度之内，是永遠會得有個應得地位的，但是廣深，和徹底等等的品性，卻不是隨眼可見，隨唤卽來，而是思想的力和意志的力的結果，且是應該獲得而亦難以獲得的。|徽內心存這樣的見解，這纔他寫道：「哲學和文學之間有着一種自然的接觸。一個偉大的文學的時代，常必同時是個偉大的思想的時代。思想可不常具哲學的形式，卻將常具哲學的質質。一個十分地文學的時代不能是反哲學的。」我們可以補充一句，說它不能是「非哲學的，」而其所以不能，就因思想在兩者之中同樣佔着重要的地位，雖然在其一比在其他也許更顯著。對於哲學所能給與的最高讚語之一，就是它和高等學問的一切部門都有有機的聯絡，因而和最好的文學也有有機的聯絡。

（二）我們又要見到，在一切眞正的文學程序中有着一種「哲學的方法。」這就是一種演繹地或歸納地應用着的解釋和討論的方法，一種關於文學產物的原因結果的研究，關於流露於文學中的主要原則和偉大的歷史傾向的研究，關於文學的意義（卽不僅當它是一種文字的表現）的研究，就是關於著作之生命和質質的研究。一言以蔽之，這種方法是反省的和心理學的，且在這點上，和文學中僅是科學的方法劃然不同，因爲科學的方法是以辨察和解釋現象——即文學生命之外在的特色——爲滿足的。這就是所謂文學的洞察(insight)，和僅僅是展望(outlook)不同，要做到這步工夫，唯有把眼睛移開了外在的世界，而對着神，對着眞實和內的存在，去大大的睜開，並把頭埋在手裏去看自然的眼睛所決不能看見的東西。所謂哲學的精神，就不過是這種狀態和程序的一個別名——就是一種深澈和洗着的內觀，而對象是在於僅僅表面現象之下的，因爲這表而現象只不過是那個對象的極微表示和流露。除非一個人已經發成了並且睜開了他的內在的眼而看見了這內在的光，他就算不得一個作家。同時，除非一個人已經由天賦或訓練而發成了這樣一種能力，他也就不能正確地解釋這樣的著作。希勒格說：「凡不具有精神上的普遍性的，都不能做眞正的批評家。」我們可以補充說，凡不具有精神上的深澈和內省力的，都不能做眞正的批評家。文學批評若要能有持久的價值，就必須這樣地在方法上和精神上都是哲學的，即必須是一種流露於文字中的精神的研究。

所以，凡所謂哲學的或知識的風格，就是頭等價值的風格，這就是一種不但具有藝術的形式和美並且具有實質和本體的風格，而因有這實質，故在一切有識力者的眼中，那美的地方就更見得美了。培根的論文就因此而成為英國散文中的哲學的文體，而在這種類型和精神時，其為哲學的的程度，是和他的任何哲學的專著無異的。

關於這一點，德國作家叔本華曾經表示過許多具有永久價值的眞理。他說：「風格是心的面目。」它是從它所表現的思想得到美的。好風格的第一法則，就是凡作家都應該有東西可說。」他曾毫不容情地譏刺過一些作家，特別是他自己本國人中的，就因那些作家主張為文字而文字，企圖靠詭辯及虛偽為裝飾和深奧的冗話以蔽掩他們的思想的貧乏。換了話說，叔本華是主張著作必須是哲學的，即必須是有思想的，以為其中必須充滿着思想，而表現這些思想的目的只有一個，就是在增加讀者的思想能力。

現在羅伯特生正在編輯一套偉大作家叢書，我們倘把它們細察一下，就可見到這些作家的偉大處都在於他們有眞理和思想可以傳達，而因這理由，他們就和大多數聲名較小的作家——就是那些為着必要或個人的目的而著作的小作家——遠遠離開了。

（三）我們又可見到，哲學和文學在它們發展的途程中曾經有過非常重要的相互影響，以至成了一種相互叨賴的關係，並且造成種種類似的要素了。

例如要作希臘文學的歷史，是離開不了希臘哲學的歷史而獨立的。在柏拉圖的時代及其後，一切希臘文學都多少帶着柏拉圖哲學的印痕。差不多同樣地，哲學家亞里斯多德的影響也曾被及他同時和以後的一切希臘文學；又同樣地，蘇格拉底（Socrates）之實用的教訓，及在某一種意義上，偉大的斯多噶學派（Stoics）和伊璧鳩魯學派（Epicureans），乃至中世紀著名的煩瑣學派（Schoolmen），無不曾對於文學發生影響。掉過頭來說，這些時代的文學也曾各式各樣地影響及於哲學本身的發達和歷史。所以宇伯威希（Ueberweg）在他的哲學史裏曾說：「詩的幻想的各種努力，爲要把神和人的事物的性質和發達再現給它自己，而激起了哲學的探討，並爲哲學的探討開了路。」他曾指出荷馬，希西阿（Hesiod）和奧斐斯（Orpheus）式的詩歌對於這一方面的影響。又，偉大的希臘悲劇家曾經明白反映這種影響在他們的戲劇傑作裏，因爲這些傑作無非是應用宗教哲學以解釋人類的生活和命運而已。

這個原則在德國獲得了一種顯著的證實，其一就是來布尼茲(Leibnitz)和他同代人的哲學，其次就是以後的十八世紀的哲學，而從康德通過了近代德國學派以至於黑智爾(Hegel)，這個原則也同樣的顯著。通過前世紀的初期和中葉，黑智爾哲學可說是深入了且滲透了德國文學的，就是現在，影響雖就衰微，潛力卻仍存在。至於這種相互作用之見得顯明而重要，則莫過於法國，特別在十八世紀，就是福耳特耳和盧梭和百科全書派的時代，當其時哲學和文學間的關係非常密切，竟可說兩者已經融合，所以哲學家著作文學，而文學作家也以同樣的方法闡明哲理，大家站在共同的立場，爲着共同的目的——就是在推翻固有的眞理和信仰。福耳特耳，盧梭，孟德斯鳩，和蒲豐(Buffon)就是當時法國的四大哲學家和作家，助之者有狄德羅 (Diderot) 和達蘭貝爾(D'Alembert) 和封特邏爾，以及其他類似的思想家。福耳特耳是當時的中心和首腦，同時是亨利第四和路易十八時代的作者，又是如愷撒的死等悲劇的作者，乃至如歷史哲學一類哲學論文的作者，所以他就成了那個時代和全法國的哲學和文學結合的最好代表者。同樣，英國十八世紀的自然神論的哲學對於英國文學也有這樣的影響，最顯著的例子是頗普的著作，以及當時一般批評家，諷刺家，小說家和戲劇家的著作，而特別是波令布魯克 (Bolingbroke) 和普利斯特利 (Priestly) 和萊納等人的哲學著作。此外，十八世紀著名的歷史學派，如見於休謨和維伯特生和吉本等人著作中的，則哲學和文學相互影響的例子是再明顯沒有的了。自然神論的哲學產生了自然神論的文學；汎神論的哲學，如斯賓挪莎 (Spinoza) 所代表的，產生了汎神論的文學；唯物論的哲學產生了唯物論的文學；基督教的哲學，如培根和蘇格蘭學派所代表的，產生了基督教的文學；至於在某一所與的期間，究竟文學的影響大於哲學，或哲學的影響大於文學，那就難說了。在英國，猶在大陸，有些期間是特著地哲學的，也有些期間是特著地文學的。但雖是這種特著的期間，也隨歷史的前進而逐漸減少，而哲學家和作家是逐漸地更多在共同的立場上工作了。

倘如哲學的和文學的這兩個思想的型發現在同一個人身上，如在培根，休謨，哥爾利治或愛默生，那末我們就可見到這兩者相互間的自然影響或兩者的有機的統一的最適當的顯示了。

但我們有可指明的，卽最高的文學常必趨向於哲學的型，而哲學之能得文人的好評和合文人的趣味的，也便是表現得最好的哲學。批評家的琉克理細阿自認得力於哲學家的伊璧鳩魯；

第自認得力於阿奎那(Aquinas)；斯賓塞於柏拉圖，顧普於來布尼茲；哥德於斯賓挪莎；愛默生於柏拉圖和柏羅提挪(Plotinus)；掉轉頭來，哲學家們也會很快地自認得力於同時的代表作家。伯爾脫([illegible])論到這樣的關係時，會說「哲學斷負於文學的是想像的或情緒的衝動，即哲學的真實所賴以呈出的」；同樣，我們可以說，文學斷負於哲學的就在那所要呈出和應用的具體的真實。文學給與哲學以流利，屈折，和運行的自由，可說替哲學開了一條路，藉以更有效地進入人們的心，那末哲學就給與文學以更強固而有力的品性，藉使真實成爲更大的真實。

（四）在哲學和文學裏，想像都作爲一種機能而存在，從此又可看出一個相似的原則。我們所常說的「歷史的想像，」「科學的想像，」和「詩的想像，」是依這種心能被應用於各個探討的分野而加以不同名稱的。同樣，在哲學的分野內，我們就稱它爲「哲學的想像。」但名稱雖然不同，所運用的卻同是一種機能，而運用它的也同是一個心，而且這些想像的方式或職務，究竟那一個優越於那一個，我們也不能施以過細的辨別。

我們面前的特別要點，就在「哲學的想像」這個名稱已經包括着這些不同部門的統一了。

依照更早的用例，「詩的想像」是想像的唯一方式，如詩人心目中所主張的，那末「哲學的想像」這個名稱就包含着一種字面的和眞實的矛盾了，因爲在這樣的見解中，彷彿我們的想像力的任何任務都具有像力和固定性那樣的元素，而現在流行的「幻想」(Fancy)這字的用例，則要人注意同是這種的兩重任務，即一種高等的和低等的，一種寬泛的和狹窄的。

那末所謂「哲學的想像，」意思就是這種機能在它的較嚴肅方面的運用，即作爲心靈之組織的或建設的偉大機能，就是聯繫和綜合的機能，以別於同此機能之運用於詩的或描寫的方面者。美國著名形而上學者威爾博士(Dr. Wayland)曾經用着兩三個富有暗示的對照來陳述詩的想像和哲學的想像之間的差別。他說：「我們用詩的想像造成一幅不能磨滅的圖畫，就是可以再現於感覺的；用着哲學以想像，則我們造成某種普通眞理的一個理想的概念。由其一，我們造成心像；由其他，我們構成假說。在其一的場合，概念是訴於趣味的；在其他的場合，則我們訴於理解。其一的意圖是給我們快樂；其他的意圖是擴充我們的知識。」說得再實在些，那末哲學的想像就無非是歸納的原則之被應用於理想的境界，也就是最好意義的思辨力——即創新的概念和一般的原則所藉以達到的那種力——的運用。

如果我們將這應用於文學，差別就很容易看出來。丹第，莎士比亞，密爾頓等人的想像之見於神曲，漢姆列德和失樂園中者，是詩的也是哲學的，在各個的場合，那史詩或劇本的概念是獨特的，賅括的，而且複雜的，然而一切都在於想像的境界之內——都在於理想的境界之內。同樣，勃勞寧的路馬人和路簿(Ring and the Book)，丁尼生的王之歌 (Idylls of the King)，及哥德的浮士德，也都屬這種性質。在哲學的歷史家如兆佐，我們看到這樣的情形；在哲學的小說家如佐治·愛略脫 (George Eliot)，我們也看到這樣的情形。至於任何偉大哲學體系的建設，如笛卡兒(Descartes)，培根，霍布斯 (Hobbes)，或哈密爾敦 (Hamilton) 的體系中，最高的眞理由作家和哲學家所稱賓格呈出的，這種情形就很顯著了。

如果照培根說的，「哲學的目的就是統一的直觀，」那末那個統一是要說最好的「哲學的想像」把握着，駕御着，因而由非眞實的世界提到眞實的世界來的。我們常說某種哲學的方式，如柏克立 (Berkley) 的哲學，是理想的或理想主義的。照我們現在所用的語言的意義，一切哲學之爲哲學，都是理想的，卽都是哲學的想像活動的結果，心在理想境界活動的結果。所以偉大的史詩和其他文學的傑作，都是想像和合理的理解力聯合活動的產物——沒有那一件文學的傑作是這兩種機能之一離開了其他而活動的產物。

柏拉圖哲學的中心原則，觀念的主宰，實際就是一種理想的哲學，因爲除開在哲學方面運用的想像力之外，再沒有其他的能力可以設想和把握這樣的觀念而用可了解的形式將它們表達出來。

道登先生在他的文學研究裏討論到「先驗運動」，以爲這曾影響到文學。這種柏拉圖式的哲學是先驗的，且因其是先驗的，所以被想像認知其爲哲學的，正如在我們本國被愛默生和他的一派所認知一般。雪萊之於自然界的解釋，也如威至威士，曾經默示一些這種先驗的特色；勃勞弧塔爾·克拉夫(Artbur Clougb)乃至愛底溫·亞諾爾特(Edwin Arnold)近作的詩，都有這種特色。

所以我們就有可謂「文學性的哲學」和「文學的哲學」這樣的東西。文學本身就可說是一種人生的哲學，就是給人類的心靈解釋人類的心靈的方法之一；作家中如琉克理細阿，西塞祿，哥爾利治和愛默生，就是哲學的文學的例，而笛卡兒，麥爾伯蘭基(Mulebrancho)，沙甫慈白利(Shoftesbury)，柏克立，培根，霍布斯，和彌爾，則可引作文學的哲學家的例，各人都用各人自己的方法去求發見和解釋眞理，而領導他的同伴們去接受和應用它。

話雖如此，我們卻不能把哲學和文學看作佔有完全相同的地面，應用完全相同的方法，或在思想的世界裏應付完全相同的目的。它們各有各的範圍，各做各的工作，而各個的領土是不能互相侵犯而不蒙損害的。其一所着重的東西，可以爲其他所不着重；兩者可以由不同的方法達到同一的目標，或者各自抱着不同的目標；我們可以不止研究所謂文學的那種特殊的心靈產物，卻去研究那作家之道德的和心靈的行爲。然而看得較廣些時，各個都爲着眞理之故而幫助其他，所以我們對於伯爾脫所謂「文學是領到哲學去的最好道路」那一句宣言，儘可以毫不衝突地加上一句，說哲學是領到文學去的最好道路，因爲實際上，兩者各都領到一條比其他更廣更大的大路上去，各都領到思想和眞理的開闊路上去。

在目前，哲學和文學裏都存在着充分注重這種關係的特別需要因爲一方面哲學有了一種力求苛細和爲討論而討論學說的傾向，以致逐漸成爲愈不文學的，他方面則近代文學因爲在逐漸發達的感傷小說和雜文的範圍裏注重了輭性的作品，以致哲學的性質日有減少的傾向，所以兩者都正需要着相互的助益。

德國的哲學家作爲一個派別而論，在他們的哲學的著作裏是傾向於這種非文學的極端的，但以作家而論，在文學本部的境界裏，他們卻是哲學的。法國人則和這種情形剛剛相反，作爲哲學家時，他們是用文學的形式寫作的，作爲單純的作家時，便沒有嚴重的和哲學的元素存在。康德和他的一派所著哲學書，完全沒有文學的作態，而德國的大散文家，如哥德，勒新，赫特爾，和希勒格兄弟，卻都用哲學的形式寫作，至如冉・保羅・利希脫（Jean Paul Richter），則適好例解了哲學和文學間的關係。

在法國，哲學家如庫辛（Cousin）或笛卡兒，是從文學的方面寫作哲學，而從哲學的方面寫作文學。北歐文學之爲文學大體上是哲學的，南歐文學則較少哲學的性質，較多文學的性質。

在英國，是北方和南方，條頓民族和拉丁民族會合的所在，我們應該看到，而實際也確看到，哲學的和詩的兩者的結合——作家如培根和休謨，以文學的形式寫作哲學，如哥爾利治和愛默生，則以哲學的形式寫作文學。威至威士的遠遊(Excursions)，雖然包含着真正詩的精神，卻是一首哲學的詩，丁尼生的紀念(In Memoriam)和哥德的浮士德亦然。

但關於哲學和文學的關係，必須我們加以特別的注意，以免文學為欲成為哲學的而求其質實有力，遂至流於深奧理論的性質。有一種所謂「思辨的哲學，」在哲學的本範圍裏是一種合法的形式。文學卻不應該是思辨的。文學是一種供人實見的精神的產物，不是一種供人反省和解決的精神的問題。它雖然是一種分明的精神的操練，卻也是一種精神的快樂——一種默示和一種解釋，卻不是一種思辨。頗普的人論(Essay on Man)就是關於這一點的一個好例，因為它非常明顯地反映着當時為波令布洛克和其他人所討論的思辨哲學，乃至除掉它的正確的詩律而論，正可以列入當時一般教訓的和哲學的論著中的。頗普不過是喜歡這個樣子陳述和應用他的哲學，正如他陳述和應用他的關於批評法則的見解在他的批評論(Essay on Criticism)裏一般。

人論是和陸克(Locke)的人類悟性論(Essay on Human Understanding)一般地思辨的，所不同者只在其一是詩，其他則以散文爲其主要的形式。勃勞寧先生的詩所以曖昧，在這裏可找到不少的理由，就因那個詩人的心理是在思辨的方面佔了優勢，所以我們讀他的一部分著作時，我們竟會忘記是在讀一個詩人的著作。文學中的這種傾向很是強力，我們翻一翻英國和別國的文學史，就可以見到它的存在和它的力量了。我們曾看見希臘新柏拉圖主義的著作裏有這傾向，是哲學，神學和文學裏都存在的。

在塞爾克累格先生(Selkirk)於近代詩的倫理學和美學裏所討論的神秘派詩中，這種傾向是明白看見的，在散文方面，則法國的虔信主義者(pietists)當中也見這種傾向的發展。在英國，依利薩伯時代後期的形而上學作派便可作例，錫德尼時代流行的「誇飾作風」(euphuism)也可作例。

在我們本國，則奧爾科特(Alcott)和愛默生的先驗主義派曾經體現這種傾向的主要原則於欲以作家的身分而談哲理的嘗試裏，即欲將文學和哲學間的距離和差別縮到極小限度，以期實際有除了這樣的差別，而將思辨的理性和人類的趣味及審美的天性從之於同列。

經過了愛底溫・亞諾爾特和他的一派的影響，文學中的這種神秘的和極端心理學的方法，與其說是減少，毋寧說是增加。這種亞細亞型的文學處理法，就是直到現在爲止都被看作了隱麗體和描寫體的，已經是日益趨於主觀的和形而上學的性質，原因大部分在於這一體的詩多關於婆羅門教和佛教神學的解釋。所謂「亞細亞之光」實際無非是文學中的佛的人格化和讚頌，也就是一種神秘的，曖昧的，如夢的冥想，而使東方異教方面的神學和哲學體現於詩中的。這一切的結果並不是詩，也不是哲學，卻是兩者的一種變態的結合，讀者當讀完之後，愈要不曉得自己的立場，也不能辨別他是在研究文學呢，抑或在勉力索解東方奧妙的幻想。在這裏，如在別處，我們所需要的是中間的立場，即務須哲學家和作家各人認識各自的範圍和目的，而求放大了一切的類似點，因而能立了眞理的統一。

勒斯力・史梯芬(Leslio Stephen)在他的英國思想史裏曾給這種關係以一個適當的地位，因爲他是將英國文學的發達和英國哲學的發達並行着溯述的。德雷拍在他的歐洲知識的發

第六章　文學與政治

「政治」這個名稱，在這裏用着它的最廣最高的意義，和普通語言中那種較狹較低的觀念不同。這裏所謂「政治」，是指公民的或政治的科學，治國的方略，或國家的生活和規法而言。在這意義上，我們說到「政治的學者，」「政治的作家，」「文學與政治，」因而使我們的討論立刻出了所謂政客或煽動家的地域而入於作爲一般人民代表和公僕的眞正政治家的地域。

蓋然的說時，人們可以提出非難，以爲文學和政治間的這樣的關係即使存在，也是遙遠而且渺茫的。不錯，我們在習慣上總不承認這兩個人類思想和活動的部門之間有什麽必要的或生成的相互作用的法則爲之連絡，反之，我們卻指給它們以各各不同的範圍，只見到它們的差異而不見它們的類似和接觸點的。一言以蔽之，我們常看作它們在性質上，方法上，表現上和終極目的上都屬互不相容，即使承認其中有相互的影響，也不過如任何一種精神活動和另一種接近的精神活動之間的影響而已。

然而我們祗除了一切成見，而對這事加以細密的考察，那末考察得愈細密，其間興味上和價值上的關係便愈見其存在，而且非常顯明，乃至欲研究其一，即不能不知其他，而若不知其他，即不能謂爲正確了解其一的。

（A）若問起這種關係所以成立的實際根據或理由，那末我們可以見到——

（一）凡是關於政治的大問題，都要離開了立法和政治的集合而加以討論，也可以不用以人民代表的資格對人民演說的方法而加以討論。作家在他的書室裏，可以用書面討論這些問題，於是筆頭和口頭就連合起來表示對於這些問題的意見，而相輔着去達到一個共同的目的。實際上，古今來有多數偉大的所謂「政治的演說，」都始終不曾在立法院裏或在人民面前口頭發表過，卻是用書面爲最初的和唯一的表現方式的。西塞祿的有些演說詞就是這話的證據，近代歐美大辯論家的有些著作也是證據。葛拉德士痛（Gladstone）對於他所盡其畢生之力爲之解說辯護的那些政治大問題，是否筆尖和舌頭同樣的忙碌，同樣的用力，至今還是一個未決的問題。

（二）我們在可謂爲「作家和政治家的共同環境」那東西裏面，又可找到這種關係所以存在的一個理由。因爲作家和政治家是往往被同一種類的影響，動力，機會和動機包圍着，所以除非對於各人所處的局面由一種兩重的觀察點加以研究，就不能充分地看出，充分地利用，而所謂二重觀察點，就是文學的觀察點和政治的觀察點。文學愈偉大，政治愈偉大，這種共同的環境也愈見其共同，而欲嘗試去區別，也愈覺困難而不自然。在古典文學的最好時期，如在英國文學和大陸文學的所謂黃金時代，我們看見作家和政治家是站在共同的立場上，即使所用的方法有確然的差別，他們所趨向的大目標是同一的。

（三）因此，第三個理由也就很明顯了，即在事實上，作家和政治家往往在同一人身上發見出來，例如英國的葛拉德士吞的士累利（Dis：aeli）和馬可梨，美國的羅威爾，歐文，拜厄德·泰羅，霍桑和班克洛夫（Bancroft）。這兩種活動之見於同一人之身，其例不在少數，且兩者之融合往往非常徹底，乃至我們無法可於其中去劃出界線，也無法斷定同一人的這兩種活動究竟那一種較爲成功。葛拉德斯吞就是如此的，約翰·摩梨，查士丁·馬卡替（Justin McCarthy）和巴爾福先生（Mr. Balfour）也是如此的，如今他們在文學上和政治上同樣躊躇滿志的工作着，也同樣的享有聲名。凡是這樣的結合，在顯著表現的時候，一定就指示其人在文學上和政治上具有同樣的天才，並對於這兩種精神生活的並行發展當有很大希望的。

這樣，我們面前就遇到了第二個更廣的問題，因爲我們現在要討論到——

（B）政治文學的特殊形式，它在實際的書面作品裏有些怎樣的例子。在這樣的討論中，我們也用不着越出英國文學的界限去找這種關係的例證。

我們看見這個原則特別適用於散文文學的部門而不很適用於詩的部門，那也不足爲怪的。這其中的理由，大部分就在政治的觀念要以各種散文文體爲自然的媒介，而在文學本身，散文文學的總和也已遠超過詩的文學，而且這差數的比例還要逐漸增加起來的。

那末，我們且看這些首先使我們注意的特殊形式——

（一）是「政治史」，即「政治發達的歷史」，猶之我們有言語學史以及語言，藝術，文學和科學等的歷史一般。這種記敍文學的類型，雖不一定屬於論爭的體裁，卻往往體現於論爭的詞句，即往往爲於政治的辯論，爲於政黨鬪爭的記錄。這種政治文學的著作，在新近編行的民族故事叢書裏可以見到豐富的例子，他如美國平民政治叢書也供給這種例子，因爲在這叢書裏，各民族和各州的政治生活都用傳記體的記敍文描寫得非常詳細，就彷彿這一些州都具有一種有意識的人格和生命一般。事實上，各州的政治生活都研究得非常細緻，陳述得非常詳盡，而且那故事說得非常生動，覺要使讀者暫時忘記自己是在閱讀一種抽象的和無人格的存在的歷史。

如果在敍述的元素之外再加上描寫的元素，例如普勒斯珂特的祕魯的征服或墨西哥的征服，馬可梨的英國史，勒啓（Lecky）的歐洲道德史，其中所敍述的偉大史實和景象和人物都顯現得非常鮮明，使我們不由不感覺那記錄的眞實，那末就特別可以獲得上節所述的那種結果。至於政治史的本部，其中有三種體裁或類型特別值得注重——

（a）第一種我們將稱它爲「政治建設和改造的歷史」，就是「建國史。」這是一種構成物的歷史，或爲建設的，或爲改造的，並無兩樣，總之就是綜合的原則被應用於民族的生活。它所處理的是厄爾夵（Elton）所謂「民族的原始。」它是一種關於由現存材料形成的各種政治組織的記述。哈蘭，士達布斯（Stubbs），央（Yonge），白賚士（Bryce），和其他的政治史家，曾用這種方式給我們以英國和美國的憲政史，其實這就是關於政治改造即關於它的發生程序和結果的歷史的一個別名而已。

有時候，政治文學是用着政治和國家的歷史的形式，例如馮・和爾斯特（Von Holst）的合衆國憲法政治史，德謨拍的美國民政政治，以及英國斷代史等。

又有時，它又取得民政史的形式，無論政體是君主的，貴族的，民主的，或混合的，例如哈林頓（Harrington），薛德尼，陸克，緬因（Maine）等的著作。

又有時則為國會的歷史，或一般政治會議的歷史，或如任何特別民族，如英國或法國，所示例者。

在這種關於建造和改造的敘述裏，自然要包括着大政黨的歷史，因為這種政黨就是政治上各種大原則大政策的代表，而以這種代表的資格被認為國家組織所不可缺少的。我們這裏所論述的政黨政治，是用它的最高最善的意義的，即指性質範圍和目的上都與民政政治不同的政黨政治，其中各黨都熱心於爲國家謀福利，固守各自的信條，卻非不願爲共同的利益而讓步；這樣的政黨政治是建設的，不是破壞的，是已經過充分的討論而達於一致的，寧願妥協而不願爭論的。總而言之，這裏所謂建設的政治史，意思和格林（Green）先生在英國的建設一書裏所包含的相同，原來他做這書的目的，就在指出一個民族由手邊所有的原料造成時的各種元素和因子，而說明那些元素何由而來，如何整理，以及那各各的因子究竟是什麼。

（b）政治史的又一形式，如文學方面和政治方面的作家所同用的，就是政治革命的歷史，這是同一題目的破壞的方面，是分析的或分裂的，不是綜合的或建設的，但其爲體，則與其他一種同樣的必要，同樣的尋常，而事實上倒與人類性情中的破壞力更相協調，原來這樣的力本是社會，政治和一般文明之所同具的。

因此，由於一種歷史的和造化自然的法則，國家的生活過程中就以彷彿有規律的間隔而交互着見到進動和反動，進步和衰微，復興和毀壞，組織和瓦解。其實所謂文明史這東西，無非就是這種種變遷的歷史，至其中的原因和程序，則有時而顯，有時而隱。關於這種政治的革命和進化，據所已知而與以一個眞實的敍述，使是文學史家的職務的一部分——就是說，文學史家的一部分職務，就是要去尋溯這種革命和進化的起原；敍述它們的發展，或爲漸進，或爲猛進；指出它們的種種效果，影響於一民族或諸民族；因而使後來的文化分析者可以隨所必要而繼續這樣的記錄。

法蘭西革命就是這種特別類型的民族生活的一個最顯著的例，因爲它是曾影響於文學也曾受文學的影響的。道登教授新近關於這題目所著的英國文學和法蘭西革命一書，曾與這種情形以一個適切的例解，其他記述這次革命的所有歷史家也無不見到這層，例如喀萊爾，目的就在供給關於它的原因結果的一種眞正的敍述。實際上，諸民族的歷史雖然稱爲文明史，卻大部分是民族革命的歷史，故革命史這個名稱，是很可以用來代替文明史或記述史的。如此，法英兩國戰爭的歷史，也猶之玫瑰戰爭的歷史，是把十五世紀的英國文學史作爲一個基本因子牽涉在裏面的；同樣，斯圖亞特朝 (the Stuarts) 和奧倫治朝 (House of Orange) 的歷史也牽涉十七，十八兩世紀的英國文學在裏面。台勒耳教授在他新近所作的一部有趣的書美國革命時代文學史裏，曾經應用這個關係原則於美國的文學，使我們看見那個時代的歷史無非就是政治革命的歷史，而那個時代的作家則不過是擁護革命的代表而已。他如吉本之於羅馬帝國的衰亡，格羅脫(Grote)之於希臘史，納披爾(Napier)之於半島戰爭，席勒爾之於三十年戰爭，也都處處流露出革命方面的政治生活和文學生活本身的密切關係，最著的如愷撒，又如伊士奇(Aeschylus)，他是馬拉敦(Marathon)，薩拉密斯(Salamis)和布拉的(Plataea)等地的一個兵士，那末作家的本人就是革命戰爭的一個實際參加者了。至如對於絕對專制政體的鬪爭(1603-88)及民衆的起來(1216-1485)等著作，那是竟把這種關係作主題的了。

因此我們可以說，在政治改造的歷史裏政黨的興起和功能是記載的必要部分，在革命史裏則政黨成爲鬪爭的對手，本屬有益的組織墮落而爲派別的用途，因而建設的工作也變成了一種不安和擾亂的現象，然而仍舊需要作家去觀察那些現象而給他同代人以它們的眞實的記錄。

(c)於是政治史就又有了第三種的必要的形式，如政治宗教改革史這名稱中所見的。這裏面的「改革」二字，分明是個倫理學的名詞，因而立刻要把政治範圍裏的題目全部移到道德行爲和道德責任的領域。於此，立刻可以看出宗教和政治之間的密切關係來，且如我們記得在世界的大文學中多數都有這種關係的存在和活躍，那末明白的讀者所須顧及的政治宗教的文學的容量之如何廣大，也就可以明白看出了。歐洲大陸的文學，特別在新教的德國，瑞士，和荷蘭，就是這樣由宗教上連絡起來的，就是在英國也這樣由宗教上聯成一個英國國教的民族；同樣，歐洲的羅馬天主教堂的歷史，也和歐洲的文學結成了拆不開的關係。在初期的英國文學中，爲羅馬教辯護的令加德(Lingard)的歷史和爲新教辯護的索姆斯(Soames)的歷史，就可爲這個大真理作一例解。各民族的大改革運動的歷史，如路德派的和英國的，也都不過是改革運動和文學間的這種關係的紀錄。自來著作中如條頓族和改革運動（1485-1603），淸教革命，新教革命，改革運動期，及十字軍英雄等，都不外是這種關係的例解。道僕內（D'Aubigne）和柏謁特（Burnet）是宗教改革期的專門史家，而同時也是文學史家。夫登德，馬可梨，和勒啓在他們各人的著作裏，也都兼具這兩種資格。抱着改革的目的而發動和進行的所謂歐洲的宗教戰爭，是必須有歷史家爲之記載的，而在這種記載裏面，作者就不得不以史家和宗教家的兩重身分而出現。理查・呼克爾（Richard Hooker）在他的著作宗教政治裏，對於這兩個思想的範圍都像是非常嫻熟，竟至我們無法可將他的兩重身分分判開來。宗教史是歷史的一個重要支脈，因而也就是文學的一個重要支脈。

以上所述，就是敍述體的文學和政治有關的三大部門，而為凡作家之所必須處理的——即政治改造的歷史，政治革命的歷史，和宗教方面的政治改革的歷史。

總做一句話來說，我們於此所有的，無論在政治的和文學的方面，就都無非是一部文明史，其中把猥瀆的和神聖的歷史同樣具陳，因而成了一段如實記錄的完全的世界故事。在如基佐和巴克爾一流作家的著作裏，文學和政治間的這種密切關係是每頁都可看見的。

（二）和政治史的部門緊相關聯的就是政治傳記的部門，這就是這個政治文學的原則所由實現的第二形式，它分得一部分歷史的特質，但卻有它自己的一個分野和任務。我們可說這種文體具有一種更確定而重要的興味，因為它包含着一種人的元素在裏面，我們由此可以看見一些活人在世界多樣生活的公開舞臺上做着真實的演員。

現在這特種的政治文學在我們本國和他國都正迅速地出現，就是明白證明人們對於這種文體的興味的增加。單以英國和美國而論，已有不下十種或十二種這種文學的叢書正在流行或在陸續出版中了，例如英國政治家叢書，英國急進領袖叢書，福耳斯忒（Forster）的英帝國政治家列傳，英國實行家叢書，列代女后首相傳，塔刻立的佐治四朝紀，斯特立克蘭(Strickland)的英國列朝女后紀，以及美國政治家叢書，各民族英雄列傳等，都屬此類。這些叢書所包含的冊數已經要以百計，而新編的叢書還正層出不窮。無論這些叢書的名目怎樣不同，總之都屬政治文學的性質，都是各民族平時戰時的偉大領袖的傳記。

如果在這些成套的傳記之上我們再加上各別的傳記，就是凡在建設，革命，和改革的政治史裏佔顯著地位的人物的傳記，那末數目就可驚人了，就中最著名的有如喀萊爾的克倫威爾(Cromwell)和腓特烈大帝(Frederick the Great)；夫魯德的愷撒；阿波特(Albot)的拿破崙；摩特力(Motley)的巴涅味特之約翰(John of Barnevelde)；休茲(Hughes)的亞勒弗烈大帝(Alfred the Great)；歐文的華盛頓；普賴厄(Prior)的柏克及至馬基雅弗利(Machiavelli)，查理曼(Charlemagne)，喀富爾(Cavour)，彼得大帝以及諸如此類的歷史人物的傳記。在這些和類乎這些的著作，雖然作者坐着寫作時的態度和斯柏定(Spedding)之作培根傳，耳斯武之作迭更斯傳或和讃玆(Holmes)之愛默生傳時的態度略有不同，但作者總仍是一個作者；他雖然把一個人或一民族的政治生活放在着重的地位，雖然因爲着重在這一方面而致文字上不免失掉一點洗練和優美，然而在風格的健勁有力方面，往往所得可償所失。

（三）政治文學的第三種的和有趣的形式，是包括在「政治的雜文」這個廣泛名稱之下的。在這裏，又開拓了一個廣漠而有引誘力的分野，與政治史和政治傳記又都有分別。作爲一個各別的範圍看時，這個分野實在非常寬廣，而即因其寬廣就已值得我們討論它，也因其寬廣而無問題地證明了文學和政治間的密切關係。雜文之中有所謂「批評的」一體，如德米登，哥爾利治，培因(Bayne)，馬太·亞諾爾特和佩式等人的著作所代表的，政治文學當然和它沒有關係，即有也很少；我們的注意是在所謂「記述的」雜文，英國和大陸文學的第一流作家不少採用此體，認爲最宜於體現他們的最好努力。

這種散文的類型裏面，有三個各別的區分是和政治有着特別關係的。

（a）第一個區分是「政治論文」(Political Essay)，在英國和美國文學裏有着很多的例，它的起原遠在十五世紀，初見於巴士丕氏書翰（Paston Letters），他如福忒斯邱(Fortescue)論帝制的諸作，馬羅立（Malory）的亞搭爾王，以及關於政府和憲法的類似的著作。到了依利薩伯時代及近代英國文學裏，我們見到培根的論文裏有如叛亂，忠雖，帝國，王國的眞偉大，黨派等等政治意味的篇目；準孫(Jonson)的論文裏有發見，關於愛國的感想及原君等篇目；考力(Cowley)有自由，克倫威爾的政府諸論；密爾頓有國王與官吏之任期及自由平民政治諸篇，以及諸如此類關於政治的討論，或成專書，或爲散篇文字。乃至斯尉夫特（Swift），阿遜生，以及一般所謂「小論文家」的時代，就是政治論文的黃金時代，這時所見的這種類型的文字，有斯尉夫特的與十月黨書，論政治改革，及民權黨之公德心等著作；有旁觀者（The Spectator），監護（Guardian），及自由不動產保有者（Freeholder）等定期刊裏的多數政治論文；有約翰孫博士的漫遊者(Rambler)和怠惰者（Idler）以及他的阿比西尼亞王剌塞拉斯(Rasselas, Prince of Abyssinia)；有馬可梨的馬基雅弗利，彌拉波（Mirabeau），哈特烈罕普登（Hampton），庇得(Pitt)，茶坦姆（Chatham）及哈斯丁等論文；有德昆西論俄撒查理曼，希臘革命，及民權黨義與文學的關係諸作，有喀萊爾的英雄論，近年短論，改進派之政見（Chartism），挪威古代諸王，以及近代歐洲的王政復興；有亞諾爾特的文化與安那其和關於民數的論文；此後也繼續有諸如此類的著作出現，一直到了最近十年中葛拉德士存之死爲止，而葛拉德士存自己也就是這種政治雜文作者的一個著名的代表。又若把美國文學和英國文學分別而言，那末美國也有歐文，布賴安特，霍桑，愛默生，郎匪羅，嘉替厄，羅偉爾，普勒斯珂特等，可作這種政治雜文的代表。至於歐洲文學裏，則德國特別在「狂飆運動時代」（The Sturm and Drang Period, 1770-1830），第一流作家如哥德，席勒附和赫爾特，都反映着當時的革命情緒；法國則政治雜文極盛的時代就是路易十四時代和福耳特耳時代。總之，無論在那個民族，凡政治上的大利益受着威脅而文人不得不積極參加政治論爭的時候，就是這種政治雜文最易產生的時候。

（b）動機上和目的上與政治論文密切聯絡的，就是「政治演說，」這就是政治雜文的第二形式，也就是公開辯論的或議會的形式，與較不公開的諸形式不同，這是最公開最實用的一種體裁，至於政治論文家和政治辯論家的才具之見於同一人身上，則頗不乏其例。

不過這裏所謂演說，不必一定指在公衆集會裏實際從口裏出來的演說，卻是作爲一種文學作品看，也是作爲文學作品論其優劣的，就是說，是指沒有發表之前的演說稿子，也許始終不拿去對公衆講說，古代和近代的所謂大演說詞很多是這樣的。在英國文學裏，這一類型的雜體散文，可以從英美大演說家雜著裏找到最好的例解，如愛德蒙·柏克的關於美國賦稅的演說，關於與美國和解的演說，以及關於哈士丁的彈劾的演說等；又如威廉庇得，格剌坦（Grattan），及鄂康尼（O'Connell）等的動人的演說詞；在美國則有如亞當斯（Adams），奧替斯（Otis），韋白斯特等大演說家，在他們的演說詞中，教訓的語氣已讓步給激烈的語氣，間接的申訴變爲直接的，思辨的理論變爲實際的論端，而作者的唯一目的就只在造成信念而引人於直接的行動。

政治演說的最有效形式大概要算辯論的形式，而實際上，這也就是它的最自然最常用的一種形式。當作者採用這種形式時，他就設想自己是在那裏演說，並且取了和人爭論的態度，故先要確定自己的立場，對於所議擬的那種政策或原則，或是贊成，或是反對，於是就進行爲自己的主張辯護，而對實際或假設的反對主張加以駁斥。這樣，文學史上的所有偉大辯論詞，就都可從這一點上去推論，因爲除了尋常演說詞所具備的優點之外，辯論詞又因須得應付各種敵對的勢力而多了一種剴切和動人的優點。

因此，書面的和口頭的議論就在這一點上成了極密切的聯繫，乃至不易從中去劃出一條差別的界線來。在這樣的作品裏，書面文學所特具的品性勢必隱而不顯，而口頭文學所特具的品性則佔了顯著的地位，但有一層爲作家和演說家所萬不可忘記的，就是一件作品務必具有書面文學所應有的正確和洗練，再加上口頭文學所應有的矯健和感動力，這纔能成爲好的文學作品。

（c）政治雜文還有第三種的和多產的形式，就是「說部」，因爲所謂「政治小說」已經成了一個特別的類型，它的效用是政治和文學兩方面兼而有之。而且政治的教訓之須用這種想像的形式來表現，那是毫不足怪的，因爲用着這種間接的和有趣的方法，比之尋常散文所用的那種直接的和教訓的方法，往往可以把政治的理論發揮得更加透澈，也更能動人。從前在亨利第八的朝代，就是十六世紀開初的時候，托瑪斯·穆爾爵士曾經利用這個原則在他的半小說體的論著烏托邦（Utopia）裏，書中所寓的教訓是政治的和社會的，且特別從他那個時代的情形立論。

實際上，我們可說一四八五年出版的馬羅立的亞塔爾王，就是爲這種描敘的政治散文開先河的，所以司各脫 (Scott) 曾稱它爲英國文學中「最好的散文羅曼司。」此後，考力在他那部稱爲關於克倫威爾政府由幻覺所得的議論 (A Discourse by Way of Vision Concerning the Government of Cromwell) 的著作裏，也採用同是這種羅曼司的方法。到了丹尼爾·笛福 (Daniel De Foe) 和近代小說發生的時代，那末眞正的政治小說就已多至不可枚舉，現在只能舉幾個最代表的作家來作例。笛福自己就是這一系作家的先進，他就因和當時的政治有關係而受過了迫害和拘囚。此外的例則見於約翰孫的阿比西尼亞王子剌塞拉斯；眞·玻爾脫 (Jano Porter) 的蘇格蘭首領 (Scottish Chiefs) 司各脫的巴黎的羅伯伯爵 (Count Robert of Paris)，藍尼偉司 (Kenilworth)，和其他的小說；李頓爵的哈羅德 (Harold)；的士累利的羅退爾 (Lothair) 和昆寧斯比 (Coningsby)；斯陀夫人 (Mrs. Stowe) 的反奴制小說湯姆伯伯 (Uncle Tom，即漢譯黑奴籲天錄)；詹姆士 (James) 的阿拉貝拉·斯圖亞特 (Arabella Stuart) 和法國新教徒 (Tho Huguegot)；庫柏的間諜 (Spy) 和里翁內爾·林肯 (Lionel Lincoln)；

以及後來的英國現存作家如吉卜寧(Kipling)和窩德夫人(Mrs. Ward)等的作品；乃至路易薩・謬爾巴哈(Louisa Mühlbach)的歷史小說，如拿破崙與布呂協(Napoleon and Blucher)，約瑟芬皇后(Empress Josephine)，及腓特烈大帝和他的宮廷(Frederick the Great and his Court)；亦見於微克忒・囂俄(Victor Hugo)的九十三(Ninety-three)，哥德的柏力與根之革次(Götz von Belinchingen)，以及其他外國的作家。凡是這些作家，都是專爲了政治的目的而利用着羅曼司的功能和象徵文字的。而所有這些例子之中，大概要算的士棐利最爲顯著，因爲他以小說家的身分所作的作品，是顯著地政治性質的，且他在這方面所盡的力，大概要比在英國土地裁判所裏的努力更爲有效。

（四）政治文學的第四種即最後一種形式就是「政治詩。」初看時，這要算是表現政治思想的一種最奇的媒介，但卻是最常見且最普遍的。我們上面從政治的雜文，論文，演說，小說等範圍裏引來作例的那些散文作家，多數都曾同時用着詩人的資格去求達到同樣的政治上的目的，因而在他們自己的寫作經驗裏試驗着散文和詩這兩種形式究竟那一種效力較大。當英國民族詩歌剛在開頭的時候，就是當綽塞的時代，約翰・高厄(John Gower)就根據着當時的政治狀況而作他的服克斯・克拉曼替斯 (Vox Clamantis)；同樣郎蘭作作他的農民皮爾斯 (Piers the Plowman)，羅凌士・邁諾(Lawrence Minot) 作作歌頌愛德華第三和關於英法戰爭的政治詩。在史本塞的牧人詩曆 (Shepherd's Calendar) 和仙后裏，分明貫通着一條政治的線索，冤訴(Complaints)中也是如此。莎士比亞之於諸歷史劇，朋滲孫之於塞哲那斯 (Sejanus) 和卡塔林(Cataline)，馬羅(Marlowe) 之於坦伯爾稜 (Tamburlaine) 和愛德華第二 (Edward the Second) 是例證了依利薩伯時代的戲劇家的顯然的政治性向。同樣，拜倫之於科林斯的圍攻(The Siege of Corinth)，兩個福斯卡里 (The Two Foscari)，薩達那佩拉 (Sardanapolus) 和馬立諾・法利亞洛 (Marino Faliero)，也可見這種性向；猶之司各脫之於馬密泪(Marmion)，騷狄之於納台勒耳(Nat Tyler) 和貞德 (Joan of Arc)，哥爾利治之翻譯席勒爾的華倫斯丹(Wallenstein)；推此而下，就可數到丁尼生的哈羅德女王馬利和柏刻特(Becket)，至如密爾頓，威至威士朋斯善替厄等人所作的那多數政治的十四行詩和民族抒情詩，那是更不待說。

還有不可忘記的，即無論在散文裏在詩裏，「諷刺體」都構成政治的著作的一個必要元素，因爲這種文體的簡潔性和尖刻性，是特別適宜於獲得政治的效果的。斯威夫特的德雷比爾書簡(Drapier Letters)和葛里佛遊記(Guilliver's Travells)，頗普標名爲「諷刺體」的一部分詩，德來登的押沙龍與阿希多弗(Absalom and Achitophel)，蒲脫勒(Butler)的休狄布拉斯(Hudibras)，羅威爾的比革羅雜著(Biglow Papers)等，便都是政治的諷刺散文和諷刺詩的例子，其中的詩，似乎尤其容易容納譏嘲，滑稽，幽默的元素，而且往往流於詼諧和人身攻擊的性質，如在頗普和他一派的詩，竟可說是以文字相抨擊的黃金時代的產物。

這樣，我們就可以看得很明白，文學的範圍之中實有「政治文學」這樣一個特別的類型，它的形式可以包括一切散文和詩的體裁，就是歷史，傳記，論文，演說，小說，史詩，抒情詩和戲劇，因而在英國及他國的文學裏構成一個有力的部分，並使文學的作者在他所研究的科目裏不得不給它一個地位。

根據着以上的討論，我們可以自然獲得一些重要的推論和暗示——

（a）文學和政治兩大部門之間雖有如上所描寫的種種關係，實際則這些活動的大部門各有它自己的特別領土，各領土之間也有確定的界線劃開，彼此都不得侵犯。文學之中有一種強烈的人的生命，文學之所以爲文學就在乎此，且除文學之外，沒有其他精神表現的形式或作品能夠和它發生親密的關係。所謂美或藝術的本質所統治的，是在文字和著作的較深的奧府，這裏就是所謂「文學的教化」(literary culture)的家，和關於政治思想和政治生活的那種坦白而無拘束的方法是離得很遠的。

自然地，我們發見文學的這種獨特的職分和精神，在詩裏比在散文裏較爲顯著；而在詩的本範圍，則主觀的抒情詩裏又比史詩和戲劇裏較爲顯著。詩中如密爾頓的意爾·本塞爾洛索（Il Penseroso），庫柏的給他母親的詩(Lines to His Mother)，濟慈的聖阿格涅的夜(Evo of St. Agneo)，朋斯的矮屋中的禮拜六夜晚 (Cotters Saturday Night)，勃勞寧夫人的詩人的憧憬(Vision of Poets)，以及羅威爾的禮拜寺(Cathedral)，乃至英美人所作的偉大挽詩體，都可作說明這點的例子，因爲在這些作品裏，詩人的靈魂都被強烈地虔誠地感動着，至於寫出來的東西，則都用低調寫着，卽都用着同情，愛，和神聖的冥想等等平靜的精神寫着。總之，無論文學的方面和政治的方面有着怎樣的關係，文學的方面總必須覺其爲支配着政治的方面，而不爲政治的方面所支配。因爲我們現在所研究的畢竟是文學而不是政治，所以無論文學進入了什麼別的境界，總必須維持着它的特殊的類型和任務，而唱着它自己的特別的調子。

（b）我們又可見到，文學和政治兩件東西在自由政治的境界裏——卽在個人的，社會的，和公民的自由等大原則支配着的境界裏——總會發生最密切的關係，這是一個歷史的原則，且得我們以上的討論證實了的。

現在我們常常說起所謂「民主主義的藝術」了。由一種重要的意義上說，一切最好的文學都是民主主義的，就是由健全的民族狀況所產生，而要求着個人有探討和發表的自由的。英國文學就因合着這個原則，所以供給我們以文學和政治的關係的最適當例子，因爲不列顚帝國的有限君主政體，經過了歷史的發展和應用，實際已具備着一種徹底的民主主義的一切條件了。反之，在帝制的歐洲，政治上已達到如俄國和西班牙那樣絕對專制的極度，政治文學所須具備的健全條件大多已被壓過，作家的發表作品必須通過國家的檢查，因而就有如法國和瑞士，意大利和德國和荷蘭等處的共和主義學說的迅速流布，其在將來的文學裏，很有希望可以影響國家的政策，也受國家政策的影響。

和這一點關聯着，就發生了一個有趣的問題，就是國家對於它的作家，它的文人，該有怎樣的關係——該用合作的態度給他們以同情和實際的幫助呢，或是該取限制，忽視和壓迫的態度。

在這裏，就要牽涉到國家和國際的板權這個重要題目了；這題目中所包括的就是國家對於公共圖書館之設立，維持，和擴充等等的態度，以及對於書籍及文學用其徵稅的態度。關於此，愛德華第三王朝對於綽溴的態度，乃至依利薩伯之於史本庋，斯圖亞特王朝及女王安納（Queen Anno）之於當時享盛名的各文派，都供給我們一種有趣味的研究，也猶之西班牙的腓立王朝或俄國的沙皇所供給的一般。英國之有「平民政治的反動」(Commonwealth Reaction)實不止是一種政治的革命，同時也是一種文學的革命。因為無論在君主國，在共和國，作家都有權利可以期望國家重視他們，而其所以報答國家的，則在促進文學的發達，因以增進國家的榮譽和幸福，裨益民族的思想和趣味。

（c）因此我們得到最後一個暗示，就是這兩大部門間的相互影響，因爲我們對於這兩個部門研究愈深，便愈可看出各個部門雖有它自己的一定範圍，卻也各有一種獨特的東西可以互相貢獻。說得簡潔些，文學所以貢獻於政治的是使政治的文字得着「崇高」和「洗練」的品性，政治所以貢獻於文學的是使文學獲得「力量」和「感興」。英國議會中之有著名文人的存在，以及議會對於大學制度有着有機的關係都是分明造成這種崇高化和洗練化的影響的，同時英國文人當中之有著名政治家的存在，則分明是以幫助文學以力和衝動。就這點而論，美國國會在比較上是遠不能及的，因爲我們的國家立法院和州立法院都差不多完全由政客所組成，極少值得政治家的名字，至於值得作家或文人的名字的就更少了。就目前美國上院的組織而論，那是可以替我們現在所討論的題目做一種充分的註解的。

也就在這點地方，政治改革和文學改革間的重要關係可以見得十分明白，因爲目前的危險正在近代政治之由治國的科學墮落而爲治國的技能；由爲國家服務的一種高等職業墮落而成爲在職者服務的個人私業。卽使撇開別的理由而言，單只爲文學的理由，國家的政治也應該保其純潔，也猶之爲着愛國的理由，國民文學必須保其純潔。

而且，我們可以見到，將來表見於「自由邦」裏的文學勢必要逐漸成爲一種「人生的學校，」卽必須是那個時代的最好思想的一種眞實而實際的表現。喜普爾說：「一個作家對於他的時代的關係，是他一生中最重要的事。」雖是先驗論者的愛默生，也曾以一個作家的身分而主張研究社會和社會的目的。不管過去的情形怎麼樣，作家和作家之爲人必須表現在同一人身上的時代是已經到來了。

第七章　文學與語言

厄爾教授（Professor Earle）在他那部關於英國散文的詳密論著裏，曾經劃出一個全章來討論他所謂的「言語學的關係方面，」就是它的作爲一種科學——即作爲一種關於英國作家的作品或關於一般文學的研究或實用藝術——的關係方面。他說「言語學是以英國散文爲範圍的一部論著裏所必須顧及的科目之一，因爲它是一種工具，所以幫助人更能認識散文所由構成的材料的。」他對於這種意見，曾經引據約翰孫博士那樣一個大詞典家和大散文家的例來證實它。他指出文人往往熱心於言語學的研究，以及這種研究反射在文學作品上的影響。這纔他又指出文人對於言語學所顯示的厭惡，並解釋了凡是新的科學必都要經過這種破壞的批評，纔得受人充分的承認。又以爲雖是語源學那樣專門的學問，也有益於文學和文化的用途，就因爲這種學問對於作家的選字用詞是大有助力的。

然而我們不得不承認，如今人所流行的意見是和厄附教授相反的，因爲現在人的一般見解都傾向於杜加德·斯條亞（Dugald Stewart）的那種主張，以爲言語學的研究實「不利於文章的優秀。」

有一個無名字的作家曾說：「言語學這科學對於文學的影響是日漸減少了。在美國，我敢相信有一個言語學家是有力的作家，且這情形是普遍於全世界的，」然而他卻又說，「如今對於任何染有美文氣味的作品都認爲非科學的近代言語學，卻是從文學裏得到它的最初動機的，」如德國的言語學得力於哥德，羅馬語系言語學的首創者第次（Diez）則得力於拜倫和他的一派作家。

在英國，這一種討論已經很與奮地引了起來，特別見於叩林斯所著的大學裏的英國文學那部書裏，在這書裏，他對於牛津、劍橋兩大學裏教授英文的態度提出了抗議。倫敦泰晤士報給與這書的批評很是中肯，以爲「這書所論頗能切中時弊，因爲如今各大學中研究近代文學的絕對言語學的方法，是足以養成炫學的精神而使文學失掉一切維繫心靈的成分的。」

這就是目前各方聚訟的情形，至於語言和文學之間的關係，那是爲要理解無論那一方面起見都不得不獲得一個正確見解的，同時這種正確見解對於文學藝術的全部——就是關於它的最好的方法，它的原來的性質，以及它的主要的目的等等問題——也有着重要的關係。

（一）我們第一步，見到語言和文學之間有着一種自然的和常態的關係，因而見到文學的研究，在某種爲大家都了解的意義上，必須是言語學的研究。

文學實際是且必須是以語言爲媒介而表現的。它就是這種表現的結果的產物和可見的形式，至於那產物——即文學本體——和所因而產之物——即語言——之間的區別是要認清的；或若用論理學的名詞說時，文學的第一原因是作者自己，第二原因是他所以體現他的思想的語言。所以，語言是達到一個目的的一種手段，且只是一種手段，決不能和那目的相混的。它是作者所用以工作的工具或動因，但因其是一種心靈的動因而不是固定的物質的動因，所以它和它所表現的文學間的連繫必須是生機的，不是機械的。

如果我們再特殊地問到語言以如何的樣式進入了文學的研究，那末我們的回答是以字法和組織，以語法，文法，字彙同訓異義字，乃至以獲得斯尉夫特所謂「正當的字在正當的地位」的方法。

因此，凡是作家都必徹底地熟悉他的國語歷史的始末；它的文法的和邏輯的組織；它的成分之爲本地語或外來語；它作爲書面語或口頭語時的能力；乃至那隱伏於習慣用例或表面現象之下的所謂語言的神髓或精神。

不但如此，他又必須研究一般的語言，不僅研究一種語言或他自己本國的語言；必須熟悉語言所以成爲一種傳達工具的緣故；而且明白理解語言的方法和功用。

谷爾德（Gould）所說的「好英語」（Good English）這個名詞，就很簡潔地表出語言和文學間的這種密切關係了。因爲所謂「好英語」的「好」，是兼指語言學意味的「好」和文學意味的「好」，並且合併着這兩種意味的「好」而說的。第因·奧爾福（Dean Alford）在他的王后英語（Queen's English）裏，和我們美國的懷特（White）在他的文字和它們的功用（Words and their Uses）裏，都曾論到這種勁因和產物的統一，即同一表現形式中的語言和文學的統一。特棱赤大主教（Archbishop Trench）之作文字研究（Study of Words），是兼用語言學者和作家的眼光寫的，而且他心目中取作標準的，就是他所研究的那些作家的最好的文學的成績。他說語言就是「化石的詩」和「化石的歷史，」這話的意思就等於說語言也是化石的文學，因而不能離開了文學去研究，專爲研究語言而研究。所以無論那一個民族，都把作家用其國語的方法取作標準。英國作家就是英國語言用例的公認的權威，單從這一點，已可看出兩者之間的連繫來了。

喜普爾先生在他的文學與人生裏批評到洛熱（Roget）的英國文字的寶藏時，曾經討論及「文字的正用和誤用」一個題目，主張文字的正用就在能够探測和發展它們的文學的品性，誤用就在忽略這種品性。因爲像他說的，「表現就是思想之在文字和通過文字，不是思想『及』文字；」總之，語言對於文學有關係，文學也對於語言有關係。

因此，作家是可按照他們遵守這個原則或破壞這個原則來分類的。特棱赤大主教自己就是一個文學的言語學家的顯例，就是一個曾用語言來作到文學且止到文學的媒介的人，因而他的屬於英國文學範圍裏的種種出版物，實際都是用好英語表現着的文學。

佐治・P・馬許（George P. Marsh）和F・A・馬許也可引作我們當前這個原則的顯例。他們是被所有的權威公認爲英國科學的言語學者的，他們的英語卻不是專門的教本式的英語，而是文學的英語。此外如美國的惠特尼（Whitney），英國的米勒，德國的雅各・格黎謨（Jacob Grimm），以及其他所有用文學精神寫作的語言學教授，也都可作我們這個原則的例子。至於英美及大陸各國的專門學校教授和大學教授們，一面雖從事於各國國語的專門研究和教授，一面卻也以文學作家的態度而寫作，那末文學和語言間的這種關係更是顯然了。這班語言學者當中，最著名的有庫耳齊烏斯（Curtius），澤布昭厄特（Jowett），布拉啟（Bluchie），厄爾，及斷黎等。而語言學界所尤重視的，則爲法國近來的偉大東方學者和聖經批評家厄涅斯脫・芮農（Earnest Re an），就因他對於法國語言和文學曾經做過一樁有價值的工作。他是個塞姆系語的專家，對自己的國語也有深造，說的寫的都是最精美的法語，彷彿他的研究語言是始終爲着文學的目的。因此他雖然是個精深的言語學者，他的語言研究的學術方面都隱藏在他的通俗著作裏面，而他的發表思想，是同孩子一般隨便而自然的。

我們本國的羅威爾和郞匪羅，也特別可爲這個原則做見證，因爲他們曾做過許多年的語言教授，且都注重在考據和訓詁方面的，那末我們在他們的著作裏總可發見爲他們這種行業做證跡的乾燥文字了。然而事實上是絕對沒有這樣的文字。我們在他們的文字裏原可見到語言知識之豐富和精密，但表現的形式卻偏不是言語學的，因而他們的作者的身分始終比他們的語源學者的身分爲顯著。

由上所述，可見語言和文學之間存着一種眞正的聯繫，這是先天的，也是歷史的。無論兩者有着怎樣的差別，其間實有一個中間地域以供它們的會合和交叉，而唯有認識這個中間地域的，方算得一個眞正的作家和賢明的言語學者。

（二）說到這裏，我們就可見到從前人以及將來人把文學之言語學的研究做到極端的危險了。

關於這一點，我們的討論可以化成一個確定的形式，就是文學應該主要地用着文學的方法而作爲一種文學的產物來研究呢，或是主要地或同等地用着言語學的方法而作爲一種語言的產物來研究。以我們現在的目的而論，我們主張前者是可取的且唯一合法的方法，後者則應該與以排斥。

（a）我們如果要尋這種極端言語學的傾向的證據，那末首先可從文學批評裏見到它，因爲現在的文學批評已經很快地取得語言批評的形式了。批評家的事情就是對作者的用語煞費苦心地加以考驗。作者字彙中的每一個字都要單獨提出來，受一種顯微鏡的考察和分解，彷彿作何由純粹文學方面寫作的作家都應該經得起這樣的考驗似的。這樣，我們看見所謂文學批評家把他的研究地面逐漸縮小，終至只剩了一個咬字嚼字的專家，一個文字和詞語的解剖家，在他的文字實驗室裏工作着，猶之植物學家和化學家在他們的科學實驗室裏工作一般。當這樣的批評家翻開一本散文或詩的時候，首要的問題已不是早時候那些關於風格和趣味的問題，關於情緒，精神以及美的法則的問題，卻是關於語根和語變，前附和語尾，正文和餘文，古訓和通訓，等等的新問題，以及關於詞的用途和不變語的力量的種種聚訟的折衷，乃至作者對於純粹的文字藝術有無功夫等等類及的問題。法國學院派當黎塞留（Richelieu）時代所終於成功的工作就是這種工作，德國十八世紀的一般模做哥德和席勒爾的無價值學者所做的工作也就是這種工作。總之，我們的文學批評是早已成了純粹的言語學的批評，乃至廉利哀那樣的作家不得不向綺羅那樣的形式主義提出了抗議，而主張對於著作的考查應不僅是一種文字的研究。

（b）這種傾向在我們的文學教科書裏也分明可以看見。現在一般爲中學和高等學校編製的文學教科書是愈趨於言語學的方面了。其中所包含的版本批評，注解，解釋，定義，以及批評的資料等等，都以求文字學的精密和養成學生的文字技能爲主旨。學生的注意是這麼專心地使它用在一行一字上，細微的辨別上，和批評意見及校勘爭執的歷史上，以致沒有時間留給他去把那作家的作品當作一件文學的產物而給以一種總括的觀察。洛爾夫先生（Mr. Rolfe）所編的莎士比亞劇本集的最好特色之一，就在他能充分排斥這種專門研究的方法，一方面在言語學的研究上既然獲得了精密的結果，一方面卻也注意到戲劇文學的更高的興味。如今這種熱心於言語學研究的傾向正在有加無已，竟至在某一部分人裏面，即使尙未成爲一種編輯的癖好，也已成爲一種的崇拜或狂熱，這是凡曾留心英文文學教本的人誰都見得到的。我們查究這種傾向之所以造成，無疑地，一般人對於古代英語和中期英語的注意的增加自屬原因之一，但是人們忘記了古代英語的研究固然大體上必須是言語學的研究，而如奧力潑特（Oliphant）所說的「新英語」的研究，卻無須是言語學的。因爲我們對於貝奧武爾夫（Beowulf）和奧耳木倫（Ormulum）之類，固然必須當作言語學的資料去研究，但這並不是說，像朋準孫和密爾頓之流之生在特別是文學的時期裏的，也必須加以同樣的研究。即使是早如綽塞那樣一個作家，站在國民英語的開頭的，也主要地應該從文學方面去研究。當然，他的坎特布里故事（Canterbury Tales）是並不作爲一本英國語源學的教科書而寫的，只不過供給十四世紀的英語和現代的英語作一個比較的基礎而已。在這一點上，沒有那一個英國作家曾像綽塞這樣被人誤用，因爲他的詩是和我們所呼吸的空氣一樣新鮮而自由，充滿着眞正文學的液汁和骨髓的。考證的批評原也有它的地位。編輯家當然要注意我們所說的讐校勘必須正確，注釋必須無誤。但這一步達到之後，那個作家就須容他隨他自己的說法向我們說話，不是一逕用着代書人的嘴說話。如果文學的學生被人指斥爲吹毛求疵，如果他們發見書中應用逗點的地方卻用着分號，因而就要不高興，而對於文學背後的作者的天才卻默默無言，那末我們就不得不大部分歸咎於這種語源學的方法，因爲由這方法，作家們就都被看作留下幾本詩和散文供語言學家研究的了，都被看作死的時候値得勃勞寧所說的那種「文法家的葬儀」的了。

總之，這一班像懷特先生所稱呼的「文學的解剖學家們，」已經把文學這種學問弄到了一種評註學的地位，以爲阿狄生，密爾頓，馬可梨，丁尼生之流，都必須用許多注解，腳注，增補，修訂的文字來推上了他們，使人不得不暫時忘記自己究竟在研究什麼——文學呢或是文法，一本辭書呢或是一個提要。

莫爾頓教授(Prof. Moulton)在他的作爲戲劇藝術家的涉士比亞(Shakespeare as a Dramatic Artist)那本書裏有一段話就是指這種情形說的，他說：「我相信現在流行着一種見解，以爲像關於文學的人物或戲劇的效果那樣的討論是在教育的工作裏沒有地位的，這實在太渺茫，無從加以考察。」接着他作爲一種反駁的理由，說他自己曾經有過「離開言語學而教文學的十年經驗。」

作爲哲學和文學的中心的德國，在這方面當然也曾有過強力的影響。德國人的心理，自然地是哲學的，卻很容易地從一種安全而適中的哲學的方法渡到了一種過分專門的而且乾燥無味的方法了。就是關於哲學的本身的著作，也已不用一種委宛可誦的方法，而用着嚴格邏輯的形式了。神學則從教義和思辨方面去研究和著述，並不爲實際的目的而用實際的形式。

同樣，語言是從科學的方面去探求，而覺認這種探求的本身爲目的，爲供分析和炫學的許多題目之一，因而當把文學作爲研究的題目時，煩瑣學派的方法是很容易移用來的。風格，趣味，情操，和終極的客觀的效果，都被無視或輕視了，只有作家的文字纔是研究的題材，而同時德國的一般民衆卻是趣味簡單，徵於辨別和欣享作家之嚴格地文學的品性的。歐洲沒有那一個民族的民衆能夠這麼賞識簡單的野乘，賞識民族的歌謠和故事，沒有一個民族更能欣賞像席勒爾那樣的詩人。如果說哥德是德國學者們的作家，而特別是第二部比較乾燥的浮士德足以把他們擒住，那末席勒爾，赫爾特，海涅，利希脫，和韓斯・薩克斯（Hans Sachs）之流就是民衆的作家了。當十八世紀中德國的影響來到英國的時候，它是作爲衝動和批評的兩重形式而來的，一方面造成了一種眞正的文學的醒覺，他方面造成了文學藝術裏抽象的和專門的元素的過分注重，這一種事實是奇異而有些不可索解的。

這一種現象，就是浪漫的和古典的復興的合一。法國考據派的影響也有些類似，如見於頗普和黃金時代一般所謂純正作家身上的，當這時候，近代言語學正以非常的速度從它的芻形的起源進到它的完成的形式，文學就因而暫時擱了淺，最多是化爲一種表現的科學了。文學中的這種考據的方法，其本質的不健全的最強證據之一，可從一樁事實見出來，就是這種方法的流行常在文學衰落的時代，因爲這種方法一部分就是文學衰落的原因，一部分也是它的結果。

從密爾頓到阿狄生一段文學頹廢的時代裏，這種情形是看得很明白的，那時候的人爲的法律，以文字的精美代替了詩的感興，因而限制了文學思想和趣味的自由進步。批評家當中如戈斯先生，雖給這時代的文學以很高的贊美，卻也不能在有識力的學者的眼中挽回過它的價値來。誠然，近代言語學在這時候，還不曾取得它現時所有的廣泛的形式，但是考據的和訓詁的方法已經用着極端的形式而出現，雖在德來登那樣代表的作家尚且如此，而言語學對於文學的蠶蝕是已經開始的了。德來登的散文家的名譽，主要是基於他的所謂「批評的序文」上的，在這些序文裏，批評往往過分流於考據的和專門的性質，因而往往足以改變和減少文學的效果。至在當時第二三流的作家，這種錯誤當然要推進到更危險的極端。害處是到處可以看見的，而特別在詩的境界爲多，如頗肖的二聯句和書簡體裏所見的。德昆西所謂的「機械學」(mechanology)代替了「生機學」(organology)的地位，就是說，文字統治了精神，而字法，組織，詩律等的正確成爲終極目的了。由於這種過程，文學就被化成一種既非嚴格地言語學的而又不是文學的東西，卻成了兩者間的一種人爲的妥協，因而在任何一方面都不能產生最好效果的。

因此，我們所曾說過的文學的「種差」，就是它的理想或構成理想的元素，是被排除了，這一來，受害最大的就是代表文學想像方面的詩歌；當時的傾向是要把詩歌的一切形式都化作教訓的形式，就是最不詩的形式，而致詩和散文之間的界線幾乎消滅。

這樣，仙后，奧試羅（Othello）和科馬斯（Comus）就不得不對頌曾的批評論或入論讓步，同時雖在散文的範圍裏，所有較輭性和較多屈折性的記敍文，描寫文，乃至雜文，也都要叫它們替那可謂爲教育的和訓練的目的——即最不文學的形式——服務了。

根據着上述的情形，我們就可得到一種可稱的和實用的教訓，就是語言的教授應該大體上屬於它的文學的方面，並且借着它的文學的光，而不以語言教授本的身爲目的。

這條通則，誠然是有例外的，就是當教授的目的是專門的和學術的的時候，以及當研究的方法可憑正當的理由而力求細密詳備的時候，但以文學研究者的目的而論，那末是應該無例外地叫文學方面的研究佔着重要地位的。

我們現在正在熱烈討論，究竟古典文字的教授和研究對於歐洲大陸的近代語言以及英國的國語能有怎樣的影響。古典文字該要嗎？或再明白些，希臘文該要嗎？這是現在正在討論的問題。我們這裏不能夠加入這種討論，但可趁這機會說一說，這樣的糾紛之所以起來，大都由於那些古代語言是純粹地或大體地從它們的言語學方面教授的，絕少或竟絕不顧到它們的文學的本質和品性的。因此，這一門的教授不但不含一點生氣，卻一向是無趣的，過分專門的，令人厭倦的。從這一點上說，這些語言正合它們的名字的稱呼，「死的語言，」因而已引起了一種反動，到現在勢力還並不見減少。就是近代語言，也可以用這種沒有靈魂的方法來陳述來研究，就是只把它們看作僅僅由文法和辭書所構成，由語根，語幹，不變化元素及語彙所構成，而不看作近代思想和趣味的體現。喜普爾之所痛罵的爲文學的文字，愛默生之所以力爭文學藝術的自然和力，就都正是對這種現象而發的。

近日有人做過一篇有力的論文，題爲美國專門學校和大學裏的言語學和文學，竟用着指摘的態度，說美國不到半打學校可以說是拿文學當作文學來教的。這話裏面就包含着文學是當作言語學來教，就是只當作一羣的字和句子在正確的語言原則上排湊起來能了。這位作者的意思，以爲美國學生倘要保存往日作家的文學的作品和精神，那末就該推行一種較好的方法，使文字隸屬於文學。

在美國文學裏要找這種較高方法的例子，再好不過布魯安特和他的朋友們的退克卜羅克派（Knickerbroker），再好不過康拍德那（Dana），德類克（Drnko），哈勒克（Halleck），莫理斯（Morris），坡爾定（P..ulding）以及華盛頓·歐文等人的著作。將這些人的著作彙爲一類，就可以借用威爾遜（Wilson）用過的一個形容詞來形容它，是「愉快的且好脾氣的。」歐文本人就是這種愉快生活的一個好例，他把文學當做了文學且爲了文學的目的來研究和發表此外再沒有任何特殊地批評的目的。歐文的隨筆集（Sketch Book）和布賴安特的原死（Thanatopsis）倘如不是這種較高的方法來做它們的特色，就該早被人遺忘了。

這種方法在現代是特別的需要，不但因爲言語學這科學是這麼的進步，而對於文學領域的蠶蝕一天深入一天，並且因爲還有別的種種東西也正在造成非文學的傾向。現在有一種猛進的粗俗的工業主義正在儘力削弱高等的文學趣味；所以一切文學的力量都應該召集起來抵抗它。

而且，雖在作家當中，也像從學術方面去研究文學是足以滿足一種學術的野心的，所以散文和詩中的批評的方法是被強調了。這樣，他們就假定了自己似乎已經超出一般文人之上，以爲一般文人的寫作是非批評的，因而是淺薄的，且以爲他們沒有學問，沒有識力，因而不能在他們的著作裏顯示他們懂得所用的文字的科學的意義。

這是一種顯然的錯誤，就在忘記了文學是不必專門而也可以有哲學的價值；不必炫學而也可以有學問的根底；不必煩瑣而也可以有學術的意味。

這樣看來，可見語言是一件東西，文學是另外一件東西。無論它們有怎樣的關係，它們的方法和目的總是歧異的，不能妥適地使它們合一的。文學原是一種語言的藝術，但卻不止如此。它就是作家的國語中的語言，但也不止如此。它必須在文法上和言語學上是正確的，但也遠不止如此。它是詞和語和組織的一種集合，但仍不止如此。文學是不能化爲一種語言的解說的，而當道登和馬此和其他批評家說到文學的解釋，或說文學是一種解釋時，他們的意思是跟說文學不過是一種語言的註解相差得不知多少遠的。

「能呼吸的思想和能燃燒的文字」不能常滿足言語學者的苛酷的要求，但這仍不失爲最好文學的內容和靈魂。文學中的最好元素莫過於生活的精神，因這精神對於所有談文學的人都會成爲一種思想的和情緒的刺激。現在人正在紛紛討論的一個問題就是，文學究竟是否是一種有益訓練的學問和研究。如果這問題的意味是說文學是否也像科學或數學或形而上學的研究那麽有益於訓練，那末我們的回答是，如果把文學弄成這樣，就要改變了它原來的地位和目的。文學並不是教授學中的一門，也未嘗有意要做普通所謂訓練科目或教育科目的那樣一種訓練，而在這裏，我們就遇着了語言和文學之間的主要差別之一了。

語言之爲語言，是一種訓練的學問；我們當作一種訓練去理解它，研究它，它的目的是在養成一種語言的天性或能力。因而它的所有事是文字的審辨，文字的分析和解釋，組織和辭書編纂法；唯有當這些文字被作家研究和使用時，它們纔把它們的教育的元素去隸屬於和藝術，趣味，及終極效果有關的元素，去隸屬於想像，感情，和美。如此，文學是一種科學和一種哲學，但也是一種感興。它必須通過語言的媒介而發展，但也有所事於激動的思想，於想像的觀感，於詞句的崇高。它是一種供人評論的記錄的文字，但也是一種供人鑒賞和欣賞的體現的心靈。它是一種建設的也是創造的藝術，一個爲「憧憬和神聖機能」得於其中找到適當的活動範圍而達到最顯著的結果的境界。

近代以來頗有一些令人不可索解的景象，其中之一就是言語學的見識和精神逐漸增加，而文學的見識和精神則分明逐漸減少，這就迫使一個問題起在我們面前，即這兩者之間究竟是否有互不相容的元素存在。

從歷史上看，這兩者之相應着發展的例是罕見的。若果把作家引來作例，以證明兩者之連聯和相互作用，例如馬許和尚農，但他們實不過是這普通原則的顯著的例外，因而現在是不能盼望他們並存的了。但這樣的分家是非科學的，且不自然的，其所由來，就在人類歷史中那種強有力的流於極端的傾向，而因此之故，文人和言語學家兩方面要想減少其間的差別而擴大其間的共同元素，以期語言和文學都能獲得最高的裨益，就覺困難了。但既有少數的人物曾經造成兩者之間的選種聯繫，就足夠證明這種聯繫之可能，且開着一條路等待一般的證明的。

但是無論如何，文學還是不能在任何專門的和教育學的意味上成為言語學的，不過同時它卻能夠而且願意由它自己的方法去利用言語學研究的最近最好的成果。

作家之用文字，只能把它當做傳達思想和人生，信仰和真理內察和外觀，乃至人類品性中的精神成分和永恆成分的一種共同工具。當略萊爾告訴我們説「文學是有思想的靈魂的思想」時，意思就等於説，文學是以人類的性情的全部——他的想像，感情和趣味——爲中介的心靈的表現。再説得扼要些，文學就是人類的個性的表現，就是種族的知識和生活以藝術的形式體現於書面。

第八章　文學與文學批評

我們是生活在一個批評的時代，一個產生多量批評的時代，這一部分由於書籍的劇增，因爲這些書籍是被假定爲批評藝術的動因和基礎的，又一部分則由於某種顯然的文學傾向是在文學的專門研究和文學理論的研究方面，即對於可謂爲文學的思辨方面的興味的逐漸加增。因而批評的書目提要之類逐漸發達起來，本身就可構成一個圖書館；即關於書籍的書籍，關於作家的作家，是一天天的多起來了。於是我們就有了「文學的原理」就猶之牛頓編著科學的原理一般。著作之中如森次巴力的文學批評史，或蓋雷(Gailey)和司各脫(Scott)的文學批評的方法和材料，都是顯示現在應用在文學上的批評科學的範圍的廣大，從事於這種學問的人數的衆多，以及讀書界對於這一方面的指導的要求的增進。單就英國文學而論，這一種活動的復興氣象可溯源於馬太・亞諾爾特的時代，同時在歐洲文學裏也可見到和這相應的一般運動。但這話的意思並不是說現在的文學批評是被當作一種科學並爲它自己的目的而抽象地研究，和站在它背後且實際引起它的著作絕無關涉；即並不是說已有一派批評單爲着思辨的目的而起來，而爲較嚴肅的創作工作做一種調劑的。正好相反，這種更新的興味是完全常態的，就是著作本身的必有的表現，而爲更深理解作品的優劣之所需要的。在亞諾爾特和現存批評家布輪退爾（Brunetière）的見解中，批評不過是達到一個目的的手段，決不能容許它站在它自己的價值上，這一點，就是他們二人值得特別稱贊的地方。

批評

我們所要首先說明的就是「批評」這名詞，免得它和文學研究的任何其他形式或部門——如記敍的，描寫的，論辨的文章，或最廣義的雜文——相混。我們所謂批評的雜文（這名詞是正確的）意思是對不批評的或非批評的文章表示區別。所以凡所謂隨筆，歷史，遊記，辨論辭的記錄，以及各種類型的散文說部，都屬非批評的文學的例。馬孫舍把德昆西的著作區分作三大類，其中第二類叫做「思辨，教訓，批評」類，分明是把這三個名稱作爲同義語用的。同樣，德米登的「批評的序文」是從其他的英國雜文分別劃開的，猶之阿狄生將在旁觀者裏的關於密爾頓的失樂園的批評從同書中較爲普通性的文章分開一般。我們說美國作家中如羅威爾，英國作家中如哥爾利治曾寫批評，就是用這意味說的。

文學批評

更進一步，放在我們面前的題目是「文學批評」以別於哲學的，科學的，神學的，或政治的批評。因此，批評的著作之中如阿狄生的悲劇和喜劇，約翰孫的英國詩人傳，拉摩的前世紀的模擬喜劇等，是文學的，和這成對照的就是德昆西的英國近代的政黨，亞諾爾特的上帝和聖經，羅威爾的民主主義，乃至不以趣味和藝術品性爲顯著成分的一切論著。又言語學的批評是一件東西，文學批評又是一件東西。我們雖然偶爾見到作家如佐治・P・馬許或法蘭西斯・A・馬許，或新近以博學著名的輝特尼厄爾亞諾爾特之流，曾經用文學的方法來做關於言語學的書，但這種例子很稀少，不足以推翻方纔陳述的那個原則。所以，雖然柏克曾以文學的作風寫過英國的政治，白脊士曾以文學的作風寫過美國的政治，而辨論體的批評照例是不文學的，就是所謂「思辨的」著作，如德昆西用這名詞以指精神科學中的形而上學部分及專門部分的意味，也不是一般地文學的，雖然柏克立，康德，和笛卡兒曾經用文學的方法寫過哲學。當德昆西論到「人類的腦子，」論到柏拉圖的共和國，以及論到形而上學者的康德的學說時，他並不是在寫文學批評，如他寫到關於喀萊爾和哥德斯密和哥德時一樣。

斯附夫特在他的一隻桶的故事裏論到三種不同的批評家——其一將美術的原則蒐集而系統化，以作別人的嚮導；其一從「稿本的墳墓和灰塵」裏專心於學問的復興；此外就是他所謂「第三種即最高尚的一種眞正的批評家，」他們的使命是「到所說的著作世界裏去遊歷，」並且討論書和作家的品性。這些種類的批評家，無論因所注重的是著作的優點或缺點，是古代的或近代的著作，而有了怎麼大的差別，他們總有相似的一點，就是，在我們所主張的那種意味上，都是文學的。

至關於文學批評本身的不同種類，那是無須乎詳細討論的，雖則關於分類法上也有種種不同的意見。馬孫在上文引過的關於德昆西的著作的分類中，曾把他的批評的著作從被稱爲描寫的，傳記的，歷史的，和想像的著作劃開，但這些著作的部門各都有一部分範圍供給文學的裁斷，只要這些著作的體裁在類型上和精神上是文學的。因而，我們就有了可以正當地稱爲「記述的批評」一那種東西，例如德昆西關於許爾利治，威至威士和其他作家的隨筆，以及近代美國作家如和讃茲、窩潭、卡爾底斯(Curtis) 等的著作。在這些例中，批評的意見雖用着最普通最通俗的形式表出，完全擺脫了任何類似教訓的，分析的，和論理學的方法，但這種文學仍舊充分包含着裁斷的意味，以至取得了一種關於書和作家的「讀講」(running comment) 的性質。同樣，我們又有了一種可以正確地稱爲「歷史的批評」的，但這並不是關於歷史的批評，而是文學的批評之具有歷史的形式和精神的。在文學史那個特別分野裏的作家們，如哈蘭和克累克，摩黎和台勒耳，都可做這個類型的例解，或如德昆西的愷撒，查理曼，愛新教徒(The Essenes) 及猶教的預言等。雖在想像文學的範圍裏，也有一種的批評進入來，如被一般人承認的所謂「詩的批評」(別於哲學的，歷史的，和教訓的批評而言) 這個名稱所明白證實。至於現在極其流行的所謂「讚美的批評」這名詞，它的含義已經是推得很廣，往往可以包括文學的檢討的一切形式和應用，雖則特殊地用時，它的意思是專指那種以趣味爲主而把手頭的作品當作一件藝術品看待的檢討法。

有時候，我們還聽到「論理的批評」的名詞，似乎是指一種關於辯論之有效與否的研究而說的。同樣，「語言的批評」則着重在著作中的語言部分。這是考證的或解釋的，不是主觀的和精神的。

在這些以及諸如此類的名稱中，無論分歧到怎樣，其中的基本觀念總不外是文學，而所施的裁斷的種類也本質地是文學的。這樣，文學批評這個名詞，就可定義爲以檢討文學著作的品性和形式爲準的科學和藝術。作爲一種科學時，它是蒐集並構成批評的原則，而作爲一種藝術時，則求應用這些原則於散文和詩的著作的具體的例。因此，作爲文學的一種體裁看時，批評是有它自己的地位和任務的，而它的表現方法儘可以不同，故務求其用最好的方法表現。咯萊爾嘗說德國的批評是「以一種解釋者的地位站在受靈感和無靈感者之間，而使我們的感覺清明，得以辨出美來的；」經他這一說，文學批評這藝術就被從平凡的地位提高到一種具有精神和道德的見地及能力的地位了。

我們如果記得文學批評的基本元素是一種文學的和知識的洞見，和一種對於著作中一切最好東西的深澈而精微的精神的親和力，以及一種為檢討文學作品時所必具備的忠於眞實和公道的良心，那末我們就可明白看出它所須具備的條件是最高等的一類，而當執行批評的時候，凡屬江湖派的，初出茅廬的，乃至道德上漠然無所關心的，必都在不可信任之列。理查孫教授(Prof. Richardso'i)寫道，「批評的功能是和創作的功能一般合法的，且在眞實的意味上說，也一般高等的。有一些批評實在就是在最好意味上的創作的文學。」同是這種主張，馬太·亞諾爾特也曾有過，猶之我們美國的斯武德曼先生(Mr. Stedman)。批評有時也用詩體來作，例如頗普的批評論和羅威爾的批評家寓言，而英美的第一流批評家當中，有多數同時也是詩人，例如亞諾爾特和愛坡倫，這事實曾有人以為足以減損批評藝術的思想的質地，其實不但不如此，並還足以顯示它在文學境界裏的廣大的功能，以及它和天才及藝術趣味等的可喜的聯繫。凡是詩或散文的第一流的批評家，必都有過可以得人承認的詩或散文的著作，而英國的代表作家當中，不少是在批評方面做成他們的最好作品，獲得他們的最高地位和名聲，而不靠其他任何體裁的作品的。

批評的質地，據我們所知，原是不一而足的。我們曾見過一種無識的，無同情的，淺薄的，部分的對於書和文人的檢查，這是一種批評；但也見過一種文學之內察和外觀的科學和藝術，一種明白而清醒的解釋方法和觀察方法，一種關於心靈和藝術的關係的研究，一種關於藝術中的心靈和心靈中的藝術的研究，一種關於想像，情操和趣味中所流露的審美天才的研究，一種關於作用在背面上所謂文學背後的及底下的原動力的研究——這又是一種批評。我們現在所論的就是後一種批評，而這是要把人類複雜天性中每一種極精細的機能都要拿出來用的。

我們如今覺得這種高等的批評文學是迫切地需要着還要再多些，一部分是需要它來減少文學創作和檢討之間的距離，一部分也爲它本身起見，而需要它來確證我們的裁斷機能和習性所能獲得的較高成果。

在所有的人當中，批評家應該是最謙虛的，也最願意對他自己的創作或批評的作品施行最嚴厲的裁斷的，因爲他必須養成了這種寬大而謙恭的性格，他的結論纔會對他自己或別人發生效力。

勒新和聖柏甫(Sainte Beuve)，哥爾利治和德昆西，羅威爾和喜普爾，都是用着這種精神寫作和裁斷的，而爲了這種理由，即使再沒有別的，他們的論斷就爲文學的世界所公認了。

坎姆斯得士在他的批評初槪裏，叫人特別注意批評藝術的目的和它的種種益處。據他的見解，批評的首要目的就是趣味的表現和發成，而它的益處，則在於審美的快樂，在於辨別文學的習慣的造成，在於它對於人的品性和行爲能有提高和純化全部性情的效果。

凡是眞正的文學批評，從它的目的上說時，都可說是建設的和積極的，不是破壞的和消極的；綜合的多於分析的；因而它的效用是興奮和鼓勵作家，不是責備和壓遏作家。斯衛夫特在一隻桶的故事裏給與一班以探察和暴露錯誤爲主要娛樂的批評家的諷刺，是他們所應得的，同時也就指出一種較好的方法，就是把作品中的優點放大起來，而把所有的缺點都化到極小限度。所以所謂「批評的律條」就應該由這個觀察點來決定，例如强諾爾特所定的，是說批評的所有事應該是「世界上所知所想之最好者；」斯忒德曼所定的是，「批評家必須承認一個詩人裏面的最好的東西，因而成為他的最好的鼓勵者。」亞諾爾特又說，我們對於一個作家倘要不致用強辭奪理的吹毛求疵的態度去冤屈他，那末「對於他所應該曉得的東西，就在他完全是他自己的那種地方，就在他表現他的最好的自我的地方。」總之，所謂批評的任務那件東西，從這樣看起來是應該積極的，激勵的，寬大的，而免除了否定，阻礙，褊狹等等弊病的。因此，批評在文學裏所佔的地位就應該認為一種為最可寶貴的目的而有的領導的藝術；應該邀請一時代最好的人才來替它服務，並且在一般的知識生活裏做着一種重要的因素。

這樣的事，確實正是文學批評如今在做的。如今正在進行中的工作，是從來在這一方面所做的工作都不能及的。文學批評家如今正在探討的問題，差不多就是從前的大師龍裴納（Longinus），雁爭，勒新所會提出的問題——什麼是一切成功的批評的條件，將它作為文學研究的一種輔助時，它的可能性是什麼，限度是什麼？什麼什麼是它的最好的方法，且怎樣可以消除或減少它歷來所犯的顯著的錯誤？

最後，這一種科學如何可以從它的敵人手裏拯救出來，而交給勝任的領導者去支配？當解決這些問題時，我們可以覺得滿意的見到，文學批評如今正從其他一切有關係的批評的範圍，——哲學的，言語學的，科學的，社會學的等等——接到了可寶貴的幫助，因而眞理的統一將可以保存，而文學的檢討也可用其他一切主要學問部門所共同的原則和方法去進行了。

（一）我們現在預備要略爲較專門地進入我們面前放着的討論題目，就是首先要探討到「文學批評的首要的目的。」據亞諾爾特的意思，它的目的就是「照那對象本身的眞實情形去看它，」或如他在另一地方所說，「去學知和傳播世界上所知所想之最好者。」法國的布輪退爾則較明確地主張批評的目的有三重：解釋，分類，和裁斷。這裏面的「解釋，」包括着我們所說的對於一個作家，一本書，一種文學運動加以說明或闡發的意味。「分類」就是從一個作家或一本書和其他的書和作家的關係上派給他一個應得的地位。「裁斷」就是一種最後的和不易的決定，就是一種對於質地和精神和目的的評價；這最後一個裁斷的目的，就是把其他兩個都當作準備的和隸屬的一個目的。批評，照這名詞的詞義所包含，實在不外是一種「裁斷。」

所以德來登在他的一篇批評序文裏也說批評「是一種裁斷的標準，它的目的是使我們能夠看出那些將要使一個明理的讀者歡喜的好處。」它的目的，亨尼坤（Hennequin）說「是在顯示任何作品對於它的作者的關係。」羅威爾說得很簡潔，「批評的目的不在批評而在理解，」或如摩里士（Maurice）說的，「在發見眞實和永恆的東西。」這樣，這些種種不同的見解是可以引到無窮的，而經過最後的分析時，這一切的見解卻都可很穩當地化作少數幾個基本的定理。以我們現在的目的而論，且照文學史的知識所指示，文學批評的終極目的可以用兩個字最好表出——「解釋」和「判斷。」批評家就是解釋者和裁判者，他的職務是檢討和發露他面前的文學作品的質地，且照着所發見的質地而給與他的判斷。

像羅威爾所暗示的，批評家的目的就是自己先理解那作品，又使別人也理解它，因而推廣人類知識的界限。由此，批評家所必具備的特殊品性也就明白可見了，就是他必須具有明白的概念，和將那概念體現於一種明確而斷然的形式裏的能力。亞諾爾特所說的那種「謙虛的思想」是必須要的，那就是要袪卻思想上的歪曲，偏頗，和褊狹，而具有如實觀察，研究，和陳述一件東西的技能。

（二）講到批評的方法，也可以有並且曾經有過意見上的差別，而在這些分歧的意見中，重要點是在決定臨當批評時應該以那一種方法爲主。德國作家烏爾立喜（Urlichs）和其他一些人，曾說一切方法都可化爲「高級的」和「低級的」兩種，於是批評家所該做的事就只是判斷這樣的分類應該怎麽做法。現在我們要提到四種不同的方法：

（1）「歷史的。」無論什麽文學史，如哈蘭或西思蒙第之所作，其中的歷史是文學的，而因其是文學的，所以同時就是批評的，因爲當文學史家一步一步敘述下去，碰到有加評論的必要時，他就暫時要做一下批評家，正如普通史家要兼盡政治評論家的職務一樣。像馬孫的密爾頓的生平和時代，或台勒爾的美國革命文學史，就是屬於這個類型的。我們從某一種意義上，可說歷史的批評是居於高級批評和低級批評的界線上的，因爲這一種的批評家很容易從正式的批評工作渡到尋常的歷史敘述的工作裏去。

（2）其次是「字句的，」對象以手頭書中的文字爲限。這就是文法的，語言的，或訓詁的方法，所處理的只是著作而不及作家。

由這方法，所被檢討的文學作品必須能符合正確的語言用例和正確的組織。它又必須合乎所已製定的規法。字，句，譬喻，都必求其確當。這樣，考據的批評在某一意義上是造句法的，它的應用範圍當然對於言語學的題目比純文學的題目廣大得多，而在言語學的題目上，評論家所必須處理的就是版本和稿本之類，且必求其絕對符合煩瑣學派所採用的法條。

（3）「審美的批評。」這是放大了情操和精神的重要性而使居於文字之上的。它的事情就是探察和賞識所能發見的美，而主張文學徹頭徹尾是藝術的，以爲它必須包含着雅馴和完美，以及被一個字所代表的一切——「形式。」這種批評的應用，特別是在作爲一種美術的詩歌裏，以爲根據着「詩的特權」的原則，詩人必須有他的活動自由和特權，不應該採用考據的方法而加以種種極瑣碎的條件和限制。這種方法的最自然的應用之一，見於所謂「風格」那個廣大的範圍裏。英國有個批評家說：「批評就是良好著作的首要法則的探求。」這就是聖諾爾特的批評作品裏的一個主要的特色，要是撇開了這個特色，就不能理解他的。在他的論著克勸特文學的研究裏，他所討論的就是風格；他以爲德國文學之缺乏風格是顯然的；又指出它曾如何出現在丹第，咪吉爾和密爾頓的作品裏，並說「英國詩歌裏風格再現的形跡，一路都可發榮，」而以爲它的本質的要素就是「簡朴」和「莊嚴。」他之所謂「宏大的風格，」是由它的嚴肅氣象而斷的，這也就是龍卑納所說的「精神的高舉。」

此外，我們見到從柏拉圖和亞里斯多德以下，一直到臘斯金（Ruskin）和佩式，關於這個題目的文章異常豐富，所討論的不外風格是什麼，它對於文學有怎樣的關係，對於背後的思想和作者又有怎樣的關係，以及養成風格的最好方法是什麼，等等。這種方法雖然有種種的優點，卻不常能避免它所特具的那種危險，即過分強調僅僅是文學藝術中的形式方面和風格。

（4）因而，就需要着「哲學的方法」了。他就是思想在文學上的應用，就是「知識的方法，」而特別適用於散文中的最好體裁的。在這裏，批評家所問的是——什麼是那作家所說和所意味的？什麼是他的教訓的價值？這是獨創的呢，還不過是補充現在的眞理的內容的？同樣，關於這個時代的研究，他所問的是——什麼是它的文學的意義？當時所注重的是那幾種原則，而且那時代怎樣影響其他的時代？簡括說起來，批評家如今是在處理文學的基礎，及由基礎的檢討而發生的一切基本的問題。這種方法是反省的，深澈的，如見於斯賓塞爾的風格的哲學及考爾多普（Courthope）的詩中的生命和趣味中的法則。批評之所以和一切最高形式的心靈行爲發生機要的關係，及所以作爲文學本身的多種面相之一，而和它相調合，都是靠這種方法做橋梁的。

我們常把文學和文學批評分別開來說，而其實我們應該記得，如果經正當地解釋時，作品和作品的研究是一樣的文學，批評家和作家是同一的人格。如果，照人們說的，文學批評還沒有達到它的發展的「科學的階段，」那末就可以穩當地說，由於這種哲學的方法的應用，這個「科學的階段」是實際上已經達到了。

（三）我們面前還留着一種應得補充的探究，就是文學批評當被正當地理解和應用時，它能得怎樣的結果或效益。

（1）第一種結果或效益就是對於文學的更充分的賞識，這其中所包含的東西很多，例如對於藝術方面之深入而正確的意識，關於著作的眞實和虛僞之精細的辨別，以及嘿茲力特所謂的「洗練的理解」之具有——總之，就是文學的趣味和調子和精神，就是對於最好文學的伴侶的意識，因使我們一見到它就可知道它是最好的。倘沒有這種對批評家和讀者兩方面都有的效果，批評就是一個失敗，就是正在我們盼望其成功和需要最切的地方使我們遇到阻礙的。在哈蘭孫先生(Mr. Harrison)所說的「書的選擇」裏，我們的心思就是靠這種賞識力做嚮導的；有了這個嚮導，我們纔得憑一種養成的本能或親和力而欣享到羅斯金所說的「書的友誼」。

（2）第二種效果，就是文學本身在任何時代或民族的歷史的發展中因批評而促成的擴大和加富。批評家對於文學中一切現有的缺點努力去減少它，或儘可能的消除它，而開出一條路來讓最高的理想實現，這實在就是一切文學評論的終極目的。在無論那個民族的文學史裏，批評的規典都不能繼續應用得很久而仍能保持公正和寬大的態度，因爲往往這套規典製定不久，就馬上可以見到文學在範圍上和質地上都已進步的準確徵候了。在這一點上，批評家就是一個民族的文學利益的公認監護人；他從過去的陳蹟裏面抽取了鼓勵和警告，指示着好的如何保存壞的如何避免的途徑，並且拿着一個不住增高的文學的標準，以使文學得以繼續不斷的向前進步。這就不止是一種賞識而已了。這就是批評家方面的一種文學的努力和表白，而一時代的批評家就是當時爲一個民族的文學名譽所信托的，他的職務就是使文學一代好似一代。

（3）一切眞正的批評還有一種自然的效果見於它對一般讀者社會的關係裏，見於公衆趣味的教育的方面。這和批評家方面之主觀的賞識或文學方面之客觀的擴大又都不同了。這就是批評的規典之被應用於外在的日常生活的世界，被應用於街道和賬房，被應用於商店和農場，被應用於整個的國民團體，因而儘可能地將它造成一種文學的主顧，使它能以這種資格對批評家和作家起健全的反應。我們常常說起「文學的世界」這個名詞。它的意味應該遠不止是那個職業的作家和批評家的有限的圈界，和那個常跑圖書館的比較有限的圈界。它應該包括一般有知識的公衆，就是中等階級的全體，務必使它間接地卻有力地受到健全的批評原則和好趣味的普遍影響。照這麽解釋起來，那末文學批評就應該更進一步而使好的文學成爲一種足以吸引一般民衆的普通的商品。換了話說，它是應該獲得所謂「一般文化」的效果的。於是，就有種種有趣味的問題跟着要起來。因爲批評的藝術這東西，一方面是得到可以溯源於亞里斯多德，一方面卻又漸到如現代雜誌上所發表的批評論文。我們說現在的文學批評是「動力的」（dynamic）這名詞的意思，是說它現在比從前更意識着它的固有的能力，即比從前更充分地感覺着它的力量的膨脹了。現在人又說，它的特徵就是「一種賞識的好奇心。」這話就等於說，文學批評的全部歷史和品性現在都正在改造，因而必須用新的觀點從新開過頭，用新的觀點從新去研究，而在亞里斯多德時代所認爲真實的東西，也許許多已不適用於現世紀的歐洲文學。有些早就認爲已解決的舊問題，現在都要求着重新改正，而新問題則在新的條件之下續續生出來，所以在批評上也同在文學本身一樣，無偏見的學者是一逕忙着在注意和說明時代的徵候的。至於明白問到這些問題到底應該是什麽，那末意見上也許相差得很遠。當作例子看時，我們也可以舉出幾個。究竟批評的職分——它的範圍和它的限制——是什麽？批評對於文學的創作究竟有着怎樣一種關係，而批評的和創作的時代是如何及何故而呈一起一伏的現象的？文學批評對於其他的批評的類型——科學的和哲學的——又有怎樣的關係？而其利用言語學的地方應有怎樣一個限度？什麽是批評的必要的條件和批評家的必要的資格？

以它對於文學的效果而論，批評的派別之中像黎凞留所領導的法蘭西學院派是要得的嗎？

文學裏面偉大批評家的功績在比較上應該居於何等？批評對於報章文學應有怎樣合法的關係。而目前在促進藝術的興味方面最顯著的需要是什麽？諸如此類的問題，就指出了我們手頭這個題目的範圍，以及附隨於任何正當討論上的興味。

至對於這些問題的回答，這裏只消有一兩個暗示就够了。

（a）文學批評必須始終對於文學保持着切要的接觸，決不能使它本身成爲一個目的。它必須有生命的脈搏在裏面；必須是一種有機的程序，而不是一個專家的公式的方法。

（b）其次，文學批評必須保持在文學大師的手裏，決不可委任給初出茅廬的生手。沒有那個偉大的作家可以認批評爲不屑做，而他所能做的作品，也沒有更重要於批評的作品。從來之有偉大的批評家和偉大的批評傑作，是無異於有偉大的詩歌和偉大的劇本的。批評的天才在文學的境域中是一種特殊的天才。

第九章　文學與人生

考爾多普說詩「之爲國民心理和情境的反映，正猶之歷史之爲國民生活的記錄。我們對於那些似乎決定民衆想像的進步的一般法則，都應該歷史的地認識它。」這話是可適用於一般文學的。法國批評家做內變應這種見解說，「文學是拿人做它的題目和目的的。詩人的目的就是沈着地去看人生，且要看到人生的全部……作家是必須浸透着社會運動的。」而事實上，我們可以說，直到現在，文學曾被多數批評家和通俗的見解當作了一件和它所繁榮的各個時代的普通生活相隔很遠的東西，即被認作學者或文人的特殊的職分，認作學校，修道院，和特殊圈界的學問，認作有教化的高等階級專有的東西。在較早的歐洲史上，而特別在中古期的歷史上，這種見解曾因文化的必要而得多數人的批准。學問這東西根本就不普及。在印刷術未發明之前，稿本是極難得的。作家之中有着一種民族的傾向，猶之部落和民族中一般，後來直到十六世紀的學問復興，古典著作漸漸流傳，而近代民族都取得一種新生活的時候，文學纔減少了孤絕的情形，而慢慢的和一切外面的人類活動相合一。於是，就跳起了一種坡斯耐脫所謂的「世界文學」。到這時候，赫特爾所謂的「民衆之聲」是聽見了。文學因而成了一種亞諾爾特所謂的「人生的批評」，隨着它的進步而包括進一種人種學的原素，一種爲前時所全然不曾見的類型和功能上的寬大性。現在這種新的傾向已經非常顯著，乃至文學和文明非彼此互相參照着研究不可，例如基佐，德雷柏，巴克爾，社柔耳（Scherer），哈爾，西思蒙第一流博學的作家所嘗從事。凡是研究民族進步的人，一開頭就會注意到一種現象，卽文學的事件和普通的歷史事件是始終相互影響的。這個原則，在文學受革命影響的事實上特別看得明白，因在這種緊要關頭，國民生活往往用最強烈的形式來表現。道登教授在他那部有力的著作法國革命和英國文學裏，是把這個原則應用在歐洲的一個民族，而說明了當時的「恐怖時代」是曾被一種和政治鬭爭本身同樣極端而激烈的一類文學所引起，也曾引起了那種文學的。同是這種情形，也見於三十年戰爭時代的德國，及以後帝國謀衆周聯邦的奮鬪中。在英國文學裏，則從綽塞時代以來，這種影響曾見於英法戰爭；曾見於玫瑰戰爭；曾見於十六世紀的改革運動；會見於一六四〇年和一六八八年的革命；乃至一七七六年的美國革命和一七八九年的法國革命及於英國和英國作家的影響。作家之中如哥爾利治，威至威士，雪萊，布來克(Blake)，拜倫，其證明法國生活及於英國人的影響，實在非常顯著，乃至十九世紀開頭的全部文學都受了它的渲染的。

嘗普爾先生所謂的「文學和人生，」在這裏聯繫得非常密切，乃至不但其一的研究包括着其他的研究，並且其一的研究就是其他的研究；兩者必須看做同一部記述人類言行的書分開訂成的二册。脫里格斯(Giddings)所謂的「社會的想像，」是確實有的。因而，我們首先就要見到歷史和文學的關係，因爲實際上，歷史本身就是文學的一種體裁。但我們現在用着「歷史」這個名稱，是意味着政治的生活，即自古以來自己顯示着的，或紀在書中供學者研究的。

在考爾多普的英國文學的自由運動的序文中，我們看到他說，「我的意思是要歷史的地溯逃現世紀中的爭自由的運動怎樣影響到想像境界裏所建立的秩序。」在這裏，那位作家是把國民生活的一個面相，向政治自由的運動，應用到文學的一個面相，詩歌。但這應用是像國民生活和文學的最廣範圍那麽寬泛的，因而我們在所謂一個民族的歷史的發展中，無論那一點上都可得到滿意的經驗。所以文學中可有一種歷史的方法，就是對文學的資料，事實，意見，事變，事件等等加以檢討，以期達到明曉而穩當的結論。我們對於文學的進步可加以一種測量，猶之對於歷史的進步加以一種測量，而兩者的進行方法是同樣的，並且在無數地方會發生相互的影響。

這種相互影響之發生，儘可無關於所採用的程序，編年史的或是論理學的，至於後一種程序，無論用在文學裏或歷史裏，都爲較高等的一種，而無論在歷史或文學的最好體裁裏，這兩種程序都是融合爲一的。於是，我們就有了文學史這東西——就是一種實際經過的文學生活的紀錄，猶之哲學，科學，藝術，語言之各有歷史一般。

而且，還有可稱爲「文學中的歷史精神」的，就是探討和研究的精神，以及一種要去求得和傳播眞理的無偏的目的。哈闌的十五十六世紀歐洲文學史，就是用這種精神寫的，猶之希勒格之作歷史哲學，厥黎之作英國作家史，乃至所有以顯示著作和它所由產生的當時的生活之間的直接關係爲目的的歷史家，都莫不具有這種精神。

我們並不是說文學的研究應該限於它的歷史的研究。在這裏有一種顯然的危險，多數文學的學生已曾陷入過，就是由於忽略文學的精神和目的而注重它的事實和時期，研究一個作家的生平和時代多於研究那作家自己，以及博習關於英國散文和詩的意見的記錄而忽視了那些散文和詩的本身。

現在研究文學的人，多用這種記誦的和編年史的程序，以致遺失文學的心靈。並非說這種程序不必要，是說跟着這種程序，和貼切着這種程序，必須還有那種較廣的程序，使得文學作品不但當作一種陳述卻也當作一種生命而加以檢討，並使文學運動的內在衝動可以看見，可以感覺出來。就是「歷史的進步」這一個名稱，已經是指示着生命和變化，而且是永遠向着好一方面的變化。我們現在所研究的文學史，都是正在製作中的；我們雖然可以從某一種意義上說古文學之歷史的記載已是一種完全的記載，卻無論如何不能說，現代所有各種活的語言的偉大文學的歷史也已經是完成的記載了，因為這些文學是充滿着生命的，所以需要檢討它們的人具有一種敏銳的識別力，去探察出每一個進步的要素和形式，並且把活的和死的分別開來。例如英國文學裏面，是有它的固有的而相和變化的而相的，而就在後面這一系運動的境界裏，必須永遠睜開眼睛，去注意那變化的次序和質地。在這一點上，我們把泰納那種著名的三種學說拿來稍稍參考一下是會有趣的，因這學說可以把文學中的這種社會學的元素從文學和人生的關係上指示得更明白。

（1）第一就是文學對於「種族」的關係，文學中之種族的元素，如福禮門先生（Mr. Freeman）所應用在語言上的。因此，如果我們將如塞姆種族和雅利安種族來作一個對照，這種關係是立刻就可明斷的，至如亞細亞文學或希伯來文學和德國及哥德人（Goths）的文學之間的差別，也跟種族的差別一般斷著。塞姆種族的文學就是東方生活的體現，猶之印度·歐羅巴種族的文學是希臘生活和條頓生活的體現一般，而在這些種族大系的各自範圍裏面，則可以覺察同一的勢力在支配，故拉丁民族以一種族的資格而表現一種文學生活的形式，北歐民族以一種族的資格則表現完全兩樣的一種形式，雖則這兩個種族同樣屬於印度·日耳曼族。

以不列顛帝國本身而論，蘇格蘭和愛爾蘭和英吉利的文學在類型上是斷然有別的，它們是表現着顯明的部族差別和種族差別。至於美國文學，無論他和英國文學有怎樣的類似點，卻有它自己的一種類型和使命，因而構成了用英語諸民族中美國的一支。

（２）其次是文學和「環境」。文學中有一種地域的因素，就是所謂「地域精神」(genius loci)，也是以產生某一種類的文學生活。拿英國文學和大陸文學作對照，就有一些顯著的特色可以看出來，而求其原因，則單只英國海峽的位置就足構成一部分，因在歐洲大陸上，諸民族是密切毗連而生活，且彼此互相侵犯的。英國北部的所謂蘇格蘭文學，決不能繁榮於根德 (Kent) 或甚至中部諸州，猶之威塞克斯 (Wessex) 和泰晤士河 (Thames) 流域的文學決不能繁榮於恆伯河 (Humber) 的北岸。斯干的那維亞的豪放的 sagas（古事歌）是和布勒塔尼 (Brittany) 及羅亞爾河 (Loire) 流域的溫柔委宛的 vireloys（一韻詩）不但有着質地的差別，並且有着空間差別的。我們讀了貝奧武爾夫和僉長傳 (The Cid)，就可料定它們所產生的地域。有有文學的地域，有無文學的地域。我們說英國詩人裏面有「湖上派」(Lake School)，這個名稱裏面就把文學的和地域的元素緊相連繫了。作家中如威至威士和騷狄的詩，節匪羅伶稱之為「地方的詩」(Poems of places)。和謨孩在他的愛默生傳裏曾經說起過「新英格蘭的學士的種族」這些種族所居的地域，是適宜於文學生活的發展的。迭更斯的關於倫敦生活的小說，當然多得力於倫敦的環境，至於近代文學中的寫實派，在類型上大部分是地方性的。凡作品中處理到自然景物的作家，如綽塞，朋斯，托洛(Thoreau)，和喜替爾，當然都是這個卓著原則的斷例，而除開僅是描寫的文學之外，地方性也往往有關於文學類型的發達。例如冰洲氣候寒冷，不宜於產生抒情詩，南歐氣候溫暖，不宜於產生浮士德那樣的敍事劇。作爲一種地方元素的氣候，在文學上曾經盡過一種重要的職分，也猶在語言上一般，並且往往決定了那地方所產生的是詩或散文，是史詩或抒情詩，是較豪放的或較馴順的作品。

（3）就是文學和「時代」，也是文學和人生的關係條件之一。這就是時間的元素，就是德國學派中所謂的 Zeitgeist，也就是我們常常聽見說的「時代精神」

坡斯耐脫說：「文學是依存於現代的生活和思想上的。」事實上，我們也常常說到現代的哲學和現代的文學，意思就是說跟着時代發展並且表露着時代精神的哲學和文學。所以社爾昔也說：「我們的文學的最顯著特徵之一，就是各個時代的精神都會進入我們的詩裏。」對於這話，我們可以補充一句，即各個時代的精神都會進入我們的散文裏。

得徵說：「倘使莎士比亞是生在十四世紀的話，他的能力就要大部分被阻止不能發展。」我們也可以補充說，倘使綽塞是生在十六世紀的話，雖然那時的文明是比綽塞前進了兩個世紀，我們卻不會有也不能有坎特布里故事了。雪萊說：「任何特定時代的所有作家之間，必定要有一個相似點，並且必定要有一種影響是無論任何時代的最卑微的抄書家或最崇高的天才所都不能逃避的。」

所以，文學上的黃金時代自有它的合理的原因和效果，猶之荒歉時代之必也有因果一般。十五世紀的英國好文學所以貧乏，是和十六世紀及十九世紀的所以豐富同樣可以索解的，且可在同一原則上去索解的，——即不外是時代之不幸運與幸運的分別。德國狂飆勃起時代曾經產生某種形式的文學生活，猶之接着一個較安定的時代也會產生一個相應的類型。在宗教改革時代，我們有宗教改革的文學和活力的文學；到了十八世紀初期，它就流於比較形式的，但後來卻又仍有生氣了。

（4）在這三種關係之外，我們還可以加上第四種，且最重要的一種——就是「人格」的關係，就是作者和他的人的關係。雖然像希勒格說的，「人所能給與他的同伴的除開他自己之外再沒有別的」東西，但那個「他自己」如果經正當地發展起來，也就很足够以給與別人，並且將可賦與他所言所行的一切以永久的活力。坡斯耐脫稱這「人格」爲「文學長成的原素」照拉泥耳的意見，英國小說，特別在佐治·愛略脫手裏，就靠着這種原素而成爲英國文學和歷史的一個活力的因子，因爲在那裏面，每一頁和每一行裏都有國民的和個人的人格以這種那種的方式顯現着。這樣，構成文學生活和變化的四大條件就是種族，地方，時間和個性，各個各別的發生作用，而若聯合一起發生作用，那就幾近不可抵拒了。

我們並不是說這四件東西的影響是像泰納所主張的那樣普遍的，不是說它們應該看作了原因而不看作僅僅是條件，也不是說文學絕對不能離開這些條件而當着不利的元素面前與盛起來，乃是說這些是一般地在作用的法則，而凡當文學取得有變化而強有力的形式時則特別容易覺察。

我們參照着這幾個法則看來，就可明白看出文學和人生是有關係的，明白看出文學的學者必須要熟悉人生的。如果表現在書本裏的思想在類型上和表現的效果上是要這樣的依存於國民性和人格之上，依存於時間和地方之上，那末文人就不得不從他的隱遁的所在被驅逐到歷史所正在形成和世界所正在進動的人和事的廣大區域裏來了。這一種發展中的某一部分形態，他也可以在閉着的門裏加以檢討，至於其他一部分形態，卻要求着各人到當場去實地考察，且必須爲着要理解它而去尋求的。

如果昔蒙先生所說的「民主主義的藝術」應用於文學上時也可算是一個正確的稱謂，那末就必須容許世界進入作家的書室，或叫作家離開他的寫字檯而向世界去求取它能給與他的教訓。

作家之中如退爾（Thiers），格羅脫，斯賓塞，克拉林敦，彌爾，腦普爾（Temple），威爾孩克爾（Walker）等之於社會學，就是用這態度寫作的，但特別是柏克的士累利，馬卡替葛拉德士吞等之於英國文學，都莫不和英國人的生活——政治的，社會的，個人的——有着切要的聯繫。著作之中如白賚士的美國平民政治，就是政治的眞實表現於文學方面的顯例，也就是文學和人生的眞正關係的顯例。

像約翰·摩黎那樣的人物，他今天在議會裏討論「內政，」明天又在主編英國文人叢書，或爲作福耳特耳傳，也同樣是作家和其人，即文學和人生的正常關係的一個顯例。

又如班克落夫，摩特力，羅桑羅威爾一流的作家，同時做着派在外國的政治代表，在這程度以內，審美才能和政治才能之間的這種密切關係是顯然的了。

至關於這種聯繫的重要性，那是不容怎樣嚴重的問題存在的。這種聯繫的極可寶貴的一種效果，就是它能使文學合時，能給文學以一種趣味，使它具有吸引力且耐人諷讀。所以，詩和散文是以文學和人生的關係爲比例而具有活力，而成爲流行和有趣的讀物的。

遠在十四世紀的時候，郎闌所作的農夫皮爾斯一詩曾受到當時人的歡呼喝采，就因爲它是當時的宗教生活和政治生活的眞實的記錄。它之受人誦讀和玩味，並不僅因它是一種諷刺，卻因它飽和着精力和生命。綽塞的坎特布里故事的廣大流行，也可用同一原則去解釋，就是因它所描寫的事情是像我們現在目擊一般真實的。沙士比亞和密爾頓雖然可說是爲一切時代和一切民族而寫作，卻實在是他們各自的時代的生活的眞實的解釋者。同樣，阿狄生和斯提爾之於旁觀者裏面的文章，是用這態度寫作的，而柏克的熱烈的散文，則無非是他那時代的政治的注解。此外，英國和美國的一般偉大的散文家，都是這種具有活力和賦與活力的風格的斷例，因而他們的文章莫不饒有滋味而又具有實益。

反一面看，則十五世紀的文學是空虛的，遲鈍的，因而也是不眞實的，無用的，而在英國文學的一切時期中，凡作家之徒爲寫作而寫作的，或專講究完美和裝飾而不顧實際效果的，他們的作品都已分所應得的歸於無聞，而讓位給那些處理活的問題的作品了。

亞諾爾特說：「詩人之偉大處在於他的人生觀之強力和美麗的應用，」而他所以將威至威士列入十九世紀的最高詩人之中，就因他在這種應用上曾有卓著的成績。

因此，文學的持久性也同它所給與的快感一樣，是依存於這種賦與精力的原素上的。世界上有已死的文學，也猶之有已死的語言一般。詩和散文之中有陳廢的和在廢棄之列的作品，猶之語言之中有這樣的字眼一般，而其解釋，則在兩者是同樣的，就是，那些作品和字眼是已經不再需要了，至其所以不再需要，就不過因爲思想是現實的，作家是被要求在知識生活的激刺之下，參照着人們的精神的需要而寫作的。

我們若問起這種活力所存在的文學的特殊形式，就可發見它們是明白可以辨別的。

（1）其中之一，說來也奇怪，就是「小說」因爲它的目的正在從種種的觀點去顯示人類的生活和思想。

我們曾經把小說分做若干門類，歷史的，描寫的，感情的，等等，但有一點是它們大家一致的，就是都以顯示生活爲目的。有一型的小說是被稱爲寫實的。而其實一切小說骨子裏都是寫實的，就因它的目的都是靠着想像去處理人類的生活。小說並不因其用象徵的形式陳述眞理而妨礙其爲活力的，及處理活力的主題。

霍桑所創一型的小說，特別富於譬喻性和想像，但他的猩紅文（Scarlet Letter）卻是異常充滿現實性，乃至字裏行間都飽和着生命，使我們似乎看見他所描寫的人物在我們面前行動一般。

雖是所謂哲學的或倫理的小說，也可以是這樣眞實的，有活力的，例如佐治·愛略脫的丹尼爾·特倫達(Daniel Doronda)，就在那裏面所陳述和討論的是最嚴重的道德問題。如今小說這一類文學，就因它是人生的出現之故，已成了一種極流行的文學類型，大概將來也還是要流行的，所以我們很盼望能找到別的一個名稱來代替它。從哲學的意味說時，它可以稱爲表現的或再現的文學，它的目的是用象徵來呈示事實，眞理，事變和生活，而卻又眞實得如同體現在歷史裏及教訓的散文裏一般。

（2）其次，若在詩的分野裏要選出一種可以見到文學和人生聯絡得最密切的形式，那就該選到戲劇。戲劇就是這種文體的名稱，戲劇，已經隱括着行動的意思在內了。一切戲劇的作家和批評家，都承認這行動的觀念是基本觀念，因而都由此出發。據希勒格的意思，戲劇的中心原素或質地就是認眞這兩字的意味，在他是不過活力的別名罷了。它的目的就是「對自然去照鏡子，」「去將未知的東西體現出來，」且用人格化和人物化的方法，將人呈示給他自己看，將時代呈示給它自己看。這個目的是在喜劇裏或悲劇裏或有些偉大的歷史劇裏辦得最有效呢？那是難說的。在各種戲劇，也在一切戲劇所描寫的不外是人生，無論其在馬克柏斯(Macbeth)的熱烈言辭，福爾斯塔夫(Falstaff)的諧趣談吐，或在朱理亞·愷撒(Julius Caesar)和理查第三(Richard III)裏的經心結撰的演說。要找戲劇文學的測驗標準，實再好不過這種地方，就是再好不過測驗它裏面有人生存在與否，如果沒有人生存在，那末批評家就不得不將它歸入文學藝術的其他分野。

因此，凡是國民戲劇，從它的最初形式到最近形式，就構成了一個民族進步歷史的可信的背圖，而在它的生死存亡所關的時代則特別顯著。例如依利薩伯時代的戲劇，就是依利薩伯的時代的英國人生活的再現，無論它的一般特徵和教訓是怎樣，古典期的法國戲劇亦然。

（3）在抒情詩裏，我們也看見人生居於文學的中心，因爲抒情詩之所以爲抒情詩，就是處理靈魂最深處的快樂和悲哀的。它比戲劇更多主觀性，更多個人性，它的目的就是要用歌曲來體現人類的經驗。在文學裏，沒有其他的體裁能比第一流的「短歌」(ode)和「十四行詩」(sonnets)更富有人生，例如密爾頓和威至威士的英雄史詩，史本塞和湯姆孫的牧歌，朋斯的勵人時句，以及格雷和丁尼生的輓歌都是。

凡屬眞正的情操總是具有活力的，總是由靈魂直接訴於靈魂的，因而現在一般批評家已都肯相信，抒情詩之爲人類生活的一種明白解释者，無論以範圍之廣大和內容之豐富而言，在一切文體中都要推它第一。

但是我們講到文學和人生的關係以及這種關係之應注重時，有一種很容易陷人的危險而爲作家們所須防備的，就是那種過分講求實用的或文學商品化的學說。這種學說的大意，以爲文學既然就是人生的再現，那末爲什麼不簡直將它作成一種實用的藝術，卽簡直將它作成人類工業的一種，而歸進了喫飯的科學之列。由於這種學說的起來，我們就說到了所謂「社會主義的文學」——它的主要目的就在求得國民團體的最大利益。也由於這種學說，纔產生了道登用一個差不多矛盾的名稱——「民主主義的藝術」——來代表的那一番討論。這就是一種爲「大衆」而不爲「特殊階級」的文學，它的最好代表應該是從事農場生活時的托洛和厠身美國軍隊時的喜替爾態。

這哲學說的主要倡導人，都不大知道他們自己意味着什麼，只有一點意味是明白的，就是以爲文學一向都當作一種美術解釋，一向都爲着趣味和審美的目的拿在有教化的人手裏，現在必須將它移交給一班過着室外生活的著作者，因爲這班人是和世界面對着的，且因其最熟悉種族的需要，所以也最知道怎樣去應付這些需要的。這樣的主張，在相當的限度以內，原也不無它的地位，但若流於極端，就要奪去文學的中心品性，而使它淪落到手藝之列。因爲在一切文學裏，總都少不得紐曼主教所說的「一種莊嚴的調子，」這就是亞諾爾特先生所說的「美意識」在詩的境界裏尤其顯著。

凡是文學，總都帶着一種冥想的性態，因而不適於市場的競逐和擁擠，不得不去找一個較幽靜的境界而默處着不同的目的。蘇格拉底當跑到街頭去問答關於一般生活的重要問題時，是哲學家和非務家的身分多於作家的。愛默生以居康科特(Concord)時的安靜默處而寫作富於啓示力的論文，丁尼生以退隱外特島 (Isle Wight) 而寫作同樣富於啓示力的詩歌，這些都是剛纔所說的那種文學精神的較好的代表，它雖也具有活力且能賦與活力，卻本能地規避了「瘋狂的羣衆。」

將這題目和這警告應用到雖屬青年卻在迅速發達中的美國文學上來，是一樁有嚴重意味的事。我們到底有文學嗎？這是本世紀開頭時錫德尼・斯密司（Sidnoy Smith）和愛丁堡評論上首先提出的一個問題，而且奇怪的是，現在英國和大陸的批評家當中，雖是大家承認他們能夠辨別什麼是文學什麼不是文學的，卻仍有不少還在討論它。他們告訴我們，說美國人過於實事求是，過於重實際，因而是沒有時間也沒有趣味去從事優雅藝術的。又以爲文學和人生原是應該聯合在一起，但在這裏，我們是有着生活的過勝，故同時眞正的文學精神要相應着減少。若用一個詞來形容時，他們說，那就是「商業主義。」人們到圖書館去，必須要經過交易所，而作家和出版家都必須當作商人看待，彷彿他們是在處置熟鐵或棉料貨一般。因此，早就流行着一句譏諷的問話——美國書有誰讀呢？意思就是，有誰爲着文學的趣味和訓練而讀呢？

而且，據他們的意思，文化中的這種美國的傾向是在有加無減，所以斯式德曼先生所說的那個「前途」是愈加不可樂觀，而我們就都不得不向「母國」去找文學的作家和文學的書本了。

像這樣的一番議論，原也不是完全沒有一點效力，然而總是英國人的偏見多於效力，因爲在英國自己，也正有着這種商業主業潮流猛進的危險，而且這種潮流也正威脅着要[illegible]毀文學的內在精神，而不得不用着同樣的氣力去抵抗它的。

對於一切像這樣的問題和反對論，無論它是關於英國文學或美國文學，都只消一個答案就够了，卽，正當地解釋起來時，文學和人生之間是沒有也不能有正當衝突的，卽作爲一種精神及藝術作品的文學和爲實用目的而作的文學之間是沒有正當衝突的。只有在劣等的作家當中，因誤用了原則和方法，這穖可以看見這樣的衝突。在這上頭，實在就可得到作品中是否有天才的一種主要測驗，卽是否有文學上的明白性和對稱性的一種測驗，而所謂明白性和對稱性，意思就是一個作家一方面能够顯出「尊嚴的調子，」而同時那調子卻又非常自然，非常明白，使得明白的讀衆都會開着耳朶很快的去聽它，很快的去反應它。所以凡是用現實的方法處理着現實的事情的眞正的文學，必常具有好的形式，而同時又能思慮自己給明白的人們。在一切散文和詩的大師手裏，文學徹頭徹尾是一個現實，而因其是一個現實，所以於不應有差別的事物之間就不容有差異。

讀過大西洋月刊的人們，必都會覺到那一篇題名爲論所謂人的的文章富有啓示的趣味。在一切人之上，凡作家都必須是「人的」即必須先是人然後是作家；即使再沒有其他特色，第一必須要能自然；必須要用極坦白的態度說出他們心裏的思想。文學裏如果有了現實性，結果必定會有一種「偉嚴的調子，」這是宜於作家的所謂「愉快的學習的安性空氣」的；但同時又必也具有一種實用目的的調子，則爲作家作爲一個世界的人時所應有。

馬可梨和德昆西，馬太·亞諾爾特和佩忒，布賴安特和霍桑，愛默生和歐文，當其用文學的態度寫到最實用的題目時，及用實用的態度寫到最文學的題目時，都莫不獲得這樣的效果，而其所以能獲得這樣的效果，主要是因他們能正常而自然地寫，抱着了活的目的而寫。

關於一個作家的風格的第一個問題，據喜嘗爾先生所說，就是，「它是活的嗎？它有生命嗎？」其實這個問題是可以適用於一般文學的。它是活的嗎？它有生命嗎？它是現實的嗎？它有現實性嗎？

近代的讀書界所正在等待的就是文學的「現實主義，」而在這現實主義裏面，就可以見到我們的作家和他周圍的生活保持着最密切的接觸，同時也和文學藝術的最高需要保持着最密切的接觸。

第十章　文學和倫理

在這個標題裏面，「倫理」這個名詞是並不當作任何專門的意味用的，即並不是指道德哲學中當作一個正式題目而研究的那件東西，乃是用作普通所謂道德的那種較流行而廣泛的意義，就是指普通所謂眞質和純潔以及合乎所謂正義所謂善等等已確立的原則的東西而言。如果將它們改作形容詞，而說「文學的和倫理的，」也許更近我們所要傳達的意義。從近代文學的開頭起，大家就已注意到這個題目，而最近二十年來的歐洲史和英國史上，對於這個題目的注意也日見增加，那末每一個文學的學生和倫理學的學生爲求自己對於這個題目的意見能得相當的理由起見，是値得化一點時間去尋溯從來人的意見的歷史，並去檢討這些意見的根據的。從這樣尋溯的結果，我們將見不同的批評家所持的態度已這樣流於極端，似乎要從那些衝突的見解之間去求得一塊可以共同會合的地面，是幾近不可能的。

塞爾克累格在他的著名論著，近代詩歌的倫理學和美學裏，說到了「宗教的本能和詩的本能的連繫，」彷彿其一實在就是其他的補足物一般。微內寫道，「我所要求於詩人的，只要他眞實，不自既於邪惡，」這話裏面是假定了作家要他的著作載出了道德，是需要着意志的實際努力的，所以他繼續道，「當思想不過是物質的奴隸時，就無所謂文學的這東西。」同樣，培根所謂「詩歌有神聖性撥人在裏面」那何簡明的話，曾經使得抱着同樣見解的威至威士所謂的「憧憬和神聖機能」運用起來。而且這樣的意見也不限於詩歌的境界，它的表現也同樣適用於散文，因爲在散文裏，據亞諾爾特先生的意思，作家是必須處理「所知所想之最好者，」而且必須具有「行爲的意識，」因爲這在文學裏的地位，是充分地和「美意識」一般重要的。雖是像謝多勃良(Chateaubriand)那樣一個自由的作家，也曾說「無信仰是趣味和天才衰落的主要原因，」他的意思，掉過頭來說，就是在一個具有積極信念和健全信念的時代，文學是可以期望它繁榮的。要替這句話找一個證實，只需把歐洲文學史的各頁略爲一翻就可以得到。特別在羅馬文學裏，當帝國在社會方面和政治方面都腐敗的時候，這何話是眞實的；同樣，在阿拉伯和東方受着回教勢力破壞的時代，也是如此；法國當百科全書派和自由思想家的時代，也是如此；英國當十七世紀中葉在查理士第二的腐敗勢力之下，也是如此。凡當教堂對於她的信托人不能眞實，而僞謬的神學曾經產生一種僞謬的人生理論和行爲理論時，同時的和隨後的文學必常顯示着衰落的現象。同樣，僞謬的哲學曾經產生出一種相應的僞謬的文學，而歐洲的文學史是可說是由歐洲藝術的歷史之道德和不道德劃出時代來的。在這一點上，大主教特棱赤曾經提出過實際問題，即指法蘭西斯第一時代的藝術復活而言的所謂「文藝復興」究竟能否稱爲一種文藝復興或新生，是成疑問的。他的意思，以爲那時所復活的藝術是異教的，不是基督教的，因而，與其說是使人生和文學的調子提高，無寧說是使它們低落，所以這「復興」兩字是成疑問的。如果我們問，所謂文學中之倫理這東西，究竟是指原則講的呢，或是指方法講的？我們的回答是，這就是文學和眞理及信仰之不可溶解的聯合，和人類最高的最好的興味和本能之不可溶解的聯合，因而使它和凡與提高人類生活及人生觀有關的一切思想部門和活動都成了聯繫的。這就是在文學裏的和用着文學方法的一種關於品性和動機的研究；關於一切個人的和一般的足以使人更新和向上的巨大勢力的研究。當坡斯尉脫說文學是一種「精神的現實」時，他是用最強調的形式敍述這種眞理的。有些散文小說的批評家用着「目的小說」這個名詞，也特別指這種一般的觀念而說。文學批評當中大多數講到文學的內在精神，講到文學的主要調子和傾向，就使得這個原則特別放大。近代有個作家論亞搭爾·休·克拉夫(Arthur Hugh Clough)，說到他的「良心的懷疑主義」實際上他是在發見那作家的詩的倫理方面。我們常聽見人說有一類作家的「目的在於一種純粹藝術的效果」，這話裏所包含的課題就是單有藝術的效果並不足以構成眞正的作品，因爲有一個重要的元素——倫理的——是遺漏了。

文學的和倫理的元素之間的正當關係的最好證據之一，就在文學裏總給倫理的元素以一個主要的地位，無論從前的文學有什企圖避免它的。在歷史的部門裏，作家如克拉林敦和哈蘭馬洪(Mahon)和令加德乃至帕爾格累甫，乃特史坦利(Stanly)和忒涅(Turner)，都是承認這個原則的，同時雖在懷疑主義的作家方面，這倫理的元素也佔着了一個極重要的地位，例如在休謨和吉本，巴克爾和泰納，約翰·摩黎和約翰·彌爾等人的著作裏傳記，作爲個人品性和行爲的歷史看時，必須應順它的體性的要求，而屬於這樣的型範。所謂哲學的或教訓的作家那個廣大圈界，更是不得不理處這個元素了，例如派利（Paley），本特力（Bentley），波義耳（Boyle），窩柏裕（Warburton），陸克，克特華斯（Cudworth），霍布斯，蒲脫勒，摩里士，哥爾利治和愛默生等，而英國雜散文家也大多數可引爲例，如蘭得（Landor），羅耳斯式，亞諾爾特，紐盟，阿狄生，柏克，和羅威爾。在作爲人類生活和感情的表現的詩裏，我們也自然找到這種元素，無論其爲深澈的人物研究，如在莎士比亞的戲劇，或在密爾頓式的莊嚴嚴肅的史詩，或在威至威士的冥想詩，或在如丁尼生的（In Memoriam）那樣的哲學的挽歌裏。當密爾頓說到詩是「熱情的」一時，他只是說詩是處理人類品性的。在近代小說的發達中，我們本應當不蔽絕它靠着道德教訓的職分，但這道德的傾向卻是愈來愈顯著，這確實是一樁可注意的事實。

拉尼耳主張英國小說的首要目的就是探測和啓示人類的個性，意思不等於說它的首要目的就是道德的目的嗎？因而，他所取作這種學說的代表的小說家佐治·愛略脫，就正是小說中的一個道德家。他的小說中丹茄爾·特倫達，亞當·比德（Adam Bede），密德爾馬赤（Middlemarch），

綸陀拉 (Romola) 等例，我們平常稱它為哲學的；而它們也確實是哲學的，不過特別是在行為和品性的方面。就是「性格描寫」(characterization) 這個名稱無論應用在戲劇上或小說上，是有意義的，因為它示意着性格在這些類型文學裏的優勢，就是靈魂和目的和動機的優勢。一部偉大的戲劇如奧忒羅，或一本偉大的小說如猩紅文，都可適當地稱為一種良心的研究，一種道德哲學的研究，只不過想像的成分比在別種文體更加顯著能了。俄國小說在托爾斯泰身上，代表着同是這種傾向。如今這種傾向已經非常顯著，乃至許多乾燥無味的神學的討論也已被包含進稱為小說的書裏面了，例如窩德夫人的羅伯．愛爾斯米爾 (Robert Elsmere)，以及其他類似性質的小說。查理士．里德 (Charles Reade) 在他的及早補過 (Never Too Late to Mend) 裏面，便是一個道德的教師，猶之查理士．金斯黎在他的一切領導社會改革的嘗試裏。

斯忒德曼先生最近所作一部關於詩的論著，題名為詩歌的性質和元素，八章之中有四章論到顯然是詩的倫理方面，就是「詩與真實」「詩與信仰」「憂鬱病」及「神聖的機能」，而且就是其餘的四章裏面，也都把倫理當作一種重要的因素。關於這種情形的解釋是並不難找的，因爲作家的終極目的是就哲學家和道德家的終極目的，——就是眞理之獲得，理想之實現，還有更深一步的，就是關於人類品性和命運的巨大問題的解決。就在這一點上，更不在其他地方，最高的文學和最高的倫理是會合了，所以當作家坐下來寫作一首詩或一篇散文時，他所抱的目的就是道德科學家研究關於神，人，和有形世界的基本眞理的目的，只不過用着另外一種方法能了。這個共同目的的最特徵的表現之一，可從文學常能吸引一般教士的事實上見出來，這就由於神性和人性是合一的，無論在宗教方面和世俗方面，對於眞理之尋求，發見，和教導這事實是同樣的被注重。勃符克曾喚起學者們對於「英國詩人之神學」方面的注意，因爲這種神學是頗普，顧伯，朋斯和威至威士身上都可見到的。作家方面有這神學的傾向，教士和神學家方面則有一種文學的傾向和它相對立。神學和文學抱着一種兄弟的精神彼此遇合，就彼此都獲得了利益，都做了更有益的工作。

但講到文學對於倫理的這種關係時，有一個警告是不可省的，就是愼勿使文學過度隸屬於道德，愼勿使作家站在僅僅一個道德家的地位。斯式德曼寫道，「有一種和詩的精神反對的說教，曾經獲得了教訓主義的名稱。本能告訴我們，這是任何藝術方式裏的一種邪說。一種乾燥無味的道德教訓而用着詩的形式，便是一種顯然的欺騙，便是藝術的叛徒。凡關眞理之教育的公式，都是不能傳達它的本質的。」這位美國批評家的這幾何應用在詩上的話，也可以應用在一般文學，所以我們儘管可以說，正如一切藝術都必須爲着自然的活氣和力量而隱掩藏的，那末文學中的一切教訓主義或倫理的教訓也必須是掩藏的，就是務使讀者感到那作者並不存心要指出一種道德，卻只是表達他的思想，感情，和趣味。譬如人要做一樁善事，最好的方法是使別人看作並非存心要做它，因而間接的做法比直接的做法成就更大。在文學史裏，作家方面流露着存心要寫入道德教訓的例子是很多的。在南歐，特別在法國，這種傾向曾取得了「虔敬主義」(Pieti m) 或「神秘主義」(mysticism) 的形式，而且曾這樣的流於極端，竟至一般眞正尋求眞理的人都要覺得厭惡，而一般爲文學的目的去讀文學的人，竟彷彿走進了一種祕密的宗教集會，不得不默默坐着聆他們的說教。在不列顛羣島裏，特別當十七世紀中葉，這種傾向曾以「淸教主義」的形式而有時極端地表現出來，例如巴克斯忒(Baxter)，班揚 (Bunyan)，佐治・赫伯特(George Herbert)，耶利米・泰羅(Jeremy Taylor)，佛勒 (Ful r)，以及托馬斯・布朗爵士 (Sir Thomas Browne)，就都是用着說教主義或教訓主義的形式的。雖至約翰・密爾頓之作散文小論，也大體用着這種極端倫理的精神。以撒克・窩爾登 (Izaak Walton) 的釣術(Complete Angler) 所以能在文學的雜文裏面佔這麽高一個位置，就因它能絕對避免了說教的口氣，而卻用一種委宛，自然而耐讀的狀態表白着他對於釣魚的藝術所要說的話。女王安納時代那一派力求正確和過分謹愼的作家，也逃不了這一方面的譴責，就因爲他們把詩歌做到專家主義的極端，而將散文做到過於散文的和正當的之故。泰納對阿狄生在旁觀者裏做的那些道德色彩過濃的文章加以刻毒的諷刺，那是英國批評的學生所都熟悉的。這位英國散文家之所以要對那位法國批評家失掉感動的魔力，就無非由於他過分吃力地嘗試着告訴到他的良心和矯正他的道德。丹孫爾・笛福在他的魯濱孫漂流記裏，就能給這種道德的單調以很多的調劑，正如以撒克・窩爾吞在平民政治的時代所成就的一般。其後，到佐治時代，我們從湯姆孫的季候裏見到了所謂冗長而虔敬的描寫；從理查孫的帕米拉(Pamo'a)和克拉立薩・哈羅(Clarissa Harlowe)及湯姆孫的怠惰堡

(Castle of Indolence),約翰孫的人類欲願的空虛(Vanity of Human Wishes)裏見到了有些矯揉造作而且過分拖長的教訓;從愛德華·揚(Edward Young)的夜思(Night Thaughts)見到了乾燥無味的道德。曾有人問福耳特耳對於這些作家給與怎樣的估價,他的尖刻的回答和我們現在所強調的一點正是一致,就是說,「當作夜思的資料是很好的。」至如薩維吉(Savage),斯摩勒特(Smollett),斯騰(Sterne),波令布洛克(Bolingbroke)等作家所代表的文學上的極端放肆主義,一部分就是對於當時那種拘泥和固執的倫理的一種反動。雖是威至威士的詩,也曾在這點上受過同樣殘酷的譴責,因為他的批評家都說他的文學作品是有所為而作的,就是要改革當時的英國道德。又如哈拿·謨耳(Hannah More),論她的為人和文章,那是可貴重的,但是大家都以為她底教義太高,為普通的英國人和一般人所不能領教。此外如頗伯和布雷耳(Blair),坎伯爾(Campbell)和馬利亞·厄治沃司(Maria Edgeworth)和貞·奧斯丁(Jane Austin)和馬丁·塔柏(Martin Tupper),都曾在某種程度以內受過同樣的指斥。因此當時的英國人為要找一種文學上和精神上的調劑起見,就都走向哥德斯密,錫德尼·斯密司,薛立敦(Sheridan)，朋斯，拉穆，和司各脫一流作家的自然而活潑的著作裏去，且甚至不免流於其他一個極端了。拜倫之所以能在他當時和以後具有那麽無限廣大的勢力，就一部分可以歸功於同是這種對於專門倫理的傾向的反抗。雖至著名教育家和作家如托馬斯·亞諾爾特博士（Dr. Thomas Arnold），因其對學生和讀者都始終將倫理的主旨顯著地放在當前，久而久之，終至流於泰納所說的那種庸俗，並且由此引起人的厭惡心情，所以新近的批評家都毫無猶豫地對他所用的方法發生疑問了。我們如果說他的天才的兒子馬太·亞諾爾特所以採取一種完全相反的途徑，一部分就由於他自己這種不很高明的方法所激起，大概不至於離開眞實太遠的。凡此種種，都在我們剛纔所說的必須提防者之列，但卻又並不會減損本章開頭時所提出的那種學說，即文學在它的主要的本質上和目的上，都應該凝薦和表現眞實和純潔，應該以倫理的精神爲精神和終極效果，所以凡從事文學的人，都應該一方面和專門的道德家態度一致，而他方面又不應該以作家的身分明白對人說教。

其次，對於文學和懷疑及無信仰的關係，也得略略加以一下檢討。所謂懷疑及無信仰，意思是指否認文學和道德之間能有任何本質的或甚至形式的連繫而言。換了話說，就是文學中的任何道德的元素都被無視了，而其斷然的結果，則終於產生了一種昭然擁護無信仰和懷疑主義的文學。這是因爲倫理方面的否定就要引起無倫理方面的肯定之故。但這並不是說，在最高的文學藝術裏有須取得這種形式的不得不然的傾向，如有時在哲學和文學裏所都見到過的，也並不是說懷疑主義的元素或傾向畢竟是第一流文學裏的優勢的傾向，乃是說，大陸和英國的文學裏有着充分的這種傾向，因而要求着學者去仔細檢討它的原因，它的表現的種種形式和時期，它在文學本身和有關係的區域裏所發生的效果，乃至怎樣可以減少或消除這種傾向的最好方法。講到這種無倫理的文學的原因，那是除開誤解或躲避眞理的那種人類固有傾向外，又可尋溯到懷疑主義的哲學或科學，或有時可尋溯到國民生活和歷史中的例外的轉變關頭，就是連道德的基礎也被動搖而一切社會的極惡元素都到了顯著地位的時候。休謨之於哲學，普利斯特利之於科學，福耳特耳之於法國國民生活，都是這種說明的充分證據。講到形式和時期，則可以說是和思想的形式及歷史生活的不同時期同樣分歧的。這樣，文學的懷疑主義曾經用着斯多噶學說(Stoicism)，或粗俗的唯物論，或感覺主義，或汎神主義而表現至其一般的精神，則往往陷於否定和蔑視一類。此其結果，就是惡，而且只有惡；不但在文學本身的範圍裏足以降低它的調子，損壞它的正當的勢力，並且在一切有關係的思想部門和境界，也都要給與惡的影響，所以凡無信仰的文學一方面是先行條件的結果，而同時又是一般國民生活的尺度和測驗。要補救這種情形，其法必須求之於一種新的哲學和科學，以及純化了的輿論；必須求之於基督教的教義，不能求之於異教的或反基督教的教義。英國文學的原來的歷史的傾向，當在卡德夢，比德，亞勒弗烈，威克里夫等人倡導下時，本來是健全而衞生的，故凡在反對方面的現存傾向，都可謂廢棄先例和蔑棄英國種族的最好利益。天才詩人如丁尼生和喜替爾，是表證着這種歷史傾向之存在的，正猶之斯文本和惠特曼之毀廢它的存在。文學的懷疑主義之最確鑿和最可悲的形式之一，就是文學的頹廢，在這種精神裏面信仰已經讓步給無信仰，希望已讓步給陰鬱，或作者的精神已脫離了任何已存的信仰而自始就被錯誤所支配的。最近可以見到的這種憂鬱病傾向的最顯例子，可見於亞塔爾·休·克拉夫的人品和作品。他的詩歌如陰影及生命之流等，就分明表證了這話的眞實。例如他在柏士·孟紫

(Persho Pensa) 裏說：

「度過了數不盡的苦痛的歲月，
一度一度復一度，
要在我們心中和腦裏，
把我們在世爲人的問題解決；
從遠處近處搜集了事實，
要在我們心上弄它們明白，
且明知更多的事實還要出現，
卻害怕着在我們的最近一息裏，
把未成熟的結果吸入——
這難道就是我們在世爲人的，
鵠的，終點，法則，和目的？」

像這樣的懷疑主義，在克拉夫本人雖然是眞誠的，並且一部分是天生的，但仍舊要使人煩惱。因爲道已差不多將他的感覺的心靈毀壞了。譬如身在一片汪洋的大海，急乎要達到正當的港埠，而他卻在無目的地飄流，並實際死在海上了。哥德之在威廉·邁斯脫（Wilhelm Meister）和浮士德，而特別在維特之煩惱裏，都做了同是這種精神和道德不安的犧牲者，而終得不到他臨死時所渴望着要求的那種「更多的光明。」同樣，拜倫對於一切人類的東西都感着了失望，很不得「永遠脫離那境界，」因而也永遠得不到精神的和平和志願的滿足。

從此看來，可見文學和倫理和基督教的信仰之間確實有一種正當的聯繫。凡是無視這種聯繫的，便都是不聰明的。眞理對於人人都有它的要求的權利，並且要堅持着這種權利的伸張，務斯獲得承認和滿足。以現存的事狀而論，自然的和超自然的成分是如此的牽連在一起，誰要嘗試去拆開它們，而專在人世哲學的立場上寫作，說話，那就是在試驗一樁決非輕易的工作。文學和藝術上的所謂「世俗派，」也曾經有過它的時代和地位，並且至今也還存在，但始終是存在於人類最深的本能和興味的抗議之下的。最好的文學畢竟應該基於我們現在所謂的「首要的人類信念」

之上，且必須從英國詩人瓦特孫（Watson）所說的那些「較優越的事物」裏去求最充分和最自然的表現的。

第十一章　文學與藝術

（A）自由藝術

爲了將「自由」這詞用在藝術上面，就有在這裏將藝術的分類明白辨清之必要。有一種正當分類法就是把藝術分爲「自由的」（liberal）和「實用的」（practical）或「應用的」（applied）。後一種所謂實用的藝術，有時也稱爲「機械的」（mechanical）或「工業的」（industrial）藝術，這裏面所包含的事實，在於這類藝術應用上所需的知識便是只屬於某一特定藝術的知識，例如建築，造船，紡織或雕刻的藝術。以所需要的知識而論，這些藝術是各各獨立的，且可以在那種藝術的特種訓練的基礎上開始從事的。因此，凡從事建築的人，就只需要關於建築的知識，很少需要或竟絕不需要建築家工作範圍以外的任何知識。

這樣，可見「應用藝術」的範圍或境界是比較的狹，且抱着專一和實用的目的。普通所謂「百藝」(Trades)，就是它的例解。

反之，「自由藝術」所以稱爲「自由」之故，就在大家承認從事者必須先有一種普通的準備，卽因它包含着人類知識的各種部門，所以得把眞理的廣闊範圍先作一種統括的概測。因而，我們平常所謂「自由的訓練」(liberal training)。就是指所謂自由學府的科目所包含的那種學問的品性和範圍而言——就是指我們美國高等學校惡的高等教育的訓練而言。

普通所謂的「自由專業」(liberal profession)，就可作爲這種解說的一個證據，因爲這個名詞的意義就是指那種基於不止本專業所需的知識之上的事業或職業，也就是需要更普通的訓練和範圍的那種職業。就事實和可能性上說，當然那職業本身的成績也可無須這種預先的準備而臻相當程度的良好，但從理論上說，卻必須有這樣的準備，而事實上這種無準備的良好成績也不過是例外能了。照例說時，凡是第一流的律師，醫生，和教員，其所從事的職業總必都基於自由學問的廣大基礎上。

於此，我們就看見了文學作爲一種藝術看時的地位了，因爲經正確的解釋，文學就是一種自由藝術，不是一種應用的或機械的藝術；又看見了作家至少在理論上和正當的理由上，應該具有普通的學問，廣博的訓練，和充分的教育，他所應該知道的遠不止文學本身，而當在文學範圍裏工作的時候，必須對於一切有關係的範圍和教訓眼睛大大地睜着。

將這樣的分類法放在心裏，然後去研究文學的歷史，從裏面去尋取這種說法的可能的證實，那是很有趣味的事，而英國文學供給我們的例子則特別顯著。

我們如果把從培根到喀萊爾的英美偉大散文家略略一瞥，就可見到其中大多數是從大學出身的，例如培根自己，呼克爾，密爾頓，德來登，斯威夫特，阿狄生，撒母耳·約翰孫，哥爾利治，柏克，德昆西，馬可黎，馬太·亞諾爾特，喀萊爾，窩爾忒·司各脫爾士，塔刻立，羅威爾，愛默生；而在詩的範圍裏，除開已列舉的那些以散文家而兼詩人的許多名字之外，還可舉出綽塞，史本塞，拜倫，威至威士，勃勞寧，丁尼生，和談茲郎匪羅等，他們都會把所有的先天才能和後天學識放進了文學，因而使讀者的心靈愈加豐富。

如果問起自由藝術所給與文學以及文學本身所因而稱爲一種自由藝術的特別利益是什

麼，那答案是很明白的，卻又有多種的。

（a）首先，就是因此而獲得的知識，就是材料的實際貢獻，這種材料雖不必是文學的，卻無論如何總都具有文學的要素和可能性在裏面，可備作家的採用。據上文所說，文學對於哲學，科學，倫理，歷史和社會學的關係既已顯然，所以自由學問的學生把這些研究境界中所貯的知識來供給自己時，他以文學學生的資格而作的任何工作就都有更豐富的材料了。

我們只消略略想一想這個眞理的分野是如何的濶大，就可看出怎樣一種特權是給與了富有探討精神的人，也可看出這樣的眞理是怎樣的可被利用。

（b）但還有的，就是由這過程而獲得的一種廣博的精神，這是比文學學生所得而注意的任何特殊門類價値都高得多的——就是一種精神的容量和廣袤，以及見地的自由，其重要性只在於所探求的眞理本身之次。

自由學問因其是自由的之故，所以足以啓發和揚起學者的精神，足以使學者的機能如意運用而成就最好的工作，因而足以激起心靈中的一切潛伏的精力，足以使一切精神空間聽學者的指揮而且有活力，並且擴大了那個空間，而使他的工作不住進步。

自由的教化是本質地解放的，因而是對於精神的固執和褊狹的最好預防劑。對於作者，這種教化是無價的，因爲它足以使他的精神高尚起來，使他不得不把文學看作只是人類心靈的一種表現，只是實現理想的一種方法。

（c）復次，就要注意到效益方面，學問和著作既有了這樣的聯繫，兩者之間的同情就自然要被喚起了。

有了這樣的聯繫之後，學問和著作之間就不但不會發生有時所不免有的那種衝突，並且會發見它們可以站在共同的立場上，有許多的利益可以共同，又覺得彼此互相倚重纔可以達到各自的最高目的。

唯有堅執主張文學在自由藝術中的地位，纔可穩確而迅速地矯正一般著作的傾向；我們應該說明文學所處的這種地位是詩和散文裏都一樣的，是軟性的和嚴肅的文學作品所同然的，因而文人之職務必要看作了知識，理性，推理方法，和永恆的善的說明者。學者須由作者去借取文章的流利和品雅，故作者也必須獲得那種由忍耐研求探討而致的廣博和深淵。

在這點上，曾有人提出詰難，以爲多數著名的作家都是缺乏這種訓練的，對此，我們可以回答，凡在這樣的場合，例如頗普，朋斯，班騤，笛福，迭更司，喜林爾，實在都是這個原則的例外，且如班騤之例，竟以無學爲文章優點的一種理由時，那末我們所證明的已經多於所願證明的了。莎士比亞之爲英國戲劇文學的無敵天才，可以說是自身就是法則，至於一般無教育的作家，倘使都曾由大學出身的話，其在文學上的最後成就必定能夠更好。總之，普通的教化是任何想要做眞理解釋者的人的最正當的獲得，而文學無論被給與怎樣低下的解釋，決不能獨成例外。

還有一種詰難也有時可以聽到，以爲思想的自由表現是要被那些關於自由訓練中的教育程序所阻礙的。這不過是那種對於一切訓練都反對的論調的一種方式，它的理由，就是以爲自然必須讓它走自己的路，對於一切先例和方向都應該不管的。其實這種論調只在理論上可以成立，在事實上不能成立，而且也不能實際應用於任何其他藝術的。因爲凡是音樂，圖畫，雕刻的大師，必都經過緩慢而忍耐的自己訓練的過程纔達到他們的最好結果，所以凡要練成筆頭的技巧而使文學成爲一種力量和衡動的，也必須要經過這樣的訓練。原也有些人由訓練而得的不過是一種拘束的矯揉的作品，但這事實上是訓練錯誤的結果。如果所受的訓練是寬博而徹底的，那末它必定會作爲一種活的因素而進入那學者的全部精神生活，而當表現在文學裏的時候，也必用着一種極自由極自然的狀態表現出來。

在這裏也和在別處一樣，「少許的學問是一件危險的事情，」就是說，危險不在廣博的學問，所以像培根說的，作家如果要做一個眞正的作家，「必須走進博學的境界。」

現在人有一種學說，彷彿是在獎勵知識的限制，以爲我們所知的愈多，就愈不能活用和利用我們的知識，這種見解，是對於文學的教化和任何的教化都是完全錯誤的。

尋常的錯誤並不在知，而在所以知的方法，所以文學的學生作爲一個自由藝術的學生時，必須注重一種事實，卽那些藝術是自由的不是束縛的，而當作爲一個作家去實製他的作品時，必當它們作活的元素去獲得。

知識是愈多愈好，只不過是得消化的，調整的，用之得當的；不是一個藝匠的機械的用法，而是一個藝術家的自然的用法。

於此，對於文學和自由事業的關係也可以說一句話。文學本身就往往被稱爲一種「事業」，雖則腓特烈·哈禮孫曾竭力反對這個名詞，以爲不適合於像文學這樣一種事業。文學可以是一種藝術，一種業務，一種事業，卻不是一種事業，如這名詞的通行的解法。實在，就算它是一種事業，恐怕德(Shepard)在他的作家和著作一書裏也曾縷舉出許多事實來顯示它不能稱爲一種獲利的事業。

我們先可注意到神和文學的關係，特別如在那班曾把文學和傳教兩種事業合在一起的人們身上所見的。

其次是文學和法律的關係，它們的最密切的接觸點是在法律的和辯論的散文的範圍，但雖在這裏面，也應該注重在思想表現的口頭形式，不是書面的形式，

英美兩國議會和國會裏的多數大演說家，都是很少寫作的。作家之中如根德，斯托立(Story)，布拉克斯吞，馬沙爾(Marshal)，哈密爾敦，以及一般憲法和民法的法學家，所寫作的大都限於教

訓的法律論文，並不是它的文學的解釋。

至於文學和醫藥，倘照我們解釋起來，似乎代表着一種更密切的聯合。我們將英國文學的記載翻開來，查看一下那些當執行醫業同時或以後從事著作者的名字，實在是一種有趣味的研究；例如約翰·布朗（John Brown），托馬斯·布宰溫爵士，霍布金司（Hopkins），阿巴斯諾(Arbuthnot)，和考力，美國則有亞伯拉罕·科爾茲(Abraham Coles)所作的詩，及以解剖學家而兼作家的奧利味·溫德兒·和謨茲(Oliver Wendell Holmes)。

作植物園的伊拉斯莫斯·達爾文(Erasmus Darwin)是以醫爲專業的，濟慈則棄醫業而從事文學，因在鄉村裏習醫時往往多餘暇，便到那些快樂的村徑上去散步，這些時候實甚宜於文學的冥想和製作。

然而無論在法律，在醫藥，中心原則總在於職業的專精方面，而這是顯然和著作的精神相反的。

目前正在熱烈討論中的一個問題就是，新聞事業是否也能夠得上稱專業。如果我們給它一個肯定的斷案，那末我們就在這一點上發見文學和專業之間的最近關聯了。新聞事業雖然還有種種的缺點，但至少在理論上有一個文學的方面。我們有可稱爲新聞文學的這東西，在社論欄裏可以顯著地看出，而在新近風行的文學批評欄裏則尤其顯著。關於通俗著作及甚至學術著作的完備而且往往精確的書評，現在已可從英美的報紙裏看到，且因了這樣的書評，那些報紙的格調就大大地提高了。

爲了布賴安特和 Evening Post（晚報）的長時關係，它就獲得了一種文學的風度。報紙的文章原不得不有一種非文學的或反文學的元素和傾向，理由就在於貫澈在裏面的那種商品精神，因爲通俗的趣味，無論其或高或低，是必須爲這種精神去滿足的。但是除此之外，新聞紙裏卻也包含着確實具有文學價值的元素，至若把雜誌這一廣大部門也算入了新聞紙裏面，那末它的文學的品性就大大地增加了，因爲雜誌的內容之須取得書本和論著的新形式，乃是照例應該如此，並不能算是例外。阿狄生時代的週刊就曾經構成當時的最好文學。

還有，文學和教育的關係，在這裏也可以成一個問題，理由就在教書現在也可算是一種專業了。

關於這問題可取兩種不同的見地。倘把教書作爲一種藝術，而從它的技術方面去看，那是跟文學不但沒有關係，還存在着不相容的元素的。因爲教書是不得不屬於教訓主義，而教育家方面所自然要採取而實際也採取的著作形式，就是教本或教科書的形式，那是好像故意要避免任何顯著的文學特色的。

但從另一方面看，教育卻也有一個非技術的方面，可以用教化這名詞去稱呼它，而在這裏，我們就關着文學的地面了。因此，像牛津，柏林，劍橋一類的大學，都具有很高程度的文學的影響，都帶着一種文學的風氣和習性，永遠地表現着，爲廣大的地面所覺察。以個人而論，則如托馬斯·亞諾爾特，提摩太·代特（Timothy Dwight），馬可·霍布金斯（Mark Hopkins），都是教育家，卻也做過文學的工作，發生過文學的影響，至於我們的最傑出作家當中，也多數和高等教育事業有聯絡，例如我們本國的郎匪羅，羅威爾，和謨玆，以及英國的道登，馬孫，和際黎。還有那些代表着編輯和文學的關係的名字，也有不少可以代表教育和文學的關係，因爲他們在同一人格裏連合着這三種互有關係的任務。凡是眞正的文學，雖不必是教訓主義的，卻應該從最好的意味上講，是教育的。

（B）美術——美學

在這裏我們遇到了又是一種而且同樣有效的藝術的分類，就是分作「美的」和「有用的」；分類的根據在於藝術所持的終極目的，在其一是藝術的效果，其他是直接的和實際的功用。文學，我們已經見到，若經正當地解釋時，是一種自由藝術，以普通的訓練爲基礎，因使不至流於淺薄的，至在這裏，我們又見到它是一種「美術」（fine art），且因其是美術而使不至流於過分之味和無變化的。

照昔蒙先生的意思，每一種藝術類型都有一段的歷史。先是思想居於顯著的地位，其次形式，又其次形式代替了思想，於是那類型就消滅了。這種說法，我們可以說，是一部分眞確的，且只在這種限度以內是眞確的，因在文學裏，也有思想也有形式，沒有那一方面會得完全消滅；其一構成了活力和持久性，其他構成了屈折性，趣味，和所以流行的效果。

文學就因這樣而成爲一種美術，它的任務就是教化，就是從文學意味上講的教化。因此徵內說，「唯有文學是有教化功用的。」有個美國批評家也說「詩是一種代表的藝術。」就在這意識上，散文和一切文學都是一種藝術，它的所有事在內是心理的機能，在外是表現的形式。因而亞諾爾特所標舉的「教化與無政府」這個名詞，就要似乎成為一種實際的矛盾。

所以將文學當作一種藝術看時，自然要有一種藝術的原則或方法，這可以用一個名詞表現得最適切——就是形式。所以尋常所說的「形式給與」(form-giving)，就是藝術的本質。

文學具有一個可以明白說是組織的或建築的方面，正同建築沒有兩樣。我們可有可謂建築一首詩或一件散文作品這樣的事情。所謂著作，固不僅是一種出產，乃是一種建造，而包含着藝術的元素在裏面的。風格就是建築。

這一個方面，雖然和那嚴格地知識的方面不是一般重要，它所佔有的地位卻是沒有別的東西可以佔有，而且它的價值是純然思想上的優越無論到了如何程度都不能賠補它的缺失的。

不僅如此，作為一種美術的文學裏面又有一種藝術的精神或目的，一種不像方法那麼機械的東西，而使文學獲得了最高最好的功用的。這就是亞諾爾特所意味的「美意識」或「風格的本能。」

借用巴佐特（Bagehot）所鑄造的一個字眼來說時，任何作品之所以是 litaresque（文學風味的，）或有用於文學目的的，就全靠這種精神。這種精神並不能由學問，苦功，和任何種類的代價而可假借，僞造，或獲得；唯有那種生成的藝術生命，就是使得一首詩，一篇散文，或一本小說所以會美，所以會有好形式的那件東西，纔能應付最嚴酷的趣味的一切要求。

要知道這句話的意味，以及缺乏這種精神或只表現得不好時將會發生如何的結果，我們可從兩個作家的比較上，如臘斯金之與約翰孫，或約書亞。棱諾爾茲爵士（Sir Joshua Reynolds）之與愛德曼。柏克，明白看出來。在這些作家的著作裏，凡高等著作所必具的一切知識的品性，是同樣可以找到的。他們各人都把文學當作一種自由藝術來攻究，但只有臘斯金和棱諾爾茲能在他們的作品裏表現着文學的藝術方面，粗豪的約翰孫和討論家的柏克對於這方面就曉得的很少了。

能排納和聖柏甫，濟慈和庫爭，都本能地具有這種精神，故如約翰孫說阿狄生那樣，他們是用著「優秀而不誇飾」的英語寫作的。優雅，用這詞的最好意義說時，是文學的一種正當任務，也是它的本質的元素之一，爲任何作家所都不能安全地無視，無論他的天賦和造詣是怎麼樣。

但將文學作爲一種美術來討論時，現在有兩個危險的極端應該加以注意。其一可拿阿倫先生(Mr. Allen)所謂的「生理學的美學」做最好的代表，這就是藝術的物質方面，就是近代的所謂「肉感派，」特別是如南歐的小說及惠特曼的詩所代表的。

這樣的一個類型和傾向，對於裝飾的藝術之內在的意義和目的也許似乎矛盾，但每個時代的文學都多少傾向於它的表現，直到十九世紀的文學裏則使它特別顯著起來。

正如心理學之大部分成爲一種生理學的研究，實驗室之成爲心理試驗的中心，作爲一種藝術的文學也是如此，因而它雖假定爲超感覺的，卻取得了這種物質的和現實的形式。

其他一種更顯著的傾向，就是過分的形式主義或過分的技術化，就是形式超越了題材，也就是「爲藝術的藝術，」以文字的完美爲唯一的目的，而將一切知識的機能都化作了趣味的機能。照着這派學說的見地，作家方面應以表現的美爲首要條件，裝飾應居於冥想之先文學藝術史上之所謂「優雅文學」(Polite Literature)或「美文」(Belles-Lotters)，在這一個極端方面的，一部分是受了法國和意大利的軟性文學的影響，而在英國也有了一片適宜的生長地。

這派學說以一種僞謬的假定爲基礎，以爲文學的唯一目的就是給人快感，或以爲雖有其他目的亦當以這目的爲主，於是就主張給主要的注意於僅僅裝飾上面。

因此，在一切文學裏，特別在英國文學裏，凡較實在的作家卽使也具有審美的本能而其表現思想卻以啓發讀者的心靈爲首要目的的，確實是曾做了不少有益的工作。於是我們就遇到了一個有趣的問題，卽托馬斯·亞諾爾特比之他的有天才有教化的兒子是否該算是一個價值高得多的人格；作家如培根或約翰孫博士是否比正確而古典的馬可梨爲更不可缺少；在詩人裏面，是否頌普濟慈，葛累決不能對朋斯屈服；又若桂冠詩人肯把技巧方面的功夫少用一些是否可算是貢獻我們更可寶貴的工作。

愛默生之爲文學的藝術家，是遠不如愛倫坡的，但在美國文學裏卻比愛倫坡具有大得多的可能性。略萊爾之表現思想並不常遵守煩瑣學派所製定的規律，而是用他自己的方式的，卻曾給與他那時代的英國以一種永久的幸福。

但這樣的說法，並不就是獎勵文學的粗率，也並不是說藝術的元素在作家的身分裏不應該有它的地位，乃是對於濫用藝術元素和倒次要爲首要的辦法的一種抗議，意思就是說，文學雖然同時是一種自由藝術和美術，但自由藝術的成分應該多於美術；原則應該重於方法；創作應該重於建造，而其所以爲美術的程度，就只不過求題材可以和好趣味的需要相調和，而不至成爲不藝術的就夠了。

而且又可以說，文學的表現作爲一種美術看時，是在不同的文學境界裏各個不同的：在詩裏應該比散文裏較爲顯著；詩的散文裏比辯論的散文裏較爲顯著；敍述的和傳記的雜文比批評的和哲學的雜文較爲顯著；描寫文比討論文較爲顯著。因而，在那些也曾作詩也曾作散文的作家當中，如羅威爾，愛默生，司各脫，密爾頓，我們盼望可以在詩裏比在散文裏發見更顯著的藝術元素；若專就散文而言，那末像拉穆的伊力阿的散文（Essays of Elia）和他的關於英國戲劇詩人的研究裏，比陸克的人類理性論或柏克的演說詞裏更多藝術的成分。在這當中，也同別處一樣，我們看見了凡事各有所宜，藝術之爲藝術是要受着條件和環境的限制的。

如果我們查究起文學所以要流於這種裝飾的極端的理由或原因，那末我們發見一部分的解釋是在關於一般文學和關於作家任務的一種錯誤的見解；而且這種錯誤見解不但在普通人裏面有，就是在開明人裏面也有。照這種見解估價起來，文學是被看作一種教化了，而且以爲教化就是少數人的所有物和特權。

所謂「人文學」（Humanities），雖然這名詞裏本包括着「人」的意味在裏面，卻被他們看作了專爲書齋，修道院，和圖書館而有，不是爲民衆而有，或爲那種雖不把生活當作一種奮鬬和煩惱卻當作一種嚴肅的現實的人們而有。

因而，文學就被看作和「造詣」是同一件東西，和優惠的及特權的階級的享樂是同一件東西，以爲只合有閒暇的優秀人們之用，而其在世界精神市場上的地位是只能列入奢侈品項下的。

這就是文學之待客室的學說，在各時代裏都曾造成說不盡的害處，而不幸有些作家對於自己的工作並無正確的觀念，卻只爲供自己個人及少數有教化者之消遣而寫作的作家們，卻給這種學說以一個親身的批准。

這種錯誤的還有一個解釋，是任同樣錯誤的一種見解，那是對於一切美術而言的，文學不過是其一，即以爲藝術之爲藝術，是和科學有斷然差別的，或和任何爲功利的學問有斷然差別的。

抱這錯誤見解的人們，以爲一切藝術都是陶冶的，造成風雅的，其對於任何實用的和確定的目的，就連極遠的關係也不能有。因而，圖畫，雕刻，和建築都只能在它的裝飾性上承認其爲藝術，音樂，詩歌，和一切文學，則唯有屬於唯美一類的，絕無功利元素的，纔得承認它是藝術。

凡是這樣的錯誤見解，我們要駁倒它，推翻它，最好是把正確的見解灌輸給別人，所以文學學生的責任，第一就是把各種藝術的重要統一性——就是它們的共同目的和極致——顯示出來，然後再顯示出文學作爲一種自由藝術和作爲一種裝飾藝術的統一性，以及它對於人類最高進步的密切關係。我們的偉大戲劇家告訴我們：

「藝術雖有能修正自然的，

或寧說變化自然的。

但那藝術本身就是自然。」

對於自然和藝術的正當概念；對於自然的和藝術的的正當概念；對於創作的和建造的的正當概念——這些，是爲求對這兩方面都能有正確見解以及看見眞理的一致處起見，所必須有的。芽萊的對知識美的頌詩，表現着知識的和美的方面的正當關係，而道登先生在他論莎士比亞的思想和藝術一書裏，也能顯示這兩者的合理的統一。

所以總結起來說，文學是一種藝術，是一種最廣意義也最高意義的藝術，是運用着人的全人格中的一切機能的——意志，良心，感情，理性，趣味，無不要運用，而其目的，則在發展這些能力，使適合於最高的功用。

美國批評家愛底溫·P·葦普爾（Edwin P. Whipple）之論偉大自然學者阿伽西（Agassiz），說他不僅是「一個科學的人，並且是一種科學的力。」因而可以說，凡是値得稱爲文人和居文人地位的，也都不僅是文學的人，並且是文學的力——就是世界進步的有力而積極的因子，而其地位，是在人類所賴以造成現在境地的各種動因之列的。

涉士比亞，密爾頓，德昆西，丁尼生，羅威爾，愛默生，就都是這種文學的力，而當我們說到文學是一種藝術的，我們決不能給它以不合這種力的概念的解釋。凡把作家看作一種淺薄意義的藝術家，即不過是一種文字的修飾者和設計者，那樣的概念，都必須讓步給一種較廣的解釋，就是須把藝術家看作代表一切自由的和裝飾的學問，而能將學問和趣味，功用和美，融合而無間，乃至當工作的時候，是須把他本性中一切高等的機能都運用起來，一切有價值的目的都想到的。這樣解釋時，和說文學是一種知識的藝術決然不會發生矛盾。

第十二章　文學的使命

愛默生的特徵的論文之一，他題名爲「偉人之功用；」在那裏面，他用他那種無可摹擬的作風，陳述並討論偉人以其爲偉人之故而須擔當的那些高等的任務，並且顯示我們，凡是昧於自己所擔當的事業的性質或不忠於那事業的高尙要求的，必將如何的受人譴責。在他所稱頌的偉人當中，有詩人的莎士比亞，和著作家的哥德；在那裏面，他特別指出了文人的偉大處，以及文人所擔當的使命的高尙處。於是他就說到「人是生來統治的；」「社會所須關切的事情莫大於文學階級的福利；」「單是才能不能造成一個作家。書的背後必須有一個人在那裏；」一類的話。我們又看到他對於特別有關文學的題目曾經做過若干的專論，例如「文人，」「文化的進步，」「詩人，」「文學的倫理，」乃至「文學，」彷彿他很願意表示對於一切這樣的工作和從事這種工作的人特別企重似的。因而他又會說到「關於文學的力量和快樂，以及文學在惡的時代的高等任務。」

至於現時流行的關於文學的目的和使命的見解，則多數是卑鄙的，輕視的，或雖然正當，而仍還在正確的文學觀念的標準之下的，這現象不但要使人驚異，並且要使人痛心。

在有些人因爲生活的逼迫，竟不得不把文學的工作弄到了工業的地步；他們當動筆寫作的時候，竟彷彿是從事一種行業或做一種營工一般。英國作家當中，有不少是將筆桿在手裏一ება如洗而死的，且不說薩維吉那樣的作家，就是史本塞，德來登，約翰孫博士，也尙且不免，因而付不得不爲麵包而寫作，而從理論上將文學化作了一種純然實用的和經濟的藝術。

還有一些人呢，則以求名爲文學的唯一目的，而詩與散文不過是他們所以實現世俗志願的一種媒介物能了。因而當他們寫作的時候，主要動機就是求其作品能風行，就是求得立見的或最後的成效；而實際上，他們是做了密爾頓所謂「高尙的心的最後弱點的奴隸了。在這裏，文人是和一切急於求名者居於同等地位的，因而不值得人們的尊重和感激。

又有的，則採取了一種普通的見解，在它本身原也不可厚非，卽以爲著作的目的就是求讀者的快樂，求讀者的趣味或美意識的滿足。這就是文學之審美的或教化的方面，在它的限度以內是不錯的，但按之著作的最高標準，仍舊還相差遼甚。就是在詩裏，也這應該當作一種附屬的動機，至在散文的大部門裏，就尤其不該當作主要的動機了。

又有人說（而且是斷然帶着傲慢的神氣說的）文學的目的就是自己表現，就是單爲自己暴露起見而暴露作者的最內在的自我和思想。像德國大神學家詩萊爾馬哈（Schleiermacher）說的，只要他能夠把自己表白出來，他就可以滿足，而且就死也可以了，所以這派理論就以爲作家只是自己的人格的解釋者，而文學在最好的意味上，不過是一種自傳。這種見解，在上述的那些關於文學目的的見解之中，是無問題地要算最有價值的一種，價值就在它有一個思想的和精神的方面，且把文學從商品和藝術的地位提高了的。但是在本質上，這種見解仍舊還是自私的，且就在這自私的元素上，和其他各種見解沒有分別。因爲如上所述，這只能代表文學之自傳的或自我的方面，且將以極端和絕對的態度只從個人的立場而作爲一種個人經驗的記錄去檢討文學的。

上述的種種目的——即經濟的利益，名譽和滿足，趣味和個人表白等等，——都爲文學所可得而有，也事實上所曾有，但若除了這些之外再沒有其他目的，那末文學就不能在世界的偉大活動裏佔得一個地位，也不能算是世界最好文化的一個因子。

因而我們這裏所要提出的問題是：什麽構成文學的眞正使命，——什麽使得文人和他的作品具有永恆的勢力？我們的回答是：（1）偉大的觀念或原則之構成，體現，和解釋；（2）時代精神之正確的說明；（3）人類性情對於自己和對於世界的說明；（4）高尚理想之表現和推行。

（1）偉大的觀念或原則之構成，體現，和解釋。

我們當執行這一項使命時，是站在文學之知識的境界裏，也是天才的境界裏，——就是作家方面用着創始的和獨立的思想的境界。在這境界，絕對不能染着一點平凡的氣味，也絕對不容有別人的思考和意見的奴隸的模倣。作家當用這種見解來看他的工作時，覺得他是獨立站着的，要對他自己的思想負責；覺得他自己必須有一種特別的消息傳給他的同伴，而認爲這就是他要表白自己的理由；同時，他又必須像揞根所意味的，對於人間的眞理有所增益。又像愛默生說的，他必須是一個「能够創造觀念的人」——補充一句，又必須能够體現這些觀念以應付曾受教育的趣味。

要測驗一切文學之爲優等或劣等，都當拿這做標準，因而一切的書和作家都應該送到這個最後控訴院裏來。我們所問的是，那些書裏有沒有包含着強力的，胚胎的，賅括的觀念可以使它們具有活力和特質而保險它們可以傳久呢？它們是否充滿着思想或個性，乃至因而如脈搏的搏動一般，而且是否存心要將它傳授給那些等待着需要着它的人呢？丹第的神曲，伊利亞特，與德賽失樂園，貝奧武爾夫，伊凡澤林（Evangeline），乃至王之牧歌，莫不是屬於這種性質。伊士奇，拉辛，勸新，莎士比亞的偉大悲劇，乃至密爾頓的科馬斯，羅威爾的禮拜寺，也莫不屬於這種性質。在散文則有如培根的學問之進步，以及德昆西，柏克，喀萊爾諸家的論文。愛默生的諸論文也沒有一篇例外是屬於這種高等品性的，因而都可作他誠心要實現他的文學理想的證據。

丁尼生的紀念詞就是近代文學所貢獻的這種最高使命的一個顯例。這詩雖然自稱爲一種「輓詞」，且不過爲紀念一個朋友的美德而作，（在這意義上，它的範圍是有限制的，）但它所提供和所發展的，卻是神與宇宙的偉大觀念；人類，靈魂，責任，運命的觀念；生，死，不朽的觀念，善與惡的觀念；是與非的觀念；總之，已實際賅括了眞理的廣漠領域，而使讀者感覺着他所處理的是天地間最深奧的問題。因而，紀念詞是不止僅僅一首詩，且偉大於僅僅一首詩的。這是一部神學和哲學的綱領，是用着新穎和顯著形式的關於神人的討論，而供給思想的糧食於每個有思想的讀者的。

爲此，在我們心上，丁尼生的名聲和它的恆久性是基於這種作品上的居多，基於任何其他作品上的居少。摩德（Maude），王子（The Princess），哥帶發夫人（Lady Godiva），以諾阿登（Enoch Arden）原也都是絕妙好詩，但總不能和這篇傑作同日而語。

同樣，涉士比亞戲劇的奇異天才裏也富於這種品性；自來人認涉士比亞爲超羣絕倫，在英國文學裏沒有他的勁敵，確是應該的。涉士比亞的劇本多數都體現着一種偉大的思想，因而表證了這個文學偉大性的第一條件。

密爾頓的樂園復得（Paradiso Regained）和參孫（Samson）都不如失樂園和科馬斯遠甚，原來這位著名清教徒詩人的詩的藝術是往往向下墮落的。勃勞甯，丁尼生，郎匪羅和羅威爾亦複如此。涉士比亞卻始終是偉大；批評家只消從那一長單子的詩中去查一查那些最偉大的，也就可知其所以然了。由這種種例子，我們知道文學的第一目的就是傳播偉大的觀念；這原則的唯一條件，只在這種觀念的傳播須用文學的形式而不用專門的或教育的形式。

培根在他的論文和新工具間的差別，並不在觀念之有無，而在其一是文學的表現，其他是哲學的表現。彌爾的自傳和論理學之間，也有同樣的差別。總之，凡屬教科書式及教訓形式的作品，和散文及詩的通行形式之間，是一般都有這種差別的。因而，文學是觀念的體現。而因其是觀念的體現，它是啓示的，興奮的，感發的，為凡志在精神的訓練和真理的研求的人們所都需要的。

（2）時代精神之正確的說明。

在這裏，應該注意文學包含着兩種目的——在一種意義上是各別的，但經最後的分析，卻是合一的。其一着想在一般的和遙遠的效果；其他則着想在比較特殊的，局部的，和直接的效果。其一着眼在一個民族的文學的總和，和它的自始至終的歷史的勢力；其他着眼在它在任何特定時代的作用，而注意它如何影響到那時代的思想，感情，和活動。這樣，英國文學的使命可以看作一種從開頭就有的——就是從綽塞到丁尼生或羅威爾的——連續而永久的勢力，或可以就其前後的各個階段——依利薩伯時代，極盛時代，和維多利亞時代——而作為國民生活和文學生活的各個代表時代去研究。

在我們當前的討論中，我們看見這兩種勢力實際只是一種，所以不必把它們分得太清楚。文學是要說明時代精神的，無論所着眼的是民族發展中任何一個時期，或是發展的全部；而一民族的文學對於這項使命愈能繼續地充分地做到，不使中間有嚴重的和突然的中斷或衰落，那就愈充分地達到它的目的，也愈能佔着傑出的地位。故所謂文學的「黃金時代」一部分就因爲在當時的作家能够最充分地把握並且體現時代的精神，能够正確地說明那時代之歷史的和社會的特色，因而使得他們的作品同時成爲這種特殊發展的原因和結果。羅馬的奧古斯都時代就是這樣的；希臘的伯里克理斯時代也就是這樣的。

而且這個原則並不僅在特別優越的時代纔可以看見。例如十五世紀的英國是分明不曾產生任何高型的文學的，但若說那時的文學全然不曾反映當時的氣分，那是不真確的。一時代的文學之所以卑下，就由於那時代本身是卑下的緣故。凡在這樣的時代，高等的散文和詩是不容存在的，猶之依利薩伯時代或安納時代之不容庸弱的作品存在一般。

然而當頹廢和衰落的時代，所要求於作家者是要在暴露那時代的品性和精神的同時去譴責和改革那時代，決不能夠對那時代取漠視的態度，或僅以能作它的再說者和解釋者爲滿足。因而，在每一個這種衰落的時期，常必有少數具有卓越精神的作家能夠替他們的同代人指出一條較高的路，並且力勸他們向那條路去走。例如從綽塞的死到亨利第八加冕一段期間，力德給特（Lydgate），馬羅立，斯刻爾吞（Skelton）和卡克斯敦（Caxton）就是這樣的人物。

批評家們常說文學是一種社會的和政治的力。這不過是我們當前這個要點的另外一種說法。在希臘，無論當共和政治或專制政治的時代是這樣的；在羅馬，帝國衰亡前後都是這樣的；在回鼻勢力之下的阿拉伯和西班牙，是這樣的；在北歐，特別在英國，也是這樣的。英國的雜體散文，據德類克所尋溯的它的歷史上看來，分明流露着文學使命的這一個方面，故如阿狄生和斯提爾在旁觀者等期刊所作的論文，都可說是當時的習俗和政治的寫照。同樣，斯尉夫特之於葛里佛遊記和德雷比爾書簡是如此，羅威爾之於比革羅雜著，刻替斯（Curtis）之於波提之雜著（Potiphar Papers），也莫不如此。

（3）與剛綏所說這種使命密切關聯的，還有另外一種使命——就是人類性情對於自己和對於世界的說明。

這就是流露內部生活和個人生活的文學之主觀方面的任務。在這意義上，文學就是一種心理學；就是思想，意志，良心，性格的一種顯示；就是關於人和人們的一種研究；就是人類之快樂和悲哀，過失和愚蠢，優點和弱點，狂想和幻想，奮鬪和成功，榮譽和羞辱，等等的原形的畫像；就是人類在最好時間和最壞時間的一個揭曉。因而，在這一點上，文學就要求着一種高明手段來把人性正確地描寫。單單養成一種審美的趣味是不行的；單單對於人和書本有一點皮相的認識是不行的；總之，除開具有一個寬大廣博的心胸，一種對人和事的敏銳同情的洞察力，以及一種忠於事實的不搖的宗旨而外，是無論具備任何其他的才具都是不行的。

文學的這種特別任務，在兩三個部門的作品裏可以表現——也許總表現——得最明白——就是戲劇，小說，諷刺，和幽默。在這些散文和詩的形式裏，人類性情對自己和對世界的說明就是首要的動機。以戲劇的範圍而言，這種任務在喜劇方面得到最好的表證，而在所謂「習俗喜劇」—

裏充滿明白，因在這裏面，是像莎士比亞說的，拿鏡子去照自然，而「世界就是一個舞臺，一切男女都不過是演戲者。」在這意義上，戲劇家就只不過是一個描繪家或畫像家，他所要用他的筆來做的事，就是藝術用畫筆，鉛筆及刻刀來做的事。

小說在它的寫實的方面也是這樣，無論我們所說是司各脫，布朗的，迭更斯或愛略脫的寫實小說，敍情小說，習俗小說，或目的小說。它的目的就是用一個無偏見的觀察者的身分披露那內在的人給他的同伴和他自己。在小說裏也如在戲劇裏，人格化和性格化是終極的目標，因爲這兩個名稱就已指示着我們當前的要點了。

至在諷刺和幽默那個範圍的分野，以及它們所取得的多樣的形式，無論它是嚴肅諧滑稽的或模擬英雄體的，無論它是冷諷或暗諷，挖苦或謾罵，終極目標總不外在顯示那隱藏在皮相底下的眞情。所以像休狄布拉斯，丹恐阿德(Dunciad)，書的戰爭(The Battle of Books)，以及髮劫(The Rape of the Lock)一類的作品，都呈示了當此時的人類性情的主要特徵，而且寫得非常深到，乃至讀者不得不對自己認眞和謹愼的。

這些特殊體裁的文學作品之所以能傳久和風行，就由於它們的目的是在描摹人類的性情，而那境界是愈拓愈廣了。

（4）高尙理想之表現和推行。

考爾多普論到文學的前途時，曾說過這樣話：

「現在所缺乏的是創發和構成理想的天才。英國人對於實用技能方面的偏性已經在國民心理上起了反應。他們甚至在他們的歌曲裏也尊重精美的機械的形式。學校，學者，以及文學社會的風氣裏面都有着這種致命的空氣。雖是所謂哲學和文學組織上也都是機械的，彷彿靈感是已經停止了。詩歌是爲宣傳精神的法則而存在的這樁事實，英國人是已經看不見的了。」

這位英國批評家這裏應用在詩裏的話，也可應用在一般文學；而他所強調的一樁事實就是，在這種商業的和實際的時代，所缺乏的乃是文學之精神的和不朽的方面的看法，——即文學中的理想的方面之提高和實現，以別於那個有形有體的和僅是金錢關係的方面。因爲我們開頭時已經說過，文學所須包括在它的使命中的不僅是某一種偉大的觀念或若干觀念，並且也要有偉大的理想。我們實在可以說，這兩種東西是應該並存的；卽偉大觀念須能產生相當的高尙概念，或由相當的高尙概念而產生。

若問文學的這個特別條件究竟意味着什麼，那末我們可以說，它包含着最高功能的想像，就是對於文學的尊嚴和責任具有一種良心的意識，並且抱着一個嚴肅的目的去執行它。

在這裏，我們就又發見了文學的標準之一；而偉大的傑作之爲傑作，除用其他任何標準去測定而外，也必須用着這個標準。丹第，荷馬，沙士比亞和密爾頓所抱的文學觀，就都屬於這浮世外的一類，而絕不帶一點「浮世氣」的。作家中如愛默生那樣富有潛力，乃至足以抵消著作中不免要有的方法上和細點上的錯誤，也就由這種文學觀之所賜。馬太·亞諾爾特的著作雖然有種種𤴓病，卻也具有這種文學觀而可以做它的例解，因爲他總是在理想的勢力之下寫作的。

王政復興時代的文學之所以不振，就因爲除密爾頓的作品外都沒有這樣的感興和抱負；而丁尼生的詩歌所以能有那樣卓絕的品性，也無非由於這種文學觀，而在紀念詞裏則表現得最好。

在當時那種現實主義的傾向中，是情操不免屈服於事實，想像不免屈服於寫真，詩作不免流於工藝之列的。

文學不能單靠麵包而生活，必須從思想和感情，動機和抱負，等等裏面去找它的力的泉源，而與那無形無限的東西常有交接。

至於大陸或英國的文學是否能實現文學成功這些條件呢？那是一個極有趣味的問題。我們現在問的是，現代的文學能盡它的使命嗎？批評家如英理斯，雖然他自己也是一個詩人，卻說現在是文學上的「一個空虛時代」。還有不少其他批評家，也以為要達到他們所謂「史詩時代」的那種而局和尊嚴是無望的了。但是仍舊還有些人抱着樂觀，預料着不遠的將來就是一個更博大精深的時代的開始。例如斯武德曼當檢討晚近詩人——斯文本和他的一派——的作品時，以為其中可以看見一種正經的更新的努力，足以維持和延續英國詩的光榮，因而使十九世紀的收梢不至於辜負它的初葉和中葉。他又看過了美國文學方面，以為「雖則舊派之中如郎匪羅，羅威爾，愛倫坡，惠替爾之流的盛況未必能夠再見，」但那黎明不久就要在我們不及預料之中出現了。

類似這樣的見解，理查孫在他的美國文學之前途裏也曾發表過。

馬太・亞諾爾特說，「詩的將來是無限的，因為在詩裏面我們的種族將可獲得一種日臻鞏固的支柱；」然而愛默生當看見當日有種近於墮落的傾向時，他是不曾痛心疾首的。我們要知道眞實的情形到底怎樣，就應該從這種樂觀和悲觀兩個極端的中間去找它；就目前而論，雖然這些構成文學最高使命的特色也許不能完全發見，但所發見的已經足夠構成它的地位和價值了。

如果我們從所謂文學的偉大理想的精神的意味上說，認為現在不是產生這種理想的時代，但是一般人的意思，以為偉大的觀念是仍舊存在的，而且特別可以見到，文學在為當代生活和人情的說明這一點上，是從來的作品所都不如的。又據現在人的意思，我們對於文學和它的使命的觀念，必須跟着時代和情境的變化而略有變化；因而丹第，歌德，密爾頓等人所體現的偉大觀念，也許未必就偉大過十九世紀代表作品中所表現的觀念，雖則後者是用着一種較實際和客觀的形式表現的。所以勃朗寧的詩裏可以充滿着同荷馬一般偉大的觀念，而愛略脫散文中的觀念則可不亞於西塞祿和培根；至於十九世紀的所謂實際文學，也許和以前的文學同樣有思想，只不過用較活力較辛辣的形式表現罷了。

但我們據上文所指示的種種而言，覺得差別是在近代文學比古代文學較少理想的存在和力量，並不是較少觀念。我們認爲文學的職分可由觀念而推廣，卻不能由觀念而提高，倘專從觀念上着想，文學的品質和調子是可以僅僅爲着數量和效果而犧牲的，而所謂文學的內在精神，也不免要因外在的和具體的效果而致中斷。

如果照有些人的暗示，詩的將來是要像惠特曼的詩那樣，那末斷然的，理想的元素要讓步給唯物的元素，教化和陶冶要讓步給詩歌的較粗俗的表現，文學要成爲僅僅下層社會發表半開明的見解的一種媒介物。反之，如果讓丁尼生的文學觀念盛行起來，那末也同樣斷然的，理想將可以充分的發揮，而文學將可以維持它的較高的水準。

然而，無論將來的傾向是在那一方面，文學的使命是很明白的，因而文人的使命也相應着很明白了：——就是，要維持文學作爲一種自由藝術的原來的目的，而以作爲一種美術的形式來表現，因而同時可以獲得那最需要的一點——力和美的結合。

倘使要把事實明白陳述出來，那末就不得不承認，近代的傾向是大體上非文學的，雖然或者不必就是反文學的。近代人對於文學的態度可以說是一種不關切的態度，就是對於文學中的國民趣味的發展並沒有一種深切的興味。在作家自己，無論他們的趣向怎麼樣，事實上總都不得不離開了文學的較高境界而工作在較低的境界。總之，現在已不復是一個史詩的或哲學的時代，而是一個軟性的雜文的時代，一切形式都從便利和易銷方面着想了。這種文學原也有它的地位和目的，卻已不是那些無論異教或基督教的舊民族的偉大作品所體現的理想類型了。

至說造成這種退化現象的影響，那末其一就在測量價值的標準以量不以質這種事實。近代著作的數量的宏大，實在是它的最大危險之一；我們是生活在一個自古所無的書的時代裏了。出版家受着作家們的圍攻，而他們的書架上是堆積着急劇增加的出版物。圖書館日在增加和推廣，單是記載書名的目錄學也已成了一種科學，成了一個各別的研究部門。凡此種種，都足以改變和減低文學的原有標準，且使人覺得發表思想和獲得讀衆比從前容易得多。那末我們如果要防止文學之迅速不佳的墮落，就唯有強調文學的質地之一法了。

坡斯耐脫在他的比較文學裏會替他所謂的「世界文學」畫了一幅有趣的圖畫，以為這是和任何各別階級或民族的文學都不同的，因為那裏面不但包括着基督教教義和信仰的基本原理，並且包括着一切開明民族的最好努力。正如宗教史家主張一切宗教可能在一個大家一致的廣大基礎上成為一個統一和聯盟，琊克斯・米勒主張一切語言可以化為少數幾種世界語，所以就有些人主張文學也必須等到促成這個大聯盟的原則實現之後纔算是盡了它的使命。哥德在他的一部分作品裏，似乎就是着眼在這上面的，赫爾特的一部分作品也如此。馬太・亞諾爾特說：「我們可以設想一切開明的民族都為着知識的和精神的目的而成為一個大聯合，大家向着一種共同的結果而取聯合的行動」——「這個理想，」他繼續說，「是我們近代的作家所要加以一天天加大的注意的。」總之，這話就是意味着一種文學中的友愛精神——就是說，在作家的團體方面要能承認大家的共同關係，共同利害和目的，因而使得作為一種世界的力和啓發文化的原因的文學可以更有效地做它的有益的工作。我們常常說起所謂文學的同胞。這並不限於一個民族，而是可以和人類的同胞一般廣大的。

我們所提出的文學的四大任務，除開一種之外，事實上都屬於這樣世界的性質。因爲在應用上，偉大的觀念，人類的性情，以及偉大的理想，都是普遍的，而且立刻顯示我們，至少在這幾點上，一切文學都處理着共同的原則而抱有共同的目的，因而荷馬和密爾頓的使命沒有分別，愛獃生和琉克理細阿及巴士喝的使命也沒有分別。

這樣，涉士比亞之作戲劇，就並不單是說明依利薩伯的時代，甚至並不單是說明英國的民族，乃是以一個作家的身分——就是在一般文學的職分上和戲劇文學的特殊職分上，——而將馬克柏斯，利爾王，與試羅等等的性格寫作了一切民族和時代所同然的性格，所以當把他的戲劇從英語譯成別個民族的語言時，它在別個民族看來就似乎是他們自己的作家的傑作。因爲在這些作品裏面，是具備着一種「自然的態相」「可使全世界都成族類」的，而任何作品中有這元素的存在，就顯出那是天才的作品了。

沒有那個民族的偉大作家曾從純粹地方的或民族的觀點而寫作，而在這點上，就見出了文學中的天才和僅僅才能或庸才的差別。綷爽是爲一切人和一切時代而寫作的。他的同代人，例如約翰・高厄，就只爲當時的英國而寫作了。莎士比亞，密爾頓，朋斯，丁尼生，都是爲一切的人和時代寫作的。普賴厄，湯姆孫，扒柏爾，克剌布(Crabbe)，就只爲他們那一代的英國寫作，文學中有可謂一代的文學，就只是文學的才能的產物，至於永久的和知識的文學，那是天才的產物；而唯有能夠產生天才的產物的，纔算對於文學的使命具有正當的觀念。

所以，文學所認爲它的最高使命的，也同每一種高尚的科學和藝術一樣，就是爲完成和擴充人類的思想和生活起見，爲眞理而創發眞理，表現眞理。在這裏面，存在着一切眞理的統一；也在這裏面，文學以它的終極目的而言，是「世界上所知所想之最好者」的藝術的體現。

第二編

第一章　文學的閱讀和研究之目的

在這裏，「文學的」這個名稱我們是用它的特殊意義的，和科學的，哲學的，語言的等等名稱不同；實在，和凡關於專門或專家性質的任何種類的閱讀都不同。在文學之任何的真正定義上，總都着重在它必須用非專門的形式來表現，而在這種形式時，必須爲一般人所都能夠了解和感覺趣味。因而，凡是可以正當地用着文學的這個名稱的書本，必須是在內容，方法和目的上，都像這樣子非專家的，卽必須是作家思想之書面的自由表白，因爲這種思想常必用可理會和領悟的形式傳導給讀者，而其中想像，感情和趣味三件東西必特別顯著。這樣，我們在這裏應該指出來，因了文學的這個名稱的這樣解釋和應用，竟致在美國教育史上從沒有一個時期曾使這個特別題目發得一般教育界的這般注重過——我們的閱讀的直接間接目的是什麼；從最賢明的指教和經驗而採得的最好方法是什麼；而尤要的，我們的閱讀的題材應該是什麼；在那幾乎無限種類的作家之中，那幾個應該認爲必要的，那幾個應該捨棄；以及這種的閱讀和我們一般的知識生活和工作之間有着怎樣的關係。自然，這一些論題現在是都居於前列的；一部分，這是剛出現世紀初期那種一般的精神催覺或學問復興的結果；一部分，也是現在美國人對於圖書館興味增加的結果和原因；而同時，也因爲對於文學之廣泛親切的認識已經前所未有地成了一個受教育人的必要的標誌。讀書淵博，已經和受好教化及好訓練一般的重要；而特別是受過自由教育的人，在這一方面的任何的疏忽已成爲十分不可原諒的了。當英國大哲學家托馬斯·霍布斯說，「我倘若讀書和別的人一般多，我也就和他們一般愚昧」這句話時，他斷然不是指斥對於書本的博識，只是意味着多數人讀書太缺乏自己獨立的見地，而專去信任書本，就是因對別人意見的奴隸的模倣而致失誤了讀書的眞正目的。培根論文中有論學問一篇，實際是一篇關於讀書的論文，也是近代英國文學開頭時關於這題目的眞切的議論，他的主張是每個有見識的人都應該熟悉名家的著作，而尤其是他的本國語的名家著作。

現在着手我們對於這題目的專門討論，第一步可以先問——什麽是文學的閱讀的首要目的

第一就是「報知」或「啓蒙」。我們是爲實際的用途去尋求事實和眞理。像培根說的，「讀書可以造成一個完備的人因而如果一個人讀書不多，他就不得不需要很多的狡猾，藉以裝出知道他所並不知道的東西。」文學的素養是文學學生的第一需要，而這就决定了他的工作的第一目的。現在的問題在於什麽是最有效和最重要的文學的資料，藉使書本的攻究者得有他所需要的知識可供運用。就在這裏，我們看見了圖書館作爲一種教育機關的重要的任務，就因它是古老英語所說的書籍的棧房，爲探求者而設的知識的寶藏，取之不盡的供給根據地，而且永遠邀請探求者去作事實和眞理的新發見的。無論對於生手或熟手，圖書館的目的都是供給他們做一種探討或研究的地方，而它在這方面給人的便利愈多，人所能獲得的結果也必愈豐富。從特別的慣例上說，我們有所謂「參考圖書館」，就是一個供學者們作參考工作的所在。但是每個圖書館都可從最

好的意義上說是一個參考圖書館，一個爲文學研究者足跡常到的地方。羅威爾就用着這種精神，寫作他那篇論書與圖書館的富有暗示力的文章，他說，「每個人的教育的較好部分是他給與自己的教育，而爲了這，一個好的圖書館應該供給那機會。」這就是一個學生之精神的和一般教育生活的家庭，他的一切獲得都集中在這裏，而且他是常常從這裏測度自己在環境中的地位的。如果問到在這裏那一種特殊的讀物最爲迫切，那顯然是散文比詩歌重要得多，而在各種散文文體之中，歷史的散文是基本的，這是每一個學生都不能忽視的一部分讀物。凡在可以發見事實的地方，就必須去探求事實，而我們也應該着重地說，歷史的讀物既然要求着學生最初的注意，也就要求着他以後的和繼續的注意。對於用英語的學生，英國和美國的歷史應該是一本入門書，又不但須注重那歷史的本身，並須注重它對於歐洲大陸諸國史的種種關係。他應該認識那歷史中的事實和事變；它的開始和進展，且至少在某等程度以內，應該熟悉那些隱伏的和決定的歷史的原理。但所謂歷史，並不是指紀年和編年史，也不是指史略和史綱，這一些，可以說是包含歷史的材料，卻並不就是歷史；同時，這裏所謂歷史又不是作廣義解的，即並不是應用在任何知識部門的記事例如勒啓的歐洲道德史那樣。我們說普通史是文學的一種體裁，它的構思和寫作都是抱着文學的目的的，例如馬可梨的英國史，台勒耳的美國革命期文學史，顯龍門的歐洲史綱是不嚴格地文學的，和他的諾爾曼征服史不同，因爲這兩本書的觀點是實質上不同的。

第二個目的是「教化，」這一個詞有時用作廣義，是指一般的精神訓練，但現在我們卻用的是較狹的和大家都懂得的意義，就是一種特殊地審美的訓練。它是指趣味的教育，就是從它作爲一種心靈的機能那種特質和功能上說的。亞諾爾特稱這爲「美的意識，」或若應用於著作和批評時，就是「風格的本能。」這是一種認辨什麼是美的能力，以及一種欣賞美的感覺性。因爲它有它自己的一種本質和領域，所以也有它自己的法則和程序，它自己的表現方式和培養方法，它自己的理想和目的，且必須由那些要實現它的目的的人看作這樣的。在這裏，不像在歷史裏那樣有着文學的和非文學的之對照。教化是徹頭徹尾的一個文學的名稱，且從希臘羅馬文學的最初期起就是這樣解釋着和應用着的。所謂有教化的人或民族，必都熟悉書本和作家，必都熟悉文學這個題目。於此，學者就被引進了美術的範圍，以與機械的或實用的藝術成爲對照。於此，文學本身也被化為一種美術，無論它的較實際的目的是什麼。於此，美是為它自己的目的而被研究和稱頌，同時在像我們這樣專心於物質利益的時代和民族，它也離着它的有益的使命，並且主張教育隨其輕視著作和生活的藝術方面的程度而算來盡它的首要的目的。所以培根雖是一個哲學家，卻也告訴我們說「學問」不但輔助「能力」並也「輔助裝飾」，又說一個發展勻稱的人是不能忽略人類訓練的這一方面的。因而，文學本身也會有時被主張極端的人們僅僅從教化的方面去解釋，而解作了「美文」，同時德國人則流於其他一個極端，只認識它的教訓和思辨的方面，故必將這兩極端來做一個折衷，方纔算得是合理的見解。

如果問起在這裏是那一種文學應該攻究的呢，那我們就立刻進入了詩歌的範圍，而這一事實就顯示了教化所包範圍的廣袤了。詩歌之傳達作者的思想，不但是用聲律的形式，並且還得通過想像，感情和趣味的通道，這就是詩歌所以別於散文的一個必要的因子。詩歌徹頭徹尾是藝術的，在這種作品裏面，形式取得了它自己的一種重要，而作者的趣味的表現和讀者的趣味限制，就成了一個重要的因子。在這一點上，它是沒有匹敵或可畏的勁敵的，散文之中唯一可以幾近於它的只有小說裏所見的浪漫的散文，和較輕鬆的雜文裏所見的描寫的散文。有個近代批評家道，「詩歌之爲一種美術，是具有着種種可以作爲教化手段的特質，爲散文之最大可能性所遠不能及的。」一凡是留心近代教育傾向的學生，必會明白覺察提高詩歌到它的相當水準的那個目的是逐漸在增長。近代人主張詩歌和散文不應該彼此成了太顯著的對照，卻須容許兩者協力去成就它們的有益的目的。遠在依利薩伯的時代，錫德尼開了爲詩辯護的爭議，後來德來登和雪萊繼承他的工作。至爲詩歌之魔力辯護最力者，在用英語的地面之中會無一人及得馬太·亞諾爾特。所以，文學的學生對於文學的這一支派是必須嫻熟的。他必須知道它的內容和精神；它的法則和組織；它的傑作和大師，以及它如何日益充分地進入了時代的思想和生活。凡是熟悉詩歌的文學的，就決不會不是一個有教化的人。讀者由於逐日的參照和接觸，其力就是以造成一種審美的心型和習性，而不可覺察地成爲一個具有趣味和優美感情的人了。他的詩的想像可以加速和洗練；他的文學觀可以擴大而且整個的人都會逐漸地和美的東西結成更充分的親密和同情。

此外，文學的閱讀還有一個目的，就是「訓練」，這是用着它的完全的意義解的。當如今一般批評的傾向正趨到反對方向的時候，這個原則尤其有着重它的必要。如今的人都從文學的閱讀和文學的研究之間去劃出一條嚴格的卻無根據的界線；據說其一是非正式的，消遣的，隨便的，往往除開個人的娛樂或作爲正經探討的餘興之外再沒有其他目的，其他則是一種實在的知識的程序，且因其如此，所以和文學的首要目的及理想全不相干的。像這樣的理論，我們立刻可以看出是狹窄的，皮相的，和事實不相符的，只能賅括文學這名詞所應賅括的地面的一部分，而且不能使它在一切有關係的知識探討裏面佔有一個應得的部門。我們如說一般人關於文學的範圍，性質，基本原則及目的等等的見解的錯誤，大多數由於這種根本的錯誤而起，也不爲過，因爲由於這種根本的錯誤，文學的眞正內心是被閹割了，而且除了它的無生命的和無用的軀殼之外什麼都不剩了。文學誠然是把個人的快樂當作它的目的之一的，而且它的不在少數的形式，如小說，較輕鬆的雜文，抒情詩和描寫詩，確都着重在著作之愉樂的和消遣的方面。然而這不過是它的目的之一，且是最不特色和主要的目的。我們如今用「文學的閱讀」這個詞，如培根用的那樣，是當作「文學的研究」的意味的。像培根說的，「學問可以輔助能力」或另一句更確切的話所說，「爲思貴和考慮而讀書。」因而，他主張有些書是只供人「嘗味」的，就是說，迅速而非正式地讀的，其他的書則須「咀嚼和消化。」一言以蔽之，讀書是要用心的。讀書應該使它成爲一種非務或事業，務使一個人可以把他的最好能力都運用在裏面，且可以通過它的媒介而使他的能力更加顯著而有效。文學是思想的表現。因而，如果問起那一類的文學該去閱讀且作爲讀者的日常工作的一部分，那我們的回答是，「訓練的書，」使我們能够「思想和考慮」的書，包含思想和產生思想的書，務必因接觸了它們，而一切的心力都會被喚醒，並且全部的精神存在都可以加速和擴大的。散文之在哲學方面的，就是這一類書的一部分，還有不屬描寫的雜文而屬批評的部門，也在這一類。雖是小說，屬於哲學性質一類的，以及不同於抒情詩和描寫詩的史詩和悲劇，也可以算在裏面。此外還有高級的歷史散文，就是把關於種屬的大原則討論着且應用在國家和帝國上的。總之，現在所求的是散文和詩的嚴格地知識的表現，其中務必要實質支配着形式，而以精神的印象爲作者的最後目的的。

一切文學的閱讀的最後目的和最主要目的，就是「興奮，」「衝動，」「精神的和文學的感興」

——就是讀者的心靈之深徹和通透的推動，而使他的情緒和知識的自我受着了電流而加速了機能的。這樣的作用，最好可以用一個名詞表出來——「興奮的文學，」就是推動和燃燒讀者的全人格而喚醒他的一切潛伏能力的。偉大的文學傳記的閱讀，如密爾頓，柏克，克倫威爾等人的，都可以造成這樣的效果。關於一個偉大歷史事件的研究，例如法國革命，或關於一種偉大的歷史場面的研究，如滑鐵盧（Waterloo）戰爭，也可以收這效果。將靈魂沈侵於一個悲劇的逐漸展開，如漢姆列德和利爾王，也是同樣。關於偉大的文學的演說詞的研究，如西塞祿或韋白斯特的，也是同樣。總之，凡是關於那種和生活力一齊搏動的文學的研究，都能收得這樣的效果。

這一些，據我們所能想到的，就是賢明的文學學生當坐下來考察它的內容時所抱的首要目的——就是「報知，」「教化，」「訓練」和「興奮」就是集收知識以供心靈的工作，洗練趣味以期能夠辨別最好者，以及積極加強心力和將一種新精神去滲入每一種能力和機能。所以，如果再賅括些問，到底那一類的書和作家應該我們閱讀，我們的回答是，「偉大的文學書」每個時代和民族的傑作；而其中特別要注重自己本國的作家，就是羅柏特生括在「偉大作家」這個標題之下的那些作家卽思想，文字和一般風格上都是偉大的；所表達的眞理和所以表達眞理的狀態同樣偉大的；而又是對於趣味和智力想像和意志同樣具有訓練作用的。羅威爾就像這個樣子主張書本的選擇和熟讀，他說閱讀這樣的書本就是「去接觸優異精神的優異思想，並且於不知不覺之中會獲得那個優異社會中的良好習俗。」曾有人請羅威爾推薦一批良好的書，他回答說，「限制你自己在任何文學中的超等書就行了。」愛默生也抱着同樣的見解，勸我們擱開當時一般區域的和地方的文學而去熟讀那種崇高的，寬大的，和廣博的——就是柏拉圖，波盧塔克(Plutarch)，巴斯噶(Pascal)，哥德，莎士比亞，密爾頓之流也就是他說的「具有贖罪作用」的書「在我們的生活裏地位有如父母，愛人，和熱烈的經驗的那種效同藥物的，嚴肅的，權威的書；」給我們以「不朽的知覺」的書；「一般具有氣象和餘裕的信仰者」的書能使讀者因此而被提升到較高的水準，並與一切好的東西都能融洽的書。

總之，你要讀有益和健全的書，就是徹底淸明和健實，絕不受一點不健全的影響，而充滿着領導和穩健的暗示，充滿着有益的目的，而且是對同胞具有同情心且完全旨在改善人類的狀況的作家所作的，不爲利而爲善。不爲作者自己而爲讀者的。凡是這樣的書，必都抱着崇高的目的以求解決人生的迫切問題，必以基本的狀態而處理着基本的問題，且必盡力要廓清氛圍而期在這裏而更容易過着正當的生活。

第二章　文學諸體裁的發生和生長

在文學的境界裏，最有趣味的研究之一，就是從它的表現之爲固定和變化的觀點的研究，——就是關於文學之元素和面相的研究。文學裏面有着文學生活之固定了的狀態和現象那樣的東西，在研究歷史的讀者，這就叫做一種由一時代到一時代的歷史的繼續性，那是一成不變的，乃至可以假定它是無時不存在，而且可以當作如此去預料它，利用它的。這樣，每一個大民族都有它的特徵的文學的歷史，生活和個性，以與其他一切民族劃出區別。德國，法國，西班牙，無不如此。當我們把歐洲的條頓文學當作一個概括的型來說時，我們是確然知道自己意味着什麽的；這樣的型之由一時代到一時代保持着它的同一性，就猶之條頓族的面貌在形狀上和態相上對拉丁族或弭細亞族保持着它的型一般。

在這一點上，文學的法則就正如自然界裏的法則，以及知識活動的各分野裏的法則。這其中是有着——而且必須要有——一種不變性，在這基礎上事實和眞理乃可以考察；並且要有一個地位和條件，使一切觀察都可由此出發。這當然不必是機械意味的所謂一致，也不必是一種空白的和無生命的單調。這寧是一種統一，固定，和自己一致的原則，由於此主要的類型乃可保持，而在一切擾亂的勢力之中仍可維持某種根本的巨大的原則。

當考爾多普先生說起「十八世紀的保守主義」時，一定指這種情形而說的。他所說的保守主義，意思是指歷史的和文學的傳統的保留，因使兩個時期間的聯絡可以維持，而一條發展的線索可以從最初期維持到最近。

這樣，古代英語自然地渡入了近代英語，依利薩伯時代的英語渡入了黃金時代和佐治時代的英語，不僅因爲其一按着時代跟着其他而來，像一個世紀必須跟着前一世紀而來那樣，卻是因爲有一種更密切更高等的聯絡，就是一種歷史的也是哲學的和文學的順序，繼續着那個統緒，而給與它共同的類型的功能。

但文學之具有一種變化的型和生命，卻也同樣的眞確。這情形，大概最好可從所謂「文學的過渡」上看出來，一部分也就說明了罕特（Hunter）所謂的文學生活之「阻礙的進步。」一德國文學中當路德完成聖經翻譯時的過渡，希臘文學中當共和國頹覆以後的過渡，法國文學中當一七八九年大革命時的過渡，英國文學中當十六十八兩世紀時的過渡，——凡此，都是這個文學變異原則或發展原則的例子。

我們初初考察它們的時候，這種變化分明是驟然的，不自然的，但它們終於都要取得歷史的顯著，而在時間，地方，和特質上都似乎服從着一種規律的法則。考爾多普說，「文學的運動是和宗教中之所謂美以美教派（methodist）及牛津主義（Tractarian）運動，以及政治上的自由主義運動及急進主義運動同樣的分明和確定的。」我們可以補充一句說，它和科學及哲學上由進化引起的發展也同樣的分明和確定。

這當然是一種加重的說法，或竟是極端的說法。然而運動卻確是有的，而且是多少有點急進和普遍的，所以研究文學的學生當熱心於所謂固定的產物或著作的集體的考察時，必須注意到這些構成每個進步民族文學史一部分的巨大而往往急驟的變化，即必須注意到文學的進化。

我們在現在的討論裏所要叫人注意的這種變化之普通的和特殊的類型，就是包括在「文學諸體裁之發生和生長」底下的那一些——即文學爲求達到它的合法目的而發展及表現自己的種種不同方法。

這樣，我們首先就要講到「散文」和「詩」。關於文學藝術的這兩大區分，我們說起來時，自然要當它們彷彿是同時發生，由同樣的方法及同等的程度而發達的。但經我們更加細密的考察，我們就會覺察在每一個有歷史的文學裏，詩都先於散文，而且在民族生活或甚至部落生活的黎明期就出現的。歌人及遊行詩人的歌曲和頌歌，就是詩體最初出現的形式，而這些，必聯帶着音樂，以爲一種必要的附屬品或中介物。在南歐，這種體裁見於遊行敍事詩人及抒情詩人的英雄歌和歌曲；在古希臘，見於一般史詩吟誦者的生活；在古克勒特族及薩克森族的不列顚，則有手提豎琴的彈唱者，爲着他們自己的生活，以及他們爲之製曲演奏的那些人的快樂，而從一家跑到一家，一個宮廷跑到一個宮廷。詩先散文存在這事實是非常顯著的，乃至如在英國文學裏，國民詩歌和國民散文之間——即綽塞的坎特布里故事和培根的論文之間——竟將近有兩個世紀的間隔。

這一切，不但在語言的歷史上有着理由存在，就是在人類心理的組織上也有着理由存在；此外則環境和所謂文明的進步，對於這事也都有着影響。我們儘可不必贊同馬可黎那種極端的見解，以爲文明進步詩歌就要衰落，並以爲最高詩歌的創作必須有一種思想上的粗疎，但這限度以內是可以說的，——卽在較早的人類生活中，那種自然的和未發達的心理自然要選擇詩歌而不選擇散文，以作發抒的媒介；又語言作爲文學的一種工具時，首先要取得這種天眞的形式；又地空，天游的自然世界直接可以引起詩的感興，而較不精工的和原始型的文明，對於它的自然表現也給與較少的障礙。

散文是比較精工的，審愼的，和發達的形式，且在較後期較複雜的狀況之下發展起來的。它更充分地表現着文學之嚴格地理智的方面，而體現於已經取得它的較穩定的特質之後的語言，比較不受物質環境的影響，而與一種前進的錯雜的文化有着更深的同情。至關於散文文學的發達，以及它的發生，我們可以發見它在依利薩伯時期是處於一種附屬地位的，到了安納女王時代及佐治時代的初期，則取得特別顯著的地位，而現在也趨向着同樣的方向。

再要講到散文和詩所能取得的不同體裁。讓我們把這其中的分歧情形來考察一下，且如可能的話，來求得一點可能的解釋。

（一）如果我們把散文的種類分作記敍的，描寫的，辯論的，批評的，哲學的諸體，那末我們發見在事實上，記敍和描寫兩體雖不能算是最重要，按發生時間的順序卻是最先，而這是自然的，且是哲學的地合理的。人類心理所要最先對付的，是事實或事件，以及實物或實景。這一切，從散文方面說時，人類心理立刻要用故事和肖像的形式去體現它們。事件之被敍述，景物之被描摹，都按照着它們激動人類心理和眼目的實在狀態。於此，我們發見了歷史的和描寫的著作的起原以及它的解釋。因而，在英國，早在九世紀亞勒弗烈王的時代，我們就有了古英文編年史的編纂，以及見於古代編年史家和旅行家如奧洛息阿斯（Orosius）及孟第維爾等的關於人和地的隨筆，其在近代，則有如喇里（Raleigh）的世界史和錫德尼的阿加狄亞可為代表。

這樣，歷史和描寫的雜文都正在我們發見它們的地方可以期望它們，而其以後的發達和衰落，也都按照着自然生活的確立的法則。

因而，我們就有了很好的理由可以解釋佐誤和吉本的時代何以會有一個偉大的歷史學派，阿迭生和斯提爾的時代何以會有一個偉大的期刊散文作派。

（二）以時間的順序而論，辯論的或議會的散文較晚發生，乃是隨着公民生活的程序和政府的發達而來的。愛德曼·柏克於其對哈斯丁的大演說詞，倘使發生在十六世紀，那就要沒有他的地位，同樣，英國和美國的一般大演說家倘使生在十六世紀也必都如此。此外，如希臘羅馬的著名辯論作品，見於厄斯啓泥（Aeschines）和西塞祿身上的，其在古代歷史上達到他們的地位，也正適當其時，斷斷不能更早出來的。

（三）所謂批評雜著和哲學的散文，自然發達在最後。近代英國的文學批評是直到前世紀的初頭纔成形的，就是當愛丁堡評論確立的時候，而英國散文之在哲學方面的，則是一種比較新近的發達。

這種種不同的體裁究竟什麼時候纔發生，以及如何發生；它們所以取得力量和功能的樣式，以及有怎樣的勢力在作用着去改變它們，並暫時取消它們，——凡此一切，都構成了文學學生當前工作最有趣味的部分，且在這當中文學又重新可從它對於哲學，歷史，和人類生活的關係上見出來，並且從作家和批評家最充分的精神活動上見出來。

在英國散文發達的這種歷史裏面，有一二個特色是特別值得推薦給有志向的學生的。我們是說「諷刺」和「散文小說」

（A）諷刺是散文的一體，它的起原，性質，方法和目的，都是特別的。當作它一個文學的分類看時，它並不是嚴格地敍述的，描寫的，辯論的，批評的，或哲學的，卻是這些性質合而爲一的。它從各種體裁裏面取得最能適合它的目的的一部分；卻按照着它自己的計劃，如果它有計劃的話，而固定地向着它的目的做法。這是最個人的一種散文文體，爲的它根據着事實，它是歷史的；在它包含着諷刺罪的限度以內，它是描寫的；爲的它運用着並且訴於感情，它是辯論的；爲的它表出過失和愚笨，它是批評的；又爲的它探入了深底而無所畏懼，它是哲學的。

文學學生所要尋究的問題是，——它從何處發生且爲何發生，以及它如何發達起來且爲何而發達。以英國文學而論，遠在亞勒弗烈和亨丁（Hendyng）的日子，我們就發見它，而在罕城爾

(Hampole)郎闌威克里夫，拉替麥（Latimer），嚴阿特，加斯科印（Gascoigne）等人的作品裏，我們這裏那裏看見它出現，直至我們到了蒲脫勒，德來登，頗普，阿迭生，以及近代一般偉大諷刺家的手裏。為什麼休狄布剌斯和許的戰爭會在它們出現的時候出現，為什麼略萊爾之為人和道德的偉大認肯者不早一個世紀出現；又為什麼諷刺常常要離開散文的境界，而為休狄布剌斯及比革羅雜著那樣要用詩體來表現，以及它和幽默作品的連繫是怎樣發生的。

（B）再講到散文小說——是散文中一個徹底地獨特的部門，雖然不過是由敘述的，描寫的，和哲學的三大部門的散文合併而成的。它在英國文學裏是什麼時候起原的，且為什麼會起來；什麼是它的表現的種種不同的形式，如同各脫，諾刻立，佐治・愛略脫，吉卜寧等人的作品所代表的，且為什麼在一個時代會衰落，在另一時代又會發達。拉泥耳以為它的目的就是人格的再現那種學說是對的呢，不對的，而它的近代的道德的和神學的傾向又該怎樣的解釋。

講到它的起原，有些人竭力主張它決不會再早過錫德尼著作阿加底亞的時代，別的人則追蹤它的稀微的卻歷史的開頭到綽塞的時代，以及英國民族最早的民間傳說，——且甚至再溯上去，直到了條頓式的英國神話，傳說，和習俗。有些人告訴我們，貝奧武爾夫就是一部詩體的偉大小說，就是關於貝奧武爾夫，葛倫兌爾（Grendel），以及其他特出人物的日常生活的描畫，——就是善與惡之衝突，每個人對於威脅着他的靈魂的人欲的戰爭。

小說雖然只是小說，卻是文學的巨大事實之一，而值得加以堅忍的和哲學的研究的。

若再到了詩歌體裁的領域，那末這種研究就取得了增加的趣味和複雜，我們只消看看有許多問題早就被提出，卻至今尚未解決，就可明白所以複雜的原因了。首先就是詩和散文的眞正關係，究竟兩者之間的界線應該從那裏劃出來，又究竟如見於羅桑的所謂詩的散文，或見於惠特曼，塔柏，樸洛克（Pollock），和楊等人的所謂散文的詩，是怎樣一個意味。詩中如頗普的批評論或人論究竟能否稱爲詩，如果能夠的，那末它們對於英國文學中的偉大傑作到底有着怎樣的差別。

從我們現在的目的而言，這些偉大的詩歌體裁可以說是——史詩的，劇詩的，和抒情詩的，而文學學生的目的就在決定它們各個的起原；它們各個的歷史的發達；它們各個的影響；彼此所共同的和所各異的諸元素；以及各個在文學中所盡的目的。

（一）史詩的研究本身就可在文學研究中構成一個各別的部門，而實際上，當把荷馬詩，或密爾頓，或但德，或神曲，或貝奧武爾夫，作爲專門研究課程的地方，它是已經成了一個各別研究的部門了。這裏的分野是很廣泛的一個，而在許多不同的點上是和英國文學及一般文學的更大分野接觸着的。

這裏的基本問題之一是——除開史詩包括着一個主人公這事實外，它是由什麼東西構成的，爲什麼像仙后或馬密溫那樣的詩不能跟伊利亞特或復得樂園那樣充分地算做史詩呢？

講到史詩在英國的起原，我們應該追溯到多遠，又如說它是從卡德孟和貝奧武爾夫開始，而緯褒的玫瑰傳奇及關於哈味羅克爵士(Sir Havelock)和透利斯探爵士(Sir Tristram)的雜羅曼司都只劃出它後期的歷史，是否能算得真確。

（二）再講到劇詩，就是詩歌之悲劇的或喜劇的方面，也是這樣，因在那裏面爭論是什麼久而且強烈的。英國戲劇的起原本身就構成了一個論題，究竟它的發生是不是要把我們帶回到依利薩伯時代，若果這樣，那些初期的代表作品究竟曾以怎樣的程度替近代比較精工的發達預備着道路。

要知道英國戲劇之歷史的前期，就須包括着古神異劇或神秘劇，道德劇，及居於薩克森編年史和學問復興之間的中間期的插戲等等的研究。

用着這種或那種的形式，戲劇的表演是和種族一般平化的，且差不多在每個民族，甚至在希伯來人當中，它都在文學裏有着某種種類的表現。著作之中像希勒格的戲劇文學史，其所包範圍之廣，是簡直和文學的歷史或文明的歷史一般無異的。尤其如昔蒙德(Symond)的英國戲劇的先行者，曾經追溯英國戲劇的歷史直到英國文學的開始，而旨在顯示直到依利薩伯時代的繼續發展的順序。哈則(Hase)和包勒德(Pollard)在他們的關於神異劇的討論中，曾經指出歐洲戲劇及英國戲劇的興起和進步之間的聯絡，因而維持着戲劇歷史的統一。究竟依利薩伯時代的戲劇在它的未成熟時期是有多少程度得力於南歐戲劇的，又它之為獨創的及英國的戲劇，究有多少程度，都成了有趣味的問題，至於繼續尋溯以後英國劇詩發展的過程，直到丁尼生的時代，也同樣的有益。

爲什麼在十六世紀中劇詩會有那樣明顯的發展；爲什麼十七世紀的戲劇在量和質上都會那樣的不如；以及爲什麼後來的詩人就始終不曾有那一派能够比得上或卽近似莎士比亞的藝術的優越——這些問題，都是不但含有文學的價值，並且含有歷史的和哲學的價值的。英文學中之美國方面的劇詩，是會引起我們注意的，而劇詩中的種種細小區分，如見於滑稽劇，默劇，而其劇，樂劇等等的，也值得做一種各別的研究。

（三）再講到抒情詩——詩歌中的其他一大部門，也正是這樣。於此，我們進入了一個也是有趣也是廣闊的分野。關於它的起原的問題，倘從時間上說，是不能認眞再加懷疑的了，因爲所有的文學史家都已公認，詩歌既然較老於散文，而抒情詩則又較老於任何其他的體裁，它的發生是在最原始的生活狀況裏，而是牟靈魂之最原生和自然的本能做它的對象的。如果我們着重在「抒情的」這個詞，作爲它是合竪琴而唱的詩，它就指示着那些最初期的時代，其時歌人帶着他自己製作的歌曲，手提竪琴，到處的跑，以求取悅他的聽衆；或若我們把這體的詩解釋做特別是情緒的，我們也就被送回到社會的最初狀態裏，而對付着人心之最自然的發抒了。這樣，抒情詩是和語言同時起原的，實在不過是人所以體現和表現他的最深自我的最自然的方法。

因而，就產生了它歷史的地所獲取得的種種不同的體裁——就是短歌和十四行詩，牧歌和輓歌之類。它在所謂英雄短歌一體中，和史詩發生着切要的聯繫，而在神聖的和世俗的詩歌裏，在幽默和諷刺和戀愛的熱情裏，都無不顯示着它的存在。它的樣式非常煩多，乃至足以構成一類或一門的詩，或體現於短歌和舞曲，或體現於「二韻體」（virelay）和「三句二韻體」（villanello），或體現於謠歌和三部合唱曲，總之，各都構成感情所以用爲適當表白的巧妙方法。

至於抒情詩和劇詩的關係，也構成一種饒有趣味的研究。如果，像有些批評家所曾做的那樣，我們給與依利薩伯時代戲曲中所見的抒情詩以特別注意，學者將會驚異他所曾進入的是如何廣漠的一個分野。依利薩伯時代的戲劇和抒情詩之間的聯繫有時是如此其密切，乃至不能從中看出或劃出界線來。這在沙士比亞的戲劇是顯著地眞確的，至如密爾頓的科馬斯，我們是不容易說到底抒情的或戲劇的名稱更爲適用，因爲其中一種元素滲合着其他元素而構成了一個詩的單位，也不是抒情的也不是戲劇的，卻是連合着兩者而比任何其一都較好的一件東西。

從這關於文學體裁發達的考察裏，我們可以得到兩三個具有實際價値的推論。

（Ａ）在這裏可以看見文學在其最高和最好狀態中的自然性。文學對於一個民族的思想和生活並不是一件外在的東西，並不是由什麼任意的狀態發生起來而表現着自己的，也並不是僅僅服從它自己的法則而專注意在推行它自己的目的的，卻是被一種較高的原則和必要所決定的，而它所要代表的就是民族和時代的要求。上文已經說過，文學中的固定元素不管是怎樣，它必須能够適應民族的思想以及和它有關係的制度，並須能够適應那些構成歷史生活的特定時代或時期的氣分。

批評家們曾經詳細講到文學和生活的種種關係了。我們可用以證實這種教訓的，當莫好於一樁事實卽如生活變化，文學的型和目的也必變化。綽塞在坎特伯里裏所創造的，正是十四世紀的英國之所需要，而從綽塞到威阿特及綽塞那幾個世紀之所以在文學上那麼荒歉，就因爲事實上那不是時候，也沒有要求，以供高等的文學創作。當其時，英國民族正從伭過渡到新，可以說是正向新的力向推動着，正從暴風狂雨和鬭爭和當時的慘酷仇恨之中摸着路，去到一個較好的家和前途，而作家是不需要的。

爲着類似的理由，卽時代的適宜和發達的自然，依利薩伯時代就是個本質地文學的時代。當其時有一椿事情最是適切於去舊從新的過渡，那就是史本庶所作的詩。因爲他的詩一方面是十分中古氣味的，且也用着舊英語，這是因爲對於去舊一層可以使人覺得漸緩而減少苦痛；然而一方面卻又十分近代的，乃至把依利薩伯本人來作那史詩的女主人公。

這樣，我們看見戲劇之所以發達，就因那是一個行動和生活的時代。這樣，我們看見王政復興期的次要型文學表現着當時的次要人物，猶之維多利亞時代文學是維多利亞時代思想和文明的一種良好指標。

文學是一種生長，不是一種機構，這椿事實是値得注重的；卽，它是一種本地的產物，不是一種外來物，而因其是一種本地的產物，所以它服從着一切支配生長的法則，而且是一民族的個性所由構成的必要成分，和科學或造型藝術或商業活動之生長是一般必要的。

（B）由這討論還可得到一椿應該注意的事，卽文學進化之具有一種法則，是和其他一切部門一樣的。歐洲文學的發達也同它的知識的發達一般，是可以加以論述的，而且在某種程度之內也已有了論述了。但這裏所謂論述，並不僅僅指文學的歷史而言，如略萊爾在他的遺著歐洲文化之各時期裏所給與的，也不是指文學史家普通所處理的那樣。這是一種比歷史更高更深的東西，而體現着文學發達的一種原則或法則——就是一種關於文學體裁發生的解釋，說明文學所以爲文學的理由，猶之我們在植物或動物的世界所探求的這個那個種類所以發生的理由一般。

昔蒙德先生在他的進化原理在藝術和文學上的應用一文裏，曾經體現這個原則，他說，「進化這名詞從它的最廣意義而言，可以定義爲一切事物按照着一種不可避免的法則從簡單到複雜的過渡，於是他提出了一個問題，究竟這樣一個原則能否合理的地限制於物質的境界，即限制於生物學和地質學，而不能擴充到語言，社會，文學，和甚至於道德。我們在這裏目的不在詳細討論昔蒙德先生給與進化的定義和應用，也不在陳述這種定義可以引導我們去的危險的極端。但有一層是真確的，即文學發達中的這個普通的和領導的原則確實是存在，雖然當人類的和民族的個性的要素融化入文學時，必未一定按照着「一種不可避免的法則」，但仍舊是按照着一種法則，和用它自己的一種方法的。我們也許不能知道這個原則究竟怎樣在作用，以及那種方法究竟是什麽，因為它是作用在精神的境界，其中的法則常必協調着意志和動機的自由；但我們仍舊知道它是繼續地在作用的。因而，我們說雅典或英國戲劇的進化是從可謂原始的萌芽出來的；史詩，抒情詩，和諷刺詩的進化也是如此。批評家說，「我絕少懷疑小說可以從進化的原則上來解剖，」於是他就陳述了它的極概括的法則而加以補充道，「精神的進化似乎是很像似自然的進化。」非惝的真理就正在這裏。這就是德藍夢德所謂「精神的（或知識的）世界的自然法則」的又一例解——就是作為人類精神和思想的代表之一的文學中的自然法則。也在這裏，我們看見文學如何作為一種進化的現象而去適應和它有關係的一切，所以知其適應，則因其和近代科學上的最新學說完全適合之故。

像達爾文和他那一類的人們，是在他們所特別關切的科學境界之外也曾做過無價的工作的，就因他們曾經顯示這個自然或超自然的大法則的存在以及它的普遍的應用，且因而曾經故意或非故意地做了一樁最好的工作，以統一切真理，並顯示出一切事物中的一種特別的神聖的設計。在這一點上，科學，哲學和藝術，語言，文學和人生，都會合起來，服從着同一大法則，且代乎宗教生活，在它的自然的方面也是可以證實這個原則的。

（C）因而，我們又可得到第三種推論，——即文學對於衰落和死亡的法則也並不是一個例外。像吉本曾經寫過的羅馬帝國的衰落和覆亡，所以作爲精神生活的形式之一的文學，也必定有一個衰落和覆亡的。就在這樣的意味上，批評家們曾經說到趣味的衰落，說到文學情操的毀壞，說到「依利薩伯時代戲劇的瓦解」說到以前存在的文學類型和形式的消滅。凡此一切，都是自然的，必然的。所謂「學問的復活」就已包含着以前曾有一種衰落的狀態。所謂藝術和文學的復興，也包含着類似的事實。在文學裏，也猶在生活裏，有着一種生存競爭，因而也跟着有一個適者生存，這是一個自然選擇的法則在作用，猶之它在別處作用一般。

因而，不但作家們要一個個的死去，就是整個的派系也要衰亡和消滅。一個時代的文學的狀態和信條，決不就是另一個時代的。文學之中有已廢的文學，猶之語言之中有已廢的語言，而這已廢性，就是生命的一種徵候和條件，猶之它讓步出來的那個殘存的作品一般。

總而言之，文學形體之發生，生長，和消滅，就是文學中的最好部分之確立和繼續。在這裏，也如在自然界和自然生活裏，我們是假定了從一時代到一時代有着一般的進步的，雖然在它的生長上不免有暫時的阻礙，或特種體裁不免要失掉。以英國的戲劇而論，在今日是遠不如在涉士比亞手裏了，但以全部的英國文學而論，那是從來不曾比現在更强力，更豐富，更能作爲一般利益的一個因子。文學的地而是無限地增加了，因而舊時的批評律條已不能再適用，但是它的一般的前進，是不能有問題的。

而且，還有應該特別注意的，卽一民族的文學之中比較有價值的部分，必都要生活着，一代代的傳下來，而不至於死滅，就因它不能死滅。這是說文學的精神，——它的內在的靈魂和意義，就是那使它潑剌而保存着它的，那給與它的任何外在形式——散文或詩，史詩或抒情詩——以一切有價值的東西的。

除開涉士比亞的戲劇而外，英國文學中還有着涉士比亞的存在，而密爾頓的偉大高超的精神，是會鼓舞多數雖已早就不讀他的作品的人的。

綽婆的人格之見於近代英文學中的，是如此其完全和普遍，乃至我們無論知與不知，無論能讀坎特布里故事與否，我們都要感受着它的魔力和力量。文學的形式無論是什麽，總必須充滿着那種足以感動我們和型造我們的無形的生活精神。

文學雖然是文字的藝術，但它的持久性和力量之靠着文字上的究竟能有多少呢！在這裏，猶之在品性和行爲，是全靠精神給與自由和生命的。

第三章　首要的詩歌類型

講到詩歌的可能體裁，它們是可以和一般文學的體裁同樣分歧，或和作爲一種狀態的風格同樣分歧的。我們可以把詩分做古代的和近代的；亞洲的和歐洲的；日耳曼語系的和拉丁語系的；大陸的和英國的；異教的和基督教的；荷馬體的和綽塞體的和密爾頓體的，以及諸如此類。

在文學史和批評的範圍裏，實在很少問題會得引起這麽廣汎的討論，而近代的意見，則與其說是減少，毋寧說是增加這些可能的分類。

在提及我們將要主張的三種分類法之先，有曾獲得英國批評家充分批准的一種歷史的三分法，值得略略加以一點的考察：

（一）東方型或聖經型。

（二）希臘型或南歐型。

(三)哥德人型或北歐型。

第一種就是亞諾爾特先生將要稱爲希伯來派的；就是對於異教的基督教派，在這裏面，造化的學說居着中心；在這裏面，道德的目的爲主要；這就是詩歌中反對肉感的精神的型，從特別的形式看時，則有如英國詩人中的密爾頓或威至威士，而與拜倫或斯文本頓然有別的。

第二種，亞諾爾特先生將稱爲希臘派，在藝術的形式上有着特別的意義，而具有美之意識和精神的。這是對於基督教的異教主義的詩歌；對於造化的人和自然的詩歌；人類熱情和情操的詩歌，其例見於莎士比亞和古代悲劇家，見於雪萊和濟慈和勃勞寧夫人。

第三派可以稱爲對於南歐型的日耳曼型。條頓人的心理的粗疏的概念代替了希臘人的細緻的理想，而嚴格地希伯來人的情操，則讓步給較世俗較實際的一種表現了。這就是中古精神的詩歌，合於古代和近代之間的，其例見於史本度的仙后以及穆爾的拉拉爾克。

補充的說明

可改變的名稱　如果這裏所概示和解釋的這種分類法用着不同的樣子來說時，我們就有

了下列的派別或類型

（一）道德的或主觀的詩派。

（二）古典的或美的詩派。

（三）浪漫的或客觀的詩派。

由於其中第一派，即道德的詩派，詩歌和真理是連合了，也猶之詩歌和信仰的連合，因而證實了愛默生的話，說詩歌就是「理智的虔誠，」也證實了考爾多普的話，說「信仰就是詩歌的父母，」且一切歷史都顯示詩歌產生於宗教的。」甚至哥德也告訴我們，說「惟有在詩歌裏，偉大和純潔的乃推動我們前進，」這一種情操是愛倫坡所竭力反對的，他主張詩歌對於良心只有一種「旁系的關係，」並以為主張「詩歌以真理為最後目的」便是一種「邪說。」當龍菲納告訴我們說詩人的職務是「維持高等理想」時，他就是在描寫這個道德詩派的合法的目的。

上文已經暗示，有時所謂主觀派或心理學派是屬於這道德一系的，它所處理的與其說是藝術或人或自然，毋寧說是內在的自我和靈魂。詩人之中如雪萊和愛默生之流，往往把這原則弄到神祕的和玄妙的程度。

在第二派，卽古典派，技巧最居重要，無論犧牲掉別的什麼，趣味的正確是必須要維持的。有時所謂亞歷山大派，也包括在這裏面，同時還包括着藝術派，就是被說「設計的原則要優勢過自然」的一派。因而，詩人中如頗普，濟慈，格雷，馬太·亞諾爾特，以及愛倫坡，都充分例解着這第二類型，就是嚴格地希臘的類型。

在第三派，卽浪漫派，我們遇到了將德人的一種特色，在近代詩是代表着對於正式藝術派的一種反叛，而在別斯司各脫，拜倫，和湖上詩派獲得它的眞正表現的。這有時被稱爲「感情派」或「自然派，」它的主張是情操應該重於正確，想像應該重於較緩的理性的過程。這就是近代詩中的通俗派或生活派。

已承認的分類法

關於旣存的區分法有過了這樣一段說明，我們就可去注意詩歌的三種基本類型或派別，在這裏面，詩的心可以說是充分表現着自己，而且這樣的分類法雖在散文的範圍，也可說是實質上有效和絕對的。

（一）創造的，或理智的。

（二）感情的，或情緒的。

（三）批評的，或藝術的。

現在對於各個類型都得加以一點說明。

（一）創造的或理智的　這就是張諾爾特先生所要稱為「觀念的詩歌」的。倘叫德派的形而上學做稱呼起來，則將稱為「原來的暗示」的產物。這是發明的，不是模倣的，指點的，不是說盡的。它要把詩人所以稱為「作者」——即將混亂的材料形成秩序和美的人——的那種特別任務激勵起來，使之運用。在這裏，詩的天才得到它的運用機會和最充分的表現。詩人天性中所具有的一切最深最強力的直觀，都在這裏得到它們的最健全的發揮。我們用不着說，這樣的心思是稀少的，也用不着說，世界文學中嚴格地創造的詩歌可以用少數幾本書收得盡。我們在付經得批評家一般批准的少數幾部史詩裏發見了它，在古代和近代數目略為較多的幾本戲劇傑作裏發見了它，同時在抒情詩的較廣範圍裏，也偶爾見到有它存在的例子。至於世界詩歌的偉大的多部數，沒有這抓發明元素的痕跡，因而都不值得詩歌這名義。雖是在史詩和劇詩的領域，它的存在也只是局部的。理查·布拉克摩爵士(Sir Richard Blackmore)在英國史詩上有若比密爾頓更多的學步者，而英國桂冠詩人之中寫作拙劣戲劇的卻不止沙特衛爾(Shadwell)一個人。有名爲詩而實也是詩的，有名爲詩而實不是詩的；故人對於近代吟哦家們的作品讀得愈多，愈能相信寫荒唐詩的人並不限於英國小學的教室。詩歌是一件東西，詩才又是一件東西。

眞正的詩人是創造的，劣等的詩人是再造的。在斯忒德曼先生喚起我們注意的那張維多利亞時代詩人和英國詩人的長單子之中，確實曾經賦與「眼力和神聖機能」的詩人是多麼的少啊！亞諾爾特先生有一句話說得很對：「自由創造的活動是人類的最高任務。」同時，這也就是作家和詩人的最高任務，而其值得尊崇，則正如其難得一樣。

（二）感情的或情緒的　我們如果把詩人的天性和功能所由構成的成份加以仔細的分析，我們第一步就要遇到這個情緒的原則。就在這裏，我們看見詩特著地是感情的語言，是人類鑒魂——他的希望和恐懼，他的愛和憎，他的快樂和煩惱——的最直接的解釋者。這種現象是這類詩歌的最顯著的特徵，猶之在創造一類之以理智爲特徵，劇詩之以悲劇的方面爲特徵，史詩之以雄壯方面爲特徵。而且我們還可覺察，那種適合於詩歌本質的精神的元素，也是屬於這樣的情緒性質的。這不過是宗教生活裏的心的傾吐，是虔誠的企望中有限者對於無限者之追求。因而在純文學的方面，就成了靈感的和神聖的歌曲之優越及勢力。它一方面是在人類最深邃的感情之中作爲一種熱烈的調子的傾吐，同時就在種族之道德的同情裏獲得了迅速的反應。古代諸民族當中有一種理論，以爲一切詩歌的起源和目的都是神聖的。這就是強調詩歌中這種情緒的元素，使之居於其他一切元素之上，而且使得歌人和先知及教士結成了同盟。

就因根據着這樣的事實，抒情詩曾被多數人給與詩體之中的最高地位。歷史的地看時，這樣的意見是有一點理由的。大概以短歌，輓歌，十四行詩，牧歌等等不同形式而出現的抒情詩，其數量是在於任何其他代表的種類之上。密爾頓的較短抒情詩，以它們的地位而論，實在是同他的史詩一般重要的，至於標準的抒情詩人如彭斯之流，其所顯示的詩才，是否能與英國歷史上任何詩人去亞比，也是至今還是個未決的問題。總之，至少有一點是確實的，即因眞正的熱情的缺乏，往往對於詩的藝術的最高例子成了一種致命傷，而如這種元素始終能受着有紀律的思想和趣味的支配，那就決不會使人覺得它過分顯著和透澈。至於王政復興時代的詩歌之所以如彼，那是因爲熱情已經脫離了理性的支配了。依利薩伯時代及佐治時代後期的詩歌之所以如此，則是因爲詩的感情不至流於過強和過純，而且和思想及道德的力的結合也從來沒有這樣清楚。

（三）批評的或藝術的　這一型的詩有一個比較常用的名字，就是教訓的，就是指以教訓而不以美的快樂爲最終目的的一類詩歌。然而在現在，批評的這詞是個流行的名字。當亞諾爾特先生說詩人的主要事務是「人生的批評，」他心目中就存着這個特別的類型，他又因此而說哥德的地位在於拜倫之上，並非因二人之間有着創造力的差別，而因對於人和事有着批判力的差別。以英國文學而論，這一派詩歌的代表時代就是安納女王和佐治第一的黃金時代，至於維多利亞朝的最後二十年，那就是嚴格地因襲的詩歌所由產生的日子了。關於這一種詩體，我們可以說，它是無問題地在特徵的類型之中有着地位的。就因如此，頗普着重了詩歌之外形的完美。也就因如此濟慈和格雷都被認爲古典的詩人，而不認爲浪漫的或情緒的詩人。總之詩的技巧是在着重的地位了。因而他們就成了文學的藝術和技巧的被承認的代表者，而由於此，詩歌之文字的工夫就佔先了創造的天才和情緒的能力。作爲美術看待的詩歌和建築的關係，無論在什麼地方都不能像在這些英國詩歌建造者的作品裏這般密切。然而這種批評的詩歌，卻是剛纔提起的這三大部門中最不重要的一門。戈斯先生在他的關於英國從「莎士比亞到頗普」的詩歌的討論裏，曾經叫人特別注意這一派古典的作家，而且曾經嘗試推崇這派的原則和代表者到了並不應得的尊重的地位。在寫勒和卡魯一派作家的面前，我們是還不十分預備去向他們屈膝的。斯式德曼先生說，「在文學如在建築，建造是必須裝飾的，並不是裝飾是必須建造的。發明必須佔先了建造和裝飾兩者，故所以，如果想像是朦朧的，熱情的燃熾是未曾感覺到的，那末就算是在做一套毫無價值的把戲了。詩歌就是一種精神之在成形的。」於此，我們有着一種合理的次序，——創造的，感覺的，批許的。卽第一是題材，第二是精神，第三是結構。這個詩歌類型之文學的次序，無論加以怎樣一種根本的倒轉或改變，必都足以引起詩的衰落。凡詩之中，如果顯然缺乏着創作的能力，情緒的熱烈，和結構的勻稱，那就不能正當地稱爲標準的，而若其中還三種各別類型的相對重要性失掉了適宜的次序，也就無論如何不能認爲模範。雖是在詩裏，第一要件也要算到詩的天才和理智力，第二要件是詩的刺戟力，而雖然沒有詩可以離開所謂詩法的那種外形的機構而存在，這種形式排列的要素卻仍必使之永遠從屬於意義和精神。以近代英國詩歌的傾向而論，雖然分明傾向於結構的和技巧的方面，因而分明是在衰落，但是美國詩的有希望的前途卻可由事實上看出來，即我們的較年青的歌人，爲着尊崇布賴安特和喜替厄和衛派的作家起見，都正在努力創造一種以可謂理智的熱烈爲主的一種詩歌。斯忒德曼先生之著英國詩人，分明是受着這種前途希望的感動的。

在各型中的想像的地位

想像對於這些巨大部門的各門的特別關係，是明白可以看見的。在第一型，即創造的型，想像是關於哲學的或精神的一類。這就是詩人之眼之最闊的展望和功能，就是「眼力和神聖機能」就是愛默生的「第二視力」。

在第二型，即感情的型，想像是關於激動的一類，即激動和燃燒詩人的靈魂直到最深處的。

在第三型，則批評的型，則想像屬於正當的詩的一類，是以它的形式的意識，以它的建造和型造的工作表現着自己的。

這樣，我們可以看出，無論那詩的型是什麽，想像總是作爲一種必要的元素而存在和活動的，而如在最高等的詩的作品，這三大詩型滲合爲一而出現，所以由一種類似的滲合過程，想像之一切不同的任務也作爲一個單位而出現，因而結果也相應着是獨特的。

這種分類法的正確性的試驗

見於——

（一）已被承認的詩歌的定義上　詩歌是依據着這些類型的每一型而下定義的，至於完全的定義則把這三個型都包括在裏面。例如，創造的型代爲亞諾爾特所着重，所以他說——「詩歌到底是思想對於人生之應用」或爲得微所着重，所以他說，「一個偉大的詩人必須是一個哲學家。」感奮的型同樣曾被愛倫坡所着重，所以他宣言說，——「一首詩之値得稱爲詩，只在它能提高靈魂而激動它。因而，所謂長詩便是一種名詞的矛盾。

同樣，藝術的型倂被斯文本所着重，所以他說——「詩歌之兩種首要的品性是想像和諧和」，又被愛倫坡所着重，所以他說詩歌是「美之律動的創造。」

但是我們看見這三個型美麗地合倂在老爾多普的廣博定義裏——「詩歌是用音律的語言表現想像的思想和感情，因而造成快感的藝術」

（二）已被承認的詩歌的特別種類如史詩等上　在史詩，創造的型佔着重要的地位；在劇詩，創造的型和感舒的型相聯合，尤其是見於悲劇；在抒情詩和描寫詩，則感舒的型爲至上，至於教訓詩，則批評的型居於顯著地位了。總之，無論屬於什麼形式，詩歌的本質總是美的。

在如丁尼生的王之歌及紀念詞之類的詩，是各種的詩都具備着的，因而各種的詩型——創造的等等——都在一起出現了。

（三）已被承認的詩的目的上　如果目的在於燭照和擴大精神的境界，那末就屬於創造的型。

如果目的在於刺激和感動，就是屬於感舒的型。

如果目的在於與人快感和魅人，那末就是以藝術的型爲主了。

因而，當亞諾爾特先生說「詩歌的宏大力量就是它的解釋力」時，他是指它的創造的任務而言的；愛默生說「凡文學中的最好的東西必都是造成人類的詩人之肯定的預言的，和精液的話」時，也是指此而言的。

在另一方面，則當道登先生告訴我們關於莎士比亞的「思想和藝術」時，他是主張詩人和詩中的創造目的和批評目的之聯合，至於所謂近代文化派，則放大了這個藝術的元素，以爲這在一切元素之上，是詩的最後目的。又當我們讀到「詩的試驗標準就是它所產生的快感的範圍和品性」這句話時，我們是在感奮型的範圍裏了。然而在這裏，也猶在以前各種解說裏，一切偉大的詩歌都可說是以某種樣子包含着這三個不同目的——思想的，情緒的，和藝術的——之本質的統一。

在荷馬和味吉爾，芬乃龍和拉辛，哥德和席勒爾，莎士比亞和綽塞，沒有一個不是如此。詩中如忒楞馬卡斯（Telemachus），亞大利（L'Athalie），馬利亞·斯圖亞特（Maria Stuart），以及坎特布里故事，就是將種種各異目的融合而成一個概括目的——就是爲獲得最好結果而表現眞理——的具體的例子。

（四）已被承認的詩歌的源泉上　詩歌的源泉可說有兩種，內在的和外在的。其中第一種包括着所謂「天才，」無論它所指的是特著地超自然的那種元素，或是包含於詩人的自然天賦或人格中的那種元素。這就是在歌曲中取得感興形式的那種吸人。這就是詩的衝動，洞見或本能，或無論我們稱它什麽，總之，沒有它詩的創作是不能達到很高成果的。這也就是蘇格拉底所說的「某種生機的力，一種精神的力量，」而當愛默生告訴我們說詩人必須「學習秘密的古兆，而司美神宮庭中的不易的規矩就是靈感或沈默」這句話時，也就是指此而言的。

因而，我們可以明白，作爲詩的力量的一種泉源的天才所該管的這個領域，是全部屬於所謂創造的和感悟的型的。在詩的情操的表現中，這包括着形而上學者所謂「原來的暗示；」就是自然的和超自然的元素，實在的和概然的和可能的元素之幸運的結合，因而保險着最顯著的效果的。總之，詩之天才是本質的地創造的和情緒的。

在他方面，我們如果注意到詩歌之外在的源泉，我們立刻就從天才或自然天賦的領域渡到了養成的或誘導的詩的能力，——渡到了詩的科學和藝術，渡到了賀拉西，顧普，德來登，霸羅等人所曾正式建立的那些詩歌創作爲原則所應用的境界，其中就包含着一種觀念，以爲詩至少在某種程度之內是教育的一個正當科目，且由教育之故，則天才之缺乏或變相的存在是部分地可以補救的。

所以在這裏，我們就進入了批評的或藝術的型的領域了，即進入了正確的或因襲的而不是自然的作品的領域了，在這當中，美的成分是優勝過創造的和感奮的成分，而教養和好趣味是要冒着一切的險來維持的。

然而在這裏，如在一切傑作的詩歌裏我們可以見到這三個首要的型結合成一種有機的統一效果，一般我們也見到這兩種詩的源泉把各個的優點融合在一起，即在同一詩裏，我們同時見到了天才和藝術，感興和手法，歌曲的眼力和手段。

在密爾頓的科馬斯，或勃勞寧夫人的流亡的戲劇，或布賴安特的死之見解或郎斐羅的伊凡澤林，简直沒有一行詩是可以顯出由於內在的或外在的源泉，由於詩的本能或詩的表現。

（五）已被承認的詩歌的類緣或關係上　如果我們說詩歌和散文有關係，我們立刻就要顧到理智的或感情的型，因為這是依存於散文的特別體裁，如歷史的，哲學的，辯論的，描寫的等等之上的。

如果從詩歌對於其他美術的關係上去研究它，如對於音樂，圖畫和建築的關係上，我們就又立刻要顧到詩歌之美的類型，至如雹桑所作的那種最高型的所謂詩的散文，就可證明理智，感情，和美的有效的結合。

所以，從這種種試驗的應用，就可充分證明這三大類型的區分之哲學的和文學的正確，就是在數目上，在次序上，乃至在詩的價值上無不正確。現在再總結一下，就是創造的，感情的，和藝術的型；就是題材，精神和結構；就是天才，衝動，和手法；在它們本身，各個都屬必要，而若聯合在一起，就成了詩的能力之最優美最充分的產物。

補充的暗示

（a）這個詩歌類型的分類法，如果應用在我們的國語的詩類的領域，就是一種詳盡的分類法了。凡是負有國家名譽的英國詩人，在這裏都可以穩當地科學的地列入一個地位，至於較低級的詩人的地位，那是比較地可以不重視的。我們只消略略一看，就可看出綽塞，史本塞和勃芬寧是代表創造的型，朋斯和拜倫是代表感情的型，頗普，濟慈和張諾爾特是代表藝術的型，至於莎士比亞，密爾頓，丁尼生那樣多方面的作家，則是代表着這三個型的最有效的聯合。同此原則也可在其他的文學裏得到例子，如在德國，則代表這三個型的三大名家是哥德，席勒爾和勒新；在意大利則為丹第和佩忒拉克和簿伽邱；在法國有拉辛，拉封騰（La Fontaine）和綏羅；至在我們美國，則愛默生，喜替厄和郎匪羅三個名字就是這三大詩型的代表，最後有如羅威爾那樣廣博的一個作家，就體現了詩歌領域中思想，靈魂，和藝術三者之實在的合一。

（b）因此，無論我們在什麽地方見到詩歌的最好的表現，它總不外是一種天才，或一種熱情，或一種藝術，或是三者的合一，成為一種能力的三位一體。

倘如這三型之中並無一型的顯著表現，那末那所謂詩人者其實不過是一個吟哦家罷了，至於詩歌之最燦爛最持久的成績，則必須有三型中的第一型——歌曲的天才——的顯著的存在，這樣的存在是不能用言語形容的，然而是有識別力者分則可以辨別的；這就是見於字裏行間的一種東西，並非從有形有跡的地方可以辨識。凡是生而爲詩人的詩人，所寫作的就是這一種的詩；因爲這樣的詩人，是十分飽和着歌曲的天才和本能，乃至決不能完全寫出他們的感興，而且雖嘗試要把他們的最內在的經驗都能現出來，卻總要感覺到那種所謂「只有詩人纔知道的詩的苦痛，」而結果是給與我們的不過是他們的詩的生活和思想的一小部分而已。我們有時說到詩歌的傑作，說到世界最偉大的史詩，戲劇，和抒情詩，說到伊利亞特和淡姆列德和紀念詞，彷彿它們實際上是盡量表現了它們的作者的思想和情緒似的。然而倘使有事實可以考查的話，那就將可發見這些被我們稱爲詩人之最大努力的，實際上只是泛濫在詩人靈魂裏的那種既廣且深的詩生活的僅僅斷片而已。我們如今所見的失樂園，只不過是密爾頓當寫作時實在所感所見者的一個提要，至如莎士比亞當創作戲劇時所具的詩的洞見和展望，即使能夠給我們一個幾近完全的披露，那是全世界人無論怎樣的代價都願意拿出來的，然而這是雖在莎士比亞自己也沒有言語或天才可以表達的了。

總之，在一切眞正的詩中，必都有一種比那詩的本身大到無限倍數的東西，而那就是居於詩的後面和底下的詩人，——就是那思想和感情和活的人格，而飽和着詩的精神的；當時所看見的景像和所聽見的聲音，他並不能傳遞給別人，所以只能這裏那裏，當靈感來的一時間，將他所通過的經驗記錄了一部分。

因而，在如神曲，浮士德，漢姆列德一類詩中，如果有些部分要使讀者不僅得它們的意義，而批評家至今也還意見紛歧，那是極自然的事，因爲這樣的詩是在詩的經驗的白熱中產生的，在衝突的感情之緊張和奮鬬中產生的，而它們的作者當寫作之時，也正被他們所感所說的東西所征服的。

因而在英國詩中就只能有一個綠塞，一個莎士比亞，一個密爾頓，一個丁尼生，一個依利薩伯時代和一個維多利亞時代；一部利爾王和一部王之歌；而且這些詩人和這些作品，都是自然的產生，不聽我們喚召的。一個世紀裏面只要能產生一部，就足以使那世紀成爲劃時代的；一個民族之中只要能産生一人，就足以使那民族不朽了。有名詩而實不是詩的，有名詩而實也是詩的。有多數的行包含着多數的步，多數的步包含着多數長短的音節，但是也有些詩行是因天才和靈魂和藝術而生活着，帶着它們自己的自然和超自然的起源的憑據，也帶着它們自己的足以與思想和語言並壽的天生權利。

對於這樣的詩，英國是有她的應得的一份的，而有志於英國文學的學生所要研究的就是這樣的詩，也只是這樣的詩。

第四章　首要的散文類型

文學中之首要的詩歌類型已經討論過了，就是創造的，感奮的，和批評的，用特種的詩體作說明時，那就是史詩，劇詩，和抒情詩，描寫的和教訓的。我們現在要論到，而且按照自然的和編年史的順序來論，和這些相應的散文類型，並且是其中已被承認的首要的類型。我們可以稱它們為首要的，一是因為時間的關係，一是因為性質的關係，就是說，它們在文學發達史上是按照一種路為確立的順序而出現的，並且依當時文學對於某種類型最強烈的要求而出現的。這樣，它們無論作為自然的類型或歷史的類型都屬首要，因而可以看作散文的代表類型，並且要求着文學學生的注意的。還有，它們之所以稱為類型，是因它們代表着散文文學所以最正常而充分地顯露着自己的那種形式或狀態。它們就是散文的表現的方法，這是應該着重的，因為它們是作者的心思的表現，所以不僅是表現的狀態，並且是在某等程度以內，帶着在它們背後的那思想的主觀的品性的。所以，在文學裏猶在物質的自然界裏，所謂類型雖然大體上是一種外在的有形的現象，同時一部分也是一種內在的東西，一種品性和特徵。至於這些類型的分類法，那是有種種多少已被承認的原則可以採用的。我們可以用看詩歌類型的樣子去看它們。我們可以從時期上去分類，而分爲古典的和近代的散文，及依利薩伯時代和黃金時代的散文；或從種族或民族上去分類，而分作亞洲的和歐洲的散文，英國人和哥德人的散文；或從作者去分類，而分作哥德體或哈萊爾體的散文；或從風格的立場去分類，而分散文爲明白的，有力的，和藝術的，等等。但是，在分類時最穩當的一個領導原則卻是——那散文作者在工作時的最後目的是什麼？在這基礎上，我們可以見到好幾個不同的類型——歷史的，描寫的，演說的，教訓的，和期刊的等等；其中每一個都有它自己的各別的目的和職分，然而彼此又有着一種相互作用，因而流露出它們共同的起原，和一切形式分歧中的詩的統一。我們將要按照它們的自然進化的順序略略加以一點討論。

（一）歷史的型　這常常被正當地稱爲敍事的散文，其中爲事件所必具備的時間元素居於特出地位。作者的目的是在把他的題目呈於讀者的注意，正如它的歷史發展中的各各階段自已展開一般。這是散文之最簡單也最早的體裁，猶之歌曲是詩歌的最早體裁，而且是一切階級和情境，一切時代和方面，所都相宜的。在所謂「編年史詩」裏，例如拉雅夢(Layamon)的"Brut"和哥羅寨斯德之羅伯(Robert of Gloucester)的編年史，我們看見敘事詩人和散文作者出現在同一個文學的人格裏。

歷史的方法可以分爲兩種——編年史的或嚴格地敘事的方法，以及邏輯的或思考的方法。兩種之中，前者較爲早起也較簡單，就是講述一個故事或宣布一個事件的最自然的方法。這就是事實之如實的引證或重複引證，其中可以容許一點擴張，藉以給與文學的形式和效果，但是不容許掩沒事實的存在和重要性。這樣的歷史家，是脫免了那種僅僅限於編製綱目的紀年家或編年家的錯誤了，但是仍舊還沒有用到邏輯的和思考的方法。史家之中如休謨和乃特，其所作史書都從基督紀元時代的開始直敍而下，就是這種較舊方法的例子。又尋常所謂記述史，也屬於這較簡單的一體。至於邏輯的方法，則是後起的，比較複雜也比較難，作者有意要將事實隸屬於原理，將一切細項和資料隸屬於概說。在這種散文中，作者作爲一個史家看時，雖然是個記敍家，但並不止如此，就因他是把原因，結果，法則，原理等等都放大了。他不能滿足於僅僅事實的記錄，因而要理解和思考那些事實，要去尋出一種適當的結論。就在這種地方，夫錫德及格羅脫是和休謨及馬可黎不同的。因而我們稱之爲歷史哲學或哲學的歷史，都並不錯。至於歷史的散文的範圍，則包括着兩個區分——傳記和歷史本部，無論其爲普通史或教會史。傳記是個人的歷史，是個人生活由青年到老年逐漸發展的一個記錄，它的界限在於那人物取得國家的或社會的形式。在自傳裏，則這種個人的特色更加顯著，因爲作者是成了他自己的敍述的題目了。現在傳記的出產迅速增加，就是這種體裁的有效性的充分證據，其例見於飛爾德（Field）的作家之昨日那樣的文學的傳記，馬孫的密爾頓的生平和時代那樣合普通傳記和文學傳記而爲一的傳記，斯特立克蘭的英國的女王那樣的普通的傳記，乃至如美國平民政治叢書中的那樣「民族的傳記」。這種傳記叢書之增加的出產，就是現時文學的特色之一。但是記敍體的散文的最顯著的例子，卻還在歷史本部，無論其爲普通史或文學史。實際上，政治的元素是它的特徵的元素，例如在哈蘭和格林，基佐和巴克爾。黄白斯特說過，歷史是「一種事實的記錄，特別是關於民族和國家的事實。這是關於民族之建立和生長的一種記錄。」然而除這之外，它的職分是很廣博的，差不多一切研究的部門都可以概括。因而，我們有如哈蘭和窩各(Warton)所作的文學史，馬許和輝特尼所作的語言史，留埃斯(Lewes)和宇伯威希所作的哲學史，泥安得(Neander)和摩斯亥謨(Mosheim)所作的教堂史，福祿門和馮・和爾斯特(Von Holst)所作的政治史。實在，它所概括的地面只有一個限制，就是人類的諸科學藝術，哲學等等已被承認的分類法。作爲一個記錄者和敘述者的歷史學，是一切已搜集的資料都可以利用的，而把這些資料用可接受及可讀的形式開陳出來，就是他的職務，也是他的機會。至於歷史的著述中所特別示例及需要的文學的品性，那末最重要的當然是統一，貫串，簡潔，尊嚴，描寫的巧妙，乃至明白，精密等等了。中心的事實必須要能理會，因而必須按照着時間的和邏輯的順序陳述出來，風格上要能免掉造作的形跡，並且有着充分的描摹的纖細，必使人容易理解，重要的要點須勿遺漏，而且態度上十分忠實。此外無論有無其他特色的存在，這幾個特色是必須要存在的，且其存在的程度又必須使那紀錄能夠符合一切已承認的條件，而爲無論批評的和通俗的眼光都覺可重視的。就因爲有着這些巨大的特徵，所以歷史常被列入最有趣最有益的文體之中，而爲一切有志於英國文體的學生所應當永遠注重。文學的學生有權利可以期望於歷史家，不但從他們手裏要能產生事實和事件的眞實記錄，並且那個記錄可以被承認作標準的散文。

（二）描寫的散文　這種散文所處理的不是時間，而是空間和地域；即是事物而不是事情；是描摹而不是敍述；必須要把讀者放在作者的觀點，使他通過文字的中介，看見作者所曾看見的東西，並也照作者那樣的看法，那纔算達到這種文體的最後目的。這是文學境界裏的一種文字的攝影術，在它的程序，理想和效果上，都屬一種眞正的描畫的藝術。因而，這是屬於想像一類的散文，陳述的也是再現的，所處理的是符號多於事實，務必觀念和影像都實在存在而且鮮明，彷彿它們是實體的存在一樣。因而，也如在記敍體的散文一般，我們看見那簡單和抽象的形式是自然界中一種有形事物或場面的描寫，如窩雷斯之描寫維蘇威火山，微克忒囂俄(Victor Hugo)之描寫滑鐵爐戰爭；或是一種無形事物或場面的描寫，如霍桑，臘斯金，以及歐文等人的作品所示的例。描寫文以其作者由可感覺的和具體的事物漸漸升至超感覺的和象徵的事物的程度爲比例，而取得了知識的任務，並使它的成功的代表者躋於名家之列。因此，關於一場目擊的戰爭進行的描寫，比之關於軍士的英勇或那戰爭之局面的描寫，實在是難得多。同樣，勃啓的關於歐洲道德的描寫，或愛德華滋(Edwards)的關於神聖果報的描寫，給其描寫的魄力，實比修昔的底斯（Thucydides)之描寫雅典的疫病，或部爾衛之描寫潘沛依 (Pompeii) 的殘跡，遠爲高等。主要是因有這種特著的想像元素，所以描寫的散文在小說的範圍裏佔着這麽大的一個地位；尋常所謂描寫的小說，生活和習俗的小說，就是這種特色的最顯著的體現，例如狄更司，塔刻立，里德，和部爾衛的作品。所謂詩的散文的部門，也有着這種特色，猶之詩歌本身之屬於抒情詩和劇詩性質的，以及如湯姆孫的季候那樣描寫自然的詩，和見於霍替厄作品中的描寫室內生活的詩。至如旅行的隨筆，像歐文，狄桑，拜厄德·泰羅等人給與我們的，這種特色也十分顯著。如果問起這種散文的必要品性，那末特出的有兩點——潑剌和健勁，就是那所描寫的事物或景物的一種如生而有力的再現。描寫的散文倘使不潑剌而健勁，那就什麽都沒有了，因而若經名手適當地處理起來，那就再沒有別種散文能像這種容易風行，也沒有別種散文能像這種更有文學的價值和永久性。而且，如果敍事的和描寫的散文兩者會合而融和在一個有機的文學作品裏，如在最精選的歷史和小說裏所見的，那末一方面各個特色都得着的最好的表現，一方面那結合的結果也相應地能使人滿意。

（三）演說的類型　我們現在所處理的完全是書面的散文，因而這裏所謂演說的散文是和口頭的散文不同的；就是說，我們所處理的是以作家的身分在書室裏寫成的作品，並不是以演說家的身分在講臺上宣講的演說詞；簡言之，就是在批評家和讀者考察之下的書面的作品。但經這樣解說時，我們卻得注意，這「演說的」一個名詞是有它自己的一種力量和意義的，就因它和口頭的講說有着密切的聯絡。這是散文中的一個類型，因其是演說的，所以具有適宜於口頭講說的種種元素，就是一個居於口頭和書面之間的種類。這有時也叫做「感德的散文」，以別於敘事的，和描寫的那樣冷靜的類型，它的首要目的就在喚起讀者的情感。因而，這是散文中最富刺激力和激動力的一種，目的不在教訓或給人快樂，而在給人感興和衝動。這又叫做「誘導的散文」，宗旨在於影響讀者對於某種行爲的意志，動機，和良心，因而把作者和讀者的人格同樣的牽涉在裏面，故與其他任何文體的性質都不同。像培根說的，「這是理性和想像之被應用於意志之較好的推動」，此其作用，當書面的演說詞說上了口頭，而作者的身分變作了說者的時候，乃得最高的發擇。這一型的散文之中，特別顯著的有三種體裁——議會的，法庭的，和通俗的。第一種的意思就是具有議會中的辯論性質的那而文學作品，當寫作時就是預備演壇上可以應用的，就是近代國家和民族之普通的或政治的散文。因而，這種散文的主題恆必是實用的，臨時的，所處理的往往是民族命運攸關的國家大事。這是一種立法的散文，解釋着憲法上的巨大原則，或勸導着這種原則的承受和應用的。西塞祿，彌拉波，柏克，亞當斯等人的演說詞，當未對於公開集會宣講之前，就都屬於這一種散文，而在文學的散文的範圍裏分明有着一個地位的。法庭的或辯論的散文，以其邏輯的說明的性質而論，是不屬於感齊的演說詞的範圍的，但以其勸導和申訴的性質而論，則仍在那範圍裏有着一個地位。歐洲史上有許多書面的辯論詞，都供給這種散文以最好的例子。這種辯論文的作者用着這種文體時，他就成了一種典齊的申辯者，或爲一般而公道而申辯，或爲人權而申辯，或爲受害者辯護，或爲眞理和法律辯護。散文之中要求涉到個人的因子和眞正的情緒的，當莫過於這種體裁，因爲在這裏，作者成爲別人利益的一種無私的擁護者，而他所追求的目的是維持法律。

所謂通俗的散文，則作者並不是政治家或法學家，卻不過是個普通人，不過是個公益的代表者。他的眼光並不放在議會裏或法庭上，卻從選舉場的方面出發，而研究着一般民衆的需要和志願。當這時候，輿論是在形成和發表的過程中，而那演說的作者的目的就在捏塑它和支配它。這種文體是最適宜於自由政治的，因而是最解放最民主的一個類型。所以，這就成了英美兩國最為發達的一種文體，古時當希臘共和政治最活躍的時代也曾發達，其後歐洲大陸政治上凡遇到緊要關頭，即凡人民對於其特權之被侵略提出抗議，以及民衆對於特殊階級有所抗爭時，這種文體必都要發達起來。關於這種散文，有兩個暗示應加注意。

（a）這是一切類型之中之最不藝術的，就因它和演說本身的條件過於接近之故，但在優美方面的損失，卻從力量和銳利方面而得到了彌補，因而引起了一個不易解決的問題，究竟這種文體能否也和其他一切文體一樣靠着文學作者的最後目的。

（b）由這可以得到第二個推論，即這種文體的主要品性就是感動性。在這一點上，它是沒有優勝的或幾近的勁敵的。它同時具有感動力和效力，首要的目的是在應付一種直接的論題，並要激起一種直接的行動。它必從頭到尾是感動的，所以當我們讀它而受它的影響時，我們就勢不得不做它所主張的意見的熱心擁護者。當這時候，我們的理解和感情是同樣被引動着，乃至爲表示我們的誠意起見，竟會得從實際行動上去作成那文中的主張的。

（四）教訓的散文　從某一意義講，一切散文都是教訓的。它的職務所以別於詩歌的地方，就在於它是教訓和解釋，是顯示某一特定命題的意義或真理，或反轉來說，顯示它的曖昧和錯誤。它的目的在於引出新的見解，或改變見解，或維持見解，而有時適當地稱爲解釋的散文，因而使它符合着亞里斯多德的一句話，就是說，「解釋一個題目所本有的意義；使是作者的特別職分。」所以，這在一切類型之中是最少與藝性和激動性的，就是最不是演說型的。它就依據着真理之簡單的陳述，以達到讀者的心，而收得它的效果。它和裝飾的，想像的，和詩的元素是絕少關係或竟絕無關係，或甚至和描寫的成分也無關係，除非描寫的成分是可以幫助說明它的題目的。我們若是稱道爲散文之科學的形式，應當不至大錯，不過那科學的元素是極靈活地運用着，使它仍可維持它的地位在文學的範圍裏，而不至成爲專門的著作。這是一種教育的，學院的散文，一因它使題材的地位大過了風格，二因它用着容易理解的形式。凡是一個明白和完全的定義中所包含的一切，在這裏都包括進了。它要劃出一個題目的界線，辨淸和它容易相混的一切有關係的論題的界限，因而可說一切成功的文章都是受着它的條件的。同時，這又稱爲哲學的散文，不過這裏「哲學的」三個字並不用着任何思辨的或學術的意義，卻只用着它的較廣意義，就是不過作爲知識的和思考的解，不過表示着一切精神活動所都適宜的那種冥想的特質，無論在文學或在哲學。照這樣解說時，哲學的散文是冷靜的，徹底的，審愼的，就是培根當說「爲能力服務的學問」這句話時心目中所存的一種文章。它是認眞的，鄭重的，穩健的，深思的；將文學的形式化到最低項，而提高內容的思想到它的最高平面的。這是最鎭靜而莊嚴的一種型，它的靜穆的風格差不多要成爲一種道德的品性，而相當於詩歌中的崇高性了。嚴肅佔先了愉快，而觀念，方法，和表現上的成熟就是這種型的特色。用着這種類型的散文，培根曾經著作他的學問的進步，巴斯噶著作他的思想，呼克爾著作他的國體，德雷柏著作他的歐洲知識之發達，希勒格著作他的戲劇文學，龍基納著作他的崇高論，布乃龍著作他的雄辯對話，愛默生著作他的論文，而凡作家覺得他們自己有一種崇高的消息要傳給讀者，且必注意着如實傳達時，他們是都用着這種文體寫作的。

從某一意義說時，哲學的散文雖大體上是教訓的，卻也有某種程度是喚醒的。它在發達的過程中曾經取得種種副尉的形式，現在把它們注意一下是有趣味的。它和較高級的敍事體散文的密切關係，見於歷史哲學，例如格羅脫，基佐，巴克爾等人之所作。在如佐治·愛路脫那樣的小說家，則我們看見哲學的描寫文的一例，這就是關於性格和動機的嚴肅的研究，如綺塽拉和丹尼爾·特倫達等作品所代表的。在勒新，聖柏甫和哥爾利治，則有哲學的雜文；在綽特（Choat）和韋白斯特，則有哲學方面的法律的散文；在輝特尼是語言的哲學；在培根和培因，是風格的哲學。遜沁以這文體作法學的論著，坎姆斯以這文體論批評，窩爾坡爾（Walpole）以這文體論政治，阿里孫（Alison）和柏克以這文體論趣味，克拉林敦以之論英國歷史，約翰·福斯德（John Foster）以之論品性，愛默生以之論柏拉圖——總之，各人都用他自己的方法，去深究他所處理的題目的根底，而且徹底地陳述出來。這雖不是最普通的文體，卻是充分流行着，使得文學建立在穩固的基礎上，而抵制着一切淺薄的傾向。總之，在文學中是有教訓的散文——即以訓練和糾正為目的的教訓的型——的一個地位的，而且這種具有教育功用的文體之存在與否，便是一個文學時期之爲高等或低等的最好試驗。一切文學的黃金時代都有這種文體的存在，猶之一切較低落的時代都顯見這種文體的缺乏。輕鬆的文學原也不是沒有它的地位和使命，但不可能單獨存在而可以有益於社會。我們必須有一個文學的本體，即一個下層基礎，以備在上面建築和居住，就這特色而論，英國文學是並不遜於任何文學的。如果問，什麼是這一類散文的目的和最後效果，那末我們將回答是「精神的刺戟，」即是一切能力之一種催促，也即是心力之加強和擴大。我們有可謂「精神的運動或衝動」那樣的東西，比之僅僅情緒的衝動要高等得多，這就是在機能境界裏的一種運動；而因其難得，所以是更加有效的。

（五）期刊的散文　以英國的散文而論，自從笛福的時代起，就用這個名稱來指這一型的散文，以及當時以日刊，週刊，月刊，年刊等形式按期出現的一切出版物了。還有，「雜體散文」這名稱，也曾用以指示這類散文的特質，因爲這類散文是不限於一定的職分或方法，不限於一定的題目和作風，而在散文的境界享有一種特權，和給與詩的特權同樣自由的。我們不能承認「雜文」

這名稱是代表着散文中的一種劣等的體裁，或承認其所以稱爲「雜文」是因它無法可以歸類，且沒有顯著的特長之故。反之，它是沒有一個散文的領域不能進入的。它可以代表各類中的最高形式，雖然在領域上和題目上不免缺乏確定性，但在範圍上，種類上，和方法的變化上，卻可以大大的彌補這個缺失。它的範圍實在非常廣大，我們竟可以說，無論敘事的，描寫的，演說的，教訓的散文，在需要時，都可以用雜文的形式表現出來，當這時候，作者只在大體上感覺到自己是在做那一型的文字，卻並不被那特殊的型所拘束。因而，這種文體所特有的危險是在要流於枝節和散漫，有時竟至現出反覆無定見。約翰孫博士之所以能垂不朽之名，就在他的兩部論文集雖然題名爲漫遊者和閒蕩者，大體上他卻緊緊抓住他的題目，而同時是多變化的卻又貫徹的。我們可以不失眞實的說，英國文學中的最好雜文作家，都値得受類似這樣的稱譽，其中如培根那樣的散文家，在這點上就是繼起作家的一個模範了。

最高等的雜文之中，「簡約」和「變化」一樣是它的一個特色，這事實是値得注意的。以範圍而論，期刊的散文比之於書本或擴大的論著，是不得不受着一種限制的，所以作者就不得不善於絮取自己，而且研究着鍛鍊的藝術。有些散文家爲力求符合文學的經濟的法則，乃致流於簡鍊的極端，而給我們一種類乎傑何的風格。哈萊爾就是這種散文家的一個例證。培根僻士則自告訴我們，說他在他的雜散文裏所給與我們的東西，是用一種「簡略的筆記」形式給與我們的，目的就在力求簡鍊，要使他的思想可以鍛鍊在一種箴言的形式裏。就在這裏，發生了一個爲雜文作者所須解決的最困難問題之一，——就是既要簡約而又能賅括；要有趣味而又能暗示；同時要發得特殊的和普通的目的；邏輯的統一和邏輯的深厚。現在對於這類散文的要求逐漸增加，就可充分說明這是一種標準的文體，而它的最好代表者是逐漸能夠應付它的要求了。它的作爲一個類型的吸引力，又可從一樁事實上見出來，就是每一個標準文學的最好散文作者都曾在這方面實質上有所嘗試和成就。乃至我們要研究歐洲散文的歷史，勢不得不也研究歐洲雜文的歷史。在如英國文學史上的黃金時代，我們看見它是一種最優勢的文體，乃至其他一切文學的發達都不能不借着它的光來說明。至其所以流行的一大理由，則在它是一種特出地自然的文體，像培根說的，「正適合着人們的事業和思想……而處理着人類生活最有關涉的事物的。」還有爲英國的學生所不可忘記的。就是這種期刊的散文主要地起源於英國。據德類克所說，一七〇九年出版的 The Tatler 就是「這種文體的第一合法的模範。」在這以前，曾有一五九七年的培根，一六七二年的騰普爾，一六九七年的柯勒頁(Collier)，以及考力等人的論文。特別可注意的是一七〇四年笛福所總的評論，其時當在 The Tatler 以前的數年。在歐洲，則拉·布律耶耳(La Bruyère)，孟德鳩(Montague)，以及其他的作家，也曾從事這種文體。但無論如何，雜文總是特徵的英國型，我們儘可不必跑到英國文學之外去找這型給與我們的最好例子。在雜體散文的不同區分之中，可說報章文學，書信，essay 和評論等是主要的，而遊記和故事也在其中佔有一個地位。

就報章文學而言，這裏所指的是它的較高的形式，如見於雜誌作品那個廣大部門的，和日報上的文字不同，而其門類則以 essay 和評論為最好。以書信而論，這裏只消說，它是絕對限於書信之文學的方面，如哥德和席勒爾，芬乃龍和基翁夫人(Madame Guyon)，喀萊爾和愛默生等人的通信。所謂「文學的書信」這個名字是很可容許的，如十五世紀的巴士吞書信，或佐治第三時代朱納斯(Junius)的書信。此外如斯尉夫特，騰普爾，窩爾波爾，拉穆庫拍，薩拉·哥爾利治(Sara

(Coleridge)，羅刻特(Lockhart)，馬可梨，腦斯金，馬太·亞諾爾特，羅威爾和史蒂芬孫(Stevenson)等，也都屬於此類，在這當中文學和生活往往達到它們的最好的表現；在這當中，一切造作的和模做的形跡都當着自然的面而消失；在這當中，靈魂對於靈魂而流露，且至少在那當時，作者是消失在那人裏面了。雜體散文之中最普通最典型的一體就是essay，無論它的形式是什麽——是描寫的或是批評的。這當中，前者是代表着較輕鬆，較自由，較通俗的一體。後者最好見於文學批評中，如見於愛丁堡評論及類似的機關刊物中的。又兩者之中，前者是較常態的，特徵的，而且常見的，是近代文學中可讀的essay，其實質是剛好足够稱爲好文學，卻又充分地有味而非正式，使普通的讀衆都能了解的。事實上，這是理想的文學類型，用可接受的形式表現着眞理和知識，活潑的，好趣味的。——是讀書世界的偉大的文學產物。至關於較高的一種，批評的，我們只消說，它是佔着它自己的一個分野，一個比較地狹窄的分野；它之所以被要求是因爲要維持文學的標準；它的例子就是勒新，聖柏甫，以及羅威爾，而其所以稱爲雜體，只因爲它是處理着一切文學的題目和時代之故。

最後，我們從剛纔討論過的這個廣大的題目，可以注意到幾個有趣味的暗示。

（A）關於散文各型的比較的價值　在這裏我們所應主張的，就是從這些都屬首要的類型之中去分劃界線，那是不但無用而且也是非文學的一件事。只要應用的時地相當，各種類型都能算是最好的，如果我們對於某一類型特別注重，那是因為便利的關係，以及特別的情境所要求。如果有必要時，一切類型都可以化為敍事的和描寫的兩型，而認它們為最基本的類型，但事實上並沒有這種必要的存在，所以作家和批評家同樣都着重在這些類型之精神和目的上的統一。

（B）關於散文體裁和散文時代的關係　在這裏，我們發見其間有着一種極其顯明的關聯，知道它一定不是偶然的。我們不能想像依利薩伯時代和黃金時代的散文可以互換一個地位。旁觀者和德來登的批評序文是不能期望它們會和培根的論文同時的，猶之這些論文是不能求之於馬可梨和喀萊爾的膨脹時代一般。平民政治時代之辯論的散文，是應時而成絕作的，在密爾頓時代以前就不需要了。呼克爾的政體論倘使出現在維多利亞時代，那就要被目為一部奇書，猶之紐曼和佩忒的絕作之將在依利薩伯時代一般。休謨和吉本的偉大的歷史散文，菲爾丁和理爾孫的散文小說，哥爾利治的哲學的散文，各個都當需要的時候起來的，至於近代之所以為近代，就因它正在近代而不前不後之故。

（C）關於散文體裁和它們背後的思想的關係　在這裏，我們打開了一個關於形式和思想——即風格和題材——的眞正關係的可惱問題。這種關係是因襲的呢，還是本身有的呢？對於這，我們可以回答，在著作之中是沒有光是形式這種東西的；一切眞正的文學，無論其爲散文或詩，而特別在散文，都屬一種有實質在底下的表現。這是思想的體現。所謂唯美派的作家，曾經給文學以不可賠補的損害，就因他們過分着重文學之形式的方面，認爲形式本身就是它的目的，而文學是純然爲着藝術的效果的。實際上，文學經最後的分析時，是思想的表現，而且那種表現雖然和科學及哲學不同，必須要顧到藝術和趣味的要求，但卻在體現上和傳達上必須使思想居於最前列。如說文學是一種理智的藝術，那是決不能算是過火的。因而，它的各種的形式都必須是精神的，不僅僅是語言的。

（D）因而還有最後關於類型和人的關係　在這裏我們用不着一點懷疑。文學在它本身是沒有地位的。它如果不是在它背後的作者的公開的表白，它就什麼都沒有了。人格是它的首要條件。我們常常說到人和書。說得再正確些，這是書裏面的人，而文學只不過是人的自由精神暫時給人類的限制所囿劃的。凡能給與這種有意識的和半神聖的人的精神以最充分的自由和功能的文學，就要算是世界精神史中拔好最有能力的文學。一般人都說，文學是思想之書面的表現。不止如此，它還是靈魂和生命的表現，人類的個性，一個人的本質的自我，乃至他的最深經驗和最高理想的表現。雖則是一種科學和藝術，但更特著地，它卻是一種默示和一種預言。

無論文學的體裁是這是那，無論是屬於散文或詩，總之必須要能接受這種預言，這種默示，而用正確的方法傳達給人們，方算有價值。

第五章　史詩之史的發展

文學批評家實際上已經同意將詩的首要類型分成三類，史詩，劇詩和抒情詩，還有兩個隸屬的型，描寫詩和教訓詩，其中最後一種在本質上最不是詩的，而描寫詩實際上是一種雜體的或合成的型，表示着關於三大類型的許多特色的結合。我們現在所要論的是這三大類型中的第一類型，我們的特別目的，是在尋出可留它的史的發展的那件事，並且要解釋它的一部分首要的特徵。

第一，講到史詩的定義，希臘原文 Epos 意思是一個字或一個故事，而這字的複數則指一篇有韻律的文章，主要是指示着一篇敍述文的觀念。這包含着一個用詩的形式的陳述，一件事情或一串事情的陳述，歷史的或半歷史的，又也許是純然神話的。因而，這常常被稱為敍事詩，因為它純然是處理實際或想像的已往事蹟的。據說史詩的「基礎是在已經發生過的或人們設想它已經發生過的事蹟上，」即在歷史上或神話上，而史詩家的事務是嚴格限制在事實或他設想其為事質的領域內的。當說「史詩必須純然依靠記憶和想像」時，這所指的想像是說那種以回顧爲任務的歷史的想像，和哲學的或詩的想像不同。作者的心境是要回向到以前的世紀，歷史的或史前的，以期能够搜集到必要的文學或史詩的材料。而且，史詩又曾被稱爲「英雄詩，」意思是說不但那一首詩裏面必須要有一個英雄，或那一首詩的題旨必須是英雄的，而說作爲一種詩的作品的史詩，在它的開端，展開，和主要的目的上，乃至最後的效果上，必須通體顯示着這個特色。若將這事實放在面前，那末史詩就可以定義作——性質上具有英雄意味的行動和事件之用韻律的敍述體的陳述。

講到史詩的起源，我們追溯起來就要被帶回到詩歌本身的起源，即帶回到原始未開化的時代，當其時人們還不過都是自然的孩子，生活在露天底下，和天地海洋不住地交接，用他們自己的法子接受着由心思和感覺傳來的無數印象，也用他們自己的法子將這些印象傳達在神話，歌曲和 Sagas 裏。這樣，史詩的起源是自然的，極古的，遠在散文的表現之前，而且要使我們回溯到那種思想和生活的單純性，就是那隨文化之出現和發達而從歷史上消失去的單純性。當其時歌人和樂師們就已將這些歌謠編出來合配着豎琴和七絃琴在各處宮庭裏歌唱了。不但如此，當時的詩歌是要求着一種純潔的且甚至於神聖的特質的。它的起源不但是自然的，而且是超自然的，和一切宗教的生活及崇拜有着親切的關係。在神廟裏和祭壇上它最是合宜。它是一種靈感或一種神聖的天賦，一種有着神聖功用的預言的才能，由於這，詩人和祭師的任務就合而爲一，而有限者和無限者結成了極密切的關係了。這就是「眼力和神聖機能」的最早的顯現。就因詩歌在這兩重的起源，它的研究纔被給與了趣味，而學者對於它所由構成的一切複雜元素，也有義務去一一指出它們的地位。因爲在史詩裏，比其他一切體裁都顯著，是可以見到這些元素的結合的。在它的敍述的或歷史的方面，它是詩歌之徹底地自然的和世俗的形式，至在它的象徵的方面，它就把我們高高帶進了超感覺的最高境界了。根米爾教授（Prof. Gummere）說，「相信感覺的印象是古初史詩的基礎，」這話如果是真確的，那末相信超感覺的印象也是一種有效的基礎，因在那些原始的時代，自然存在和超自然存在之間的距離，雖不至快要完全消滅，也是化到了極小限度的。因此，台勒耳在他的原始文化裏告訴我們，說史詩是要回溯到「作爲人類想像的最初根源的那種自然和人生的實際經驗」裏去的，這話就等於說，史詩的元始根源見於傳說的時代，因爲那是一個本質地詩的時代，而且是劃出實際世界和神話世界之不可分判的結合的。塔西陀（Tacitus）在他的日耳曼尼亞（Germania）使我們認識了那些古日耳曼族傳說的特徵，在那裏面，神和人的英雄行爲是完全混雜的，人被神化了，神則被給與了肉體，而一切自然過程都是人格化精神化了的。這些神話和神話學之爲詩和史詩的文學的豐富泉源，那是用不着說的。就是「傳說」這名詞，也是敍述這名詞的同義語，而這樣的敍述，是必然地出於自然的過程，要用詩體來表現，不用散文表現，而且大體上要通過符號和標號的媒介的。無論其起源於斯干的那維亞，德國，克勒特的不列顛，或東方，這些極古代的種族生活的敍事詩必都是世界文學中的眞正的史詩原料。事實上，我們現在所處理的一個時代，爲着重它的特色起見，是可以叫做英雄事蹟的黃金時代，即人類的史詩時代。當我們研究這個時代的時候，我們覺的它是具有很大魅力的——爲了這時代本身的氣性，一切社會的和文學的因襲性都成爲不可能了；當其時，世界是年靑的，新鮮的，勇敢的，其適於做羅曼司的題目，比適於做理性或現實的題目之處多得多；當其時，詩歌便是理想的表現，這是從此以後再也沒有也不可能的的情形；當其時，一般的民衆就都是詩人，而以詩人的資格來貢獻他們的種族的和國民的詩歌的；又當其時，文學的本身是不在任何美學的意味上可算「文」的，卻是像史蒂芬孫所說，只求表現「人在太陽和雨中所述的永久生活的。」這樣就是所謂史詩的時代，爲後來一切史詩的泉源和感興所在，也就是民間詩的時代，我們讀這種詩時，應該像赫特爾告訴我們的，將它們的作者看做彷彿在我們的街道上歌唱，完全不意識到我們所謂開化的近代生活的種種條件和限制的。因而，史詩在它的最初和最精工的形式中，也不過是一種生長，並非出於某一能手而經過一段時間的一種蒐集和編纂。這是「一個全民族的自然的生長，」在種族的最早兒童時代得着它的最初的表現，隨着種族之逐漸發達到一個強力而膨脹的成人期，它也逐漸取得變化的形式和任務，——即最先最好用着口頭的形式表現，在歌人們的毫無造作的吟奏裏。但一經起源之後，那末這可謂爲「史詩之史的發展」一件東西，就可說是部分地合着一般歷史的和文學的發達，不過大體上仍是一種獨立的發達，按照着它自己的本能的領導而求儘可能地保持着它原來的自然性的。馬可梨的教訓說「天才之最驚人的證據就是一個已開化時代所產生的一首偉大的詩，」這話對於史詩特別可以適用，而且使人着重在一種事實，卽這種獨立的史詩的推展是要受着高等文化生活的必要條件的嚴重阻礙的。

至於史詩所得而有及歷史上所曾有的可能形式，是富有批評趣味的一個題目。有各種不同的分類法曾被採用了，且可說是各都具有價值的。因而，我們常說的有四種區分法，如下：

史詩本部，如見於伊利亞特和奧德賽的；詩的羅曼司，如見於綽叟的蕾微羅曼司，這是一種半史詩，居於史詩和特殊的羅曼諦克的詩之間的；詩的編年史，如見於哥羅斯德之羅伯的英國史，作爲歷史而論是本質上敍述體的，但包含着實質上的史詩的特色；謠歌和故事，屬於英雄一類的，如見於馬可黎的古羅馬頌，在那裏面，史詩已經密隣於抒情詩和描寫詩的境界，而且以簡約爲一個顯著特色的。有所謂「英雄短歌」（Heroic Odo）一體，如見於濟慈的自由歌的，可爲以上最後一體的例解，但仍有一個未決的問題，卽謠歌之中究竟那一部分該屬之抒情詩，那一部分該屬之史詩。因此，我們可把史詩區別爲高等的和次等的兩類。我們又曾聽見說有前期的和後期的史詩之分。台勒耳所謂「中古史詩」，「黑暗時代史詩」的，則介於原始史詩和近代史詩之間。故有一個簡單的兩分法也就夠了：

（A）首要的體裁，包括民衆的或民間的史詩，以及宮廷的或藝術的史詩。

（B）次要的體裁，包括寓言或象徵的史詩，以及謠歌。

台勒耳說，「當考察中世紀的德國史詩，及追溯它們的材料的來源以及它們的特質所由決定的趣味或思想樣式時，我們馬上就發見兩種斷然各別的元素存在。其一是本生土的種族的味道，又其一則流露着外來成分的存在。」他又說，「我要稱前一種爲人民的史詩，後一種爲宮廷的史詩。」我們將這兩個種類略略加以考察，就可澈見了一個充滿着困難而且留有個人判斷的充分餘地的題目。

在時間上是居先，實際在重要上也居先的，是民衆的或民間的史詩，這就是德國文學中的真正的Volkslied，也就是台勒耳所說的原始文化中最重要的詩體之一。這可以正當地稱爲原始的史詩，以與其他較後起的史詩相對照。步耳革（Burger）則稱這爲「自然的史詩，」以別於藝術的史詩而言，這是最不造作的而且原始的形式，在這裏面，任何種族或民族的史詩天才辞得自己的體現和傳久。批評家給與它的名稱是社會的史詩，這是指着它的民衆的或一般的起源，以別於後起的次要體裁之起源於詩人個人之手的。所謂民間史詩，就由這種社會的，種族的或民族的起源而得名，其在中古的詩歌，就是它的基本特色之一，而且是貫徹了當時的詩的批評的，所未決的首要問題在於它究竟是民衆的詩的生活的一種無意識的進化，而逐漸凝固成一首所謂詩的呢，或是某一個特別詩人的特別產物。因而，我們就要說到一種詩，它是「並不屬於某一個詩人的，不是訴於眼而是訴於耳的，是出於民衆的全體而代表着並不是那一些個人或那一個階級的情操的。」

德國文學和詩歌批評史的學生必都曉得詩人赫特爾曾經幾乎用着熱情爲這民間史詩的原則爭辯，以爲它是構成一切眞正的詩歌生活的本質的。其後德國和其他各國曾有不少的皈戀信徒繼承他的這種學說。他曾借用哥德的話，主張「詩歌就是人類的國語」；主張它的起源是和語言本身接界的；主張當民衆無意識地說話時，他們就是詩歌的地在說話；又主張他們的傳說和習俗「本身就取得了詩歌的形式，」完全用不着任何學校的印信的幫助。他因此稱荷馬爲「一們民族的歌者，」以爲伊利亞特和奧德賽可在某種意義上說是由它們本身做成的，因爲它們完全是古希臘人的語言和生活的自然泛濫。同樣，大語言學者雅各・格黎牧（Jacob Grimm）跟赫特爾表示着極充分的同情，以爲我們用不着去尋覓泥柏隆根歌（The Nébelungen Lied）的作者，而且一切民族的詩歌實在都是如此，因爲它是屬於民衆全體的。「每一部史詩，」他補充說，「必都是自己做成的，」因而必都是純粹和簡單的自然的詩歌。又說，「史詩之不能由人創造，正如歷史。」在它那種合成的社會的特質中，暫時做着它的歌者的就是民衆。像這樣解釋了的民間史詩，就分明是一種生長的史詩，不是一種製作的史詩，其例就是伊利亞特和奧德賽，泥柏隆根歌和喜爾德布藍歌（The Lay of Hildobrand），伊泥易德（Aenied）和貝奧武爾夫和息德，其中每一部詩都是由各民族的種族生活裏自然產出，而充分符合着民間史詩的一切條件的。

首要史詩中的第二種，宮廷的或藝術的史詩，必然是比社會的史詩起來得遲些，且有幾點地方，也比較劣等些，理由就在它和藝術的律條以及進步文化的條件有着關係。這是近代文化的史詩，不是原始文化的史詩；文學本部中的史詩，不是非文學或前文學期的史詩；是起源於特別個人的，不是起源於一般人的；是美的研究的表現，不是自然的表現。總之，這是學校的史詩，而在它的史的形式上暗示着它所曾受影響的各種不同時代和傾向的。我們前面已經說過，赫特爾是擁護着民間史詩，以為它是惟一合法的類型而完全符合着和散文不同的一切詩歌的自然起源的。這第二種類型也曾得到過有力的擁護者，因而關於其起源於民間或起源於個人的爭論，曾將當時批評家的意見差不多平分為兩半。希勒格，倭爾夫(Wolf)米倫霍夫(Müllenhoff)，社累爾(Scherer)，保羅(Paul)，波談(Böhme)諸人，都竭力替個人作者的原則辯護，而否認史詩自己產生的觀念，又一方面雖承認其中的民間的因子，一方面卻不肯將這因子本身認作史詩本部的一個充分的解釋。

他們也承認這些古代的神話是存在的，並曾供給史詩的材料於最古的歌人的，但他們同時又主張一首詩必有一個作者，一部史詩必有一個史詩家，而貝奧武爾夫和伊利亞特必都終於要在某一個或幾個作家的身上指出一個確定的起源來。這班宮廷史詩的擁護者曾說「所謂民衆是個渺茫的詩人的集體」，否認「民衆的全體曾經做過什麼歌曲」，同時辯護着他們所謂的「藝術手段的學說。」總之，這兩種見解各有一種眞實在裏面，而這兩個史詩的類型也各有一個基礎，因爲藝術史詩之於近代開明生活之進步的階段，是和民間史詩之於原始時代的較粗陋的情境同樣自然的。而且，還可以補充的說，民間史詩裏面必須有某等程度的藝術手段存在於宮廷史詩裏面也必有某種程度的民間的元素，方纔可以構成一種眞正的詩。

因而，我們應該注意，彼台勒耳告訴我們，當十二世紀的後半，本是嚴格的民間史詩的泥柏隆根歌，曾經分成了兩種不同的樣式，其一是通俗的，稱爲「俗本，」又其一是正式本。後者就是預備在宮廷裏吟誦的一部民間詩。後來這宮廷本雖不久就不流行而歸消滅，但我們可以主張，在文學中是有這兩個史詩類型存在的餘地，而且歷史上它們確實存在過的。這樣，我們就有理由可以說，伊利亞特和奧德賽是同時社會的又宮廷的，是前古典期的古典史詩；是由希臘神話中得到史詩材料的，所以一部分是自然的起源，但其配合着史詩的形式，就又有着藝術的意味了。同此暗示也可應用於伊泥易德，並至少在限制的範圍內，應用於古代英國的貝奧武爾夫同時，一般曾經歸入宮廷史詩的，例如塔索的耶路撒冷解放，或流息阿德（Luoiad），或彌賽亞（Messiah），或卡德摩的意譯（Paraphrase）之類，如果批評時要能無所偏頗，就必須承認裏面有某種分量的自然和種族的元素存在，雖然它們也許受着藝術元素的支配。失樂園是要算文學中最最學術的作品了，但是沒有人能夠這麼大膽，竟說它是絕對地學術的或藝術的，因爲它的神話的和神話學的基礎，要把我們不但送回到舊約的歷史，並且送回到那些遠在聖書故事之先且對詩人和編年史家同樣供給材料的古代傳說。

以上所述，就是兩大史詩的類型，不過文學的學生在現在不必將它們分劃得十分清楚，因爲對於某一所與的史詩，我們是往往不能絕對地將它歸入那一類的。現在只消說，一切偉大的史詩都可穩當地將它指歸其一或其他，或者兩者都可歸。

還有第二類史詩，可以稱爲附屬的或次要的史詩。

這之中，第一種是寓言的或象徵的史詩，就是羅曼司的史詩，比之第一型的史詩是較少崇高的氣象和莊嚴的流動，却比較的以幻想，冒險，和武俠的情操爲特徵。這是一種居於歷史和傳說之間的浪漫的敘述，其例有如綽塞的好女人傳說，司各脫的馬密溫，以及以諾阿登，亥亞窩脫

(Hiawatha)和假夫皮爾斯等。馬羅立的亞搭爾王，曾因此而被稱為一種「史詩的羅曼司」。我們也可以掉轉頭來稱它為一種浪漫的史詩。在中世紀極流行的所謂「武俠羅曼司」一如見於查理曼，亞搭爾等史詩系以及古典的史詩系中的，都屬於這種次要的史詩，這種羅曼司往往用着宗教傳說的形式，用寓言的方法再現着某種基督教的美德，如體現在列聖的生活中的以「金聖杯傳說」為中心的一系詩歌，就是屬於這一型的，例如朱狄司 (Judith)，伊林 (Elene) 和基督丁尼生的聖西門苦修者 (Saint Simon Stylites) 或亞諾爾特的聖布藍頓 (Saint Brandon)，也可以歸入這類。剛剛居於宮廷史詩界線上的仙后，是英國文學中的寓言史詩的最顯著的例，是徹頭徹尾屬於這象徵一類的，無論在組織上，在形象上，以及詩的目的上，至於為世界至上寓言的神曲，則也分得史詩本部中之宮廷的和藝術的特質。所謂「物語」有時用文學中著名的「獸類史詩」的形式的，也應當地落入這個羅曼司的範疇。在髮劫裏，我們看見了史詩的遊戲詩，就是一種真正的做英雄詩體，用詼諧的形式顯示着許多史詩寓言的特色的。

次要史詩的還有一種形式，則見於諧歌和故事詩，這一種詩的名稱，「史詩的諧歌」(epicballad)，就已指出了史詩和抒情詩的密切關係，及有時史詩和劇詩的關係，但它卻是非常特別，故應有一個各別的地位和任務。其例有如馬可梨的古羅馬頌，郎匪羅的赫斯珀剌斯的破壞（The Wreck of Hesperus），金斯黎的三漁夫，席勒爾的沒水者，塔刻立的一部分謠歌，以爲拜倫的科含耳（Corsair）。英國古時的馬爾頓戰爭（Battle of Mardon）及布魯納部勒戰爭（Battle of Brunanburb），也這樣屬於史詩的性質，而「謠歌」這個名稱，也就如柴爾玆（Childs）指示我們的，取得了許多變異的形式，神聖的和世俗的，歷史的和幻想的，並且常常顯示着史前時代原始民間史詩的眞正痕跡。事實上，謠歌就是民歌，就是古代民衆史詩的具體而微者，也就是後來歐洲詩中的英雄短歌體。這是社會歌曲的體裁之一，不過因文明愈加前進而愈加喪失它原來的新鮮氣象的。

當我們聽說「謠歌必須給與我們傳說的意味和自然的滋味」這句話時，我們就知道它等於說，謠歌和民間史詩是本質地相同的，而歷史上則用着許多不同的形式表現着。

我們現在是可以陳述和討論史詩的主要特徵了。

先從結構方面講，無論是邏輯的結構，或文學的結構，那末主題上，思想上，方法上和目的上，都必須維持「統一」即必須照亞里斯多德所說的，保持着史詩的完全，有開頭，進展，和收束。所描寫的行動必須一致。無論裏面包含着怎樣的節目，那中心的思想必須要明白，而一切枝節的事項都必須歸向着它。史詩以其爲敍事詩的資格，是必須堅執維持這個歷史的統一性的，事情必須按照規律的次序，且必照顧着一個領導的人物或原則。枝節的情節只有在主要題目的關係上方可容納，必須間接幫助這個主要題目的發展，因爲這種枝節的情節之爲勉強加進去，或爲服從那題目的自然要求，那是明眼的學者很容易辨明白的。如經適當地解釋時，那史詩的主人公自己就足够維持它的統一了。

再從結構上說，裏面又包含着一種戲劇的元素，雖然那是偶然的且例外的。在荷馬，這個特色也同在別處一樣，是表現在對話的外在形式裏的。因而，所謂「行動的詩歌」這名稱應用在史詩時，在某一意義上可說很正當，不過這種行動是按照規律的次序敍述的或講述的，不是像在戲劇裏爲舞臺上的布景效果而表演的。除開結構上的這兩個法則之外，還有一些特著的史詩元素。第一就是「規模，」就是所見之廣大，所以史詩作者的歷史的想像必須能放遊到一個無限的境界。這境界是包括着人類已往事蹟的全部，且因史詩既可包含半歷史的或傳說的成分，所以並不限制於現實的領域。

第二元素是「持久的魄力，」就是要具有一種精神的能力，足以通過全部史詩的發展，始終都不鬆懈。這裏的意思並不僅說歷史的繼續性，並不僅指情節的不斷。這其中的繼續性是指精神而言的。作者必須顯出他的能力足以駕馭他所擬議的全部規劃，而不露出從有魄力突然落到虛弱的形跡。詩歌之中的這種魄力，就猶之於運動家在實際比賽場中經久耐戰的能力，也猶之於老鷹在中天終日矯翼不停的能力。就在這種地方纔顯得出史詩中的創造天才來；史詩作家之顯現他的天才，必須要能維持到他的全部作品完成爲止。這實在是他所須經受的最嚴酷的一種試驗。

第三元素是「崇高，」這可適用於英雄的主題以及史詩的全部內容。思想，詞句，方法，精神，乃至最後的目的，都必須像龍基納所說，是崇高的。據崇高這詞的語源義所指示，就是必須高舉的。在散文或別種體裁的詩，這個原則不論是真確與否，若在史詩，崇高是第一個要件，有時因所處理的題目的特別要求，竟至須崇高到幾近超自然的境界的。文學中的偉大宗教史詩，都屬於這種特別的體製。批評家常常說起史詩之「堂皇的和正式的」特質，這就是作爲崇高作品的史詩所自然要取得的一種動人的進動。在構思上和手法上，都須具有一種崇高性，沒有了它，史詩就不能存在，就是說，它必須具有一種高尙的裝潢和儀度，足以和它所依據的那個宏大的歷史背景以及它所抱的高超目的相配合。這可名之爲史詩的尊嚴，正是爲它的起源和目的所應該有的。

此外，「簡朴」也是必要的，這是文學作品的一種元素，爲散文和詩所共有，同樣可以應用於形式和內容，方法和目的，作者和作品，是一種不可名言的東西，沒有了它，文學就不能以怎樣優越的品性而存在的。這在重要上是居第一，在造詣的難易上是居最後，乃是自然對於人工的完全勝利，是和最高的藝術相符合的，但卻遠在於藝術之上，所以特別爲史詩所需要，就因史詩是崇高的類型之故。

最後一個特色就是「動人力」，思想上的，道德上的，和文學上的，這可從那敍述的逐漸發展上體現出來，但尤其在給讀者的全部效果上。這就是一切崇高事物所都應有的那種「高等嚴肅性，」在自由，在藝術，在文學，莫不如此。這也就是崇高性的本身。雖然史詩並不拿什麼擱人的道德來宣傳，但它畢竟是道德的地崇高的，因而，動人的，對讀者要求着一種近乎尊崇的重視。

簡括說起來，這些就是史詩的巨大元素了，至於史詩裏面之須具有人類的因子，則無論它用着怎樣的神話和象徵，這因子都必須充分地存在，使它可以符合敍事詩的條件而維持着一種應有的人類的趣味。所以，我們已差不多用不着說，最高級的史詩是不容易創作的一種詩，而事實上，這一類詩在文學裏也確實稀少。我們所能發見的這種傑作，數目不能超過十種或十二種，而尤可注意的，無論那國的文學，如希臘，也不能拿出一個以上的例子。因爲史詩所要求的條件實在太苛刻，決然不能常常符合的，至於一般文學之中能够產生不少屬於第二類的史詩，且有多數詩歌能够具有史詩的調子和目的，也就算是很有榮譽的了。

我們若把英國史詩的歷史來追溯一下，且如可能的話，把其間的歷史的連續發見出來，像在英國戲劇和英國散文裏一般，那也將是一種有趣味的研究。這樣的考察，將從卡德蒙的意譯人類墮落的史詩，即古英語的偉大聖經史詩，以及更偉大的一部戰爭史詩，貝奧武爾夫，開頭起，此外就是關於列聖的傳說，如見於伊林朱狄司，古斯拉克（Guthrac），以及基督中的。在諾爾曼時代，那個羅曼司的黃金時代，如見於編年史和寓言中的，我們見到的有布勞特（Brut），農夫皮爾斯的夢，以及綠塞的傳說故事。在近代，則有仙后，以及索爾頓，騷狄司各脫，濟慈，拜倫，勃勞寧，莫理斯，斯文本，丁尼生，郎斐羅等人的史詩，這一長單子本身就是構成一部歷史，而喚起文學學生的興趣的。

這個題目的有一方面是需要着注重的。這就是古日耳曼民族的史詩之再現於近代英語，因爲兩個國度的種族關係使得它們做了古代哥德人和斯干的那維亞人傳說中所見的那些原始史詩材料的共同承繼人了。自己就是一個盎格羅·日耳曼種人的台勒耳寫道：「如果我們美國人對於莎士比亞，史本塞，和綠塞，是跟我們的英國同胞們有着平等的份兒，那末我們血管中的哥德人和薩克森人的血，也同德國人一樣可以要求着喜爾德布蘭歌和泥柏龍根歌的遺產了。這是對於每個條頓種族的一種史詩的遺產，所以這些古代日耳曼的神話之再現於最近的英國詩歌，正是按照民族的統一性和歷史的順序一貫下來的。這樣，喜爾德布蘭歌曾經再現於亞諾爾特的蘇洛布和洛斯忒談（Sohrab and Rustum）；亞搭爾系的傳說再現於部爾衛和騷狄的亞搭爾王以丁尼生的王之歌。關於亨利的傳說則什再現於丁尼生的伊泥德(Enid)和郎斑羅的黃金傳說。在亞諾爾特的特立斯特藍和易蘇爾特，以及丁尼生的最後的比武(The Last Tournmont)裏，則我們看見古代斯脫拉斯堡之哥特夫里 (Gottfried von Strassburg) 的特立斯特藍。在莫理斯的谷德綸之情人 (Lovers of Gudrun) 及伏爾朱氏薛加德(Sigurd the Volsung)裏，也有同樣的再現。在丁尼生的拉拉哈爵士(Sir Galahad)裏則看見了尼中巴哈・烏弗蘭(Wolfram von Eschenbach) 的巴爾法爾 (Parzival)，就猶之泥柏龍根三部曲和羅恩格鱗 (Lohengrin) 之要將我們帶回德國中部的最早民間史詩一般。在霍亨斯陶芬 (Hohenstaufens) 氏手下的條頓史詩的黃金時代，論期間是與英國戲劇的黃金時代相當的。像這樣，詩歌是在重複的出現，而中世紀的民間神話也都用着活力的形式再現了。

最後還有一個有趣的問題要發生——史詩到底有怎樣的前途？英雄的時代只是過去會有的嗎？據說「最好種類的謠歌已是一筆結清的賬了。」史詩的謠歌也是這樣的嗎？要回答這個問題，就得把首要和次要史詩的根本分類問題重新去打開，而我們可以說，首要的民間史詩的時代是過去了，至於宮廷史詩，則最高級的也分明已經過去，它卻仍以古代史詩之翻譯的方式，如騷狄的息德，或古代史詩之改作的方式，如王之歌，而繼續存在的。

但這並不是說，近代詩歌是在衰落之中，只要其他的詩體是在前進的話。衰落的也許只史詩一種。我們只消說，現代的歐洲文學是非史詩的，且從文學的全視境看來，在不久的將來也未必會有一個史詩時代到來的希望。

第六章　詩歌

有一現存的美國批評家所著的一部討論詩歌這題目的書，開首一章的標題是「舊和新的詩論」(Oracle: Old and Now)。我們也可以類似地用一句話來作我們的開篇，即我們面前這個豐富的題目是永遠舊的，也永遠新的，它準可以維持對讀者的吸引力，而成爲一個不會失掉文學的趣味的題目。關於這個題目的每一個新的研究，都只足以顯示它的還有幾個方面未曾研究到，或只部分地研究到，而且日趨複雜的近代文明是這樣在改變着它的特徵和表現，所以使它對於每個時代的文學學作都實在是一個新的題目。特別在新近，這種興趣是已經復活了，故當維多利亞時代的結末十年中，是沒有那一個時代能比它更精密而充分地將這題目加以考察過。由馬太·亞諾爾特和社爾普等人這般多能的提供出來的關於這題目討論的新方面，已經後起的批評家在理論和實用兩方面都重加考察和擴大了。這些新近的且最值得注意的貢獻之中，有兩三部著作是放在我們面前——考爾多普的詩歌的生命和趣味的法則以及根米爾的詩歌的起源，每一部都能把詩的批評的最早結果和最近結果聯貫起來，每一部都顯著着獨立的探討，每一部都要儘可能地探求到這個題目的最深的基礎，而企圖決定了一向都在討論的那些問題。那些問題之中，有幾個就是：——什麼是詩歌的最初表現，而且它們是什麼時候出現的；關於它的內容和形式應該給以怎樣的定義；它和散文，音節，格律，思想，感情，趣味，道德等等的關係怎樣；它以怎樣的程度是寫實主義的，以怎樣的程度是浪漫主義的，神秘主義的；詩的字彙有着怎樣主要的特色，且應該怎樣去獲得；它的功用和目的是什麼；詩的概念和詩的製作有着怎樣的關係；詩歌怎樣可以使它加富，而且對於詩歌的趣味怎樣纔會滯緩，怎樣纔可推進。諸如此類的問題，都是馬上就要發生起來的，且馬上要打開一個研究的範圍，既有趣味，又有希望，卻也困難的。在我們當前的討論裏，我們將要把這題目用兩個有關係的標題提出來，——「詩歌」和「詩學」，其一是代表內容，其他是代表形式，卽將詩歌當作一種精神的概念和一種美的製作，或如道登說的，當作一種心的產物和藝術的產物。這裏，「詩歌」和「詩」是用作同義語的，「詩學」則義同於作詩法，卽是詩的機構，也卽是書頁上見着的外形的詩。因爲凡是詩歌，都必有「題材」和「組織，」卽必須有一種內在的東西，不論我們叫它什麽，以做成詩，也必須有一種外在的東西以做成詩。當我們照這樣的解釋去研究它們時，它們的分歧和統一就同樣的都會出現。

詩歌

當我們拿起這個總題目的第一部分和較基本的部分時，我們首先就要問到——

（一）詩歌的要件，就是斯忒德曼所說的「詩的本質和元素」，也就是他在那部書裏特別用「什麽是詩歌」一個標題來討論的，這一個題目，我們必須承認，有它的某幾個方面是要拒絕我們逃避我們的，因而我們最好也只能辦到一個近似的程度。據我們所知，詩歌是由四種各別的卻是相關的因子所構成，每一種都貢獻它的一份兒來造成統一的結果，而由彼此的合作以造成詩歌。

（1）第一個且最重要的因素是「思想。」關於這，雖然有許多反對的意見，卻是必得主張它的存在的；並不是說思想之出現於詩歌應該和在散文是同樣的程度或同樣的樣式，乃是說它必須實質地存在，是說一個詩人必須徹頭徹尾是個有思想的人，卽不但是個預言家，並且是個思想家。他除有感覺和感情之外並必須還有意識，決不能使人懷疑他把詩歌作爲趣味的蘊蓄物，或雖是劣等思想能力的藏蓄物。英國學校中也有一種「無意義的詩」（nonsense verse），那是專爲教室中的教授目的而作的，當然不能供詩人去做模範。人家告訴我們說，「沒有藝術作品是有眞正意義的；除非那作者有點東西可以說，即有一點思想必須想像的地表現出來，就沒有藝術作品是能持久的。」詩人就是一種作者，所以思想就是一種必要的條件，也必須受思想法則的支配。因而我們說他是創造的，是一種首創的生產者。詩歌不但是模倣的產物，也是發明的產物。當亞理斯多德教訓我們說「詩歌是一種模倣的藝術，模倣着人們的熱情和狀態」這句話時，他是指舞臺上用喜劇和悲劇表演的劇詩而言的，並非指依存於精神生活的詩的本質。當密附頓說詩是「我們的感情及於我們的思想的影響」時，就把這種精神的特色包括在裏面了。得徹說得好，「詩歌是一種也是模倣也是發明的藝術，眞理就是它的目的。」

但這並不是說，詩歌應該在教訓的和專門的意味上是理得的；並不是說思想應該居於十分顯著的地位，乃至使它成爲學術的，思辨的，或甚至於哲學的型，因而不能適合於一般人的心理；乃是說，思想必須充分地存在，方纔可以給與詩歌以一個精神的型和基礎，免得它受到淺薄的責備；卽思想雖不勉強壓倒全部創作的過程，卻須爲全部創作過程的監督；總而言之，詩歌必須也應該成爲知識活動的種種不同方式之一。差不多用不着說，這種精神的程序，在某些詩體是比在別種詩體較爲顯著的，卽在史詩和劇詩比在抒情詩和描寫詩爲顯著；在荷馬，莎士比亞，歌德，拉辛等人的傑作裏比在薩福，朋斯，歌德斯密，海涅等人的作品裏爲顯著。

而且，詩歌和散文不同，思想是須間接表現的，要通過其他的機能或功能的媒介的。像斯武德曼說的，「詩歌之所以具有教訓的性質，因而在藝術的意義上覺得不眞實者，就因它是絕對的思想表現之故。」他這話的意思就是說，思想必須通過其他的機能而表現，以使詩歌可以和科學及哲學有分別，因爲在科學和哲學裏，思想是脫離了一切僅是藝術的目的而表現的，且除將眞理作爲眞理而陳述和主張之外沒有目的的。

（2）第二個因素是「想像。」我們在種種不同的觀點之下來說想像，認爲它是具有不同任務的，且用不同的樣式和在不同的境界裏運用着的。因此，我們見到了「哲學的想像」，其用在於思辨的學問的範圍裏，而處理着關於非物質的和無形的事物的種種問題的；見到了「歷史的想像」，以所有過去的時間做它的領土，而使它重新活了起來，彷彿它是我們面前的現實一般的；又見到了「科學的想像，」如運用在數學的無限數上以及天文學的不可測量的空間和時間上的。但在詩歌裏，我們不過偶然用着這些特種方式的想像行爲，就是只除非彼等詩裏要包含歷史的元素的時候。我們這裏所要處理的是「詩的想像」的本部，這是詩歌所特有的一種想像的方式和任務，在一般文學和散文的廣大部門裏只能見到一種變相的例解。因此，有不少詩人和批評家都認想像這機能在詩歌裏最爲顯著，或竟是詩歌所獨有。這樣，培根說詩歌是「虛構的歷史」。馬可黎則說，「所謂詩歌，就是用文字以造成想像中的一種幻象的藝術。」雪萊在他的著名的詩辯護裏，開頭就把理性和詩的想像來作一種比較，主張後一種機能優越於前一種，並作結論說，「詩歌應該定義爲想像的表現。」同樣，莎士比亞也曾說：

「詩人的眼，作一種優美熱狂的溜轉，
從天一瞥看到地，

從地一瞥看到天；
將之想像，使未知的事物成形而現，
詩人的筆使它們的形像完全，
使空靈的烏有，得着它的居處，並有名兒可喚。」

講到想像的職務，我們說它是建設的，綜合的，型造的，和描繪的，這一切的職務，在詩的活動的種種方式裏都要用得着，而描繪的職務則特爲顯著。在這裏，也猶在知識的元素的場合，想像這任務的程度和力量是隨不同等級的詩而不同的，例如神仙，浮士德，或漢姆列德所見的那種想像的型，比之席勒爾的沒水者或密爾頓的活樂者(L'allegro)裏所顯示的，是廚無可比倫的較高級。在王之歌裏，這是一件東西，在以諾阿登裏是完全另外一件東西；至在世界文學中的偉大史詩裏，那末想像的廣遠和宏富是可說是獨特的。於此，就可以講到尋常所分的「想像」和「幻想」的區別；其一是崇高的嚴肅的表現，其他是輕快的且往往近乎遊戲的行爲。而且，還有應該提示的，即想像的任務，即使在詩裏（在這裏錯誤是比較的自然）也決不能使它越出可信和合理的限度。從布斯說，「一個詩人要軼出自然之實在的工作是可以的；要軼出自然的可能性，就決然不可以了。」他必須守住或然性的界限。他雖然可以自由跨入超自然的境界，卻不能跨入不自然的境界。詩人之最遼遠的飛越，總必須拿一個地方來做他的止境，且即是他的冥想，也必須受理性的約束。他的「優美的熱狂」是必須在管束之下的，庶幾乎僅僅的怪誕和疏忽不至僭據審裁的地位，而詩的特權也不至墮落而爲詩的無法則。

（3）「感情」是詩的第三種元素。這可以用種種名稱表出來，而名之爲熱情，情操，情緒，激感，熱憤等等。詩之爲心腸的一種表現，猶之其爲頭腦的一種表現，而心腸表現的成分實在多於頭腦的表現。倘使兩者必不得已而不可得兼，那末必須使情緒的元素佔先。所以威至威士說詩是「強力感情的自然氾濫。」密爾頓說詩是「熱情的。」亞理斯多德也說詩模倣人們的「熱情」。厄力與特(Elliott)說詩是「感情的真理，」斯試德曼則把感情和想像合而爲一，說「缺乏熱情的詩罕有是想像的。」這樣，在本質上，及說之文學的批評和經驗，詩總都是情緒的且即以情緒的產物而在自來詩人的作品當中獲得它的地位的。彌爾說，「詩人的詩本身就是感情」。這就無異於說，詩歌是必須要強烈的活力的，必須要有一種生命的搏動在裏面，必須流露着一種明顯的心腸的動作，而能將血液去澆滿一個民族的詩歌的體態。在這裏，也猶在其他各種元素，不同的詩體需要着也顯示着不同程度和不同而相的感情，即史詩和描寫詩自然比劇詩和抒情詩包含的感情較少，而在悲劇及抒情詩則感情升到了主人的地位，例如在亞大利，利爾王，科馬斯，及有福的少女（The Blessed Damozel）。就在抒情詩的本範圍裏面，所包含的感情也可以有多少之差，較少的如頗普的牧歌，馬可梨的短歌，或味吉爾的牧詩等，最多的則如密爾頓的十四行詩，或近代歐洲的國歌。在世界的偉大輓歌裏，如紀念詞及忒息斯（Thyrsis），所包含的熱情雖然較不顯著，較無形跡，但同樣是活力的和潛力的。在這裏，詩的範圍是十分的廣闊，包含着人類情操的一切可能的方面，——愛，憎，友誼，愛國心，野心，希望，恐懼，快樂，憂愁，乃至作為一種感情表現的詩歌似乎可以賅括詩的全領域。無論從怎樣的觀點看，無論看它的那一個而相，詩歌都不如在這裏這樣見得有潛力，因為在感情方面，它和人間生活的接觸是如此的密切，所以就成為人類傳達他的心的經驗所不可缺少的一種媒介了。倘使「一闕的自然就要使世界覺得親切」，那末在這態相之下的詩歌，是具有着表現着散文所不可得而有的那種同情的接觸的。

第四種因素是「趣味」，這是從它的一切不同的關係和應用上說的。這是一個難以定義和形容的名稱，所以文學批評家們還仍舊在懷疑它。它可以應用在散文和詩的一切門類，但在詩裏，它有着首要的和特別的用途。

歷史上關於它的種種學說，這裏可以陳述一下。照盧爭的意思，這是表現着一切機能和感情的聯結。赫起遜(Hulcheson)和亞凱賽德(Akonside)則認爲它是一種各別的機能，有着它自己各別的範圍和任務的。休謨和臘斯金則着重它的敏感性的方面，至於柏克，則在他的著名的論文裏將這些分歧的意見調整起來，承認它有兩重的作用，以爲有時是一種單一的機能，有時則數種機能聯合起來共赴一個目的。以我們現在的目的而論，則趣味可以定義作——一種機能和敏感性，我們經由它而達到美之知識和賞鑑的。這樣，就把知識和感情結合在一起，有時其一比其他爲顯著，但在文學之無論怎樣廣泛的研究裏，兩者之中從沒有一者是不存在的。在所謂文學的或詩的批評中，它的作爲一種辨識機能的任務是比較的明顯，至在爲娛樂或一般教養的目的的文學的閱讀中，則在賞鑑方面敏感性是比較的顯著。根據着這個定義，我們又有可注意的，卽「美」這名詞所包括的整個部門都不能不牽涉進去，而於此，就要打開一個充滿着文學興味的研究的分野，其中包括着美的性質和可能的顯示，它在文學裏的正確的地位，以及它的表現的諸條件，等等。在這一點上，學說是大大的分歧了。照來布尼茲的意思，美就在於完全。柏拉圖是認它爲思想的和精神的。照狄德羅，則美在於它的種種關係。照哥德，美是和表現有關的。蘇格拉底則將美和功利視同一物。奧古斯丁(Augustine)以爲美就是秩序和設計。若就我們的目的而論，則美可以說是——由趣味所發見和賞識其存在的那種品性。在這一點上，就是詩歌中所要牽涉到的趣味和美的連帶關係上，我們要諷示讀者去一研究美學，卽美的科學，那一門廣泛的學問。

而且，所謂崇高性這東西也要牽涉在裏面，因爲它和美的聯繫是如此其密切，我們竟要兩者看作一樣東西，然而在特質上和表現的機會上又如此其不同，所以又不得不各別加以考察。如果問到趣味所由養成的各種動力，那末我們的回答可分兩層。

第一，是把藝術大師所曾推得的美的法則和原則加以仔細的研究；第二，是把世界最偉大的詩歌本身加以精密和同情的研究，因爲我們應該注意，趣味這東西在它的最好表現時，乃是一種自然的賦與而不是學校的產物。這是一種遺傳的表現，一種與生俱生的機能；它的起源和它的顯示同樣是獨立的。如果再要問到，在一般文學和在詩裏它是怎樣體現出來的呢，那我們的回答是——用着統一和對稱，用着適當的詞句和組織，用着由「風格」這名詞所包括的千差萬別的文字的表現。它可以出現在詩的主題裏和它的推展裏，也可以出現在對於作時的動機的適應上，和所抱的目的上。

以上所述，思想，想像，感情，和趣味，就是詩歌的元素，其中每一樣都在它自己的地位上屬於必要的，每一樣都貢獻着它的一份力量來造成最後的作品，而每一樣元素的作用都在一種意義上包含着其他一切元素的作用。這樣，詩歌就可以定義作——用着格律的形式，通過想像，感情，和趣味的媒介，而以給人快感爲首要目的的思想的表現。因而，我們說到一個作家的「詩的人格，」以及一個詩人的「天才」等等名詞時，都要算是正確的。一個人之所以爲人，和所以爲文人，就在於他的能力的內容和總和。在這裏面就出現了詩的「迫切的要求，」即在於它能使整個人都起了充分的活動，卽運用着他的全部能力以成一個作者或創造者。這樣，詩人就是生產者。他們的工作是他們自己的。就在這種地方，這常常被人低估了的詩歌，纔升到了最高的平面，和最高的最好的一切結成了同盟，且如跟良心，人格，和有爲的志願結合在一起時，它就完成了藝術的境界。

（二）詩歌的諸特徵

（1）其中第一就是「規模」。它必須要有遠見和高見，緯度和經度，須能統括一切的空間和時間，如丹第，密爾頓，莎士比亞在史詩上和戲劇上所曾造成的那種規模。它必須要有廣袤。我們已經見到，抒情詩是上下於人類生活的全音階的，雖是描寫詩，也可以包舉自然和超自然的一切。如果說盡着各種任務的想像是詩歌中的一種必要的機能，那就等於說，詩歌是拿一切無邊無限的境界做它的領土的，它可以毫無阻凝地達到一切的存在和眞理，可以穿通一切已知存在的宇宙，並且遠遠進入未知存在的境界。每一個抱負不凡的詩人都必須像密爾頓那樣嘗試着「一種冒險的歌曲，」不僅以在想像的空中作「中間的飛翔」爲滿足。詩歌，在它的原來的觀念上，是廣闊的，超越的，它可以隨意蔑視區域性和暫時性，可以完全不斷應用於其他方式的人類活動上的任何限制。天堂，人世，和地獄，是被合一了。過去，現在，和將來，是被合一了。一切的距離和期限都被取消了。詩歌必須有一條大路去通過大地，空氣，和海，和天。它必須具有愛默生所說的「氣象和規模。」就在這裏，自由的原則進入來作爲詩人被容許的特權之一，這就是在理性和文學法則的確定條件之下的一種絕對的行動自由，也就是一種爲詩人所有且因其爲詩人然後有的特權，可以隨他走到什麼地方去，隨他願意做什麼，而全然不顧學校所定的律條，或散文文學所受的限制。但這並不像馬可梨那樣說的，以爲這種自由可以取得非常極端的形式，乃至要顯示出精神的不健全，或以爲詩的自由就是半野蠻民族的兒童時代和嬰孩時代的那種不羈的幻想的同義語，而是說一切普通的障礙都被撤去了的，是說一切專門的生活都被廢除了的，是說一般文學世界都只承認詩人纔得有這種特別的容許和權利的。因此，詩人的精神就愈得要具有堅實的質地，詩人在他的文學觀上就愈得要是個健全的人，愈得要能特別顯得健全而無所偏頗，這纔不至於完全廢棄了法則，纔不至於濫用人家給與他的特權。就在這種地方，詩人乃可分爲大師和僅僅模倣者，分爲眞正的詩人和僅僅吟哦者，分爲可以完全放任的作者和不可以信任的作者。

（2）第二種特色就是「律動的品性。」詩歌不但須有形式而並須有題材，即必須具有詩的本質，就是思想和情操，形象和趣味，也就是一種基本的詩的內容——這一種事實我們是已注意到了。現在我們可以更進一步，而補上說，它又必須具有一種內在的和諧或節奏，就是爲詩所由特徵的一種內在的運行或格律，在詩的眼光之下是很容易辨別的，但雖有極盡做的手段也不能倣造，而有了它的存在，詩句就優越了。換言之，凡思想，形象，情操，趣味，都必須是有節奏的律動的。美國詩人愛倫坡曾把詩中的這個特色擡到極高的地位，而把詩定義作「美之律動的表現。」在他自己的鴉和鐘兩首詩裏，他就曾給我們一個例解。根米爾在他的詩歌的起源裏寫道：「詩歌是律動的發抒——就是利用節奏以達到它的目的的藝術。」確實，音節是詩歌的一個不可缺少的部分，沒有了它，詩歌就不復是大師們所寫作所解說的那種意味的詩歌了。一個美國批評家論到勞倫時，曾經講起他的詩的「漲落。」詩歌之所以爲詩歌，就從一種內在的漲落運動見出來。故大希勒格也曾寫道：「節奏是和詩歌一同生的，無論在安剔蘇河（Ontario）上或恆河（Ganges）之上，凡有詩歌，便有節奏，」就是便有雪萊在他的詩辯護裏所說的「字音之一致的反覆。」節奏的意思就是這種運動的規律性，就是重音以規律的間歇而反復，也就是一種基於重音之上的確定的更迭聯結，而由它的一致性產生特種詩的效果的。這就是所謂「詩的必要事實」，由其存在，且以其存在之多少爲比例，使文字成爲詩的，倘若完全不存在，那也就完全不是詩。雖是散文，有時也顯出節奏之充分的存在，因而使它給出了它的名義上的類型，而取得了「散文詩」的名義，就是在詩的領域這方面的一種半節奏的作品。在這裏，我們看出了詩歌和音樂的密切關係點之一，就在各個都是本質的地有節奏的，雖然各個的節奏以不同的程度和狀態而存在。詩的傑作就由這上面測驗出來。它們具有這種內在的通徹的律動的品性嗎？即具有詩的形式還未取得有形的表現之前的這種特別運行嗎？這種內在的節奏和那種見於格律或格律的組織中的外在的型，其間究竟有着怎樣一種關係，且等後章關於「詩學」的討論裏再加詳細的說明。

（三）我們現在可以論到詩歌的功用和報酬——就是它的直接和間接的任務——了。詳言之，什麼是它的目的和職務，它對於那種情願去接受它的充分影響的人們能夠給他們怎樣的報酬和什麼實際的效益。說詩歌具有任何有用的目的，是被那種單在散文方面過了一生的全無詩趣的人們嚴格否定了的。作爲美術的詩歌是這種人所不承認的，唯有作爲實用的藝術，纔能引起他們的重視和興味。

（1）我們見到，作爲詩歌的第一種報酬的，就在它是一種「啓示者」即人生和自然的一種解釋者，內的和外的世界的關係的一種解釋者，往往能夠進入別種力量所不能達到的所在，而把那裏隱伏着的東西顯示出來。祉爾普教授曾給我們一部書，叫做自然之詩的解釋，就是應用這個原則於它的一種職分上的。亞諾爾特說「詩歌的偉大力量就是它的解釋力」；這種力量，就是詩人通過他的思想感情想像，趣味等等的聯合活動而藉以見到比尋常觀察者所見的更深更遠的所在，並且更精細的考察和展開他所見的東西，而把真正的人顯示給他自己看的。我們看見這種力量在詩歌所能取得的任何形式——史詩，劇詩，描寫詩和牧歌；有時是解釋人類的歷史和自然的世界，如在史詩和描寫詩有時則解釋人類感情的最深的深處和最高的企望，如在劇詩和抒情詩。

綽塞，開斯，湯姆孫，和克刺布，以及諸如此類的室外自然歌者，是給我們以自然現象的無窮變化所暗示的一套眞理，至於伊士奇，涉士比亞，拉辛和席勒爾教訓我們的，則是由思想和精神現象的同樣無窮變化所暗示的另外一套的眞理。唯有詩人纔具備這種先知的預言的力量，這種充分發達的深見和遠見，因而他是直接在處理着基本的事實，無論這些事實是在有形的和物質的世界之內或外。當詩人寫作喜劇或悲劇的時候，他所描寫的是人類的狀態和熱情，過失和恐味，失望和悲愁，所以他是怎樣一個心腸的解釋者啊！或當寫作較平靜的抒情詩時，所描寫的是原始生活之牧歌式的質朴，所以又是怎樣一個心腸的解釋者啊！總之，詩人確實是一種先見者。他的工作是深刻的，解釋的，而當他用着適當的形式把他的研究結果給與我們時，他是在替我們做着一種只有他纔配做的工作。

（2）還有一種報酬見於詩歌之「提高的」和「洗練的」勢力。從前希臘批評家龍碁納做崇高論，主張思想，感情，和詞句的提高爲崇高的主要元素，就是指詩歌的這種勢力說的。臘斯金說，「無論什麼東西，要能提高思想，就是崇高的。」照康德的意思，「這就是要表現無限於有限的那種企圖」這就是詩人在他的本分上和選擇上所必須要居的一個境界；在這境界裏，他必須做着他的最高尙最持久的著作，而出了這個境界，他就不得不降到僅僅是吟哦家的地位了。詩歌是表現理想的語言，就是普通傳達工具所不能達出的那種東西的表現。得徽說：「凡在我們心上喚起關於無限者的感情的一切眞理，都是詩的眞理。」當詩人或詩歌的學者將自己降服給這種神聖的靈感時，不得不然的結果就是精神的和道德的提高，就是整個人都被提高到第九度力，提高到見解和經驗的較上層，在那境界，是看不見涯涘的，也沒有語言可以適當地表達那些支配觀念的。因而，道德的崇高性就成了詩歌的第一特徵，也因而一般人都公認史詩和悲劇爲最能體現和啓示道德崇高性的詩體，因爲在那裏面，想像和一切創造的機能都必須升到它們的最高努力，而詩人以其能力的總和，就去同一切至高的存在結合，至少要暫時忘記了他自己是地上產生的。

此外還有一種「洗練的」勢力，就是當詩人用着「高尙的嚴肅」去處理他的工作時所要發生的一種清潔的和使人健康的效果。亞理斯多德論戲劇時，稱這種勢力爲「洗練熱情」的勢力。我們以前曾說「趣味」是詩歌的一種元素。那不過是說它要涉到一切正當地屬於美的東西。這特著地是指藝術一類的作品而言，內中包括着一種爲散文中所不怎麽注重的關於形式和適合性的意識。詩歌，作爲一種美術看時，便是一種「洗練的藝術」，給與色和調於它所接觸的一切的。一向辯論得很多的「教化」這個詞，至少是指這種勢力而說，即使在有「教化」者高尚而純潔的那種力，而教化是根本地包括在詩歌的概念裏面的。要想使最好的詩歌通俗，對於普通的讀者都會有趣，那並不是一件不大困難的事，就因那個所謂無教化的階級，是出於文學的特權的範圍之外的，即從某種意義上說，必須要預先受過教育，然後能夠賞識一種特著地屬於美的類型的文學作品的。就因這個緣故，所以需要演員和辯家把書面的劇詩用布景的力量和演說的藝術來通俗化了，並以洗練觀衆的一般趣味，而給與他們一種尊嚴的意識。此外則抒情詩，通過了歌曲和短歌的特種媒介，也可由一種不同的方法而達到同樣的通俗化的效果。這樣，當我們考察詩歌的種種特別效果時，有一個「不易解決的」問題就要發生起來，即在最偉大的詩人身上何以也有較下劣較粗鄙的心型的存在——此其例見於依利薩伯時代的戲劇家，以及較後起的德來登，拜倫，雪萊，哥德等人身上。關於這個變則的最好解釋是，這種心型的存在是無關於詩才的存在與否的；即人類的天性之中「有優點必有缺點；」即詩中最顯著的機能，想像，是最不容易受制於法則的，因而腐敗的宮廷或腐敗的讀衆趣味往往要強逼詩人去迎合它；否則就非很挨餓不可。但有不可忘記的，這種較下劣的心理究竟見於第二三流詩人的時候居多，在大師們的身上是難得見。關於這一點，英美兩國的文學曾經有過一個可以嫉妬的記錄。

（三）「個人的快樂」是詩歌給與我們的又一報酬。這一點，有許多批評家竟把它認作作爲一種藝術的詩歌的最後目的。這就是詩歌對於詩人及讀者的消遣的方面，在史詩和劇詩，短歌和歌曲，幽默和諷刺，乃至於嚴肅的思考，無一不是這樣。詩歌，從這一種見解看起來，便是一種滿足，是當我們需要着安慰與彩，和希望的衝動時來替我們服務的。這話可算是十分眞確，即凡高等詩歌對他不能發生申訴力且不能饜足他的需要的人，他的性情的組織就可擯棄了。詩歌是與人類俱生的，所以對於人類最深的本能都有申訴力，無論是野蠻的，是文明的，是年老的，是年青的，是通文的，不通文的，而且至少可以假定它對於每一個人都有點具有價値和趣味的東西可說。

以上所說，就是詩歌的元素，特徵，和功用，也就是它對於每個文學愛好者及一切關心於一般教化者的應有的權利。此外有所謂「詩的精神」這東西，這裏也値得給以一點暗示。雖然我們假定凡有文學的特質存在的地方便有詩的精神存在，其實它的不存在是往往可見的。有些作家及有些文學的民族和時代，都顯然缺乏這種精神，即凡目的上或必要上不得不限制於散文的作家，如歷史家與論文家，在他們的教訓的作品裏，是不大需要想像的文學的。東方的民族比西方較多詩的精神；南方比北方也是如此。以北歐而論，則斯干的那維亞諸種族比之斯拉夫民族較爲詩的。在依利薩伯時代，詩的精神是佔優勢的，在十七世紀，它就擱淺了，至在維多利亞時代，它是同着一般文學的潮流和趣味共同存在的。我們並不揣測它在平民政治的紛亂時代會得存在，或德國三十年戰爭的時代會得存在，或法國十八世紀的後半會得存在。在一切偉大的想像散文作家，特別是小說家，及一般偉大的描寫雜文家，這種精神都是存在的，而有時在如馬可梁，勃斯可特，北佐一流的描寫作家，盧爭和笛卡兒一流的哲學作家，則特別顯著。甚至在文學批評裏，也有時流露着它的存在，如在聖栢而和勒斯。凡文學家都必須以其文學家的資格而同情於一切詩的表現，而詩人也必須擴張他的視野，使它可以包括文學的全圖的最遼遠地平線。

文學，依廣泛的解釋時，是一個普通的名稱。它並不停住問一問它的作品是詩的或是散文的，只問它是否符合文學的趣味，和表現上的最高藝術法。

第七章　詩學

我們已經討論過詩的主要內容和特質，它的內在品性和題材，而認爲它是詩人之精神的產物了。現在我們按照合理的順序，就要討論到詩歌印在書頁上的外在的和有形的形式，即詩歌的技術。我們可以說，關於詩歌之理智方面的比較屬於文學的方面，就是它的嚴格地建築的特色。在討論這個題目的開首，我們應該注意，在詩歌裏和在散文裏不同，形式是一種不可缺少的特徵。這雖在一切文學作品裏都屬重要，在詩歌裏則屬必要，因而倘使沒有它，就沒有詩歌這種作品可以存在了。依「詩人」這名詞的希臘語源說，他是一個製造者，或依古英語的較用與的語源說，他是一個賦形者，這種賦形的過程實在是必要的。詩人手頭所具的材料，必須有一種型塑和排列，使它成功正當的形式，以達到詩歌的最後目的，因爲這個最後目的就是滿足趣味和給與快樂。所以，當我們說詩歌是一種美術時，我們是着重在「術」這個字上，就因詩歌必須具有這種技術的優越，如一個雕像，一張圖畫，或一座墟人的建築之假定其具有一般。一首詩之欲其像是一首詩，就必須具有結構的美，即必須具有統一，對稱，溫雅，和完整——像一句話說，就是必須要有風格。至於詩的結構的成分，則可說是有三件：

（一）「文字的結構」(verbal structure)——就是詩人的語彙。字面之中有一類可稱爲詩的，當然也包括在詩人的一般字面之中，但卻有它自己的一型。這可以說是詩歌之語言的方面，而是爲詩的作者，讀者和批評家所都必顧及的。詩的字面的一部分特色，可加以如下的考察：

（1）它首先是得要「有詞藻的」字面，這種字面可以用其他的許多名目來叫它，即象徵的，如畫的，描寫的，或寫生的，其所以造成，則大部分由於詩的想像聯合着趣味和美的元素而存在。因而，所有論詩學的作家，都要把一段關於詞藻的討論包括在裏面，至所以須有這種濃富詞藻存在的必要，則係由一種事實所促成，即在詩歌裏，我們是脫離了直說和尋常的境界，而必須要尋出一套適宜於詩歌的字面的。故阿狄生在旁觀者裏曾在「想像」的標題底下討論到「文字。」文字就是想像的動因。芬乃龍在論法文的文裏告訴我們，說描摹是風格的主要職司之一，他所指的就是詩的風格，在這當中，「文字的圖畫，」即思想的畫像，是必要的。詩的字面是攝影一般逼肖的。亞理斯多德說，「文字的美在於它們所呈現的影象，」他這所謂美，首要是指詩的象徵方面的美，意即那字面所包含的形象或圖畫使它美的。這就可以說明「暗示性的字面」所以適宜於詩歌的緣故，因為這種字面大都是意在言外，而留着餘地讓想像去發見和欣賞的。喜普爾說：「涉士比亞的字面的神奇處，在於它的無限的暗示性，即通過一個簡單的詞而放射着生命和意義的力，這種生命和意義是移進了字典之後就不能保留的。」簡言之，這位批評家的意思就是說，涉士比亞的字面是因它的暗示性而成為詩的。這種字面暗示着很多的東西，都不是也不能直解地體現於紙面上的。這個原則，又足以說明詩裏——特別是較早時代及較古形式的詩裏——所以存在着「文字之語源學的用法」的理由，就因在那文字的語根裏可以見到它所代表的形象，因而使那文字成為詩的文字。舊約裏的詩歌和詩的散文，其字面大都如此，因為希伯來文的字母，原都不過是一串圖畫之存留於文字中的。這裏有須注重的，就是詞藻的文字在各種詩體裏也有較宜與較不宜的差別，即在劇詩和描寫詩比在史詩和抒情詩為較宜。所謂浪漫主義或自然主義的詩歌，大部充滿着樹林，溪流，田野等等的簡單影像。

（2）「古雅的字面」也是詩的字面。但並不是說這是詩的語彙的主要類型，不過說這是詩的語彙中之有效的和可容許的一部分，就因它的古雅性就是它的美的一種元素，猶之在園藝和建築一般，雖然較近代的字面也許對於普通的讀者是比較明白。在這種較古的文字裏，往往可以發見我們剛纔說的那種暗示性和語源的隱喻。因而，就引起了古字的復活，以及古字的用作新義，以使風格上帶着一點魅人的矯僻，而同時可以喚起讀者的好奇心和興味。明白了這一層，那末就不至誤解詩歌之中可以容許一點暗味這句話了，所謂暗味，就是一種部分的和故意隱藏的意義，藉以激起人的幻想及催促一切詩的本能和機能的。而且，當詩歌中用着這種較古的詞而時，它就似乎更接近它的最初根源了；當其時，人類還是一種較大的發育的孩子；當其時，如果可說是有文化的話，那末那種文化是非因襲的，而歌者的語言就是心的語言，就是一種自然的發抒，不受當時批評的影響的。倘以我們的國語詩歌而論，我們就在這上面可以見到古英語和中期英語的文學的重要，創亞勒那烈和綽塞，乃至依利薩伯時代的舊風格的重要。到丁尼生手裏，這種風格已幸逃地被復活了，不僅在他的斷屬古舊作風的一首詩，北地的農民裏是如此，在他的全部詩歌裏莫不如此。王之歌是用着這種字面的斷例。因而，連帶就要算到「本地的字面」的重要了，就因這種字面保持着古時的特質和滋味，且包含着一種不容僞造或改良的東西。這種字面可以給與詩歌一種格調和尊嚴，即一種貴族性的風度，使它顯出特著地是英國性的。同樣，在德國，斯干的那維亞，及南歐諸國的語言，這個原則也分別存在，因爲這些民族的古代謠歌和民歌，都是因其年代久遠而獲得了魅力以及對於詩的想像的申訴力的。現在人對於方言的或區域的詩歌的興味逐漸增加起來，也大部分由於方言的字面是古的，因而特別能夠動人的。正因爲它和標準的語言不同之故，這纔同時引起了人的興味和研究。英國的詩歌特別富於這種區域的詩歌，而南歐之古西班牙語的及布羅溫斯語的歌曲，也同大條頓諸民族的歌曲一般，可以作爲同是這個非常法則的例解。

（二）詩歌的結構的第二種表現見於與字法有別的句法上。這就是文字的排列或調整，也就是它們的適當的安放。這種結構是詩歌的結構的本部，用別的名詞說起來，就是別於「語言的結構」的「全文的結構」（textual structure）。我們有可謂「詩的句法」這種東西，因爲這種何法有它自己的特性和習慣，凡用適當形式表出的地方，是很容易辨別的。這當中包括着文法的部分，以及所謂語法裏所要講到的一切，就是正確的結構，正當的字在正當的地位，乃至修時作家所謂「妥切」(propriety)之類。簡言之，這無非就是詩的「語法」。詩的全文結構的諸特徵之中，最重要的及從某一義說可算是包括一切的，就是「屈折性」或「變化性」這並不說可以像在散文裏沒有一個標準的句子排列，乃是說在詩的特權這個原則之下，它有一種被容許的自由可以離開那個標準。因此，我們在一切民族的最好詩歌裏，都可見到幾乎沒有韻律的詞句章節的變化；其中有倒裝，有過渡，或是漸的，或是驟的；有常見的對句法和引伸法；有縮到非常簡括的句子，也有拉到非常冗長的句子。迂曲的詞句是詩歌中期望其有的，故讀者倘不見到它，反而要覺得失望。如果我們說到一個「詩的整句」(poetic period)，就這名詞裏面已經含着一種迂迴的意思了。像培根說的，我們要用間接的方法達到我們的目的，不像在散文裏，如「散文」這名詞所意味，用着直接的方法。即使是累贅，在詩歌裏也不必一定要算是一種錯誤，例如在「綺麗體」(ouphe-ism) 及類似的文體裏所見的。偶爾，我們看見標準的詩人破壞了這個原則，將他們的自由推進到無法則的地步，甚至直接去反抗語法上已被公認的律條。羅伯・勃勞寧就是犯過這種錯誤的，而且並不止一次；至於丁尼生，這樣的錯誤就斷然沒有了。古代英語的詩歌是以這種分明的無規則性著的，因而損壞了詩的本質。這一部分是由於抄寫上的乖錯失漏，一部分也由詩人自己的缺陷。就在這種地方，我們見到了詩歌的大師和詩的傑作的一種測驗，即其詩中須有變化而不至流於毫無約束的散漫，須有屈折而不至流於突兀，須有反覆引伸而不至流於無意義的枝節——簡言之，就要看這特權之爲善用或濫用了。這其間的差別，就是詩的自由和詩的任性之間的差別，可用兩個詩人來代表——郎匪羅和惠特曼。

（三）詩的結構的第三種表現就是「格律的結構，」以別於語言的和全文的結構。這在我們面前這個題目的關係上非常重要，所以往往有人竟把格律和詩學認爲同義語，以爲詩歌和散文的差別正在這裏。我們已經見到，詩歌是必須要有內容和形式的。所謂詩的形式，就是指格律的結構而言。現在我們應該首先了解這裏面所要牽涉到的種種名詞。

「詩」（verse）這個字，現在用來表示我們所意味的「詩歌」（poetry）時，就特別表示着詩歌的這種格律方面了。但把「詩」這字作爲「詩章」(stanza)的同義語用時，語源上就解作一章詩最後一行的結束而開始了另外一章的意思，也就是這個字的更正確的解說。不過把「詩」解作詩歌的格律的特色，已經成爲很流行的解法了。因而就有了 Versification 這個字，意即「詩的製作，」普通都用以指一首詩的依照藝術原則的外形結構，就是指詩的本體或技術。這樣，這個名詞就要牽涉到詩的理論，就是關於詩人將他們的詩的概念體現於書面時普通所得的科學法則的研究。故所謂「詩法，」就是在音量或重音的基礎上的文字和音節的排列；第一種音節的，存在於古典的詩歌，第二種重音的，則見於近代文學，如英國的。德昆西稱這爲詩的「機構」(mechnism)，是和詩的「組織」(organism)不同的。這和詩的品質的好壞無關，只有關於它的結構，即是關於音步和音節，詩行和詩章，重音和音量等等問題。

「節奏」(rhythm) 又是一個必要的字，而我們已經在詩的內容裏見到了它，當它還未成爲外在的表現的時候。趣味之點就在於題材和形式裏都有着節奏存在這一椿事實。詩歌必須具有節奏的即律動的品性，即是一種內在的詩的運動或衝動，而同時又必具有一種律動的結構，即是一種和內在運動相適應且基於內在運動上的外在的運動。其一是依存於其他之上的。這樣，所謂節奏就是字音之在聲音關係上的排列。它以重音爲基礎，而包含着一種流暢而悅耳的聲音的連續，按着規律的間歇而起，這種連續而起的規律性本身就是律動的。這比之「格律」或「韻律」是個較廣的名詞，且有時越過了詩歌的界限而進入散文的領域。

「格律」(Meter)這名詞，雖有時用作「節奏」的同義語，卻是要仔細和它分清的。這名詞的希臘語源本有度量的意思，義即詩音的節度。這就是有節奏的運動之分割或長或短的區段；就是有節奏的語言之排列爲彼此符合的詩行。故「格律」就是有節度的節奏，至其所包括的特別名稱，則依詩行的長短而異，如一音步格(monometer)，雙音步格(dimeter)，餘可類推。自從錫德尼的時代起，曾經起了一種有些奇怪的討論，即討論到格律是否爲詩所必要的問題，因在有些批評家的眼中，它的嚴格地外在的型現出了不過僅僅是詩的一種附屬品，可以隨意採取或摒棄的。錫德尼本人，乃至於雪萊，約翰生，哥爾利治，都曾有過這樣的主張。現在我們只消說，在詩歌的大批評家當中，乃至一般文學的學者，大多數都主張格律是詩的組織的一種必要，猶之節奏是詩的內容的一種必要；即主張在詩歌裏，內在的節奏是必須和外在的格律相配合的。亞理斯多德和其他的人所會確立的事實，是無論怎樣多的理論都不能推翻的，即凡文字當按照重音或音量，即按照重音和時間，以及音步和音節的關係而組織時，那種結構就立刻因而成爲格律的，也是節奏的，即立刻成爲我們因沒有較好的名字而只得稱之爲「詩」的那件東西了。因而，凡是無格律的作品，倘照剛纔所解釋的意義講起來，就都不能是詩。它也許是有詩的意味的，但它不能算進了詩的本部。

至所謂「韻」(rhyme)，則不過指母音的類似而言，且這種類似的母音，又普通居於一行之末。這就叫做脚韻，以別於腰間韻。從語源上講，「韻」這字的意思是指音節的計算，它在詩裏並不如格律那樣必要。故「無韻詩」(blank verse)就是居於散文和詩之間的一種中間地，詩歌的大師們往往喜歡採取這種體裁，這是我們從偉大的史詩和戲劇裏明白可以看出來的。倘從詩的結構方面去研究它，就有其他一些較不重要的名稱可以發見，如「頭韻」(alliteration)，就是開頭字母的類似；「諧韻」(assonance)，就是行中母音的類似；「音步」(foot)，就是聲音度量的單位；乃至於「流動」(cadense)，「協調」(harmony)，「和諧」(melody)，「省音」(elision)，

「音妙」(euphony) 等等名稱，都是大體上有關於詩歌的詩法方面的。這就是所謂「詩歌的技術，」如希普爾(Schipper)，騰勃林克(Ten Brink) 諸人所寄討論的；愛倫坡則稱之爲「詩的原理」(Rationale of Verse)，拉泥耳稱之爲「詩的科學」(Science of Verse)。這就是詩歌的骨架或建築架，但實際不止如此，因爲它的不存在，就要使那作品成爲不是詩的。我們也可以換一個譬喻來說，即猶之語言是思想的化身，詩法就是詩的化身，就是它的軀體和不可缺少的形式，雖不是它的主要的存在，因而，這是文學的學者所必須加以考察的，如果他要完全領略詩歌的職分的話。而且詩歌的題材和外形所由分判的界線是非常之纖細而不可捉摸，而文學的學者則必須維持着它的纖細，不能任意將它擴大起來，所以凡詩歌的學生都必須是詩法的學生，而詩法的學生也必須對於詩歌的主要內容加以研究。因而，我們到現在爲止的關於詩歌的內容和組織的研究，已經使我們注意到這兩件東西是永遠應該不能分開的——這個原則，無論是詩的作者和批評家都應該放在心裏而且時時這樣應用着。至於這兩者的聯合，則一部分實現於前文已經陳述過的那椿事實裏，即「節奏」是同樣見於題材和形式裏的；又一部分則實現於詩人的人格上，即詩人在他的詩的工作裏，是已假定了題材和形式之間的這種統一性，而且承認兩者之間是沒有劃然的分界線的。這其間所賴以作爲一種交通的媒介，因而獲得它們的合作和實際的融合的，就是所謂「詩的精神」那種東西。詩人當他熱心於詩的製作時，決不停下來問一問內在的和外在的之間究竟有着怎樣一種關係，究竟那一方面較爲重要，乃只不過在同一人的活動裏而做着創造和排布的工作，即思想家和藝術家的兩重身分合一而不可分，原是每一個作家都應如此的。從詩人之可分類作首要的和次要的這一事實上看，就可得到這種見解之爲正確的一種證據。偉大詩人之中，其偉大處就在於破壞這種內外統一的法則者，究竟屬於極少的少數，乃至不過構成一個例外罷了。在英國和美國的詩歌裏，這樣的統一性是特別明顯的，雖有如勃勞寧和愛默生之流犯着那樣的錯誤，卻終不足以推翻這個總原則。新近牛津大學的寫爾斯爾德(Worsfold)做了一本文學批評原理，我們看見那裏面寫道：「所謂天才，就是對於形式和思想結合時的正當比例之敏捷而無誤的知覺。而這種結合就是藝術的完成了。」又說：「所謂傑作就是在這些條件之下產生出來的。」這話如果對於一般文學是真確的，那末對於詩歌就特別要真確，因爲在詩歌裏，這些條件都須適應得更加精細，而對於文學的法條的忽視或破壞，是要有更壞的結果跟隨來的。近來批評家對於詩人運用格律方面的討論已經漸漸多起來，即大家都曉得去注意詩人所採用的格律是否能與他的思想和和協，而使它獲得一種特色和勢力，或僅只一種詩句的製造者，只有詩格之建築的方面，即他是以藝術家爲本，以詩人爲末的——像這樣的討論實在是很正當的。

在這一點上，沒有那個英國詩人曾比密爾頓遇到更高的稱頌，他的詩法常要引起批評家的興味來，即其本身就可構成一種文學的研究。喇里說道：「密爾頓的字面之所以被稱爲詩的，就因它絕對適合於他的目的之故。」我們可以補充說，「而他的目的就在於選擇和發揮他的格律，使它成爲表現他的詩的觀念的自然媒介。當他決計要體現失樂園於無韻詩裏時，他就毅然決然的違反了以前一切著名的非戲劇詩人的習慣，因爲當時人皆通承認的模範，乃是綽塞的協韻兩聯體，和史本塞的九行協韻體。雖在戲劇裏面，當時的批評家也還正在懷疑無韻詩是否適當，後來連德來登那樣精刻的批評家，還曾主張無韻詩雖可容納於喜劇，在悲劇裏卻以協韻兩聯體爲較宜。所以，密爾頓之採用無韻詩於他的史詩，正猶他採用兩聯體於他的抒情詩，就只因他認定了這兩種體裁各部屬於最相宜，而彼此不能互換之故。故在一部分是抒情詩一部分是劇詩的科馬斯裏，他就把這兩類的格律兼而用之，依照着詩中各部分的趣味和思想的各別要求，而把這兩種詩體交互着去應付。而且，在音步，詩行，重音，頓挫等等的變換上，他常流露出一個大師能以結構去適應意義的妙手，所以他雖則在理論上是以「抑揚音步」（iambic foot）爲主體，但遇到意義和和諧上要求着時，他就毫不猶豫地用入其他首要的音步，如「揚抑抑格」（dactyl）「抑抑揚格」（anapest）和「揚抑格」（trochee），及甚至於次要的音步如「揚揚格」（spondee）「抑抑格」（pyrrhic）和「抑揚抑格」（amphibrach），這樣的變化，是像昔蒙德所說「所以構成無韻詩之美的。」就因這個理由，所以失樂園的第一卷曾被認爲「詩作上的最完美的作品」，而這句讚語是可以引伸到全部史詩上去的。再若我們去看他的短詩，那末這種變換形式以適應意義的例子就更加廣泛，因而同時可以獲得語音的和思想的和諧。他的詩歌的風格曾被稱爲「一種異常精緻的剪嵌細工，」就因他的文字是非常精妙地適合着他的思想的。此外，則濟慈，斯匪羅，席勒爾，和拉辛，也都像這樣採用了他們的詩律。也就在這點地方，我們又見到了關於莎士比亞的討論，據說他是具有詩的天才說沒有藝術的意識的，又說他寫作他的十四行詩和劇本，都只有一隻眼睛放在題材上，極少顧到或竟全不顧到組織的方法和效果的。莫爾頓教授在他的作爲一個戲劇藝術家的涉士比亞一書裏，曾於序文中敍述他做那本書的動機說：「我們常常可以發見一種見解，特別是在英國的讀者當中，以爲涉士比亞的偉大處主要在於他對於人性的深澈知識，至於戲劇藝術的技巧，他同時是忽視了它而且偉大到不需要它的。」對於這樣的見解，他那本書就是一個充分的回答，而近來人對於那些戲劇的研究愈深，就愈足以證實一個結論，卽在唯他具有完美的詩的天才，這纔能够見到思想和形式有着這樣的融洽。因而，那些代表不同詩論的所謂詩派，實際都不過是詩人和批評家所以代表詩歌和詩學的關係的不同樣式而已。威至威士在他的抒情歌謠的序文裏，曾給我們以他的詩論。我們加以考察之後，就可見他是把詩的技巧放在附屬的地位，以期可以表現尋常的生活於尋常的語言，乃至可以說是幾近剝奪了詩歌的不少藝術價值的。惠特曼的詩論也是如此，我們見到他之所謂詩，實不過是散文的別名，因爲其中實在太缺乏凡真正的詩歌所都應有的技巧了。至於濟慈和雪萊所代表的一派，則都注重在詩學之美的方面。此外，丁尼生一派的所謂「藝術派」也是這樣，至於克刺布和勃勞寧的一派所謂「寫實派」則着重在詩的內容。還有一派所謂「感情的詩人」則把內容的重要更加放大。又如羅威爾那樣的詩人，可說已將美學的原則做到學院式的因襲式的詩歌的極端了。事實上，唯有天賦極厚的眞正的詩才，方能合實質和內容而爲一，而不至流於過分藝術的或過分教訓的極端。每一個大民族的文學，必都有它的詩歌的浪漫派和古典派，而那兩個極端，是在這兩個類型裏面最容易發見的。特別在古典派的詩人，即專講究正確和風格的詩人，都最容易側重形式而至於犧牲自然。當初的頗普是如此的，後來的馬太•亞諾爾特也是如此的，他們在詩的文字上都不必能夠藏蓋僅僅是藝術家的手段。至於第二流的詩人，則大部分都如此，因爲他們沒有充分的創造天才，也沒有充分的藝術趣味，故不能使兩者合一而結成親密的關係。因此，在詩歌這個較低的領域裏是有着詩學的領域的。詩的觀念不到化爲書而的格律的表現時，便不能算是詩，同樣，僅僅按照律動的順序而排成的文字，也不到其中體現着詩的思想時，便不能算是詩。凡是最能理解也最能實現這些文學的關係的，便都可稱爲大師。

補充的暗示

由以上的討論，我們可以得到下列的暗示：

第一，詩歌在實質上和結構上對於美學卽美之科學的關係。所謂「詩之研究」如馬太·亞諾爾特的解釋，是大家承認它要觸到美學的研究的。至於究竟怎樣跟它接觸，現在還是一個未決的問題，倘照一般流行的見解，或甚至批評家的見解，則以爲只在詩學的方面和美學有所接觸，卽唯有外形方面，字面，詞句，音律的美的方面纔有關係的。所以在這點上，問題必須要有一個解決。如果作爲美之科學的美學假定着美不過是一種外形的裝飾，可以對題材的性質完全獨立，並且認它的本身便是目的時，那末現在流行的見解是有根據的了。但是如果依照有些偉大美學家，如柏拉圖，庫爭，勸新，德昆西，臘斯金，和赫爾特所教訓我們的，以爲美不但是一種表示，並且是一種品性，不但是外在的暫忽的，並是內在的，不可破滅的，那末流行的見解就需要一種修改，而詩歌和美學也主觀的地互相接觸了。照這樣解時，那末康德的見解是對的，他以爲美是內容和結構兩方面兼屬的，美學在這兩個區域裏卻接觸着詩歌，因爲結構的性質就是從它底下的詩的內容取得的。向來曾有極大的弊害由美學的名義造出來，而批評家對這科學只作皮相的解釋，因而不得不使它和詩歌之詩學的方面結成關係，也是貽害不淺的。一七五〇年時首先將美學這個名詞授與這種科學的包姆加敦（Baumgarten），就可引作這種批評家的一個例。原來注重內容和注重形式的爭執，是從柏拉圖和亞理斯多德的時候就起的，後來人就採取了亞理斯多德的較皮相的見解，直至「唯美主義」這個名詞的本身也不得不先加以一番解釋和辯護，方纔不至使人覺得它毫無疑義的是僅指外觀的裝飾。我們現在是從詩歌的最賅括的意義上去處理它的，而在這種意義上就只能取得一種見解，卽詩歌對於美學的關係由詩的本部而言是根本的，內在的，又由詩學而言是結構上的，外在的，在這當中，不容我們企圖用人工去劃出一條界線，就因這樣的界線實際上並不存在。英國批評家柏克曾經主張「實質」的本身就是美的，因而將這一切的界線都抹掉了。所以雖在美的一方面，那詩也必須本質上是詩的。於是就有第二種暗示跟着起來，就是我們應該把詩的製作和批評作爲一種文學的練習。但這並不指英國學校裏將古典詩歌譯作英文——這一部分是爲的古典文學，一部分也爲教授英文及純然教育的目的——的那種習慣而言。用這方法來比較本國和外國的詩律，或比照重音的和音節的詩法，誠然也不是沒有一些益處，但這種練習是嚴格地屬於硬作的和教授的性質的，因而喪失掉它的大部分的價值，且從相當的意義上講，也完全離開了詩的根本觀念，因爲眞正的詩的觀念裏面是包含着志願行動之自由和地步的。我們剛纔所說的那種練習，是指學生爲着純粹的詩的和文學的目的而作的一種自由和自然的練習，對於如用字上結構上的語言學的考察，乃至把作詩的藝術始終看作一種理論方面的事，都是完全不相干的。我們如今所着重的一點，是非專門的作者用詩歌的創作去測驗他具有怎樣的詩的能力，可以發展到怎樣更充分的功能，即不但爲求形式的正確，並且爲求內容的充實而練習作詩的。還有應該注意的，我們雖在研究「詩學」的時候，着重點也還是放在內容上，即必須使思想想像，感情，趣味四樣東西聯合着活動起來，這纔使它們表現在有節奏和有格律的作品裏。照這樣解釋起來，詩歌的練習是應該鼓勵的，而且它的利益也是不難找到的。因爲這樣的練習可以從實驗上去證明詩和散文不同的地方究竟在那裏，兩者之間是在什麼地方並且怎樣相接近相接觸的；同時，這又可以訓練我們的趣味和一切的審美力，發展和一般精神概念不同的詩的概念，訓練詩的精神和詩的想像，提高和洗練全部理智的天性，且從詩的製作和結構上將自己的長處和短處顯示給學者。現在一般人承認的說數，以為凡在專家詩人圈子以外的任何人的文學的努力，都應該限於散文的作品，這實在是一種無稽之談，應該置之不理的。同樣，講到把詩的批評作為一種文學的練習時，那誠然是一個精微而且困難的境界，但也沒有一條法律可以依據，使這境界成為一個高牆圍繞的圈子，唯有專門修養的人可以進入。在一個前進的學生方面，對於一首詩或一部詩的批評的考察，倘其目的是在發見它的主要的特色，發見它符合不符合確立的詩的原則，又倘若觀念上和程序上都沒有弄錯，那末就只能得到一種結果，就是有益的結果。有一種值得推薦的詩的批評是純粹地實驗的。

還有最後一個暗示，就是要講到「詩的前途」這是有希望的嗎？考爾多普先生就傾向於有希望的見解一方面。馬太·亞諾爾特告訴我們，「詩的將來是無限量的」——他的意思似乎是，在可能性上是無限量的。他感覺到詩有一種巨大的潛能力，只要能夠把它激動起來並且應用起來。就在這一點上，又發生了一個連帶的問題，這個「無限量的將來」能夠在近代歐洲實現嗎？當如令新世紀已經開頭而詩歌的大師們都已在墳墓裏的時候，它從實質的意義上說可算是在實現了嗎？這問題的答案可以關閉一個廣闊的研究境界，不但是文學的，並且也是哲學的和社會的，因爲詩歌在現代人的心目中，是被看作與人類活動的其他一切巨大部門以及全世界的生活都有關係的了。當我們問到一個分明是簡單的問題，即詩的最近將來是否有希望的時候，那就有許多有關係的問題必得先行解決。現在歐洲的政治社會的狀態是怎樣的？它是有利於詩的精神和詩人的嗎？什麽是現在佔着優勢的哲學，而且它怎樣的影響詩人？單從物質方面看，現在這時代是屬於怎樣一個型，對於詩的努力是推進的還是阻礙的？現在的一般文學文屬於怎樣的一個型，它對於詩是有幫助的嗎？舊日大師們的精神仍在支配着呢，還是已被外來的影響減弱了？總之，我們的答案是受限制於地域和時間，精神的和社會的環境，文學的和非文學的動向和運動等等的。反之，也許所謂「週期性」的法則是可以證實的，而詩歌經過一段期間的衰落之後，也許可以按着循環律而重新復盛起來，要使一切批評家都歸沈默。

現在只消說，依我們探測前途的結果，所謂詩的「無限量的將來乃是遙遠的將來，並非是直接的將來。我們必須具有一種特別的遠見和預言的才能，這纔可從逐漸發展的歷史上見到很遠很遠的地方，覺得一種眞正的詩的復活是有希望的，因而會感到一點高興。也許在不遠的將來，也可在某一方向顯示着一種確然的前進，——就是在詩的天才或詩的藝術的復興上。娛亞諾爾特的意思，「結構上的缺陷是現代詩的一個特徵，」他以爲這是由於「時代專心於科學的探討之故。」又有一次，他告訴我們，現在的時代是任何偉大的詩才的顯露都不能輕視的，因爲「現在是只講求工業的發達和社會的改良而不講求道德的偉大的時代。」在他所分的「天才的名人」和「能力的名人」兩種人之中，他對於第一種是看不見有希望的，雖然當他寫那篇文的時候，維多利亞時代詩歌的非常發達已經是近在眼前。那末這樣的事情也許是會再來的。斯武德曼寫道：「我也是相信想像作品的最好時代還未過去的，相信詩歌還是要跟從前一樣保持它的文學的重要，而且時時會得證明它自己是國民生活中的一種力。」愛默生也說：「凡現時屬於人生的東西，遲早總是要成爲詩歌的，而且每一種優美和勇武的性格必都將增富歌曲的調子。」這樣的樂觀主義，至少要算是我們的一種特權。至在文學的境界，那就實在可算是我們的責任。

第八章　作爲文學一種體裁的散文小說

所謂「散文小說」(prose fiction) 這一種文學作品，近十年來一還都很流行，就是到現在也還流行，故文學的學生不但該有一種興味，並且還有一種義務去研究它所以廣大流行的原因。美國著名小說家克洛福德 (Crawford) 說：「在近代文學流行的現代，小說是可以無窮做下去的。」他於是又解釋所以然的理由說，「就因人們對於小說有了一種要求並且寫作小說也有利益的緣故。」這幾句話，克洛福德先生本人就可供作一個顯著的例解，一來他本人就繼續不斷的創作小說，二來他確實會從小說的創作裏獲得金錢的利益。總之，無論由於什麽原因，這種那種體裁的小說確實是現在佔着優勢的文學類型，比之任何體裁的詩都流行些，比之如歷史，傳記，和高等的雜文一類流行的作品也都更流行些。這是近代讀者社會的主要文學產物。所以，當我們把它當作一種文體來分析和研究時，我們首先要注意到它的「起源」和「發達」。這個，我們將要發見它也是「自然的，」也是「歷史的，」卽也是由一種天生的不得不然的傾向造成的，也是由一種次第的順序逐漸發達而成的。當郎洛普（Dunlop）在他的小說史裏告訴我們說「小說的藝術似乎同是起源於一般美術所由創造和完成的那個選擇的原則裏」這句話時，他的意思就是說小說起源於事物的自然，卽是服從着人類心靈的法則和人類社會的原始組織而發生的。據我們考察起來，也確實是這樣。我們按史實的紀錄一直追溯上去，我們都可發見它的某種態和某種分量的存在。我們實在在傳說的史前時代都可發見它的。我們尋覓他種文體——如史詩，劇詩，和極簡單的記敍散文和描寫散文等——的最初起源時，也習慣要到那個時代裏去尋它。考洛福德告訴我們，說「小說顯然是一種近代的發明，是應付着一種近代的需要，一直到前世紀的末葉方纔存在的，」他所指的是藝術的和文學的形式上都已充分發達的十九世紀的小說，與我們剛纔那種歷史的和史前的起源的說法並不衝突。如果照正當地解釋的文學就是一種人生的描寫和表現，那末具有這種功能的文體自然莫過於小說，所以我們竟可以說它是跟民族生活的開始一同開始，因爲民族的生活一經開始，就有它的形形色色的經驗態相等着記敍文家的筆了。

所以從某一意義上說，它的起源和發達可以說是「歷史的，」它跟隨着所謂「社會的發展」，與「文明的進步」同其先後，其不同時期的不同表現，是以各個特定的時期和民族的不同狀況爲特徵的。在這意義上，我們就有一部「小說的歷史」就是它的可信的起源和分歧的發達的紀錄。照現代人最愛用的一個字面說，我們就有了小說的「進化」即是代表着它的文學的生長的連續階段的。因而，我們有可謂「古代的」和「近代的」小說，「東方的」和「西方的」小說，「大陸的」和「英國的」小說，這樣的分類都大體上是歷史的，只不過偶爾指及小說的自然起源以及優劣質地上的分別。

現在如果要追究詳情，查考到小說之精確的歷史的起源，就是它最初出現的時日，以及最初的作者，那末我們必須以近似的結果爲滿足。究竟它最初存在於斯干的那維亞，阿拉伯，布勒塔尼，希臘，或羅馬；究竟最初以詩體出現或散文出現；究竟出現於中世紀之前或直到那時纔出現；乃至最初的形式究竟是羅曼司或寓言，是歌曲或故事，——這些都是出於精密解決範圍之外的問題。像森次巴立所說，「文學誕生的精密時間和季候，是沒有人知道的，無論如何，羽毛豐滿的羅曼司的最初出現是沒有人知道的。」他對於那些過分聰明的學生，確然以爲羅曼司是屬於條頓族人或克特勒族人，及以爲它的起源是屬於基督紀元的這個那個世紀的，都認他們實在是愚蠢。那末採取比較結果的原則來用時，我們可說小說文學的起源，照歷史上看起來，大概是在中古期，再說得確定些就是大約在十二十三兩個世紀；又可說當時的四大「說系」(cycles)，即亞搭爾查理曼，希臘和羅馬，如亞歷山大大帝書及特羅亞書中所表現的，其表現的中介是散文和詩並而用之，而以詩體爲較古；又可說它的最初的作者都是無名字的，而這種文體的創作和傳播，則以法蘭西人爲特別出力。這些就是近似確定的結論，並且供給我們一個相當堅固的基礎，我們在那上面可以進行一種關於小說的明白的研究。至關英國小說之精確的歷史的發生和發達，如果在這裏應當加以一點考察的話，那是充滿着文學的趣味的，而且包管不至於越出歷史探討的範圍。新近查塞爾(Jusserund)，喇里等人的探討，曾經給這題目增加不少的發明，而且對於小說起源的一般問題也頗有所貢獻。現在只消說，一四七〇年的亞搭爾之死的作者馬羅立，英國的第一個印刷家及一四八五年爲馬羅立出版論著的卡克斯敦，以及夫累沙特(Froissart)的翻譯者柏遑茲爵士

(Lord Berners)等等的作品，首先給與亞搭爾和查理曼的傳說以英國散文的體現的，就是英國小說的開始，曾經這樣確立了的文學的型，後來在依利薩伯時代獲得表現於力力（Lyly）的攸佑斯（Euphues）和錫德尼的亞加狄亞，乃至意大利羅曼司的各種譯本。到了十七世紀，經過了一種過渡性的作品，特別是史詩的羅曼司方面的，於是就形成了十八世紀初期的近代英國小說的本部，最著者爲笛福之如畫的描寫作品，繼起者有理查孫，非爾丁(Feilding)，斯摩勒特，斯騰，辭立敦，一直到了窩脫·司各脫爵士的時代，這一串優越的英國小說家，從那時直到現在，都代表著英國的文學，而且跟歐洲任何文學中的羅曼司承繼者都能競爭的。

其次按次序應該討論的就是小說的特徵。

（1）對於這，我們可以回答說，小說是首要地「理想主義」的。無論它屬於怎樣的體裁，照這名詞的意味上說，它總是一種虛設的或創意的東西，即一種假定爲暫時存在，因而當作一種現存的實體來描寫的。如果說小說是一種見於文字的理想，那也不能算是離開眞實。因此，在小說的構思和製造上，都須紮着幻想和想像，這纔使小說家可以不管一切實際的存在而造成他自己的世界，可以如他自己的意思拿人物去裝潢它，且像沙士比亞說的，「將種種未知的東西體現出來，並給虛無縹渺的東西以一個住處和名字。」於是，也就有各種不同的名稱來作「小說」這名詞的同義語，其中每一個名詞都暗示着虛設或想像的意思。比如物語，寓言，喻言，傳說，神話，羅曼司等等都是，只要用着了這些名詞，一切小說文學的首要性質和目的就都可以看見了。

（2）然而小說裏面是存在着一種現實的元素的。這是散文小說之有形的和實際的方面，現在是更被注重了。因此，小說就分成了兩類，即理想主義的和寫實主義的。至將一切小說區分作羅曼司和小說本部，也依據同此文學理論而來；前者是幻想的產物，故是比較的理想主義的，後者是創造的想像的產物，故比較的寫實主義，其例如吉訶德先生之與亞加狄亞，亨利·厄滋夢德(Henry Esmond)之與部爾締的潘浦依。又有所謂「故事」(tale 或 story)一體，則居於兩者之間的界線上，而特別傾向於較幻想的形式，如愛倫坡和史蒂芬孫的諸故事。如果我們把一部最新的英文字彙拿來查一查，就可見「小說」一詞底下的解說是：「一種紀敍體的散文作品，其中的情節，人物，場面，是部分地或全部地想像出來的。」因此，原來把小說當作全部幻設的那種概念，必須服從較新的批評，事實上卽應着文學法則的要求，而略略加以修改，就是，應該說小說是理想主義和寫實主義的結合之見於文字者，換言之，這也就是事實和幻想的結合，不過總是以想像的元素爲主要和決定的元素的。倘把這種關係掉了一個頭，那就要產生另外一種文學，無論它的體裁是什麽，總都不能歸之於小說的範圍了。

（3）小說的又一特色，見於給與快樂是它的主要目的這事實。克洛福德寫道：「沒有人否認小說的第一目的是使讀者感到快樂和興趣。」他這裏用的「小說」兩字，是指一切種類的小說而言，無論它是浪漫主義的或寫實主義的。他又稱它爲一種「奢侈品。」雖然是「一種知識的和藝術的奢侈品，」……像他說的，「並不直接有幫助於生活和健康的維持，」卻能供讀者公餘之暇作消遣之用。簡言之，小說是必須要能娛人的，卻須要「理性地」娛人。從這點上說，小說雖有「散文小說」的名稱，卻是和詩歌有着密切聯繫的一種文體，因爲兩者都是把精神的和藝術的快樂作爲主要目的的。克洛福德又說：「小說家無非是一種公衆娛樂者罷了，」他們的唯一事業就是爲公衆的趣味備辦食糧，就是跟隨着公衆情操迅速變化的態相，要使公衆信任自己，並使他們翻開書本時就可獲得專從事於研究娛人藝術的人所能供給的娛樂。這樣的學說現在非常流行，乃至其他任何概念都被目爲文學的邪說，而供給其他任何種類的作品，也要算是破壞作者和讀者間的契約了。於是就有一個重要的問題要起來——小說除開娛樂之外還有其他任何的目的嗎？爲了這個惱人問題的討論，近代批評曾經十分熱烈的加入進去，而且這熱潮至今還未減退。批評家中如豪厄附茲（Howells）和斯式特曼，都竭力主張無論羅曼司或小說之中，都沒有任何形式的教訓主義存在的餘地，至於含有倫理的或教育的情操的一切，那就尤其放不進去了；故所謂「目的小說」這東西，便是一種名詞的矛盾。但在另一方面，則有如黎附克萊格，湯卜遜(Phompson)，得徽，馬孫一班批評家，以爲小說的首要目的固在娛樂，但爲什麼不能把一點教訓的意義當作一個次要的目的呢？做小說家的又爲什麼應該謹謹防備着，不讓一些健全的道德教訓混進裏而去，使讀者因他的教訓而變得好些聰明些呢？他們主張這種教育的價值不應該讓其他的文學體裁去專利。克洛福德曾說「在一切種類的藝術，道德的教訓都是一種錯誤」，至於在寫小說這種藝術，他大概是要當它加倍錯誤的，但同是這位克洛福德先生在同是那部論著裏卻又

——或者帶幾分乖巧地——告訴我們說：「好小說和好詩歌的基礎似乎實是倫理的，不是審美的。倫理學中凡是訴於趣味的東西也許終要歸於死滅，但是對於人而講的人話，則必須要存活的，且只要人性一天不變，就一天會得有人聽它的。」這就等於說，經過最後的分析，小說和詩歌爲要能有效和有力起見，就必須做其他一切志在持久的文學作品所須做的事，就是訴於人類的首要信念，而應付人類的首要需要；簡言之，就是必須不但訴於趣味和僅僅求快樂的熱情，並且訴於意志，理性，和良心的。在這種較高的學說上，照我們推想起來，是不需要各派之間再有不能妥洽的意見紛歧了，因爲大家都了解，凡屬第一流的小說，雖主要地爲供給文學的娛樂而創作，卻同時實際是而且應該是健全的，有教育意義的，不過這種教育的因素藏得很深，以致它們的影響只能感到而不能見到。這實在是一切藝術的眞實理論，即一面主張小說在它的正當職分上應以應付人類的興趣爲主，而同時又主張這樣的興趣之中必須將訴於最低級最卑下的人類本能的一切排除乾淨。小說家雖然不是一個傳教士，卻是一個眞理和人類生活的教師，而在這樣的身分上，他是要爲他所尋求的最後目的負責的。

於是又起來一個問題，卽小說可以取得怎樣不同的類型。從這上面看，小說這體裁實在是異常紛歧而廣泛的，因而就暗示它具有很高程度的活力和屈折性，至於現在，那末這種分歧性更是近代文學批評的前期所未經見的了。上文已經說過，小說可以取得理想主義和寫實主義的類型，如見於羅曼司和近代小說中的。但是這兩個類型又都可以取得許多附屬的形式，例如「歷史小說，」「描寫小說，」「哲學小說，」「言情小說」等等。在歷史小說裏，我們看見了我們所主張的現實和理想結合的最好例子，不過事實爲虛設的故事所代，因而使小說和歷史的本身有可分別。司各脫，庫拍，部爾衛，僖姆士，和金斯黎，就是這一類小說的適當例子。克洛孺德說：「爲着所敍述的歷史而作的眞正歷史小說究竟有人寫過沒有，到現在還是一個疑問。」這可說是做歷史小說的一個原則，但仍有些讀者主張從仲馬，嚣俄的作品裏去學法國史，從司各脫和部爾衛的作品裏去學英國史，那是克洛孺德認爲是做事的。這樣，歷史小說必定是寫實主義的，而因其含有這種元素，所以小說家處理起來更要覺得困難。所謂「描寫小說，」如這名詞所暗示，就是要寫得生動如畫的，可說是諸類型中一個領袖的類型。同時，這也是最普通的一種形式，如所謂生活和習俗的小說，它的首要目的就在供給一幅關於人和事的鮮明眞實的圖畫。這是一種寫生的文字，其中以描摹或文字的圖畫爲主要因素。

有所謂「家庭小說」者，就是家庭和鄉村的日常生活的簡單畫像，也就屬於這種寫生的性質，只消稍稍合有一點歷史的意味，藉以增重它的眞實性。眞奧斯騰 (Jane Austen) 的小說就屬於這一類，馬克多那爾 (MacDonald) 的一個幽靜近隣的年紀 (Annals of a Quiet Neighbor-hood) 也是。因而，這是一種詩的體裁，大小說家如搭刻立，羅桑，狄更司，里德，都會用這體裁做過卓越的作品，因其中把羅曼司和現實巧妙地結合在一起，藉以造成最好的文學效果的。

至所謂「哲學小說」，在一種意義上，實在是一個矛盾，因爲它過於思想的，過於理智的，所以不能符合成功的小說的條件。但它的基礎卻是想像的。穿起了它的象徵的服裝，它就具有虛幻文學的種種特色，而且是向描寫一方面發展的。不過在所有的體裁之中，這是最不想像的，因而和普通的散文最爲鄰近。由於這一類小說的厚實性和嚴肅性，往往足以引起問題來，即小說的最後目的究竟是否是供人娛樂。又有所謂「心理小說」，也包括在這類裏面。顯然地，這一類小說是最難創作也最難欣賞的，所以無怪它近來漸漸流於宗教的性質，例如佐治・愛略脫和佐治・梅列笛斯(George Meredith)的作品。宗教的羅曼司，例如班膜所作，原是可用極簡單的文字形式的，但事實上，它普通總要涉及神學的和倫理的問題，而用着一種近於冷靜和思辨的形式。在文學裏，這一類的小說並不常見，因爲它需要一個高等的心靈來創作，而且現在我們常常聽見對於這類小說的抗議聲，因而它就愈加減少了。它又有時稱爲「哲學的寫實主義的小說」，例如窩德夫人的作品。尋常以爲小說應與一切教育元素絕對分家，現在因有這類小說的存在，就可證明無論各派作家抱着怎樣的主張，這種教育的元素卻曾實際存在過，且將永遠存在的。至在近代，這種冥想的小說大都出於女作家之手，這似乎是因爲女子的性情和理想要把她們引入完全理想主義的境域之故。

「言情小說」有兩個不同的類型，高級的和低級的。其一是感覺性的，其他是肉感性的。但是兩者同樣是着重在熱情的元素。於此，浪漫主義和寫實主義又會合而攏混，因爲高級的言情小說普通都用羅曼司的形式，低級的則用寫實主義的形式，故如佐拉和托爾斯泰的近代實驗小說，是寫實主義的，它用着一種無忌憚的且往往是反抗的狀態來描寫人類最內在的性情。這種體裁的勢力非常顯著，竟至霸佔了言情小說這名稱，因而愈有將這兩個類型分別一下的必要，藉可顯出小說中所言之情有純潔和猥褻之分，例如馬克拉稜(Maclaren)的揆脫・卡內基(Kate Carnegie)和康諾爾(Connor)的天的舵工(Sky Pilot)及黑岩石(Black Rock)。

除這些主要的小說體裁之外，還可看見其他各種類型，其一是「政治羅曼司」，例如謨爾的烏托邦和的士累利的羅退耳；又其一是十七世紀法國和英國的「史詩羅曼司」；又其一是北歐和中歐的「英雄史詩。」此外還有「乖話」Fabliaux，「諷刺小說」和「幽默小說」，如見於拉布勒(Rabelais)和塞萬提斯(Cervantes)的。最後就是「方言小說」，見於巴栗(Barrie)，揆因(Caine)，揆布爾(Cable)及哈特(Harte)。關於這，起來了一個重要問題，即這類小說究竟能否眞正符合小說的條件，因爲照理說起來，小說應該是普遍的，不是地方的，應該是通俗的，不是專門的。但雖有這班批評家的議論，這類小說終於已造成它自己的地位，並且成功地維持着它。至於小說和其他文學體裁的關係，也是一個耐人尋味的問題。我們特別要問，它跟詩歌有着怎樣的關係。事實上，小說的文字是向來散文和詩並用的，如初時克勒特人的羅曼司是特徵地散文的，猶之初時諾爾曼人和英吉利人的羅曼司是特徵地詩的，因此初期翻譯家的工作大多在於把這些羅曼司從這種體裁改做別種體裁。這樣，我們就有起原於法國及盎格羅·諾爾曼人的韻文羅曼司，例如綺塞的薔薇羅曼司，拉雅麥的布魯特，特立斯特雷爵士，哈味羅克爵士，以及中古時代那些幾乎無窮的古典和英國的例子。批評家當中如民托(Minto)和梅耳(Moir)，是把小說歸入詩歌裏去的。馬孫也將它列入詩歌，理由就在它「包含想像的材料。」不過大多數的批評家都將小說歸入散文，因爲它用的是無韻律的形式。然而歷史往往要重複因而羅曼司也同古代一樣被給與詩的形式了。不過無論這其中的關係怎樣，小說總離乎具有戲劇的元素，特別是在它的描寫方面。在這一點上，它又顯露了它的詩的性向和精神，而且側重於詩的形式的。克洛福德說：「一部小說並竟就是一個劇本。」又說對於什麼是小說這個問題的最好答案，就是「它是一個懷中舞臺，」而小說的好壞也就由它能否造成一個好劇本的幻覺而判。近代將小說來戲劇化的辦法，就是兩者之間有着這種關係的一個證據；這種傾向現在正在迅速的增加，雖然一部分是爲着金錢的利益。至於小說和史詩的密切關係，如從歷史小說上見出來的，那立刻就可以明白，所以記敍的和描寫的散文，就可算是小說所能用的最好媒介。

由以上的討論，就會引出好幾個暗示來，我們第一要問創作小說所以成功的要件是什麼。即第一就是想像，必須在範圍上和力量上都足夠應付這一類作品的條件。我們這裏用想像這個名稱，是將它解作創造形象乃至表現和再現的心能的，這就是人類精神的一種功能，其中含有一種很高的創造力，一種造形或造象的建設的能力，也就是心靈所由與無形的精神世界去交通而使之成為現實的和有形的世界的那個機關。講得再扼要些，這主要是理想化和現實化的機能，就是所謂「從天際視到地從地際視到天的那隻靈魂的眼，」在它所觀察的廣漠範圍裏面將一切世界及一切種類的存在都包括在裏面的。這又是一種組合的機能，能將人類知識的繁複對象用變化無窮的形式呈現出來的。這就是心靈的描繪能力，常常從事於心象的形成，以及隱藏於靈魂中的影像的再現。因此，它是同記憶及聯想的法則有着密切聯繫的。我們只要注意一下它所能取得的種種不同的形式和任務，如創造的想像或藝術的想像，歷史的想像或科學的想像，就可略見它的活動地面是多麼大的了；它的活動是要觸到一切知識的部門和一切精神及道德存在的類型的。

它和他種心靈的能力都有區別，但它對於它們統統都有切要的關係，都要影響它們，並受它們的影響，而且這種能力的養成，也是受着一切心能的大法則和大主力所支配的。這種機能始終爲小說家所必須具備；它的表現，在歷史小說就是再現的功能，在描寫小說就是寫生的功能，在哲學小說就是構成和思辨的功能；總之，凡要以充分程度涉及象徵和幻想的地方，總都可見這種機能的存在。其在小說本部及它的較高形式羅曼司，它就取得較多理智的形式，而成爲人格描寫的機能。在這點上，又可看見小說和戲劇之間的關係來，因爲人格描寫在兩者都屬基礎的工作。小說和戲劇各有這種歷史的佈景的元素存在，而且它們的成功與否，也同樣靠着這種使形象生動而能給讀者或看客以如生的印象的能力。於此，就又看見小說和詩歌的密切關係了，就因想像在兩者都爲一種切要的機能，於是舊時關於小說應取什麽地位，即應屬於散文或詩歌的討論，就又復活了。

也在這地方，又發生了一個更大的問題，即想像在文學中該處怎樣的地位，特別是在散文中，以及所謂「散文的特權」應該以怎樣的程度而存在。我們對於這問題考察得愈多，就愈可見想像在文學的地位是愈拓愈廣，乃至決不止如從前人之所容許，因爲除開敍述和專門討論之外，這種能力又要進入來支配或影響制作的程序。現在在文學和人生裏，象徵主義都在發達，這現象是一切有思想的學生都不能不注意的；即非眞實的世界正在擴充，描寫的世界和實際的世界之間的相互作用也正在加大，——總之，人們對於想像的展望和運用的要求是愈加迫切了。

第二要件就是關於人性的知識，須要深澈而廣闊的；這就是對於某一個人和若干人們的一種親切的認識，對於人們的思想感情的認識，對於人類的動機，理想，和衝動的認識，因而，就是要懂得怎樣去了解人們的最好方法。小說家之須知道人們，比知道書本更爲重要，即必須熟悉街頭，店舖，和豫選會裏的情形。這種知識必須是心理的和社會的，必須能包括人類之社會，政治，工業，倫理等等的環境。

在寫實主義的小說，則這種知識更是必要，因爲它的目的就在直接而如實地去處理人生。這樣，小說就成了文學中的一種攝影的藝術，用文字去造成適肖現實的影子的藝術，所以必須藝術家充分認識他所處理的題目的。

第三要件就是「風格，」必須是他所牽涉到的複雜元素裏都存在的。從最好的意義上說，小說家和羅曼司作者都必須是風格家，都必須是文學的藝術的代表者，必須知道着重文學形式的價值和散文技巧的價值的。

我們已經說過小說跟作爲一種再現機能的想像的關係了。這同時也是一種表現的機能，是文學的特殊任務。所謂文學的作態或方法這種東西，在散文的任何部門裏都不如在小說裏這麽重要。小說作者的首要目的就是要使他的讀者作旁觀人，要使他們像他自己看時那樣精密的看見他所描寫的東西；這樣的結果，在小說裏是比較的難以辦到，就因在小說裏，作者不像在戲劇裏那樣可以得到演員和佈景的重要幫助，他的效果絕對要靠他自己造成，那就是使讀者覺得他的描寫像是現實的那種能力。若果問到小說家所代表的風格應該具有那幾種特色或合到那個原則的話，那我們的回答是，風格的特色有三，是任何種類的文學作品都應該具備的，——就是「明白」「健勁」和「風趣」，至在小說，則風格必須是「描摹的」。描摹是散文小說所特具的品性，意思就是對於一個題目，一個場面，一個人物，或一種原理，爲之畫出輪廓，而用明顯有力的筆觸呈之於世人的眼前。凡小說家都必須是一個肖像畫工，一個說明畫者，一個手裏拿着鉛筆的製圖人，一個用文字的肖像畫者。在這意義上，一切小説都可説是描寫的，雖在歷史小説，哲學小説，言情小説，也無不如此，所以倘無描寫的元素，是不能獲得顯著或持久的成功的。總之，小説的風格是必須要佾景式的，舞臺式的，因而我們又可以在羅曼司的文學裏面發見戲劇的元素。

還有一個問題也有時有人提出——怎樣纔算是理想的小説？小説的理想是已經實現了嗎，或是能够實現的嗎？克洛爾德説：「我總以爲十分完美的小説是柏拉圖觀念的國度裏纔有的，它還等着那個接受直接文學感與的天才作者來寫在紙上。」又更確定地補充説：「所謂理想的小説，是必須要佾潔的，有味的；它必須自始至終有魔力可以吸引讀者，有力量可以使讀者不忍釋手；它必須以講愛爲主；它的寫實必須是現實的，它的羅曼司必須眞正是人性的，而它的宗教必須範圍非常普遍，乃至可以把一切有價値的宗教都收容在裏面。」這樣的理想，可説是定得極高的，而定這理想的人，本身就是一個藝術的大師，且常常企圖去接近他自己所定的這個理想。那末如果理想的小説家必須具備這些特徵的話，他就不得不合乎剛纔所陳述的那些要件，就是要有一種高級的想像，一種關於人性的充分知識，和一套文學的藝術，同時是明白，誠懇，佾潔，而又有力的。還有小說像現在這樣所佔的優勢能夠持久嗎？就目前而論，小說可說是一種「可銷的商品」，又常聽見說「人們對於小說繼長增高的趣味，」於是就有一個問題被克洛福德提出來，「這種情形是否是表示受教育的男女之繼續的缺乏？」斷然地，這情形是有的。現在比從前有更多的作家在寫小說，同時又並沒有一點要衰落下去的朕兆。而且，若果小說必須以處理戀愛為主，若果一切男女都具有一部分這種熱情，那末我們就包可以說，這種持久的條件是存在的。因為，文學除開羅曼司或寫實主義之外畢竟還有什麼呢？人生除此二者之外也畢竟還有什麼呢？小說之代表這兩種東西，既非其他的文學體裁所能及，那末它要永遠具有一種支配的勢力並得人們的寵愛，是明白的了。因此，它的制作更有向最高最好的形式去發展之必要。如要收穫這樣的效果，那末反叛的寫實主義的近代小說之佔優勢，每個小說家都應該負着對它提出抗議的使命。留心的觀察家從現時文學的徵候上看起來，都說羅曼司和寫實主義是復興了，我們希望這在復興中的是司各脫的羅曼司和塔刻立的寫實主義。果能如此，那末想像文學之加甚的流行是用不着我們擔心的，因為在這實非求是的世界的漫長工作日中，它就足以供給我們許多希望，幸福，和興采的鐘點。

第九章　文學上的未決問題——一

在文學裏，猶之在其他知識探討的部門，有些元素可以說是固定的，措置停當了的，但也有些元素多少要有點變化，只不過逐漸向着一個最後決定和永久的形式進行着。有些久經接撥的問題得到了決定以後，馬上就又看見新的問題發生出來，要求着同樣的研究和措置，所以我們可以假定，隨着未決問題的廣袤逐漸減小，已決問題的廣袤是常在開拓的。然而，要把這些問題的討論最後結束，這希望卻不能有。實際上，在這樣的接撥之中就可見出一種活躍的生氣，這是一種最好的候徵，由此可以測知文學也同其他一切正當的科學一樣是進步的，和有關係的諸科學一同前進的，因而得與一切形式的精神活動立於同等地位，且與不住變化的生活本身也立於同等地位。從這事實看來，可知文學的研究倘尉最高最好的一類而用着合理的方法時，便不但是一種娛樂，而且是一種特殊的精神的刺激，永遠可以吸引學者來研究其中的新現象，也永遠可以拿更好的理解和措置去報答他們的研究。現在我們可把這些問題中比較重要的幾個來討論一下。

（一）散文和詩這兩種文體的關係　初看看時，這兩種文體之間的分界線似乎非常顯著，乃至兩者無混淆之可能的。其一，我們向來都要把它當作理性和知識本部的體現，其他則當作想像和趣味的體現；但一經考察之後，我們立刻就明白散文是多麼可以充分地且容易地取得想像的性質，如德昆西的鴉片喫食者的供狀，而詩歌也多麼充分而容易地取得思索和理智的性質，如勒芬寧的賭馬場和賭簿。我們常慣說，其一的目標是教訓，其他的目標是娛樂，而實際上，這兩個職分又是互相侵犯的；散文如在拉穆和歐文，是特爲供人賞玩而作，詩歌如在哥德和密爾頓，則爲啓蒙和刺激而作。即使我們着重在兩者之本質的區別，而說其一是非韻律的，其他是韻律的，我們也仍須要碰到一樁事實，如在聯斯金和羅綮之半韻律的散文，及亞瑟·費德和惠特曼之半非韻律的詩歌，那來分界線又往往不可辨識了。事實上，作者是幾乎不可覺察地由其一渡到其他，所以德來登有一句很能啓發人的話在這裏正用得着，他說詩歌是「散文的別種諧調，」就因爲詩和散文都不過是由同一文學大原則出來的一種變體而已。倘從這兩個名詞的語源上去看，就可知它們的意義本來是同一的，因爲「散文」(prose)的拉丁語源是 proversus，簡直就是我們的 verse(詩)了；至於現在會有這樣的區別，那是後來用例逐漸變化的結果。散文就是直率的詩。因而就造成了那個人人皆知的中間區域，即所謂「詩的散文」如在普勸斯阿特，及「散文詩」如在頗普，因爲沒有更好的名稱纔名之爲「散文小說」的那個廣漠的分野，也就是這種中間區域的一例，就是這個名稱也已暗示着散文本部和其他一種多少屬於詩的性質的元素的結合，而因有這另一元素，所以批評家如民托和馬孫，就將小說歸入詩歌了。因此，我們在理論書中不但可看到「詩的節奏」這名詞，並可以看到「散文的節奏。」森次巴立在他的英國散文範例(Specimens of English Prose)裏，曾爲我們說明這兩種節奏所各具的特徵。他擷取了一部分聖經中的雅歌，來作這種英文「散文節奏」的一個顯例，並指臘斯金爲這種散文節奏的代表，而說「它已侵入了歷史，滲透了社會的著作，而影響到批評了。」考爾生(Corson)說，「要在散文和詩的領域之間劃界線，是不容易的。」他指莎士比亞爲「在戲劇裏有機地混合無韻詩和聲韻和散文的第一人，」以爲雖在莎士比亞，「詩也常在蝕散文的領域。」此外，在朋準孫，力力，和依利薩白時代其他的戲劇家，也都有同樣的現象。十七十八兩世紀的英國喜劇，大多是用這種特殊形式的。德來登將坎特布里故事詩爲散文，便是一例。此外，既有阿穆耳(Armour)用散文譯的農民皮爾斯之夢，就也有荷爾(Hall)和丁克爾 (Tinkor) 的散文貝奧武爾夫。在英國文學史上，有些時期可以認爲散文的，有些時期可以認爲詩的，但也有些時期這兩個典型成了相互的關係，故最好是併在一起來研究。就作家而論，像綽塞，史本庶，郎門羅，大體上是詩人，馬可梨和愛默生則大體上是散文家，但也有些作家，如司各脫，和談茲，斯文本之流，於詩和散文同樣著名，故這兩種體裁是相互有影響的。總之，詩和散文雖屬文學中兩個各別的型，卻彼此有極密切的關係，儘可以把它們合併起來研究的。在人類思想和經驗的最高形式裏，我們很可以設想那體現的類型並無關重要，因而詩和散文可於不知不覺之中很容易而有效的混合在一起。故如無韻詩，就是詩和散文的一種公認而有效的妥洽了。

（二）史詩，劇詩和抒情詩的等級的比較　這裏我們觸到一個題目，藉此可以說明一個原則，即一個曾經被認爲最後決定的問題，也許過些時要被重新提出來討論，因爲新的證據要求着再度思考。直到現在，史詩一向都被批評家和普通羣衆承認爲首要的體裁；一部分由於這種體裁起源之古，一部分也由於它的本質的特徵和最後的目的。因爲崇高性的元素在理論上既被認爲標準詩的第一元素，而史詩又被認爲最能符合龍基納所規定的崇高性的條件，所以它在詩歌的三位之中自然要佔最高一位了。但是後來的研究已經提出了這種推理和結論是否有效的問題，即那幾個前提被承認之後，我們是否是不容再作推論。若果承認崇高性是詩歌的最高元素，那末對於主張史詩是具有最充分的崇高性那種意見，就可提出有效的反對，因爲我們可以正當地問，在如漢姆列德或美狄亞(Modea)一類的悲劇，道德的崇高性還不算達到極大限度的表現嗎？而且崇高性雖然是最高的一種元素，卻無論如何不能算是詩歌的唯一元素，因在劇詩和抒情詩的領域，別的重要元素作與具備到極顯著的程度，乃至使它們可以同史詩爭霸的。就以起源的遠近而言，也必須承認抒情詩實比史詩還要古，至於構成史詩的基礎的那些傳說和古話，究竟是否比戲劇的起源還要古些，那也不容易斷然說定。若果在這些思考之外，再加上一個範圍或職分上的思考，那末就很可以設想無論在抒情詩或劇本，可以稱霸的理由都比史詩爲強；老實說罷，天底下沒有那一種人類經驗是可以逃得出悲劇或喜劇的範圍，和抒情詩的情緒元素的。所以從近代詩歌批評的觀點看時，可說顯著的傾向是離開史詩而側重戲劇，以爲在戲劇裏，史詩的崇高和抒情詩的情操都達到了充分的表現，且於此外還具有種種它所獨有的特色，使它適合於更廣大的需要。起源是國民的和民衆的，不是出於某一個階級，而是以民衆的生活爲根基，且起於種族的道德本能，又以人類的歷史做它的分野，人物的表現做它的最後目的，範圍是廣泛的，表現是多樣的，所以我們可以用爲爾波爾論喜劇的話來論劇詩的全部，說「它是人類製作的完成。」

而且我們又須記得，我們既有一套特徵地廣大而引誘人的劇作在這裏，世界的史詩就局有限制的了。

（三）戲劇和舞臺的關係　這就是書面的作品和口頭的表述的關係。

我們一開頭就見到「戲劇」這名詞的希臘語原義是「行動，」是生活的顯示，那末書面寫作之須具有口頭的可表演的形式的自然傾向，已經是包含在這名詞本身裏面了。英國表演家歐文在新近所作戲劇一書裏，始終都把這名詞解作包括戲劇的文學和戲劇的表演，且照他的主張，劇本的表演是它的概念和組織中一個主要部分。他告訴我們，所謂舞臺，最好是把它看作詩歌的一種解釋者，故作爲文學作品的詩歌，不到上了舞臺就不能算是已經游賦。還有，採取佈景形式的表演，也包括在戲劇觀念裏面。森茨巴立論十九世紀的英國戲劇時告訴我們，說「它曾經現出一種奇怪而危險的特質，即曾經是好文學的劇本，不是始終未經表演，就是難得以表演的劇本而成功，而曾經表演並且成功的劇本，則難得是好文學。」這位批評家認爲這是「奇怪而危險的特質」，確實很對，因爲這種現象一面和最好的文學理論直接衝突，一面事實上也和最好的戲劇時期的現象相衝突。這似乎是戲劇和舞臺之間一種完全病態的關係，因爲無論在先驗的理論上和實驗的根據上，這兩件東西是應該向同一高向的目標去努力的，如今這種現象，是從理想上和精神上都使它們遠遠分離了。倘使文學和戲劇分了家，便成了一般文學墮落，而特別是戲劇墮落的一個確證，故戲劇和舞臺分了家，也是這種墮落的同樣可靠的一個確證。要查考任何時期或任何民族的戲劇的品性，就在這裏面可以找到永遠準確的試驗之一；理想的戲劇是同時可以表演也能符合最好文學的模範的。但這並不是說一切的劇本都同樣可以上演，也並不是說像勃勞寧和拜倫所作的那種所謂「室內戲劇」或「傳奇樂劇」(melodrama) 就不能够有很高程度的戲劇和文學的價值。所謂戲劇的和演劇的這兩個名稱之間確實有一種正當的差別；前者指那詩歌的內在品性，後者指是否適宜於上演。文學之中也有具有戲劇的散文和詩的形式而卻不具備演劇的型態的。十七十八兩世紀中，不少的英國戲劇都屬於這特種類型，這就顯出了它們不如依利薩伯時代戲劇的地方。丁尼生的劇詩的弱點大部分也就在這裏，因爲以文學而論，它雖然健勁而優美，但是顯然缺少舞臺的特色，雖以名演劇家歐文先生的天才，費了極大的辛苦，也仍不能使它能受英國觀衆的歡迎。那位大演劇家雖然也曾博得一些讚美，但是不值得有的，因爲他對於那些缺乏劇本的基本元素的英國劇本，不過靠着佈景的效果而獲得部分的成功罷了。有一個法國批評家說，他的成功不過在於能「創作一個角色」，因而稍稍可以彌補演劇特色的缺乏。還有可注意的，即戲劇藝術的最高理想是見於作者和演者屬於同一人身上的時候，例如在索福克儷(Sophocles)，伊士奇學理哀，和莎士比亞，往往一個劇本的開場白由作者自己登臺講說，這纔將那劇本交給演員去。在這裏，我們就有了一種雙重的「人格化」作用，因而效果上也有相應的增加，戲劇批評家們甚至會說「凡是沒有舞臺的實用知識的，都不能寫出一本可演的劇本。」蘇夫巴立這麼寫，賦文也這麼教訓我們。誰能夠說莎士比亞的成功多少是由於他對演員的工作是纖屑皆知，且能扮演他自己的人物呢！搭根以爲那些劇本非出莎士比亞之手的邪說，就也因此而爆興的駁斥。賦文先生那部戲劇集所以劃出一部分的篇幅給柏貝治(Burbage)，柏忒登(Betterton)，加立克(Garrick)和啟因(Kean)四大演員的歷史，那是不足怪的，因爲由此他可以指出演員和演劇的密切關係來，使知演員雖不必便是作者自己，他的主要目的卻在求減少他自己和作者之間的距離。我們尋常所謂表演莎士比亞，意思是說在舞臺上將他的人物如生地再現，彷彿那些人物的本人出現在我們面前一樣。加立克的特別榮譽在於他「使莎士比亞的戲劇重新流行」至於在說謊的侍者(The Lying Valet)和祕密結婚(Clandestine Marriage)等作，他就以一身而兼備演員和作者了。

（四）戲劇對於小說的關係　從純理論上說，戲劇和小說之間確有一種密切關係存在，就因爲兩者都可以定義作——人生的一種再現。這在悲劇和喜劇是同樣真確的，在無論敍述的描寫的，哲學的小說，也同樣真確的。當我們說小說的主要特色之一是描寫時，我們同時就指出了戲劇的主要特色之一；反過來，當我們說戲劇的目的是像莎士比亞說的「拿鏡子去照自然」時，我們也就說明小說的首要目的之一。因而，有許多定義可應用於其一的，也恰好地可應用於其他，其間的差別只在於應用同是那幾個大原則的不同方式。歐文書中所引證的馬克里狄(Macready)說明戲劇的目的是「窺測人物的深處，追尋它隱藏的動機，感發它的情緒的最細微的顫動，領會伏在文字底下的思想，因而使自己備有那些個人的實在的心靈，」這幾句話，也同樣適當地可以表出小說的最高理想。歐文先生自己之形容戲劇爲「以如畫的或特徵的行動長出的人類性情的藝術，」就也給與我們以小說的主要特色了。當拉尼耳說小說發展的原則就是人格生長觀念的表露時，我們彷彿聽見了他在形容戲劇的本質，至於一般人所公認的小說分類法，也實質上可以應用於劇本。這樣，我們見到戲劇之中如中夏夜夢，是顯然用小說的形式寫的，小說之中如囂俄的哀史和九十三年，是用戲劇的形式寫的，由這過程，就逐漸減少兩者之間的距離和差別，而要求着無論戲劇或小說的作家都得彼此互有他種藝術的相當才能，方纔可以產生傑作。倘使把英國小說的歷史的起源定爲做亞加狄亞的錫德尼的時代，那末近代英國戲劇和近代英國小說的起源是同時的了。查塞蘭曾有一部論著，叫做沙士比亞時代的英國小說，我們從這書的書名上就可看出兩者間的同是這種關係了。窩德先生在他的英國戲劇史裏，也追溯出同是這種歷史的和文學的連繫，從依利薩伯時代直到女王安納之死爲止。這種連繫之密切，是有種種特別證據的。其一就是現在人將小說戲劇化的興趣的增加，如新近將馬克立稜，揆因，和普巴栗，窩雷斯等人的小說改作劇本，都曾收到很好效果，其雙重的目的，就是要使小說本身成爲更加現實的，並從一切可能的觀察點去表出劇詩。實際上，我們從「現實的」這個同樣可應用於小說和劇本的字面的最廣義裏，就又發見了兩者具有共同的特徵和共同的文學價值的另一證據。斯陀夫人的黑奴籲天錄，或微賤人中的生活，劇本化到了舞臺上之後獲得那麼的成功，便是文學中這種共同的寫實主義的一個切當的例解。我們要證實這種見解，可以用不着到英國文學的範圍以外去找例子，就只消看部爾衛，既作了里恩濟(Rienzi)，又作了哈羅德(Harold)，既作了黎塞留，又作了里昂的女子(The Lady of Lyons)；又如哥德斯密，既作了好脾氣的人(The Good-natured Man)，又作了成克飛爾德的牧師(The Vicar of Wakefield)。同樣，斯摩勒特曾作弒君者(The Kogicide)，司各脫曾作半戲劇的詩歌；郎匪羅曾作西班牙學生；泰羅曾作雕卡賴翁王子(Prince Deukalion)。又同樣，哥德既作維特之煩惱，又作伯里欣根之葛茲（Goetz von Berlichingen），可異的是無論古代近代的文學都並不因同一作家兼作兩種文體而嫌其多餘。又若我們把這兩個類型所由起的共同原因，所依據的共同基地，以及所趨向的共同理想，加以一點研究，也是很有趣的，如戲劇中的對話，向來只限於戲劇獨有的，現在已成爲小說裏的普通成分了。在未經表演的小說裏，所缺少的就只分幕和佈景的規律的連續，而作者所表現的真實，則不當它在他本人以外，而假定它是呈現於自己的心上一般的。

這一個差別點，還有別的幾個差別點，雖可承認其存在，兩者之間的關係卻仍舊非常顯著，足以證實文學諸類型漸趨統一的事實。培根說，「哲學的鵠的就是統一的直覺。」這也就是文學哲學的鵠的之一。

（五）文學中的概括化和特殊化　問題在於兩者孰爲重要。這在文學中的概括化和特殊化，就是在論理學和哲學中的「先天方法」(a priori method)和「後天方法」(a posteriori)。這也就是文學中用演繹法或歸納法的聚訟的問題。開頭我們可以注意，在這樣一種討論中，我們有確鑿的證據來證明文學對於科學的推理方式的應用並不在例外，因而也就可證明它是一種科學和哲學，服從着同是那些推理程序和論斷文的法則，所以是和人類思想的各大部門完全立於同等地位的。我們一經從哲學或科學的領域渡到了文學，就馬上發見一個可以應用這一切程序的境界，至於文學學生所採取的程序，則不外演繹地先拿一個或一組原則作開頭，或歸納地對於任何所與的書，作家，時代，或運動，蒐集充分的事實，來證明一個普通法則的推論。於是批評家們問道，這兩種方法該着重那一種呢？我們的回答是，他手頭那個研究題目的性質，他當時所取的特別目的，以及他自己的最好的判斷，就足以構成他選擇方法的準確的指導了。有些題目是抽象性質的，關於它只有少數的事實可以蒐集，因而就適宜於做演繹方法的題目。還有一些題目是大體上具體的，可施以親身的觀察和經驗的，並且是在可證明的範圍以內的，因而自然就屬於歸納的一型。在文學中也如在其他的境界，這兩個方法可以適當地合併起來用，因為我們所依據以作演繹推理的那些原則，最初就是由較綴後的歸納程序得來的。因此，將這兩種方法間的距離推開得太遠，或緊緊追問在文學究竟那種方法該佔先，都是不聰明的辦法，莫爾頓教授在他那部作為一個戲劇藝術家的沙士比亞裏，曾把這事的辯論弄到了我們相信是不必要的而且有害的極端。他那部論著是沙士比亞研究的歸納法辯護的，因而他就推論到一切戲劇的，詩歌的和文學的研究都應該用歸納法。他的目的，據他自己說，是「要使戲劇的批評成為一種規則的歸納科學的樣子」。他說這是文學批評的一種新方法，其實它是和文學批評的本身一般古舊的，只不過跟着批評史的前進而愈見明顯能了。在一切偉大的文學批評家，我們都能見這種方法，如哥德，勒新，聖柏甫，康爭，德昆西，和哥爾利治，而是和演繹的方法並行發展的。莫爾頓教授告訴我們，說「歸納法是科學方法中最普遍的方法，凡題材可以化為事實的形式的處所都可應用的，」這話我們用不着懷疑，但須得有一個補充，即歸納法並不是唯一重要的科學方法，而在文學裏和別的地方，凡題材可以化為原則的形式的處所，演繹法也可以應用得一般好。他又說，「歸納的批評將用純粹的研究精神去考察文學，」這話又何嘗不能應用於演繹的批評？總之，這兩種方法是都有應用的地而和需要的，只不過順着近代科學，哲學，和文學的傾向，批評是逐漸側重歸納法罷了，這就像莫爾頓教授說的，無非因「全部科學的進步在於思想上爲歸納法征服新領土。」但雖在這種地方，文學的學生也必須有一種戒備，卽對於現在常常聽見的反對過分特殊化的呼聲要時時加以注意。不然的話，文學的研究也許要成爲僅僅一種事實的蒐集，一種資料的整理，而學生的精力不免專注在僅僅材料的分類裏了。

這樣，也許對於頗普的詩歌或德來登的散文會得費了幾個月的研究功夫而始終沒有這幾位作家所代表那些大原則。在文學裏猶在別處，也有可謂透視感覺這樣的東西，也需要好的感覺和好的趣味。至於現在，則在文學裏更需要着概括化的方法的更謹嚴的應用。等到獲得一個基本原則的時候，就算得到偉大的結果了。

（六）文學標準的問題　我們常慣說，我們之看待最好的作家，就是把他們當作趣味上的最後標準。我們可以問，區別好作家的法則是什麽呢？好文學本身的標準是什麽呢？對於這，回答是：這就是文學藝術之已被承認的原則，這些原則是經長久忍耐的研究纔得到，且經整個文學世界的意見批准了的。這一層被承認之後，我們又得要指出，文學的標準雖然從一時代到一時代實質上始終如一，在文學的範圍裏卻仍有很多的變樣，這一部分由於時間，地方，和種族的外在的影響，一部分由於本身的永遠活動的變化的傾向。我們常說散文和詩的歷史的發展，這是等於說，各時代的詩和散文雖然實際上符合一個共同的標準，其實流露着類型上顯著的差別。培根和馬可梨的散文同樣是標準的，性質卻不相似，因爲各人的作品都流露着作者和他所處的時代的個性。同樣，荷馬和密爾頓的史詩，莎士比亞和拉辛的戲劇，席勒和彭斯的抒情詩，雖然無不符合詩歌的法則，卻也無不顯示着確然的差異。所以森次巴立論十九世紀的散文時說，「其中風格上的變化是那個世紀的主要特色，猶之在詩歌裏有思想上和境界上的變化一般。」所以莫爾頓論固定和變異的標準時，就駁斥了所謂「文學形式的基礎曾經達到最後確定」的觀念，而證實了「文學是一件發達的東西」——那個前提。這兩種事實——即文學裏面有像固定的標準那樣的東西，及在這一個標準的範圍以內能有很多的自由，因而，就產生類型的變異——被承認了之後，仍有一句警告得要提出，就是近時人爲應順當代的文學運動或領袖起見，而不惜貶損或改變這種標準的傾向日益加重，終至要引起了問題，就是不知我們究竟還有沒有標準留下來了，就是說，爲服從這個或那個文學世界和平的擾亂者的幻想之故，文學是受着打擊了。所謂文學的時式，原是可以有的，譬如衣服，文學原可容它服從健全的批評和一般人的情操，一時代一時代的更換。風格本身就原不過是這個那個民族的一種時式，儘可以在正常的條件之下常常變換的。危險只在那種變化不免流於任性所爲，乃至好奇炫怪的地步。文學之中也有可謂豔冶浮華那樣的東西，那就是一種都市氣派或賣弄風情的元素，一種文學貨色的徒爲陳列而陳列，對於時代微候的留心觀察者，付說起斷明的「風格的不安」，同時這種不安的表現是幾乎五花八門到沒有窮盡的，它的方式有時（例如依利薩伯初葉）是一種矯揉造作和勉強的修飾，有時則是一種極端的幻想和邪說。總之都不外是某一種類的誇張，都不外是乖離正統式法則，都不外是要標新立異，希望藉此取得領導者的資格。有個明敏的觀察者告訴我們，說如今英國是「過分文學的，」寫得太多，讀得也太多，這話裏就指明了一種事實，即原文的文學標準已經經過極大的改變和減低，乃至真正初出茅廬的分子也很容易符合它，於是我們就只有荒而無質，只有模倣而無創作，只有匠工而無自然，只有督本而無眞正的文學了。眞正的文學時式是一件事，文學的事實是另一件事，無論巨大的名字好像是維持它們，證明它們，也終無用的。

這種樣的標準的頽落，無論如森次巴立所指示，是由於近代社會的小說的佔優勢，或如呷林斯所指示，是由於近代激動性的出版物之佔優勢，總之，這是一種須得立刻加以制止的傾向。文學中有一種正常的標準，是無論拆着怎樣的犧牲都必得要維持的。作者和讀者同樣負着維持它的使命。一般的學者，而特別是文學的學者，都有維持它的責任，至於文學學校的使命，當然也不亞於別人，因爲它們是有力量可以把一套未經敗壞的文學傳給後人去的。

第十章　文學上的未決問題——二

在上面已加考察的那些問題之外，我們還得注意下面的諸問題，其中有一些是屬於一般的性質，可適用於最廣義的文學的，有些則僅屬於特殊的形式和特殊的文學現象。

（一）關於書面形式和書面作品的文學對於它的口頭表述的關係。這兩件東西是不相同的。文學由其特殊的意義上說，就是思想之用書面形式的體現。要想成爲文學，就必須化爲寫作。如果由口頭表述出來，它就當即停止其爲文學，而成爲另外一種東西，不論我們稱它做什麽。這其中的差別，又可從另外一種事實上看出來，即文學的才能無論在必要上和在歷來的事例上，都不和口述的才能合一。倘照事實看來，它們往往似乎以反比例而存在。至少，其一的存在並不就是其他也存在的理由，而其一所由獲得或教授的方法，也不同於獲得其他的方法，因而我們不得不下一個結論，即這兩件東西在它們的正當意義上是不同的，所受的條件不同，所憑的機能不同，所自出發的原動力不同，而所取的目標也不同。馬太(Matthews)在他的歷史小說要論到戲劇和文學的關係時說道：「文學和口語間的差別，即專訴於眼目的文學和專訴於耳朵的文學間的差別，是沒有什麼東西比它再明顯的。」他又引澤布的話道：「古代關於演說的批評多染着一種根本的弊害，就在將文學的價值和演說的價值混而不分。」批評家中曾有一種主張，以爲作者是訴於後代的，說話人是訴於當前聽衆的，故後者的目的在於給與直接的印象，因而歷史上的偉大演說詞必須首先由它當說述時所產生的效果而判，不由它本質上的文學品性而判。演說詞當說述時的力量，實在是由它的演說的品性上來的，故批評家倘專一地或主要地在文學的立場去判定它，那就是走錯了路。柏克的演說詞中，有些從文學的觀點上認爲最好的，說述時卻是失敗。希臘演說家伊索格拉底(Isocrates)也正如此，至於薛立敦的演說詞，雖然缺乏特殊的文學價值，卻是有效的。富特飛德(Whitefield)和衛斯力(Wesley)兄弟的說教詞也是如此。但這並不是說，書面的和口頭的作品之間就不應該有一種正當的連繫，不過是說，其間應該有一個正當的差別，即使在理想的文學作品和演說作品之間這種差別可以化到極小的限度。因此我們可以說，散文和詩歌的關種形式，是可依其適合於口頭表述與否而分類的。照例說，散文自然比詩歌更多具備這種適合性。我們通常分散文為敍述的，描寫的，和辯論的，這其中的辯論一體，分明是適合於口頭的表述，至於歷史，隨筆，論文，便不適合。同樣，我們如果把詩歌分為史詩，劇詩，描寫詩，和抒情詩，那末同樣分明地，最適合於口頭表述的一類就是劇詩了，至於抒情詩，則因其包括歌曲在裏面，故也是有一點這種可以口頭表述的品性。散文小說是因含有很多戲劇的元素在裏面，這纔見得它具有一部分這種口頭表述的適合性，而用表演形式出現於聽衆面前的事，也漸漸多起來了。總之，文學中是有演說體這個類型的，凡隨其為演說體的程度之多寡，而取得了確定的口頭形式。如果我們現在問到這些容易取得口頭形式的文學到底有那幾種，那末可以提出兩三種特別顯著的來講一講。

（1）就是演說詞之以稿本的形式而存在的，即以純粹的書面作品而存在的。在講述性的文學的一切可能類型之中，演說詞是最講述性的。就由於這種事實，它纔取得了這個名稱。它可以取得「演講」的型，如為政治和社會的大關係而作的；或取得「辯論」的形式，如在各主一說的辯論；或又屬於「宗教性的演講」如「說教詞」（sermon）。在演說的這一切種類裏講述性都非常的必要，故作者當未拿它去講述而只作爲一種文學作品從事預備時，心裏必須常常記着它是預備拿去講的，即非措辭上必得把一個聽衆常常放在面前。有些講演，辯論，和說教，聽了之後一點兒不留印象，那是大都由於作者忽略了文學和演說之間的切要關係。凡是這樣的演說詞，大約總都製作時並不當它眞正的文學，並不期望發生較遠的效果，也不預備把它記錄保存下來供讀者參考，卻全然地或主要地求得目前的效果，而若這目前的效果也不能獲得，那就算完全失掉它的使命了。雖然，如在西塞祿和韋白斯特，是有一種文學的品性和演說的品性並存的，但是主要的特色卻是後者而不是前者。當美國批評家喜曾爾稱韋白斯特爲英文風格的大師時，他所着重的畢竟是演說的風格，即文學一部分體裁和口頭表述的密切關係。如果我們再進一步，將「演說的」一這個形容詞用它的最廣意義來講，而解作了一種激昂的和感動性的文字，那末我們可以正確的說，凡不屬於雜著性質或教訓性質的一切散文文學，都應該在某等程度上是演說的，就是爲效果而寫作的。所謂「會呼吸的思想和會燃燒的文字」，雖並不同辯論的形式，也都可說是演說的，至於這個原則的最顯著的例子，則見於那種始終不會拿去宣講因而留在書面上作口頭文學標本的演說詞和辯論詞。

（2）劇本　這裏我們進入了一個最有興味的領域，在它的仔細考測中，有許多有興味的問題會得起來，例如它和詩與散文的關係，與戲劇家和演員的關係，以及一般排演的關係。最先引起我們興味的一種事情，就在劇詩是一切文體之中最宜表演的，最宜宣說的，最多可以排演的品性，而寫作時也首先要顧到公演方面。這是詩體之中最具再現性的。我們原也有不曾排演和不能排演的劇本，例如勃勞寧和拜倫的室內戲劇。這種劇本，不過是一種戲劇的獨白，製作時多由文學藝術的觀點，不由口頭表述的觀點。又有一些劇本本爲舞臺而作，卻始終不曾上過舞臺，或雖上了舞臺馬上就得收回去，因爲它們並不具備演劇的品性。丁尼生的一部分劇本就是這樣的。猶之散文中的演說詞，必須不僅具備文學的品性，以期可以口頭上得到成功，同樣，詩歌中的劇本，也必須不但具備文學的品性，而並具備戲劇的或排演的品性，以期舞臺上得到成功。它必須具有舞臺的品性，就是使它適宜於公演的那點東西。戲劇製作者的第一問題是，如何可以使他的思想體現於能夠拿去表演的書面形式。這就需要特別的天才了。僅僅把一個劇本分爲幾「幕」幾「場」，是不够的。僅僅將一個「布局」發展到了「團圓，」也是不够的。在戲詞的底下，一切分幕和布局的背後，是有一種獨特的東西給那劇本以一種格調，使它立刻和敍事的史詩和抒情的抒情詩分別開來，而要求着舞臺，演員，服裝，佈景等等來表述它。這樣一種製作，是也許用或不用最好的文學形式寫的。布輪退爾肯用一種分明是極端的口氣說，「一個劇本並無要是文學的的義務，」這話的意思，一定就指剛纔說的那種情形而言。雖是莎士比亞和莫理哀，其寫劇本，也是當作劇本寫，不僅當作文學寫，爲聽衆而寫，不僅爲讀者而寫，且似乎只求在舞臺上能够成功，而不管讀者怎麽讀的。這種情形確實是有的，所以普通的文學批評家，未必都能勝任劇本的評判。他必須具有戲劇的才能，猶之評判演說詞必須具有辯論的才能一般。布輪退爾告訴我們說：「喜劇之不必要是文學的，正無異於說教詞，」意思是等於說，喜劇和說教詞的主要效力是要依靠文學以外的特色，即依靠着口頭表述的才能。而所謂文學以外的特色，其首要因素之一，就是演員或演說家的個性，姿勢，聲音，及一般的狀態；這種因素的力量實在非常之大，往往似乎可以不顧一切的關係，而使一篇比較拙劣的演說詞或劇本也能動人的。因此，我們必須要承認所謂「口頭藝術」這東西的存在和力量。

我們有口頭藝術的詩人和散文家，而必須以他們的這種身分去評判。從前曾有人說：「一個劇本的垂久，雖然緊着它的文學的品性，它的成功卻緊着戲劇的品性，」這話是很對的。此外還有兩種體裁的文學也足以顯示這種書面和口頭之間的關係，不過方式不同能了。

（3）其一就是小說，是指戲劇化了之後而言的。小說之容受口頭體現和表述的程度，以它本質上具有戲劇元素的多寡爲比例，而在這當中，就又看見詩與散文之間的密切關係了。現在正是在所謂散文小說裏面，我們發見了逐漸加多的戲劇的品性，因而也就是詩的品性。

（4）又其一是抒情詩中的歌曲或短歌，也流露着對於口頭表述的關係，因爲這種抒情詩，本來是預備來對公衆吟誦的。歌曲所以和別種抒情詩體不同，在於它具有音樂的品性，就是一種適於歌唱的東西。這裏，我們至少觸到了一個爲愛倫坡所首先引起而經拉泥耳等人討論過的困難問題，就是作爲一種藝術的音樂對於文學的眞正關係。在莎士比亞的戲劇及歐洲戲劇所包含的歌曲中，我們發見了戲劇的元素和抒情詩的元素相結合的實際例解，或如科馬斯那樣的戲劇抒情詩，劇本（或假面劇）和歌曲也同樣適合於舞臺的演奏。

這樣，在演說，劇本，小說，及歌曲中，我們都可見到文學（即書面文學）之中具有一種表述的傾向和適合性。若果我們將這題目擴充到極大限度，那就可以說，這種書面和口頭的相互作用，是凡所謂「散文或詩的吟誦」這個名稱所包括的一切體裁裏面都可見到的。向來雄辯家或朗誦家之選擇材料，仍不外到一般文學作品裏面去找，便又是這種連繫的一個證據。

（二）文學和風格的真正關係　這是一個自然限制於散文境界的問題。文學是指書面的產物，就是作品的內容或題材。風格是指它的表現形式或狀態，它的表述的方式。自從昆體良的時代一直到近代的培因和斯賓塞爾，有一個問題一徑在擾攘——什麼是被稱爲「文學」的作品和被稱爲「風格」的表述之間的真正關係？若用語言學的形式說時，就是什麼是思想和語言的關係？從批評的歷史上看來，這個問題的答案是兩重性的，各有第一流的思想家做它的代表，而且不僅包含着文學的暗示，並還有修辭學的和語言學的暗示。這兩種分歧的見解可以稱爲「外在的」和「內在的」或「審美的」和「理智的」。德昆西於其論語言，修辭學，及風格的諸名文，曾把文學的研究分爲兩派，即「機械論」(mechanology)和「組織論」(organology)。倘使將這分類法應用到我們的目的上來，意思就是「皮相的」(superficial)和「本質的」(essential)的兩派。第一派主張風格的關係純粹是形式的，不重要的，第二派則主張它是切要的。屬於第一派的就是一班審美於文學批評家，他們的對付文學和考察文學，都經由詩的想像的中介，而將文學看作一種爲娛樂及藝術的教化而有的美術。在他們看起來，風格不過是文學加重語氣的別名，因爲文學的表述狀態是最最重要的。他們將「文學的」這個詞解作南歐派中的所謂「美文」或「雅文，」就是思想之用優美形式的表現。這就是像愛丁堡之休·布雷爾(Hugh Blair)那樣一個批評家的解說。馬可黎所作的批評中，這種方法也十分顯著，至於馬太·亞諾爾特及其後的一派，也往往見有這方面的傾向。大多數第二流的文學批評家都屬於這一類，同時有些匆忙作成的錯誤批評，都可爲這種傾向的證據。

在那一方面，則有一批哲學的和深微的文學的學者，如德昆西，哥爾利治，斯賓塞爾，勒新，原爭，德利名(Theremin)等。斯賓塞爾在他那部著名的風格的哲學裏，是取這種崇高態度的。法國批評家原爭說：「形式不僅是形式，它是某種東西的形式，是展示着一種內在的東西的。」又說：「美不僅僅是表現它是思想的表現。」這幾位作者都主張文學中有理智的形式那件東西；以爲作者應以心靈去支配他的方法；以爲外在的形式之外還有一個內在的形式，就是作者在未把他的題目由紙面呈現給讀者之前自己呈現給自己看的那個形式。這就是雷司洛普（Lathrop）所謂「形式的意識」（sense of form）那種東西。馬太說：「一個有天才的人所選擇的文字，同他思想一樣是屬於他自己的。」「這些文字所以是他自己的，正因爲那些思想是他自己的之故。這樣，文字就不止是思想的服裝，或思想的空氣，或思想的中介了。它就是思想的化身，思想的血和肉，思想的軀體。在這班批評家看來，「文學」這名詞一徑都比「風格」著重些，就因風格不過是文學表現的途徑。他們所談論的常不把「文學」和「風格」並舉，卻單只提「文學」，以爲這個名詞若經正當的解釋，就已經足够賅括，足够將「風格」所能意味的一切都包括在裏面了。因此，在上述的兩種學說和各學說的擁護者之間，若要用其選擇時，似乎是並不難選到後一種的——這後一種的主張，就是以爲作品之內容和表現間的關係實在非常密切，乃至其一總要牽涉其他的。

如果我們問到什麼是這兩者之間的切要連繫，那我們的回答是——作者的個性，就是繼續表現在著作的行爲裏及這種著作有時所取得的特殊外形上的。如果像浦豐說的，「風格就是那人自己，」那末我們也可以掉過頭來說那人就是風格自己，因爲這兩種說法是一樣可以證明的。就因有這個文學個性的大原則，這纔供給關於這個問題的所需的解釋，而將這未決問題領入了確定意見的境界了。文學是作者的心靈的產物，風格是作者的藝術的表現，因而兩者是必須要互相牽制，互相約束的。要證明這個結論的正確，就只消看最好的文學時期和最偉大的文學作者都最能爲這種關係作例證。我們在所謂黃金時代和所謂傑作裏，這種例證最能看得明白，例如伯里克理斯，奥古斯都，和依利薩伯的時代，以及希羅多德，西塞祿，和密爾頓的著作，因在這幾個時代和這幾個作家，文學和風格之間的連繫是如此其密切，乃至辨不出分界綫來的。也因有這個原則，文學總和人類思想及活動的諸大部門相諧和，因在那些部門裏，内容和表現並沒有劃然的差別，不過是同一原動力的兩重表現罷了。若問風格在文學裏究竟是怎麽一個意義，那有兩種元素值得注意：

（a）其一因於作者的詞彙，就是他所用的文字，它們的數目和性質，它們的來源和適當性。

好文學的風格是以用字爲基礎的，因而有志向的作者必須常常照着他自己的需要去研究它，務須多用本地話，少用外來語，多用標準語，少用地方語，務須使文字的明白，健勁，和好趣味成爲一樁良心上的事。這就是文學和一切文學作品的文字方面。

（d）還有一種元素見於作者的句子，就是它們的組織和使用。斯威夫特下風格的定義爲「適當的字在適當的地方，」在這裏正可適用。凡句子都必須是明白，暢曉，健勁，而簡潔，就是只說作者所要說的話，而且說得有力。簡單，省約，和健勁，是它的主要特色。這就是文學的組織方面，就是構成它的好外形的。在這兩點上，即詞藻和句子，文學和風格就會混而合併，不能適當地分開它們了。

（三）文學的精神——它的本質，表現形式，教發方法和價值；這樣一個題目是再沒有什麼比它更多興味，也再沒有什麼比它更多關係的方面，使文學的學者不得不加以注意，且經充分的說明之後，我們就可以在某一種意義上包舉了文學歷史的全部內容的。

講到文學精神的元素或特質，我們可用一句話來總括，那就是，文學的精神和文學的技巧立於正相對照的地位，即和學校中所規定的那些假定爲不容反叛的文字的律條立於正相對照的地位。雖然「文學」一這個名詞，照它的拉丁語源，是指屬於文學的東西而言，但照一般流行的用義，則文學中的文字可以超過它的精神的地位，因而不免要危及文學本身的生命。在這裏，就猶之在道德上，「殺人者乃是文字。」所以，在一切作家，一切時代，凡文字或形式的地位高過了思想，而使風格本身成爲目的的，我們就都可以看見這樣的對照，而其結果必定是壞的。所以，凡在文學一般衰落的時代，即文學的黑暗時代，精神總都趕不上文字，而文學批評正唯因其是批評之故，尤有特別的危險。因當文學的裁判者坐下來審察一件以技巧爲主的作品時，他就很容易放大文學的解剖的方面，並且以爲自己的辦法是對的。他總以爲這是他作爲一個檢查者的身分的分內事。所以在這種地方，我們就獲得批評家的最穩當的一種測驗，就在他能不能認識並且提高文學中的精神的影響，而使一切僅僅文字的和技巧的元素都去隸屬它；究竟能不能懂得文學的鑑賞和僅僅文學的解釋之間的差別，即從大處落墨的文學的說明和僅僅文學的評解之間的差別。還有一個地面，這種錯誤也特別容易流行，就是所謂「教育的文學，」即文學的教本和課題，因在這樣的教本裏，作者須他的教育家的身分，勢必要熱心於他的作品的教授法方面，乃至將那方面出乎任何限制的提高，及到那作品呈現在學生面前時，便全然不能算是文學了。凡屬這種性質的文學，就都只具文學的軀殼，絕對沒有文學的靈魂和生命。無用說得，大學教室裏面是包藏着這種危險的，因爲那一個研究和教授文學的地方，很容易把文學看作或教作一個純粹學術的科目，和其他正式的科目一般求其精密。在這當中，就需要一個郎匪羅或一個羅威爾那樣的大學教授的勇氣，這纔可以避免這種教授法的危險，而用他們自己所理解和所應用的文學的方法去教授文學。如果問得再明白一些，到底什麼是文學精神的主要元素和特徵，最好的答案可用一個名詞來包括，就是「自然性」(spontaneity)這是在思想和文字，用字和造句，方法和作品——總之，在作者的準備和表述的一切過程中都可見到的。這是一種健全和正常的行動自由，是公認的文學法則的條件和限制以內的個人自由。這就是愛默生說的氣象和規模，就是容人隨意構思和舒寫的一個地步，絕對不受學校裏的人工的律條所阻礙的。不特詩歌之中有爲詩人所明白理解而決不和確立的詩歌義法相衝突的「詩的特權，」就是散文之中也有「散文的特權，」甚至還有「一般文學的特權，」其給與文人的自由，比普通給與科學學生或專門學生的自由多得多。爲使文人有正當運用他的想像和感情的地步起見，所以應該給他「充分的餘地和境界，」這是和推理機能及批判機能的運用不同的，後者不能不假定它存在着一個較狹的限制。明白得很，凡文學中像似「天才」這種東西，都必得讓它有一個境界，以期可以達到高等天賦所趨的目的。所謂精神行爲的自然性，實在不過是著作中的靈感的別名。

講到歷史上和著作中這種文學精神的表現，乃至它所以發達或衰落的理由，那是有種種條件存乎其中的。有不少作家的個性裏和作品裏，這種精神只不過偶然存在，或雖存在而難得達到特別顯著的程度。單憑這種事實，就已可將他們列入第二流作家中了。其他作家，則作品中分明有這種精神存在，因而我們讀他們的作品時，決不會單單去注意文字方面或義法方面，這樣的作家，無論在古代在近代，就都莫非是大師。至於整個民族，也有可見這種精神存在的，有不存在的。在前者之例，文學就似乎是一種自然的本能或習性，在後者，則似是一種外來的移植的，加添上去的東西具備着種種外國產物的特色。這並不是一種自然的生長，不過是一種事後聰明罷了。將歐洲文學和東方文學來作一個比照，就可充分證明這事實，猶之在歐洲的界限以內也可以得到例解一般。同樣，在任何各別民族的界限以內，也由著作上的特別時期而顯示這種精神的存在或不存在。我們偶然可以看見一個分明是文學的時期，具備着新鮮，活躍，雄健的氣象，且有多量的創作產生，但是馬上跟着來的卻是一個爲卑劣性和虛弱性所統治的時代。這種現象是根據着進動和反動的原則而來的。還有，學校之中也有些是分明地文學的，而亦以文學的著稱，但有些卻徒有其名，並沒有文學的精神存在。在近代歐洲的一切研究自由學問的學府裏，這種文學精神都應該以眞實的分量而存在，這實在並不能算是過分的期望。就在「自由」這個形容詞裏面，已經是本質上包含着「自然性」和「寬容性」了。所以在這些學術的中心既已把文學作爲一個研究的科目，它就應該具有非常的生氣，庶幾使全部大學課程都可由它獲得生命和特質。凡文學的學校都必須滲透着一種深微的文學的衝動，應該成爲文學影響的中心，應該燃熾着文學的熱忱，因而成爲一種潛能的因素，以保存和持續民族或語言之文學的發展。

至於獲得發達，和維持這種精神的最好方法，那有兩種是特別的必要——專心於文學的作品，及與文學的影響去接觸。凡學文學的人，都必須要和文學發生接觸，卽必須要接觸文學的作品和制造作品的人，接觸文學的場而和環境，接觸文學的領袖和目標，接觸文學的最好書籍和最好理想。在這當中包含着一個哲學的原理——精神的親和力是由接觸而引起和增加的。我們常常提到所謂「文學的影響」文學的活動和聯合的直接結果，這種影響就是跟着年月的久遠而加強加深的，其中相互有着取之與之的作用。然而有一種不能掩蓋的事實，卽具有最好元素和最好表現的文學精神，乃是神的一種賜與，一種與生俱生的遺傳，因而就是一個作者所以爲人的個性中一個有機的部分，或者徑說，就是他的個性。它雖然在一種意義上或一種程度上，是可以培養而成的，但若要它有怎樣顯著的發達，那末其中的首要因素必須要預先存在。文學的產物或特徵倘使說可以喚召得來，或可由什麽規定的方法使它出現，那末這種精神就是最難獲得的一種。凡是具有這種精神的人，只消把無論什麽書本，作家，時代，或民族，隨便一下瀏覽，就可見出這種精神是作爲一種自然天賦而存在的呢，或作爲一種教育的產物而存在。在這裏，也猶在別處，我們可以看出自然是最好的引導，而若自然也可用他種動力去補助的話，那末這些補助的動力也必須顯然具有自然性。

再講到這種精神——無論屬於個人或屬於民族——的價值，那是用不着多說的，因爲文學的生命就由這種精神所給與，而凡有這精神存在的地方，自由也就存在了。考爾多普所謂的「英國文學的自由運動」就是這種精神的運動，也就是一種毫無疑義的生命的徵候。近代批評家所最喜歡叫的「文學和生活」也不過是這種精神，顯然存在的一個別名而已。無論我們稱呼它做什麽——天才，靈感，神聖的機能，創製性，本能，創造力——都無不可，總之它是一種深藏於文字底下的無意識的東西，文字因它纔取得了生命，若離開它，就呆呆的僵臥在紙面了。這種精神是如此其不可缺少，乃至可說一切高等的文學都是拿它做基礎的。這是文學所以存在的先決條件——就是它的靈魂和食糧。故要決定現代文學在近代國家和民族中處於怎樣的地位及具有怎樣的前途，就都須憑這種精神做測驗，此外再沒有別的可憑以測驗。

第十一章 文學中的希伯來精神和希臘精神

有一本書叫做英國文學中的社會理想，那位賅博的女作家寫道：「馬太·亞諾爾特滋着他那種大約由他父親遺傳來的要求廣大歷史觀的本能，曾從過去的時代裏去尋求他所欽佩的一種偉大的態度表現。他後來從希臘的精神裏發見了它，於是根據着海涅的一個暗示，他就採用了希臘精神和希伯來精神的區分，在他的關於英國人生活的說明裏將它作爲一個中心和樞紐。他所要培發的當然是希臘精神，就是着重在知識和溫雅及要求着思想的誠實而不是感情的誠實的那種希臘精神。希臘精神中的最高觀念，就是如實去看事物；希伯來精神的最高觀念，就是行爲和服從。向着實踐方面去用的精力，是英國民族所不缺乏的，但那畢竟是正當實際之所基的爲那些觀念所需的知識，在英國民族中卻是可悲地缺乏。」這樣，馬太·亞諾爾特曾經發展了海涅的暗示，而將它做到遠遠超過那位德國首創者所實做或所欲做的地步，且在這種區分的詳細解釋中。他會經顯出他自己認爲起源於希伯來思想和關於希伯來型的那種成見，褊狹，乃至精神上和文學上的獨裁主義。我們在開頭時就得問，亞諾爾特先生究竟憑着什麽權利可以把「知識和溫雅及思想的誠實」的專利歸之於希臘種族呢？爲什麽他能够力說我們唯有用希臘精神纔能如實看見事物呢？同時我們又要帶着同樣的驚異提出另一問題，爲什麽那位英國批評家專以歸之於希伯來精神的那種嚴肅的性格和實踐的精力，希臘精神裏就會沒有呢？倘使一個賅博的希臘學者讀了偉大的希臘史詩和悲劇，而會得看不起那種和希臘最高詩歌始終不能分離的敍述上和寫景上的本質的嚴肅性，那就是一樁大怪事了。然而，不管其中含着怎樣的矛盾，這個對照是早已成爲歷史的，且貫徹在近代英國批評內容裏的了。亞諾爾特先生告訴我們，文學總不外是希伯來型或希臘型。我們現在要着重這位英國大論文家付與這幾個名稱的特殊意義，因而首先得辨明文學上的希伯來精神和希臘精神的各個的特色，纔可正確理解現在所研究的這種學說。據說，在其一，「品性」是主要的觀念；在其他，「教化」是主要的觀念。在其一，以「良心的謹嚴」爲口號；在其他，以「意識的自然」爲口號。在其一，我們聽見說「精力；」在其他，我們聽見說「理智。」所以在一方面，我們有如「感情」「力量」「行爲」「嚴肅」這一套名詞；在其他，有「思想」「藝術」「溫雅」「志趣」「興采」這一套名詞。其一是神學的，聖經的；其他是古典的，世俗的。實在，正如亞諾爾特所主張，其一是乏味的，要不得的，其他是引誘人的，向上的。這些，就是那位英國作家所能愛的學說中的一部分的對照，也是他不住地津津樂道的，他並且不容我們忘記，文學中的希伯來元素是入不得第一流文學形式的，乃是僧父們的財產，凡從那裏面出身的學者，倘如有志向的話，就都得再坐到希臘預言的腳下去學習智慧到底是什麽。因此在他著作之中，如上帝與聖經，聖保羅與新教主義，這種反希伯來的傾向都極顯著，其他論著如文學與信條及關於教堂及宗教的最後論文等，也都如此。還有美國的愛倫坡，也主張一種類似的學說，命之爲教訓主義者的邪說，以爲詩之所以爲詩，是與任何責任或眞理都一點兒沒有關係的。他主張眞理屬於理智，責任屬於良心，而美則屬於趣味。亞諾爾特和愛倫坡的唯一差別，只在那位英國的批評家將他的原則應用於一切部門的著作。我們要發見這種文學學說的屬於皮相和不可證明，只消略加一點考察就行的，因爲這種學說只代表一個很重要的多方面的問題的不過一個方面，而將學者的兩種可能的解釋限制在一種了，其實這是不應該加以限制的。亞諾爾特之主張這樣一種實際並不存在的對比，而提出了許多並無解決的可能也用不着嘗試解決的問題，實在是他的批評作品的一個中心的缺點。爲此之故，我們就不得不去從事於像這樣一種極端性的探討。即什麽是文學的最終目的呢？——品性或是教化，感情或是理智，行爲或是藝術？——其實這個問題的不合理，是同它的不可解決一樣的。文學的學生不應該取這樣一種態度，卻可以有一個更大的眼界和更廣的學說。亞諾爾特以他那樣的思想和方法，倘使他肯傾向於這方面的話，在他的研究裏面是很有機會可以矯正這種單方面的文學觀的。在英國和美國，一部分他的最熱心的欽佩者都不惜暴露他這種態度的錯誤，並且暗示他須有一種實質上的改變。但是這樣的暗示，似足以使他的見解格外堅持。研究亞諾爾特的人們之曾主張他的知識上的褊狹和拘執，從這點上看來是可許的了。實在，以一個思想家的資格而論，他似乎始終不曾超出或者打破這種褊狹的文學觀，原來他所見的文學範圍本來就很狹窄。只有在教育的範圍裏，他似乎曾經擺脫這種獨裁的氣分，而展示着思想的寬大。

至於較清明較寬大的文學觀，則聯合希伯來和希臘精神而爲一，而主張它們的統一和相互作用是其本的條件，以為各方面所屬的元素是無論如何不會無益於他方面的。現在的問題並不在希伯來的呢或希臘的呢——道德的呢或審美的。唯一合法的問題是——在某一作派，某一作風，或某一時期，某一作者，到底這兩種精神中的那一種以切要的形式而存在，而助成以最好效果表現真理這同一偉大目的的？詩人濟慈本人是個淵博的希臘主義者，但他說「真即是美，美即是真」這句話時，就是將這二型的精神混而為一了。在原則上和職業上都屬一個藝術家的臘斯金告訴我們，說「美的賞識是為道德的崇宏所必要的。」柏拉圖的崇高學說以為「一切美都是思想的或精神的；」來布尼茲的學說以為「美在於完全；」黑智爾的學說以為「美在於品性和表現」——凡此，都也是主張道德和審美兩種精神應該合一的。新近有個美國的批評家，也以同樣的意思寫道：「文學和正義之間原沒有必要聯繫，但文學之不為惡去效力，是同其他形式的藝術一樣，特別是音樂和繪畫。」這話就等於說，好趣味和好道德之間並沒有自然或必要的衝突；也就是說，最好的東西應該在雅典和在耶路撒冷一樣的流行，而作者們要嘗試分開一種本來合一的東西，那就是不智，並且決不能證實一種預先擬定的意見。若將這些原則應用到英國文學的領土，那將是一種有趣味的研究；我們可從那裏面去查考希伯來和希臘兩種元素，怎樣都曾有過它的熱烈的代表人，而這兩種元素的滲合，又怎樣有同等熱烈的擁護者。如果我們從英國詩歌的派別上去找例解，我們就可看到東方的和希臘的兩派。其一的起源，發達，目的，都是聖經的，裏面存在着一種超自然的元素和精神，而可以作爲一種研究將它包括進神學裏面去。其他是異教的，世俗的，其中自然的和地上的元素佔着優勢，而可以包括到入文學裏面去。此其流弊，則東方一派容易引到神祕主義，希臘一派容易引到感覺主義。各派都要求它自己的完美，然而卻是靈魂和趣味各據一方的完美。而兩者之間會被那班極端派劃出一道鴻溝，但也只有極端派會來劃出。

如果我們從文學的「時期」上去找例解，那末代表希伯來精神的就是英國文學中的清教主義時代，代表希臘精神的就是黃金時代；這也就是良心的時代和趣味的時代之分；前者向被亞諾爾特的信徒們認爲過於希伯來主義，因而是不能有趣味的。泰納對於這種極端對比的劃分，及以爲這種清教主義的型在英國文學中過於顯著的主張，都是始終不厭的。他曾從宗教改革對於依利薩伯時代文學的影響裏看見了這個型；在浪漫運動的初期，即腦筋清醒的作家如庫柏及哥爾利治等保存着它的時候，也看見了這個型；直到維多利亞時代，他還曾在勃勞寧夫婦和可悲悼的桂冠詩人身上發見了它的存在。關於這種淸教主義的時期和類型，他寫道：「在這當中沒有教化，沒有哲學，沒有諧和的異教美的情操。唯有良心在那裏說話，而它的不安，是已成爲一種恐怖了。他們沈浸他們自己在聖保羅的經文中，在先知們的如雷的恫嚇中。外在的自然的人已經毀滅了；只有內在的精神的人是存在的。」那並不是一種可以期望眞正文學由其中產生出來的人生觀。美的觀念是缺乏的，而沒有這個觀念還成什麼文學呢？情緒的自然表現是被限定的，那是又成什麼文學呢？他們將文藝復興所曾帶來的詩趣，認爲不敬而毀滅了。他們並沒有風格，說話像商人一般。總之，淸教徒是毀壞藝術家而爲錄作家的。」這不過是希伯來主義者和希臘主義者自古以來的戰鬬，參加的人都抱着一種黨派的精神，要爲一種單方面的學說達到一個特殊的目的。在秦納，和在亞諾爾特及愛倫坡一樣，獨眼的批評曾經引起眞理的曖昧。因此，英國作家當中，這種極端學說給與我們的例解，這裏可以提出幾個來。在希伯來主義者裏面，他們認爲最大的罪人，當然要算班揚和密爾頓。秦納寫道：「嚴格地說時，淸教徒中只能有一個詩人，一個自願的詩人，也就是一個瘋人，一個殉教徒，一個英雄，一個爲溫雅做犧牲的，一個當原則上追求「用」時而偶然獲得了「美」的。他十歲時遇到一個淸教徒的教師，但不久之後，他在聖保羅學校裏受到一個淵博的古典主義者的教育了，這是世人認爲可喜的事。」他又說他是個「掩蔽在一個淸教徒底下的詩人」，「雖然抱着喀爾文主義者(Calvinist)的信條和聖約翰的夢想，卻是一個非大惡極的溫雅的新教主義史詩」的作者。這人就是密爾頓，泰納認爲是一個偉大的詩人，但並非因其希伯來精神而偉大的，只因爲他在劍橋大學研究過雅文，並且熟悉古典文學之故。至於泰納在同一人身上一方而以這種態度來對付希伯來精神，一方而以那種態度來對付文學的價值，那是一樁很有趣味的事。他是用「要求先決」(begging the question)的方法來解決他的論理的。所以講到班蘭，他就承認他雖然是個淸教徒，卻實在是個散文的詩人，不過「因其是個孩子，然後成爲詩人的」，他並沒有染到一切古典的教養，也沒有獲得一切世界的智慧，因而不至有那種過分努力的想像和信仰，也不至受到那種催眠和特殊的超自然力的影響，卻只不過是個自然和溫雅的孩子，是個廣大流行的文學的作家，無論他是怎樣缺乏文學的訓練；因此「在他的簡朴底下你可以找到力量，在他的個性之中可以見到罪惡和溫雅。」一用着同樣的觀點他又認阿狄生和庫柏與濟慈，蘭得，雪萊一班希臘主義者比較起來，爲過分希伯來精神的。

照亞諾爾特看起來，作品中如天路歷程，失樂園，任務，及旁觀者等等裏面的道德論文之類，都是可以到巴拉斯坦(Palestine)去做的，但如恩狄密溫(Endymion)希臘人(The Hellenics)，伊力阿論文，柴爾德·哈洛德(Childe Harold)，及女王馬布(Queen Mab)等，則造成一種較新鮮的空氣，而屬於人生和近代思想的文學。它們絕對沒有猶太國的型，而眞正屬於雅典的風度。亞諾爾特寫道：「文化有一種大熱望，就是對於趣味和光明的熱望。」這種熱望，他主張，雖不全然，卻大體上屬於希臘精神的。雖是非常守舊和公正的一個作家如道登，也會說班釀那部偉大的寓言是「英國的希伯來精神的散文史詩。」現在我們如果要去尋找那種較好的學說——即代表二型之結合和相互作用，說明希伯來精神和希臘精神之滲合的那種學說——的具體的例解，那就無須將東方的或聖經的一派和古典的或異教的一派，或將其中任何一派和哥德人的或北方的一派，如見於貝奧武爾夫中的，去作劃然的對照，卻是須得去着重如英國湖上派詩人那樣的文學作派，其中的希伯來精神和希臘精神實在一樣的顯著，能够代表英國人對於品性方面和教化方面的最好趣味，而在他們的最好作品裏面，我們是同樣可以被提醒到英國的教堂和英國的大學的。得徹就是抱着這種見解，這樣寫道：「在十九世紀中，舊時的作派曾經與新的組合發生聯繫；自然的和哲學的結合，浪漫的和寫實的結合，異教的和基督教的結合，審美的和實用的結合。」一言以蔽之，類型是混合了，這樣的結合是會引出力量來的。根據着這種較好的學說，就沒有人會想到把濟慈和司各脫，勃勞寧和丁尼生，放在對立的地位，卻要去指出這些代表的詩人統統例證着詩的藝術的基本原則，且也忠實於種族的最深宗教本能的；他們裏面同樣具有希伯來和希臘的精神，雖然在所與的場合，爲着很好的理由，其一也許比其他更爲顯著。所以從時代上說，我們現在也用不着再把清教時代和黃金時代作爲顯著的對照，而嘗試去替它們尋出各自的封地來，卻要着重在如維多利亞時代的歷史地位和價值，認明其中希伯來精神和希臘精神是同樣以聯合的形式而存在，每種元素都假借一個無假的幫助於其他，而聯合着收獲各種元素所單獨不能獲得的效果。如以依利薩伯的時代而論，它有它的偉大的宗教改革，故可說是希伯來的時代，但也有它的古學復興，故也可說是希臘時代，至於這兩種元素究竟那一種較爲顯著，普通史家和文學史家都沒有去查考它的必要。且因這種思想上，文學上，和生活上的不同類型的合作行爲，纔使這時代成爲一個黄金時代的。就是在王政復興那樣非希伯來的肉感的時代，也仍有一個清教徒中的清教徒密爾頓所作的史詩和抒情詩，將希伯來精神和希臘精神都包含在內，就是最最精刻的分析家也不能分辨它們。在英國文學中的所謂異教時代，是始終可以看見一條分明劃出的希伯來線索的。

再講到作家和著作，我們現在的注意並不向着那些絕對代表一種精神的詩人和散文家，卻是向着那些在個性和作品中同樣代表着這種良心和教化，感情和理智，現實和理想之間的統一性的。我們要找尋這樣的作家，也不必求之於遠，因爲英國文學中的最大名字大多數在這班作家之列，而他們的偉大處，也正在於這種本該合一的東西的自然合一。列舉起來，這班作家的名字便是綽塞，斯賓塞爾，哥爾利治，德昆西，柏克，丁尼生，羅威爾，愛默生等等，我們實在不容易也不必要去指出他們的作品裏面到底那種精神佔着優勢，因爲他們各人都用自己的方法去尋求眞理以及藝術和趣味上的最高目的。再進，則雖然亞諾爾特和其他極端派要提出反對，但如拉稔和臘斯金的名字既都應該列入方絕說的道張單子之中，那末就不應該將密爾頓限於希伯來精神，猶之不能將臘斯金限於希臘精神一樣。奇怪得很，甚至連亞諾爾特自己，也就可作這種極端見解的錯誤的一個例證，因爲他自己的作品裏面也同樣包含着希伯來主義的謹嚴和希臘主義的清醒的。確實，無論那個坦白的批評家都不能不承認他著作中有古典趣味的存在，卽有最優美形式的希臘主義的存在——這個特色，就是他所要實現的生活理想，倘不承認它，他的作品就無從理解。然而他的嚴肅性卻也幾乎同樣的顯著，因而經共同的許可，他是已被列入英國的冥想詩人中的。他曾主張作品必須具有「道德的質素」，這是他的風格的律條之一，以爲浮薄輕佻是無論在詩在散文都屬非文學的形式，因而「在文學中就沒有地位」。他曾竭力辯護作家應以「理智的嚴肅性」爲主，同時仔細讀他的作品，也總顯然可以看出他討論他的學說和寫作他的作品時是帶着一種幾乎和聖經一般的莊嚴性的。實在，他的這種希伯來的謹嚴性非常顯著，乃至我們看見他有時從莊嚴的形式渡到更莊嚴的形式，直至終於取得一種分明是沮喪的作型。道登教授在他新近所作的清教徒和莫格爾教徒」一書中曾經這樣正確地說道：——「雖則馬太·亞諾爾特對於英國的新教主義說了許多壞話，這位托馬斯·亞諾爾特卻逃不了遺傳的影響；他詩裏的希臘傾向是常常受牽制受支配於他的希伯來傾向的。」同是這種遺傳的傾向也顯現在他的散文裏。那末他自己雖然只叫我們把他列入希臘主義者當中，而我們不是應該給他一個較廣的範圍嗎？

那末再以作品而論，我們就又可指出仙后，古舟子詠，德昆西關於愷撒和馬基雅弗利的諸論文，周遊記(The Excursion)英國詩人列傳，崇高論，賭馬和賭籌，流放的戲劇，紀念詞，伊凡澤林，教堂，猩紅文，代表人等等，都同樣表現着良心和教化，倘將兩方面的距離推廣，那是對於任何一方面都沒有好處的。

如果問到現代英國文學的傾向是什麼，那我們可以覺察它是希臘主義的，如果和以前佐治時代的作型比較起來的話。斯忒德曼稱它爲「比較限制的，學術的，分析的，藝術的時代，」至於這種傾向之由來，我們可以補充說，就是新近的桂冠詩人的絕大影響。

從這段討論裏，有兩三個實際重要的暗示要生出來——

（a）第一，希伯來精神和希臘精神必須在極高等的文學裏永遠可以發見。這兩種元素究竟以怎樣的比例而存在，我們所見不必盡同，但是每一種都必以一種明白的意義而存在，而且必充分的存在，乃至在文學可以發生影響。凡是作品，都必同時具有品性和教養，良心和趣味。我們可以用聖經的名詞來說，在一切文學，無論它是怎樣顯著地民族的或個人的，總必有餘地可以容納猶太的和希臘的元素。雖是異教的文學，如希臘文學本身，也必在某種程度上是道德的文學，甚至如娜兒斯人，哥德人，和斯干的那維亞人的文學，雖然形式上和表現上怎樣粗糙，卻也必有某等程度的優秀，使它夠得上文學這個名稱。所以每一個作家，無論他的主要作型是怎樣，總必希伯來精神和希臘精神兩者兼而有之。道登寫道：「如果希臘精神的作用是在拓廣，那末希伯來精神的作用是在加深英國人的民族意識。」這一句話，是可適用於每一國的文學和每一個作家的。

（b）但是希伯來精神和希臘精神並不能表現文學的總和。在這一點上，亞諾爾特先生是錯誤的，猶之他的不少先驅者和後繼者是錯誤的一般。卽品性和教化並不能代表文學的全部。知識的能力是也要作爲一個因素進來的。除開嚴格地宗教的和審美的感情之外，仍舊還有別種的感情，如一切情緒和熱情的廣大範圍所包括的。甚至於意志，對於動機的執行也屬一種積極的動力，至於想像的任務，則更屬有力而普遍。在這當中，就有一個爲希伯來精神和希臘精神所不能賅括的廣大境界，就是人類性情的全部境界，它的範圍是差不多無限的。原來文學是個廣大的名詞，不能使它受任何範疇的限制，而必須用作最充分的意義。文學並不是這種那種作型或作派或理想的表現，卻是人類思想和個性，想像和感情，良心和趣味，等等的表現，是用可理解的使一般心靈都歡迎的形式的眞美善的具體體現。倘使文學被分做若干作型和種類，使它們各個都有它的宗旨，方法，和理想，那是一種很大的危險。除開地理上和外形上的區分之外，文學仍不免要有種種的區派。所謂文派，那是可以有而且繼續要有的，但不一定要分成門戶，分成朋黨，各自抱着不同的宗旨，而使作家離開了存於一切文學作品底下的那些大原則。所謂英國黃金時代的文學，最初是政治的，後來是黨派的，於是就威脅着當時的文學生命。甚至如所謂「平民主義的藝術」和「文學」這種名詞，雖則表示着範圍的廣大，卻仍舊是局部的，仍舊不過是一個階級或派別的口號。我們說這種那種的文學信條，這名詞未免用得太濫，彷彿那流行的信條就可以暫時體現當時一切的智慧似的。因此，我們需要着概括化和較廣的見地，需要着諸文學的聯盟，如語言和民族的聯盟一般，需要着全世界的最好作品爲着共同的目的而統一。考爾多普先生曾與我們討論到英國文學的自由運動，其實他心目中不過是一個歷史的民族的運動罷了。所謂「自由的」這個名詞有一個較廣的用法，且並不爲英國的範圍所限，就是可應用於玻斯耐脫所謂的「世界運動」那是和文學本身一般廣泛的，就是全世界的偉大作家向着知識，自由，教化，品性等等的共同合力的運動，也就是所謂「學習和推行世界上所知所思之最好者的無閒心的努力。」

本篇開頭時，我們曾經注意到一部名爲英國文學之社會的理想的書，在那裏面取的就是這種世界的文學觀，將文學當作一種偉大的社會勢力看的。同是這位天才的女作家後來又做了一部書叫作近代英國文學精神的生命，以爲文學並不就是希伯來精神或希臘精神，卻是人類自由精神所由顯示的中介，其形式可以多至無限數，總之都不過體現人類與生俱生的精神而已。經這一來，神學和人學就合而爲一，而我們慣常稱爲「人的文學」的研究，立刻就被提到精神的平面了。

第十二章　文學在自由學問中的地位

這是格拉登先生(Mr. Gladen)所謂當代的「熱烈問題」之一，已經在過去二十年中擾攘不已，但到新世紀開頭就特別熱鬧了。不但在文學方面人們對於它的興味逐漸增加，就是在高等教育方面，乃至彼此間的相互關係上，興味都已逐漸增加了。關於所謂「教育的文學」，至如新近所謂「學校對於文學研究的承認」的討論，並在現代英國文學界和教育界面前的狀態，是從來所沒有的，原來這樣的討論特別適宜於高等教育，和那些正在高等教育訓練過程中的人們。若要尋出如今對於這個題目的興味所以增加的特別理由，那我們手邊至少就有一些。其一是由教育本身方面的熱心的普遍增加；又其一是由言語學研究的顯著發達，以致侵害到純粹文學的研究；又其一是由關於人文學和科學的比較價值的討論層出不窮。特別是在英國，和它的大學中心，這樣的擾攘已經非常的猛烈，並已引起學術的和普遍的興味，所以雖在現時，在帝國裏面就已要使一向來的一切教育觀念都起革命了。科林斯先生所著爲大學中（英國）文學研究的承認和組織請願一書，可說已經達到這種討論的很高水準，因爲他所熱心主張的是高等教育中應有更多的人文學，和那些「主張將大學保留作專家和專門學者的發育園」的學說正相反對，因照他看起來，後一種學說實際是損壞了大學本身的功用，同時也就損壞全國中等學校的功用了。

所以，如要決定文學在自由科目中應處怎樣的地位，就有幾個先決問題起來要求我們去決定。其一是關於文學本身的，就是問它到底是什麼，它有怎樣的教育價值，以及它的最後目的和理想是什麼。在本書第一編第二章，文學的定義已經討論過了。這裏可以再加一個補充。約翰·摩黎說：「所謂文學，我要你們不要當它僅僅是文字和形式，卻當它是重要作品的內容，對於人類的思想和感情，乃至人類生活和社會的重要事實都有關係的，」這話特別有深意。另一批評家說：「文學是有教化民族的知識的產物。」或如一個美國作家所說：「文學是經紀錄的人類思想中具有或曾經是有多少普遍而持久的人類興味的那一部分。」照這些人的說法，我們可以見到文學是同一切高等的知識的探求都有着聯繫，且是將它的一分力量來助成種族的知識發達的。若果如此，那末它在教育上是有如何價值，就已替我們回答出來，因爲它的目的就是「替人類的心靈造成知識和思想的習慣。」莫爾頓教授說：「劍橋大學巡遊演講的十年經驗，曾經證實了我的一種印象，即文學的題材，它的從科學，歷史，和藝術方面而來的說明和分析，其可作爲一種教育的訓練，是與促進文學賞鑑的價值一般無二的。」愛略脫所竭力主張的就是這種較高等的文學觀。這樣，文學就成了一個教育的科目，不僅是有閑的時間和有閑的人們的一種消遣了。這是一種嚴格地精神的操練，供用思想的時間和有思想的人們用的。這就是它的目的。當我們和世界偉大作家見面的時候，所得的並不僅是教訓或報知，卻還有感興在內，就是還有一種真正的精神的加速。巴爾福先生新近就抱着這樣的見解在劍橋大學說道：「一切教育倘沒有一部分且不小的部分是文學的教育，那就不得不流於單方面。」又說：「凡教育不能使人在家庭中從偉大的想像文學去受教育，及不能使他和過去的偉大文學家發生同情，那就是必得要留一部分較細同情心不能發達的一種教育。」所以在先決的問題中，我們必須要問到什麼是「自由訓練」，什麼是它的職分和目的，以及什麼是它所由得到它的合法效果的最好方法。於此，我們也並不需要認真的懷疑，因爲自由教育的理想本來就是賅括的，要影響到人類精神的每一種機能的，而且一切有價值的科目都包括在它的範圍裏的。這樣，文學在任何所謂「自由」的學問規畫中，都有它的正常的地位，它的範圍是和任何其他有關的科目一樣廣大，它的最後目的也一樣崇高，它的說明的方法也一樣的複雜而有效。所以，文學在自由教育中應有地位這一點既被承認，我們的問題就取得一個較確定的形式，而要問到它究竟應處怎樣一個地位，那個地位該是怎樣的寬餘，怎樣的重要。對於這，我們可以借用愛略脫講到英國學科的話來回答，就是——「一個跟如今最被尊重的任何科目具有同等教育價值的地位。」不過應得指出，這個要求並不是絕對的，卻是相對的，卻是說，文學對於大學課程的其他部門的關係並不應該佔先，卻只應該平等。在培因教授所擬的那種所謂「革新課程」之中，文學是放在前排的，與諸科學及哲學並列，因而與近代教育進步的最好條件相符合。這就是近代英國文學運動的目的，它在美國方面的健全的影響我們已經感着了，而且已經進展到相當的程度，要倒轉它或遏制它已屬不可能了。這個運動由各部門的名人方面得到的聲援，便是它的崇高的性質和最後的成功的一個充分的保證。

科林斯先生已經博得了這麼廣大的同意，因他發表這意見時，正碰着牛津和劍橋兩大學都感着有馬上擴大文學工作之必要的機會。據說是「英國教育界和文學界每一個傑出的權威都曾被要求對這提議發表公正的意見。至於那提議的全文，則包括着三個有關係的暗示，

（a）大學裏面應該給與英國文學的系統的教授。

（b）英國文學的教授應該與純粹的英國言語學教授分別清楚。

（c）古代的或古典的文學應該與以地位和注意，即本質上要與國語文學的研究有聯繫。

這是爲文學辯護的一般提議，裏而又包括着幾個附屬的暗示。因這裏所徵引的權威都不僅是作家，不能假定其有偏見，卻是主教，裁判官，政治家，科學家，甚至於事業家，所以這個題目就立刻從特殊要求或限制範圍的地位而升到一般興味的較高地位，即立刻接觸到人類知識的各方面，而使文學和一切有價值的知識部門處於平等地位了。於是又發生一個實際問題——這樣一個平等的地位該用什麼方法獲得呢？顯然的，在開初的時候，就要牽涉到現存學院科目的重新整理，即不得不把一些分明非文學的課目實地删去。在這一點上，這個提議就變做了一個關於教育時

間和地方的問題了。若用近代工業陳列的名詞來說，第一件需要就是要有一個充分的場面，以備文學的展覽，也要給展覽人以一個實在的立脚地。直到最近的時間，那塊地面是有限制的，給與其他有關係科目的容間，幾乎已將教育所分得的地面全部佔了去了。在近代科目的擴大中，科學，哲學，藝術，歷史，法學，言語學等等，已都出來要求地位，也都已給與它們了。又在社會學的確定傾向中，人文學曾經過一種激烈的生存競爭。文學曾被古典的教育家們擱淺起來，以其地位供言語學的研究，所以覺得它的朋友作了犧牲了。直到最近，文學纔得當高等教育的尊嚴而前獲得一個地位。究竟在近代教育的各科目愈加熱烈的競爭中，文學是否能夠獲得它的正當的地位，那是要到將來纔知道。目前，文學擁護者的責任是很明白的，就是要使文學研究和「如今最高等級的任何科目」立於平等的地位。

又有可注意的，這種地位的平等就要牽涉到文學之較系統和較完備的教授，非實上它是一向都被淺薄地教授法地教授的，不是合理地作為教育家和學生兩方面的一種崇高的研究看的。人文學之所以不能維持它的歷史的地位，及所以不能和其他科目競爭，其主要理由之一就是教授法的錯誤。像科林斯說的，如果文學已被錯看作一種供閑暇時間和會客室裏用的輕快的題目，而不看作一種供思想的人在最能用思想的時間所從事的精神的探究，那末它之被遺落在教育工作的較低平面，是無怪其然了。但若我們用正當的態度去理解它，對付它，那末就會覺得它是飽滿着生命的，與一切最好的東西處於平等地位的，而關於它的說明，也將成爲正當且有效的了。

專門着重在人名，時日，及關於作家生活和作品的細微事項的文學的炫學家，是一種型；將文學中的大原則顯示於人，而說明它和一切高等的精神訓練的關係的文學的導師，是完全不同的一型，而且是唯一有價值的型。科林斯比較着這炫學的和哲學的兩種教授文學的方法，曾經費了很大的辛苦，替這種不同型的文學研究者所要提出的問題總結做一張單子，藉以指出後一型的優越性實在多過前一型遠甚。

講到文學的教授如何可以使它成爲系統的的方法，那末文學教育的熱心贊助者正在主張文學院的創立，如維基尼亞大學（Univirsity of Virginia）所有者，以爲如此，方算得相當注重文學的教育；又以爲這種學院須與科學院，哲學院，和語言學院立於平等的地位，由一個文學教授會來管轄它，在本範圍內作爲唯一的統治權，不容一切的侵越，而對一般教育界須負辦理上或成或敗的責任。這樣的學院的利益，就在它能把大學生中比較優秀的分子吸收了來，因爲學生旣見它是一個完全學院的組織，且設備上有種種的便利，所以就容易來加入了。對於那些將從文學作事業——卽要做作家或文學教育家——的人們，這種學院是特別有吸引力的。

至於這種學院中課目上應該作如何的支配，各人的意見也許不能一致，例如散文和詩，理論和實習，歷史和批評，本國文學和外國文學，乃至文學研究中所要牽涉到的語言的研究等等。不過無論怎樣的支配，是不能夠影響根本原則的。

還有一種利益，就是這樣的文學院可以解決許多麻煩的問題，因爲一向衝突的科目，在這裏面都可以慢慢的統一起來，例如文學和語言，古典語言和大陸諸語言的相互關係，及其與英語的關係等等。至憑這種擬議中的重新支配，那末語言就有它自己的合法領域，猶之文學有它自己的合法領域一般了。又因關於文學源流的討論，那末古代和近代文學，或古典的和英國的文學之間的地位競爭也可以減少，因爲各種偉大的文學既都有它應得的地位，並且幫助着文學本身的更好解釋，所以各個的地位就可明白，無所再用其爭執。同時，古典文學和近代文學的研究，乃至於英國文學本身的研究，都會因此有起生氣來，而學者在研究過程中也可以擺脫傳統上那種褊狹見解的阻礙。至於細目上的差異，當然是不免要起來的，例如希臘文學和拉丁文學，法國文學和德國文學，那一樣應該注重之類。但把這樣的差異和目前的混亂去比較一下，就覺得無足重輕了。

還有一種利益，就是文學從此可有一片廣大的分野以作它的最好表現之用。以前，它在高等教育的課程中是一種不被重視的科目，大部分由於它沒有機會可以表示它本身的重要性，沒有機會可以劃定一個正當的範圍，也沒有機會可以顯示它在知識方面所能盡的力。有時候，我們覺得我們的學術機關裏應該建立一種文學實驗室，就是一個預備文學做實驗，觀察，和收穫結果的地方，使教員和學生可以在那裏從事聯合的活動，使實在的文學過程可以觀察到，認識到，猶之物質的過程在化學實驗室裏觀察到一般。我們的近代大學中，實習的工作已經逐漸發達起來，便是向這面的一個進步，例如普靈斯吞大學(University of Princeton)裏新近所採用的「教練法」

(Pr.ceptorial method)。在這樣的環境中，就有許多有趣味的問題會得起來。學生個性上如有困難，會得因此而被發見，被決定，他的趣味也可由此得到一個賢明的指導。又在這樣一個工場裏，文學就會被承認爲一種重要的教育的因素，這是以前所從未有的事。

從這些關於文學權利的討論裏，有幾個具有實際興味的暗示會得起來。其一就是「文學的前途。」凡是留心的觀察者，總可明白看出現代教育事項的一種徵候，即文學的研究現在已引起一種向所未有的正當而熱烈的興味了。而且這種興味並不純屬於專家，卻是深入的，廣布的，佔據着廣大教育界的注意，因而應當期望它用穩妥和永久的形式表現出來。如今受過自由教育的人們，從事新聞事業的一天天的增多，這就是我們的高等學校和較實際的文學生活之間已經發生相互作用的一種健全的徵候。如果我們問到這種希望所由構成的元素，那也不必求之於遠。其中之一，就是中等學校中文學研究所取得的新地位和較好地位，由此，高等學校中的和高等學校以前的文學教授發生一種親密的聯繫，後者爲前者作準備，而將一切文學的課程都統一起來了。現在以前，這樣的聯絡是看不見的。從前學校中的無論高級和低級，都各自爲政，不相聯絡，因而結果不得不壞。現在經過了這種較親密的關係，高等學校和中等學校就用着共同的方法，共同的興味，以從事同一偉大的工作了。

還有一個希望的元素，見於有較高的文學理想存在，特別在能使文學的學生與第一流作家發生更多直接的接觸，因而可以更徹底地熟悉他們的作品和個性，以及他們的最強烈的文學精神。在一切派別的學說和一切文學批評的教程之上，文學以一種具體作品的形式而由學生在獨立的基地上加以考察了。對於作者的研究，將比關於作者的任何事實或資料的研究遠爲重要。就由這種方法，也僅有這種方法，方纔算得研究文學的正當態度，也方纔可以獲得最有利的報酬。

第二個暗示，是關於現在我們學校中文學研究的各種需要的。其一就是要擴大文學的課程。在少數現存的大學和中學裏，文學的課程本來也還算得充實，但大多數是有缺憾的。因此，在教授人才方面就也起了一種需要，以力量而論，文學方面的教授，是遠遠不如哲學，經濟學，和歷史方面的。那種專門從事於純粹言語學教授的人們，數目是比較多得多。還有一個需要，是在文學的便利方面，須使文學的學生可以自由去接觸世界最好的文學，且如可能的話，可在可信任的目錄學家指導之下去接觸。文學就是一種書本的研究，一個分明是圖書館的部門，在學生從事研究之時，應該給與極大的便利，藉使他們可以參考作家，及做探討的工作。這主要地是一個設閱的課程，照培根所說，藉此可以成功一個「完人」的。建立圖書館的興味的顯然增加，就是近代的最能鼓勵人的特色之一。富人出資捐助圖書館，其踴躍實爲從前所得未曾有。政府也撥國稅來補助圖書館了，而我們的高等學術機關，更把這種目錄學的需要公之於世。

第三個暗示則關於文學在科學學校中的地位，例如專門學校或職業學校，它們的主要特色之一，就在它們和人文學沒有多大關係，因而性質是非文學的。從前人曾有一種討論，究竟「文字」和「實事」兩者那一樣較重要呢？在這裏這個問題又重新要復活了，而其一部分的解決法，就是叫彼此互相讓步。因而文學學校和科學學校往往設立在同一地方，靠同一來源的維持，而以爲彼此相依爲用的。在少數的學院裏，文質兩科所開的課程大都可以互選。雖則文學是非專門的，因而在這程度上是非科學的，但現在有一種傾向，要使教育工作的這兩部分開的距離儘量減少，以期科學可以自由化，而文學可以增富。人文學的學生需要一些文學的教訓，而自然科學的學生也需要一些關於教養的課程。所以我們的主張是，文學應該在專門學校裏佔有一個地位，不過這地位應該分明是有限的，附屬的，只消能夠獲得教養的效果和好趣味的表現就够了。

最後一個暗示，則關於英國文學在英國學校中的地位。科林斯爲文學辯護的話，始終都是指英國文學說的，他所以作此辯護的動機，則由於在他當時，牛津劍橋兩大學中的英文學研究顯然缺乏，而且文學都爲語言學而犧牲了。他曾經指出文學的研究怎樣可以在大學裏特開一科，又指出現存學制所以失敗的理由，並且對一般人以爲英文學只能閱讀而不能作爲一個教育科目來教授的觀念加以駁斥。他爲證明他自己的主張起見，曾經徵引了赫胥黎，蒙寧(Manning)，昭厄特，克累克，佩式，葛拉德士喬，馬太·亞諾爾特，以及其他許多人的見解。

這樣的申辯，在美國方面也很有力量，因爲美國直到最近，向來都不注意英文的文學，因而一般學生所知道的外國文學——古典的和大陸的——都較多於自己的文學，以至求其國語之正確可喜，倒比做別的差不多什麼事情都難些了。照愛略脫校長的說法，是沒有那個科目更比文學「需要勝任的指導和系統的教授」的，然而如今最最被初出茅廬的教授糟塌了的卻正是文學。

因此，我們如果問到它的正當的地位，那末我們就一般文學而言，可以回答道，它應該和「現在最被看重的任何大學科目具有平等的價值，」即分與它的時間要平等，給與它的便利要平等，教授上的地位要平等，重視它的程度也要平等。我們從英文學的範圍和品性上看來。且因爲我們所生的時代，國語的用途是從前得未曾有的廣泛，所以這樣的要求是十分合理的。但事實上說也奇怪，一般文學的教授，甚至於特別古典文學的教授，倒比英文學的教授普遍些。英文學教授的必須具有自己本國的香和味。每個英文學教授的中心都必須浸透着英國文學的生活，而且它的勢力必須是能加速的和洗鍊的。

於是，還有一個結束的問題——我們美國的自由學府對於在美國的英文學是在當怎樣一種力呢？人家告訴我們，說我們的文學是在衰落中了，說我們的文學的英雄時代已經過去了，說我們的文學產物仍舊還是區域的，說它大體上是限於小說和詩歌以及較輕鬆的雜文的又屬它非過分報章文字式的。這樣的批評是値得注意的。於是會加注意的人們回答說，美國的使命是實業的，美國的民族還太年靑，不能和較古的民族去競爭，實在，它是年靑到不能產生國民文學的。實際上，困難是在於更深的地方，而至少一部分是在於學校中和大學中確然缺乏一種文學的精神和訓練。學生對於英國文學的內在生命的接觸還不夠長久，因而還不能吸取浸透在他們身上的精神。我們以爲每一個畢業班裏都應該產出一大批英國文學的專家，至少願意去探測美國文學的前途，而在國民文學方面嘗試盡着一分力。

摩特力，普勒斯阿特，厄咏勒特，(Everett)，替克退(Ticknor)等之於哈佛大學，衞桑和郎匪羅之於波敦大學(Bowdoin)，維理斯(Willis)之於耶魯，都可說是在學校中開始文學的生活，而在某種意義上畢業爲傾向文學工作的美國作家的。他們在修學生活的初期，就形成了以後一切努力的基礎，而爲美國文學的黃金時代開了路了。文學的教養應該更使成爲學術的教養，而學術也應該更使吸取文學的精神。

這樣，學術和文學就可以同樣自薦於一般知識的世界，而自由學問的統一性和廣大性也可說明了。

文人和學者應該站在共同的立場爲着共同的利害而合作在一起。

中華民國二十四年十二月初版
中華民國三十六年二月再版

(80744)

漢譯世界名著 文學概論 一冊

Literature: Its Principles and Problems

定價國幣柒元伍角
外埠酌加運費匯費

原著者 Theodore W. Hunt
譯述者 傅東華
發行人 朱經農
印刷所 商務印書館 上海河南中路
發行所 商務印書館 各埠